Eine Besondere Begabung

3

Printausgabe, erschienen 2019
1. Auflage

ISBN: 978-3-95949-275-1

Copyright © 2018 MAIN Verlag, Eutiner Straße 24,
18109 Rostock

www.main-verlag.de
www.facebook.com/MAIN.Verlag
order@main-verlag.de

Texte © Chris P. Rolls

Umschlaggestaltung: © M. C. Coverdesign
Umschlagmotiv: © depositphotos / 30261379

Druck: AAVAA Verlag UG

Das Werk, einschließlich seiner Teile, ist urheberrechtlich geschützt. Jede Verwertung ist ohne Zustimmung des Verlages und des Autors unzulässig. Dies gilt insbesondere für die elektronische oder sonstige Vervielfältigung, Übersetzung, Verbreitung und öffentliche Zugänglichmachung.

Bibliografische Information der Deutschen Nationalbibliothek:
Die Deutsche Nationalbibliothek verzeichnet diese Publikation in der Deutschen Nationalbibliografie; detaillierte bibliografische Daten sind im Internet über http://dnb.d-nb.de abrufbar.

Die Handlung, die handelnden Personen, Orte und Begebenheiten dieses Buchs sind frei erfunden.
Jede Ähnlichkeit mit toten oder lebenden Personen oder Persönlichkeiten des öffentlichen Lebens, ebenso wie ihre Handlungen sind rein fiktiv, nicht beabsichtigt und wären rein zufällig.

Chris P. Rolls

Eine besondere Begabung

Buch 3

Sohn der Götter

GayFantasy

Ein spezieller Dank gebührt meinen tapferen Betalesern, die dieses Mammutprojekt begleiten und mir so brav Rückmeldung geben:
Danke, ihr seid einfach großartig.

Sarah Barbara, Saskia de West-Berk, Daniel Swan,
Mana Manamana, Sabrina Uhl,
Brigitte Melchers, Doris Lösel,
Constanze Schmidt,
Gudrun Palm, Martina Kirsch,
Selma Entrop, Doris Neumann,
Kristina Arnold

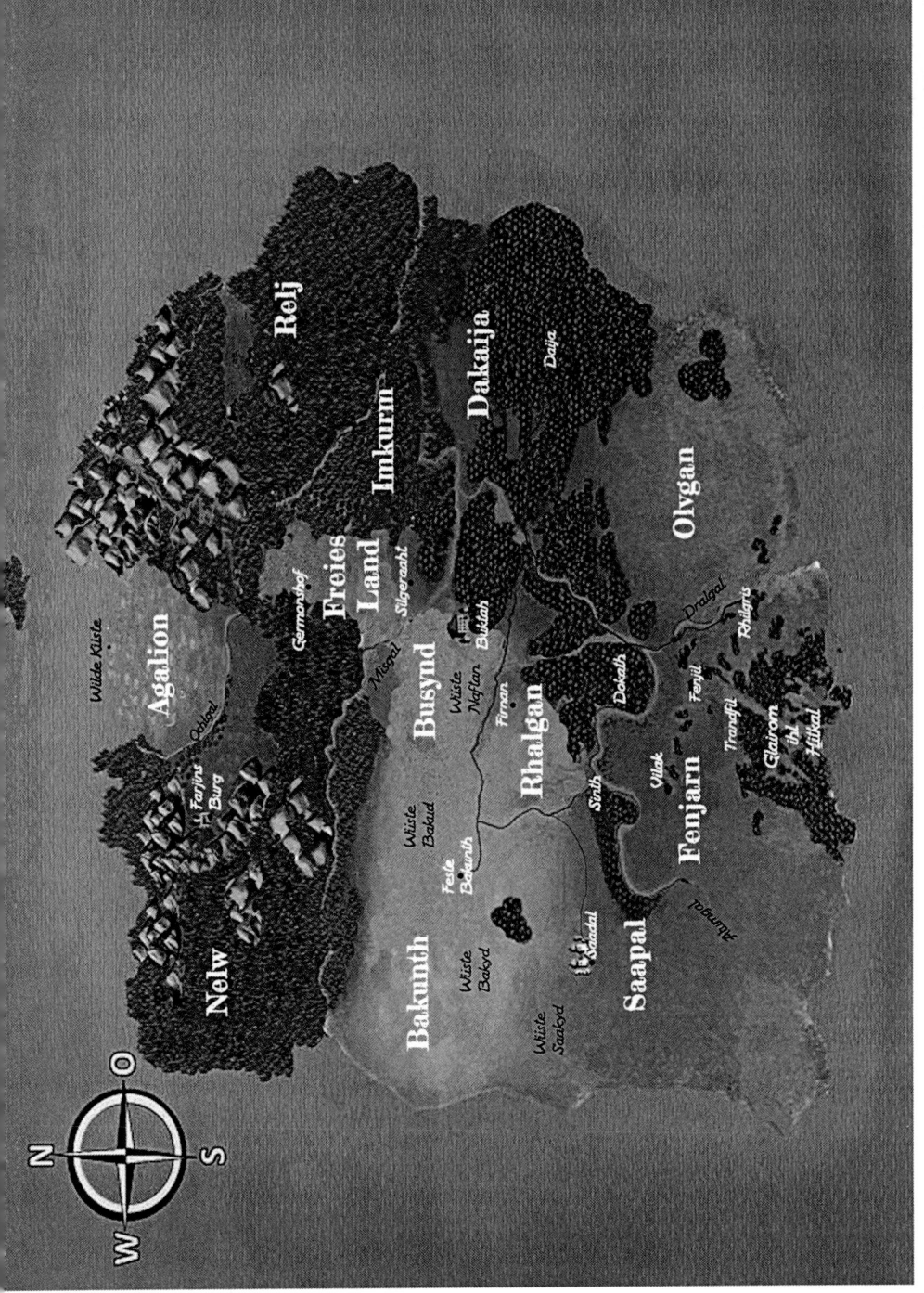

68 Kapitel

Aus den Schatten ins Licht

Arlyn lag auf dem Rücken ausgestreckt, den Kopf zur Seite gedreht, ein Bein leicht angewinkelt, die Arme seitlich ausgebreitet und den Mund minimal geöffnet. Genau so, wie er unmittelbar nach dem letzten Höhepunkt eingeschlafen war. Das rotblonde Haar umrahmte sein schmales, entspanntes Gesicht und in den ersten Sonnenstrahlen schien die helle Haut auch ohne Magie zu schimmern.

Versonnen lächelte Dravo. Wie viele Orgasmen waren es gewesen? Arlyns Jugend und Ausdauer hatten eindeutig was für sich. Trotz der unschönen Schatten, hatte diese Nacht kein Albtraum einen von ihnen heimgesucht. Wie auch? Sie hatten schließlich kaum geschlafen.

Vorsichtig beugte sich Dravo über Arlyn, pustete ihm den Atem sanft über Hals und Nacken. Keine Reaktion. Zu tief war sein Schlaf, zu groß die Erschöpfung. Schmunzelnd küsste Dravo ihn auf den Hals, sog den wundervollen Duft von Sex und Arlyns Haut ein.

Seit er ihm von Magrant erzählt hatte, waren einige Tage vergangen und es hatte ihn unerwartet von einer Last befreit und sie näher zusammen gebracht. Die große Bewährungsprobe stand ihnen allerdings direkt bevor. Das Cialk, das große Winterfest der Häuser.

Erneut kamen ihm Zweifel. Beging er nicht denselben Fehler noch einmal? Oh nein, denn dieses Mal war einiges anders. Zum einen hatte sein Vater ihm gegenüber an Macht verloren, zum anderen hatte Rahj als potentieller König enorm an Einfluss gewonnen. Wenngleich er diesen bislang eher im Verborgenen nutzte, wusste Dravo durchaus, dass Rahjs Wort unter den Adeligen etwas galt. Abgesehen davon, war Arlyn kein wehrloser junger Mann, den man einfach gefangen nehmen und einsperren konnte. Oh nein, das war er nicht. Grimmig schürzte Dravo die Lippen, küsste zärtlich die Schulter.

Endlich regte sich Arlyn, streckte sich wohlig, blinzelte und sah ihn verschlafen an.

»Die Götter geben dir ihr Licht, mein Kles«, begrüßte Dravo ihn liebevoll. Weich fuhr der Finger über Arlyns Gesicht, der lächelnd die Lider wieder schloss und leise etwas Unverständliches brummte.

»Oh ja, deinen Schlaf möchte ich auch teilen, doch leider ist heute jener Tag, an dem wir nicht einfach liegen bleiben können«, seufzte Dravo, gab sich einen Ruck und erhob sich aus dem Bett.

Vom Waschtisch aus beobachtete er, wie Arlyn sich schlaftrunken auf die Seite rollte. Zu gerne würde er ihn weiter schlafen lassen, ihn so entspannt und zufrieden zu sehen, war eine Wohltat. Hatte er das Recht, diesen Frieden zu stören? Das Cialk würde für Arlyn alles andere als einfach werden, darüber waren sie sich beide im Klaren. Ein flaues Gefühl wollte sich in seinem Magen einnisten. Würden die Götter auf ihrer Seite sein, war ihnen ein wenig Glück vergönnt oder würde das Cialk eine Katastrophe auslösen, die er nicht abschätzen konnte? Nun, dieses Mal war er zumindest bereit, alles zu verlieren, außer Arlyn und seiner Liebe.

»Kinsan wird sicher gleich klopfen, du solltest besser aufstehen«, erklärte er, als Arlyn wieder einzuschlafen drohte.

Arlyn bewegte sich ein wenig und murrte: »Du machst mich die ganze Nacht völlig fertig und erwartest, dass ich dann einfach aus dem Bett springe? Hättest du mir vorher gesagt, wie du dir einen entspannten Abend vor dem Cialk vorstellst, wäre ich in mein eigenes Zimmer geflüchtet.« Er versuchte sich aufzurichten und sackte ächzend zurück. »Bei den Göttern, ich glaube, du hast jeden Knochen in meinem Leib zum Schmelzen gebracht«, stöhnte er.

Dravo lächelte, beendete seine Wäsche und Rasur, trat zurück ans Bett und legte sich seitlich neben Arlyn. »Du hast dich nicht wirklich darüber beklagt«, neckte er und strich ihm über die Schulter.

Arlyn wandte den Kopf und funkelte ihn an. »Ich bin ja auch kaum zu Atem gekommen. Da waren andauernd deine Lippen davor.«

»Oh, meistens kam ein herrliches Stöhnen über die deinen.« Dravo schob die rechte Hand unter Arlyns Kopf und zog ihn zu sich heran. »Eigentlich habe ich gar nichts anderes gehört. Du hast definitiv nur gestöhnt und gewimmert.« Arlyns schwachen Protest küsste er einfach weg. Als er den Mund wieder frei gab, seufzte Arlyn schwer, schmiegte sich in seine Hand.

»Bei den Göttern, ich kann kaum einen Muskel bewegen. Ich fühle mich wie ein weiches Kissen.«

»Ach wirklich?« Grinsend zog Dravo die Augenbrauen und Mundwinkel spitzbübisch hoch, griff mit der linken Hand zwischen die Beine und ließ die Hand gezielt höher wandern.

»Dravo!«, stieß Arlyn empört aus, fuhr überrascht zusammen.

»Zumindest dieser Teil von dir wird sicherlich schnell wieder hart werden. Ich glaube, Kinsan muss doch noch etwas warten.« Lächelnd, das Herz freudig pochend, packte er Arlyns Bein und drehte ihn auf den Rücken. Die Götter gaben ihm ihr Licht, denn es bereitete ihm ein unsagbar gewaltiges Vergnügen, Arlyn zu erregen und ihn sich vor Wonne winden zu lassen. Etwas, was er so auch noch nie erlebt hatte. Seine eigene Befriedigung hatte für ihn stets im Vordergrund gestanden und er hätte nie erwartet, eine ebensolche Verzückung darin zu finden, Lust zu geben.

»Bei den Niederen, hab doch Gnade!«, keuchte Arlyn lachend, streckte ergeben die Arme aus, aber Dravo gewährte sie ihm nicht, fuhr stattdessen fort, wo er irgendwann in der Nacht aufgehört hatte. Es war faszinierend, denn je mehr sie sich ihrer Lust hingaben, umso enger schien das Band zwischen ihnen zu werden, desto stärker verwob Arlyns Magie ihre Empfindungen. Dravo bekam davon einfach nicht genug.

Als er von Arlyn abließ, seinen Geschmack auf Zunge und Lippen, lag dieser heftig atmend auf dem Rücken, die Lider geschlossen. Zufrieden leckte sich Dravo über den Daumen, wischte letzte Spuren fort, genoss das letzte Funkeln der Magie auf der Haut, das feine Prickeln, das ihn durchströmte.

»Jetzt kann ich mich absolut nicht mehr bewegen. Du wirst eindeutig ohne mich gehen müssen«, stöhnte Arlyn.

»Dagegen hätte ich rein gar nichts einzuwenden«, meinte Dravo, ließ den feuchten Daumen über Arlyns Lippen gleiten, beugte sich über ihn, versank in seinem Anblick. Nie würde er dessen überdrüssig werden, nie verlor er auch nur einen Hauch des Reizes. »Auf diese Weise finde ich dich nach dem Cialk wenigstens vor, wie ich dich am liebsten mag: Nackt und hilflos. Dann kann ich alles mit dir machen, was ich möchte.«

Arlyns Lider flatterten, er öffnete sie langsam, blickte ihn unerwartet ernst an und hob die Hand. Mit sanftem Druck legte er sie um Dravos Oberarm.

»Ich weiß, was du wirklich möchtest«, sagte er leise.

Augenblicklich wich Dravo zurück, spürte Kälte über den Rücken kriechen. War es auch der Magie geschuldet, dass Arlyn ihn so genau durchschaute? Natürlich war sein Verlangen da. Unvermindert, lediglich verdrängt und mühsam zurückgehalten.

Rasch erhob er sich, wandte ihm den Rücken zu und griff nach der bereitliegenden Kleidung. Entsprechend des Anlasses würden sie sich einkleiden lassen. Alles lag schon bereit für das große Ereignis.

»Das ist mir gar nicht so wichtig«, erklärte er nicht ganz der Wahrheit entsprechend. Götter, wenn er daran dachte, was Arlyn erlebt hatte, war ihm nur zu bewusst, warum seine Magie bei jeder Art ihrer Vereinigungen abwehrend reagierte. Sie hatten es nach dem letzten Scheitern nicht mehr versucht, es war ein unausgesprochenes Thema geblieben.

»Ich möchte es dir so gerne geben«, fuhr Arlyn fort, stieß die Luft hart aus. »Ich ...«

»Arlyn, ich genieße es, dich zu verwöhnen. Jeder von uns kommt zu seinem Vergnügen auf die eine oder andere Weise.« Mit einem Lächeln auf den Lippen wandte Dravo sich um. »Habe ich dir nicht schon viele davon gezeigt?«

»Das hast du. Und doch weiß ich, was du dir am meisten wünschst. Wenn ich nur endlich diese Bilder aus meinem Kopf verbannen könnte. Wenn ich ...«

»Es ist nicht wichtig. Es hat Zeit. Es braucht Zeit«, unterbrach Dravo ihn, zog ihn an der Hand in eine aufrechte Position, küsste ihn zärtlich. »Du weißt, ich kann warten und ich werde warten.« Auch für diese Entschlossenheit liebte er Arlyn, seine Hartnäckigkeit, seinen speziellen Ehrgeiz, die Vergangenheit völlig zu besiegen. Er war ein solcher Kämpfer und gewiss würde er es irgendwann wirklich schaffen. Heute jedoch stand ihnen eine andere Prüfung bevor, die all ihre Kraft brauchen würde.

»Komm, steh schon auf. Kinsan wird schon vor Ungeduld seine Runden im Gang laufen. Lass uns rasch fertig werden und uns von ihm in die edle Kleidung stecken, die ja keinen Fleck abbekommen soll. Und du bist gerade so verklebt, dass es eine Weile dauern wird, dich zu reinigen.« Schmunzelnd zog er Arlyn aus dem Bett und zum Waschtisch.

»Woher wohl nur all diese Flecken kommen«, brummte Arlyn, rümpfte die Nase, als er an sich selbst roch. »Götter, ich stinke.«

»Oh, es wird mir ein wahres Vergnügen sein, selbst Hand anzulegen, um jede Spur sorgfältig zu beseitigen.« Ergeben seufzte Arlyn, ließ sich nur zu gerne von Dravo waschen. Kinsans dezentes Klopfen unterbrach jedoch weitere Zärtlichkeiten.

Gemeinsam mit zwei weiteren Bediensteten half er ihnen beim Einkleiden. Während Dravo stillstand, die Dienerin die seitliche Schnürung seines Wamses schloss, betrachtete er wohlwollend Arlyn, dem Kinsan zur Hand ging.

Dunkelblaue Farbtöne dominierten seine Kleidung. Der Kragen des Hemdes war mit üppigen Stickereien in Silber ausgeführt, in denen winzige, bläuliche Edelsteine aufblitzten. Dieselbe Art Verzierung zog sich in Ranken zur Verschnürung an der Brust. Die weiten Ärmel lagen im Bereich der Unterarme dank silberner Spangen eng an. Das offene Wams dazu war eine Farbnuance dunkler gewählt. Aus einem hellen, grauen Material war die Hose gefertigt worden. Feinste Silberfäden ließen den Stoff bei jeder Bewegung schimmern. Sie hatte ein Vermögen gekostet, denn diese Technik beherrschten nur wenige Schneider. Enge, kniehohe Stiefel aus äußerst feinem Leder und mit filigranen Silberspangen besetzt, rundeten das Bild ab.

Diese Kleidungsstücke hatte Dravo extra per Boten in Rhilgris in Auftrag gegeben und sie waren gerade noch rechtzeitig eingetroffen. Dazu gehörte noch ein langer, blau und hellgrau gestreifter Umhang, der mit silbernen Broschen und einer ebensolchen Kordel vor der Brust gehalten wurde. Die Haare hatte Kinsan ihm zurückgebunden und mit einem ebenso dunkelblauen Band gebändigt.

Bewundernd ließ Dravo den Blick über ihn gleiten. Wie ein wahrer Adeliger wirkte Arlyn in der eleganten Kleidung des höfischen Lebens. Darin schien er sogar ein wenig größer zu sein, erwachsener und weit weniger wie der unsichere Nordjunge.

»Larn Arlyn, Ihr seht umwerfend aus«, erklärte ihm Dravo, atmete auf, als die Dienerin endlich den letzten Knoten gebunden hatte und zurück trat.

»Dasselbe kann man von Euch behaupten, Hoheit«, gab Arlyn zurück, deutete eine Verneigung an. »Ich hoffe nur, ich werde mich unter all diesen Adeligen richtig zu benehmen wissen.« Obwohl er lächelte, war ihm die Unsicherheit deutlich anzusehen. Es würde schwer für ihn werden, allein seine auffällige Erscheinung schon alle Blicke auf sich ziehen. Noch viel mehr, weil er an Dravos Seite, gleichberechtigt neben ihm gehend auftauchen würde. Dravo war sich zu jeder Zeit bewusst, was er von ihm verlangte. Mit einer ungeduldigen Bewegung scheuchte er die Diener hinaus, trat zu Arlyn und nahm seine Hände in die seinen.

»Ich werde bei dir sein«, flüsterte er ihm beruhigend zu. »Ich lasse dich keinen Moment aus den Augen.« Seufzend strich er über Arlyns Schultern. »Es ist meine Pflicht, beim Empfang nach den ersten Läufen des Cialks als Königssohn aufzutreten. Vater würde mich notfalls in Ketten hinschleppen lassen, nur um diese Tradition zu wahren und das Erste Haus würdig zu repräsentieren. Aber Jilfan hat recht. Wenn ich jemals sicher sein möchte, dass du an meiner Seite leben kannst, unbehelligt und offiziell, dann werden wir dort gemeinsam erscheinen müssen und hoffen, dass zumindest mein Bruder Rahj unsere Verbindung dulden wird. Er ist der zukünftige König Fenjarns. Wenn wir seinen Segen haben, kann niemand mehr dagegen reden. Ob er sich allerdings offen gegen Vater stellen wird …«

»Wie werden die Adeligen denn auf mich reagieren?«, fragte Arlyn zaghaft.

»Wie wohl jeder. Sie werden dich bewundern, mir neidvolle Blicke zuwerfen und heimlich darüber lamentieren, wie ungerecht die Götter waren, weil sie dich ausgerechnet an meine Seite gestellt haben«, erklärte Dravo schmunzelnd. »Außerdem werden sie hinter unserem Rücken so laut tuscheln, dass wir jedes Wort verstehen werden. Und wir werden huldvoll lächeln und ihnen dabei die Krätze der Niederen an den Sack wünschen.«

»Und dein Vater?« Gedankenvoll zupfte Arlyn an Dravos grüngrauem Umhang herum.

»Er wird toben. Nach dem Empfang. Wenn ihn keiner sieht und hört, außer den Dienern. Auch wenn er mir zu gerne alle Flüche der Niederen entgegen schleudern würde, er wird es nicht vor den Adeligen wagen.« Flüchtig küsste Dravo ihn, versuchte zuversichtlicher zu klingen, als er sich fühlte. Verdammt auch, er wusste nicht sicher, wie sein Vater auf die erneute Provokation reagieren würde. Denn in seinen Augen würde es das sein.

»Was auch geschehen wird, ich bin bereit, um unsere Liebe zu kämpfen, ob sie ihnen nun passt oder nicht«, beendete Dravo ihr Gespräch entschlossen, ließ Arlyn unvermittelt los und wandte sich zur Tür. Hastig verdrängte er alle Bedenken, jedes ungute Gefühl. Wenn er jetzt zauderte, würde ihn der Mut verlassen. Es gab keine bessere Gelegenheit und er war es leid, in dieser Ungewissheit zu leben.

»Wir haben noch Zeit für ein kurzes Frühstück und werden rechtzeitig vor dem ersten Lauf ankommen«, bemerkte er, während sie nach unten gingen. »Es wird nach den ersten Rennen natürlich genug zu essen geben, um das halbe Königreich satt zu bekommen.«

»Mindestens das halbe«, erklang Kinsans Stimme von unten und er verbeugte sich tief. »Wenn Euer Hoheit jedoch die Abreise noch länger zu verzögern belieben …«

»Bei den Niederen, Kinsan, wir kommen ja schon. Der Tag ist gerade erst angebrochen und die Reise zur Residenz meines Vaters nicht zu lang. Wir werden vor dem ersten Rennen dort sein, aber schau nur, wie wackelig Arlyn auf den Beinen ist. Er wird eine Stärkung brauchen«, meinte Dravo. Rasch zwinkerte er Arlyn zu, der wirklich mit ein wenig weichen Knien die

Treppe hinabzuschreiten schien, sich augenblicklich aufrichtete und ihm einen bösen Blick zuwarf.

»Davon bin ich ausgegangen. Das Essen steht bereit, ebenso Eure Kutsche. Eben kam auch der Bote an, um zu versichern, dass alle Pferde und Reiter wohlbehalten in Trandfil angekommen sind. Es ist alles nach Euren Wünschen vorbereitet worden.« Einladend winkte Kinsan sie in das Esszimmer, wo sie nahezu wortlos speisten.

Es lag eine Spannung in der Luft, die Dravo nicht zu zerstreuen wusste. Die sorgfältige Planung, das Training und die Vorbereitung der letzten Wochen gipfelte heute im Cialk. Es war viel leichter gewesen, sich mit der Frage, welches Pferd für welches Rennen geeignet war, zu beschäftigen, als mit der, wie sein Vater auf Arlyn reagieren würde. Nun jedoch wurde diese Frage immer zentraler und kroch in seine Gedanken.

»Euer Hoheit, die Sonne steigt immer höher und die Pferde vor der Kutsche werden sicher unruhig«, warf Kinsan ein, der ihm seine düsteren Gedanken wohl ansah. Grimmig nickte Dravo, streckte sich beim Aufstehen und legte den Arm um Arlyns Schultern, als sie zur Kutsche schritten. Wärme und Zuversicht wuchsen in ihm, wenn er das geliebte Gesicht betrachtete, die Augen, die ihn voller Zuneigung ansahen. An Arlyns Seite konnte er nur gewinnen.

»Auf geht es. Heute zeigt sich, welche Pferde der Zucht Dun nan Drinju sich bewähren. Mein wunderschöner Arlyn, treten wir aus den Schatten ins Licht.«

69 Kapitel

Das Cialk

Mit klopfendem Herzen schritt Arlyn zur Kutsche. Seine weichen Knie resultierten nicht länger aus einer körperlichen Schwäche, die seine Magie rasch ausgeglichen hatte, vielmehr aus der Ungewissheit, was ihn erwarten würde.

Zurückzubleiben war keine Option, auch wenn ihm jetzt bereits die Hände feucht wurden, wenn er daran dachte, Fenjil zu verlassen und all jenen fremden Menschen zu begegnen, die ihn mustern und anstarren würden. Zum einen würde er Dravo nicht enttäuschen wollen, zum anderen waren da die Rennen und die Pferde, die er mit trainiert hatte. Natürlich interessierte es ihn brennend, wie sie laufen würden.

»Euer Hoheit. Junger Herr.« Freundlich lächelte Kinsan sie an, während er die Tür der Kutsche öffnete und sich verneigte. Es war ein besonderes Modell, in Dravos Farben angestrichen und prunkvoll mit jeder Menge silberner Elemente geschmückt. Die Stallburschen hatten zwei Tage lang jedes Stückchen Metall daran auf Hochglanz poliert. Vier Grauschimmel waren davor gespannt, deren Geschirr ebenfalls in den Farben des Hauses gehalten war. Dies war keine gewöhnliche Reisekutsche, sie war pompös und gab Arlyn einen Vorgeschmack dessen, was ihn auf dem Cialk erwarten würde.

Entsprechend zögerte er, Dravo zu folgen, warf Kinsan einen unsicheren Blick zu, der ihm aufmunternd zunickte und sogar kurz zwinkerte.

»Kinsan! Glaubst du, ich habe nicht gesehen, wie du meinem Freund frech zugezwinkert hast? Ein ziemlich ungebührliches Verhalten für einen Diener meines Hauses, nicht wahr?«, tadelte ihn Dravo aus der Kutsche heraus.

Überrascht starrte Arlyn ihn an. Wirklich scharf hatte Dravo nicht geklungen. Zweifelnd legte er den Kopf schief, als sich Kinsan noch tiefer verbeugte und beim Aufrichten reichlich verschmitzt wirkte.

»Eure Hoheit müssen sich irren«, antwortete er und die Mundwinkel zuckten verdächtig. »Denn ich würde es doch niemals wagen, jemand anderem als Euch zuzuzwinkern.«

»Das will ich dir auch geraten haben, mein alter Freund«, brummte Dravo schmunzelnd, winkte Arlyn zu sich herein. »Ich könnte womöglich eifersüchtig werden, wenn du gedenkst, dich besser um Arlyn, als um mich zu kümmern. Zur Strafe für dein ungebührliches Verhalten, befehle ich dir, mit uns zu kommen und darauf zu achten, dass niemand anderes Arlyn zuzwinkert, wenn ich es nicht bemerke.«

Kinsan grinste plötzlich sehr breit und deutete eine weitere Verbeugung an.

»Sehr Wohl, Eure Hoheit. Ich werde die schwere Bürde auf mich nehmen und Euch zum Cialk begleiten. Selbstverständlich auch zu jedem der Rennen und zu jedem Empfang bei den unzähligen Larns und Laranas, wo ich mit den anderen, derart bevorzugt behandelten Dienern üppig zu speisen gedenke.« Im selben Moment, als Kinsan schmunzelnd die Tür schloss, begriff Arlyn auch, dass es eher eine Auszeichnung war, als Diener mitkommen zu dürfen.

Erleichtert entließ er den Atem und ließ sich in die Polster der Kutsche sinken. Kinsans Anwesenheit gab ihm bereits ein gutes Gefühl.

»Natürlich kommt er mit. Den Klatsch und Tratsch würde er sich niemals entgehen lassen wollen«, bemerkte Dravo, strich mit zwei Fingern über Arlyns Knie, als die Kutsche anrollte, die Allee entlang, Fenjil verließ.

Mit vager Wehmut sah Arlyn die Gebäude zurückbleiben. Dravos Residenz war ihm weit mehr Heimat geworden, als er sich zu Beginn hätte träumen lassen.

»Freust du dich schon auf die Rennen?«, unterbrach Dravo nach einer Weile das Schweigen.

»Oh ja. Es wird sicher interessant werden, zuzusehen. Ich bin auf die Wettkämpfe sehr gespannt. Und auf die anderen Pferde«, erklärte Arlyn, froh, die Gedanken ablenken zu können. Sicher ging es Dravo genau so.

»Das Cialk, ist das größte und traditionsreichste Ereignis Fenjarns. Drei Tage lang zelebrieren wir die Häuser in Prunk und Farbe. Insgesamt sind es elf Rennen als Vorläufe. Jedes der neun großen Häuser Fenjarns gab seinen Namen für eins dieser Rennen. Zudem wird für jeden Königssohn eines gestartet.«

Arlyn nickte, denn für diese Rennen hatte er mit Dravo zusammen jene Pferde bestimmt, die in den Läufen Dravos Farben vertreten sollten. Jedes der Tiere hatte er sich sorgfältig angesehen und die Magie in ihre Körper gesandt, um jede Schwäche aufzuspüren und zu erkennen, ob sie der Belastung gewachsen waren. Vor zwei Tagen schon waren sämtliche Pferde und die Stallknechte aufgebrochen, um rechtzeitig beim Cialk zu sein und den Tieren dort noch Ruhe zu gönnen.

»Der zwölfte Lauf ist der wichtigste. Das Rennen des Königs«, fuhr Dravo fort, während er aus dem Fenster starrte. »An ihm nehmen nur die Pferde aus dem Stall des Königs, seiner Söhne und der vier ältesten Adelsgeschlechter teil, sowie die Gewinner der vorigen Rennen«, erklärte Dravo, lächelte versonnen. »Vor vier Jahren haben meine Pferde sieben der Vorläufe gewonnen. War das ein schöner Anblick: Acht meiner Lieblinge im Königslauf und die ersten drei Plätze gingen an mein Haus.«

Voller Stolz lächelte er, verzog gleich darauf den Mund spöttisch. »Larn Rangol aus dem Haus Olvirm hat mich den weiteren Cialk über natürlich mit jedem Blick ermordet. Nun, daran bin ich gewöhnt. Weder er noch sein Haus wird mir je verzeihen, dass ich seine Schwester nicht genommen habe.« Wie üblich schwang leichte Bitterkeit in seiner Stimme mit, wenn dieser Name fiel. Arlyn hoffte sehr, diesen Larn nicht kennenlernen zu müssen. Schon der bloße Gedanke ließ die Magie unruhig kribbeln.

»Der Königslauf ist das Rennen mit dem größten Prestige. Das Haus des Gewinners richtet zum Abschluss des Cialks einen besonders großen Empfang aus. Es gilt als besondere Ehre, den König und seine Familie dabei zu bewirten und es werden keine Kosten noch Mühen gescheut, Prunk und Protz aufzufahren«, spottete Dravo. »Habe ich dir eigentlich schon von den neun Häusern erzählt, die Fenjarn regieren? Sie haben die Macht über alle Provinzen und Städte unseres Landes, unterstehen jedoch dem ersten und ältesten Haus, dem Haus des Königs.«

Aufmerksam lauschte Arlyn, während die Kutsche gleichmäßig dahinrollte, an Wäldern und ausgedehnten Feldern vorbei, auf denen sich das Korn bis zur Erde bog. Erst nach dem Cialk würde die Ernte beginnen.

»Larn Rangol dun da Olvirm trat vor fünf Jahren das Erbe des Hauses Olvirm an. Er ist ein furchtbar eingebildeter, machtbesessener Mann, wie es auch schon sein Vater war. Es geht das Gerücht, dass er seinen jüngeren Bruder so oft und massiv mit Schmähungen bedacht haben soll, dass dieser sich aus dem Fenster seines Zimmers in den Tod stürzte. Andere Gerüchte besagen, Larn Rangol selbst habe ihn gestoßen. Beide Varianten erfreuen sich besonderer Beliebtheit beim Getuschle.« Verächtlich schnaubte Dravo. »Seine Schwester hingegen ist sanftmütig und durchaus eine Schönheit zu nennen. Sie hat er stets umsorgt, öffnete ihre Anmut und die Aussicht auf eine Gebenszeremonie ihm doch Türen, die sonst verschlossen blieben.«

»Wie die zu deinem Haus«, warf Arlyn ein. »Der Mann hasst dich noch immer deswegen?« Wie musste es sein, einen Mann von derart viel Macht zum Feinde zu haben und ihm immer wieder begegnen zu müssen?

»Oh ja, mit jeder Faser seines egozentrischen Selbst. Sein Haus ist nach dem meines Vaters, das zweitälteste Fenjarns und damit beinahe so mächtig wie unseres. Schon immer hat das Haus Olvirm nach der Macht des Königshauses gestrebt. Die anderen Häuser sind weit weniger mächtig.

Da wäre das Haus Hlumj, die Wächter und Krieger unseres Landes. Sie sind dem Königshaus treu ergeben, folgten meinen Vorfahren und auch meinem Vater in jede Schlacht. Für gewöhnlich ebenso so treu ist das Haus Marand, denen in Rhilgris und weiteren großen Städten nahezu jeder Gasthof und jede Schenke Tribut hörig ist. Da sie jedoch stets nach Profit streben, sollte man sich nie auf ihre Loyalität dem ersten Haus gegenüber verlassen, als vielmehr auf ihre Treue dem größten Versprechen von Goldenen.« Leise lachend lehnte sich Dravo zurück, zupfte an der Schnürung des Wamses herum.

»Das Haus Bindak, die den Seehandel am Blauen Meer kontrollieren, ist klein und eher unabhängig. Zeitweise stand ihm sogar mangels männlicher Nachkommen eine Frau vor. Weiterhin gibt es noch das Haus Kalard, Viehzüchter und Schmuggler, denen man enge Verwandtschaft mit den Völkern Sapaals nachsagt. Vater traut keinem von ihnen, weil er sie verdächtigt, an dem Einfall in unser Land maßgeblich beteiligt gewesen zu sein. Zwei Larns des Hauses hat er damals zerteilen und enthaupten lassen. Ihre Köpfe verrotteten mit den aufgespießten Gliedmaßen an der Grenze.«

Schaudernd fuhr Arlyn zusammen. Je mehr er von Dravos Vater erfuhr, desto mehr Furcht bekam er vor einer Begegnung mit diesem. Dieser Mann schien vor Grausamkeiten nicht zurückzuschrecken und den Tod von Menschen durchaus leichtfertig in Kauf zu nehmen, um seine Ziele zu erreichen. Waren diese Eigenschaften die eines guten Königs? Dravo war anders, das wusste Arlyn inzwischen. Ob Rahj hingegen ebenso dachte und handelte? Dafür wusste er zu wenig von Dravos jüngerem Bruder.

»Dann wäre da noch das Haus Rhilgrep. Ebenfalls eine mächtige Händlerfamilie und die Gründer von Rhilgris. Das Haus Adorav besteht nur noch aus wenigen Mitgliedern, die klaren Verstand besitzen. Zu viel Inzucht rächt sich eben irgendwann. Das Haus Danakuglan hingegen ist ziemlich verarmt. Ich bezweifle sogar, dass es ihnen gelingen wird, für jedes Rennen ein Pferd zu stellen. Schließlich haben wir noch das Haus Maircro, eine überaus große Familie, die eine riesige Flotte an Schiffen für den Fischfang besitzt. Sie dürften dank ihrer großen Fruchtbarkeit über die Generationen mit jedem der hohen und niedrigen Häuser Fenjarns verwandt oder verschwägert sein.«

Bedächtig nickte Arlyn, versuchte sich vorzustellen, wie es sein musste, sich unter all diesen Menschen zu bewegen und um ihre Macht, ihre Geschichte und Bedeutsamkeit zu wissen. Oh, er konnte sich gut vorstellen, wie schwer es Dravo fallen musste, sich andauernd zu verstellen. Undenkbar, sein Leben lang diesen schmalen Grat entlang zu wandern und jederzeit fallen zu können. Nein, er beneidete Dravo wahrlich nicht um seinen Status und verstand inzwischen sehr gut, welche Last er so widerwillig trug.

»Drei Tage lang adelige Speichellecker und höfische Fallstricke ringsum.« Schwer seufzend ließ Dravo den Kopf nach hinten sinken. »Wären da nicht die Rennen, es wäre unerträglich. Ich bin froh, dass ich in diesem Jahr dabei wenigstens deinen Anblick genießen darf.« Obwohl Arlyn lächelte, war das nagende Gefühl von Unbehagen noch immer da. Bislang hatte er die Pferde nur im Training gegeneinander antreten sehen, wusste um ihre Schnelligkeit und hatte ihre Kraft bewundert, wenn sie ihre täglichen Läufe absolvierten. Wie wunderschön musste der Anblick dieser edlen Tiere in einem solchen Rennen sein.

»Wir werden sehen, ob deine Wahl die richtige war. Drilma, die hübsche Fuchsstute, sollte im Königslauf gute Chancen haben, denke ich«, fuhr Dravo fort.

»Natürlich. Sie hat enorm viel Biss und lässt sich nicht abdrängen. Ihr starkes Herz wird ihr im Königslauf über die doppelte Distanz zugutekommen. Sicher, sie ist nicht so schnell im Antritt, entwickelt ihre Geschwindigkeit aber gerade über die längere Strecke«, ergänzte Arlyn, mehr als froh, ein Thema zu haben, was sie beide ablenkte.

»Hach, ich bin auf den Lauf des Hauses Olvirm gespannt. Unser Schimmel Ascra da lin wird den Lauf hoffentlich haushoch gewinnen.«

Arlyn musste schmunzeln, denn der nordische Name bedeutete soviel wie »Rache zur rechten Zeit«. Der Schimmel war sehr schnell, vermutlich sogar das schnellste Pferd von jenen, die Dravo zum Cialk geschickt hatte, aber er war auch ein wenig schwer zu motivieren, alles zu geben. Mithilfe der Magie hatte Arlyn eine alte Verletzung, die durch einen Sturz entstanden war, und die daraus resultierende Verspannung in der Hinterhand behoben. Nun lief er wesentlich lockerer und er hoffte sehr, dass er sich in diesem derart wichtigen Lauf behaupten können würde.

»Heute Abend werden wir beim Empfang bei meinem Vater in der Residenz auch Jilfan wiedertreffen. Zwar gehört er offiziell zu keinem der neun Hohen Adelshäuser, seine Linie lässt sich jedoch auf das Haus Kalard zurückführen. Er selbst ist natürlich stolz darauf, ein Nachkomme eines der Bastarde dieses Hauses zu sein.« Schmunzelnd schaute Dravo Arlyn an, bemerkte sehr wohl dessen Unbehagen und legte die Hand beruhigend auf seinen Arm. »Sei unbesorgt. Er wird weder mich noch dich in dieser illustren Gesellschaft in Verlegenheit bringen. Immerhin hat er auch einen gewissen Ruf zu verlieren. Unsere Treffen hat er immer geheim gehalten. Was für ein Skandal, wenn bekannt geworden wäre, dass er es mit dem Thronfolger treibt. Oh, sogar sein Vater hätte ihn aus Fenjarn gejagt. Und Jilfan wusste wohl auch eher als ich, wie gefährlich es sein könnte, eine solche Zuneigung offen zu zeigen.« Wieder schaute Dravo aus dem Fenster. Arlyn ahnte, wohin seine Gedanken schweiften und lenkte das Gespräch rasch zurück zu den Pferden und ihren jeweiligen Chancen.

Mit derlei Gesprächen verging die Reisezeit rasch. Eine breite Straße, die von kurzgeschnittenen Büschen gesäumt und mit rotbraunen Steinen ausgelegt worden war, führte sie nach Trandfil, der Residenz des ersten Hauses Fenjarns. Üppige Blumen wuchsen in gewaltigen Kübeln, die entlang der Straße aufgestellt worden waren. Bunte Banner wehten von hohen Masten und auf der Straße herrschte reger Verkehr aus Kutschen, Lastfuhrwerken und Handkarren.

Rechts von der Straße erstreckten sich lange Reihen aus flachen Gebäuden aus demselben rotbraunen Stein wie der Straße. Weiden und Pferde konnte Arlyn hingegen keine entdecken.

»Willkommen im Zentrum des Glairom ihl Hitkals«, intonierte Dravo dramatisch. »Der Legende nach soll alles Leben dieses Landes entstanden sein, als die Götter jenseits des Blauen Meeres noch über das Land wandelten. Siehst du die Brücke da vorne? Die Quelle, die in Fenjil entspringt, ist hier längst zu einem Fluss geworden.« Aufmerksam musterte Arlyn die Brücke, deren Geländer aus Steinstatuen bestand, deren Schwerter und Speere einander kreuzten.

»Die Brücke symbolisiert den heroischen Kampf der Menschen und Götter gegen die Kreaturen der Niederen. Als die Götter sie unter die Erde vertrieben, sprachen sie einen Bann aus, der sie daran hindert, wieder an die Oberfläche zu gelangen. Mit ihrem heiligen Blut, tränkten sie den Boden und schufen die Quelle, die dieses Blut ins Land tragen würde, das Erdreich fruchtbar machte. So entstand das Glairom ihl Hitkal. Einer meiner

Vorfahren fand jedoch später diesen Ort am Fluss besser geeignet, um eine prunkvolle Residenz für die Könige zu erbauen. Vom Fluss aus laufen Kanäle bis in die Gärten, wo sie Wasserspiele und Kaskaden speisen. Mein Vater legt allerdings nicht so viel Wert auf diese Gärten. Du wirst enttäuscht sein, wenn du eine ähnliche Anlage wie bei uns erwartest.«

Lächelnd fuhr Dravo über Arlyns Wange. »Diese große Gartenanlage dient vor allem dazu, endlose Wege, gerahmt mit Statuen aller möglichen, längst verstorbenen Ahnen entlangzulaufen. Es ist wie ein historisches Spießrutenlaufen unter ihren gestrengen Blicken.«

Abermals lachte Dravo, aber Arlyn vernahm den falschen Ton darin und fragte sich, abermals, wie wohl Dravos Jugend als Kronprinz gewesen sein mochte, in Trandfil, mit all dem Prunk und den Gepflogenheiten höfischen Lebens. Und dem übermächtigen Schatten seines Vaters.

Die Kutsche überquerte die Brücke und Arlyn erhaschte einen Blick auf ein großes Gebäude, dessen Fassade hinter wuchtigen Fenjbäumen zu erkennen war, ehe die Kutsche nach links abbog.

»Ich wollte zu viel Aufmerksamkeit vermeiden, daher betreten wir das Cialk quasi durch die Hintertür. Die meisten Gäste werden stilecht direkt vor dem Schloss meines Vaters aussteigen, wir werden den Weg entlang der Stallungen nehmen, wo wir eher ungestört bleiben«, erklärte Dravo verschmitzt. Überrascht schaute Arlyn aus dem Fenster, wo jetzt ein langgestrecktes Gebäude auftauchte und das Wiehern von Pferden zu vernehmen war.

Hunderte von Pferden streckten in einer Reihe ihre Köpfe neugierig aus den Boxen des gewaltigen Stalltraktes, vor dem unzählige Männer mit den Vorbereitungen beschäftigt waren. Mit einem Mal war die Luft vom Klang ihrer Stimmen, dem Hufschlag der Tiere, ihren Lauten und schrillen Pfiffen erfüllt. Auf der anderen Seite des Gebäudes erstreckte sich eine schier endlose Reihe von prachtvollen Kutschen jeder Bauart.

»Wir sind da«, erklärte Dravo überflüssigerweise, als ihre Kutsche anhielt und Kinsan ihnen die Tür öffnete. Staunend schaute Arlyn sich um.

»Komm, wir haben es nicht weit, mein Zelt liegt dicht an den Stallungen.«

Noch ganz gefangen vom Anblick der vielen Pferde, folgte ihm Arlyn auf dem mit niedrigen Büschen und kleinen Bäumen gesäumten Weg. Immer lauter vernahm Arlyn viele menschliche Stimmen, Gelächter und Rufe und spürte seine Magie warnend in sich prickeln. Götter, seine Hände waren schon wieder feucht und am liebsten wäre er umgedreht. Unmittelbar vor ihnen mündete der Weg in die weite Fläche der Rennbahn, die an der Innenseite mit einer Hecke eingefasst war, während die äußere Begrenzung aus einem Holzzaun bestand.

Perplex sog Arlyn die Luft ein, trat mit wild pochendem Herzen unwillkürlich näher an Dravo heran, während er das bunte Treiben rundherum erfasste.

»Willkommen beim Cialk«, meinte Dravo, legte ihm den Arm um die Schultern, während sein Blick über das gesamte Areal glitt. Bei den Göttern, es mussten sich mehrere Hundert Menschen hier versammelt haben. Rings um die Rennbahn waren abwechselnd bunte Zelte und Tribünen angeordnet, Banner jeder Farbe wehten von langen Masten und überall eilten Menschen in farbenfroher Kleidung hin und her oder drängten sich an den Zaun der Rennbahn.

»Dort ist mein Zelt.« Nickend deutete Dravo auf ein großes, in grün und weiß gehaltenes Zelt, neben dem sich eine aus Holz in denselben Farben gezimmerte Tribüne erhob. Dach und Seitenwände waren mit Stoffbahnen bezogen, sodass man von unten nicht sehen konnte, wer dort saß.

»Die ersten Läufe werden bald starten und wir zwei sind dort oben vorerst vor neugierigen Blicken und vor allem vor unliebsamer Gesellschaft geschützt. Die meisten Häuser laden die ganze Familie und all ihre Günstlinge auf ihre Tribünen ein?, meine ist stets recht leer. Dieses Jahr gehört sie uns alleine.« Auffordernd machte Dravo eine Geste und Arlyn betrat unsicher die Treppenstufen, die ihn hoch zu einer Reihe von Sitzplätzen führten. Kinsan war ihnen vorausgeeilt, legte rasch noch Felle auf die Sitze in der Mitte und lächelte einladend.

Von der Tribüne aus hatte man einen hervorragenden Blick auf die Rennbahn und die Logen der anderen Häuser. Links von ihnen erhoben sich mehrere große, weiße Zelte und eine besonders lange Podeste. Dahinter wehten rotgrüne Banner, die dazugehörige kleinere Tribüne wurde jedoch von der anderen verdeckt.

»Komm, wir werden gemeinsam unser Banner hissen und allen Anwesenden zeigen, dass das Haus dun nan Drinju bereit für den ersten Lauf ist.« Grinsend drückte Dravo ihm das Seil in die Hand und zusammen zogen sie das Banner hoch, bis es sich über ihnen entfaltete und in der Reihe der anderen um die Bahn herum flatterte.

Tief atmete Arlyn aus, spürte plötzlich jeden der Blicke aus den unzähligen Augenpaaren auf sich gerichtet und versuchte besonders aufrecht zu stehen, obwohl seine Knie sich zu weich anfühlten, Kälte über den Rücken kroch und die Magie in jeder Fingerspitze juckte.

»Nimm Platz, Arlyn. An meiner Seite. Wie es sein soll.« Lächelnd nahm Dravo seine Hand, und Arlyn wusste, dass er sich ebenso aller Blicke bewusst war, als er ihn direkt am Geländer küsste, ehe sie sich im Sichtschutz der seitlichen Stoffbahnen auf die Felle sinken ließen. »Schau, das Banner des Königs wird gehisst. Das Cialk hat soeben begonnen.«

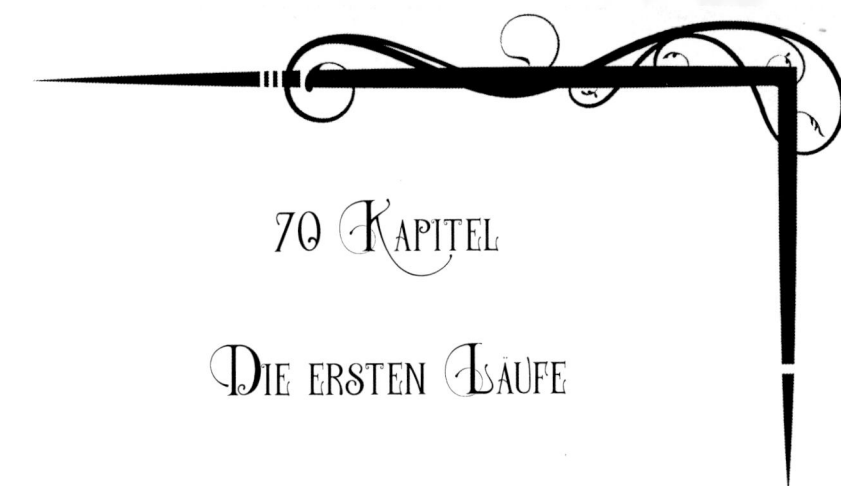

70 Kapitel

Die ersten Läufe

Fanfarenstöße hallten über das Gelände, wurden von verschiedenen Seiten zurückgegeben, während unter ihnen auf der Rennbahn der erste Pulk Pferde erschien. Mühsam bändigten Stallburschen die nervösen Tiere, als sie sie zur Tribüne des Königs führten. Ihre Reiter klopften sie, nahmen sie enger an den Zügel oder sprachen beruhigend auf sie ein. Das eine oder andere Pferd versuchte auszubrechen und gab sowohl Reiter als auch Führer jede Menge zu tun, um es zu halten.

Während Arlyns Blick den Tieren galt und sich eine gewisse Aufregung in ihm breit machte, bemerkte er mit einem Mal Malarg und Sirw, die seitlich unter ihrer Tribüne am Zaun Position bezogen hatten und sich immer wieder aufmerksam umschauten und sie umrundeten.

»Bewachen sie dich?«, fragte Arlyn leise, verspürte sogleich ein ungutes Gefühl. Er war Dravos Wächtern gelegentlich in Fenjil begegnet, wo sie jedoch keine direkte Aufgabe gehabt hatten, sondern sich lediglich mit Trainingskämpfen die Zeit vertrieben.

»Es gab schon einmal den Versuch, mich während des Cialks zu töten.« Dravo nickte zustimmend, ohne den Blick von den Pferden abzuwenden. Überrascht fuhr Arlyn zusammen.

»Aber hast du nicht gesagt, du und deine Familie wären sicher auf diesem Land?«

»Ja, niemand würde im Glairom ihl Hitkal unser Blut vergießen. Allerdings gehört das Gelände des Cialks derzeit nicht zu unserem Land. Für die Dauer des Cialks ist es das Land aller Häuser, daher darf unser Blut gefahrlos die Erde tränken«, erklärte Dravo und lächelte beruhigend, als Arlyn ihn erschrocken ansah. »Früher war es durchaus üblich, dass die Führer und Nachkommen der Häuser selbst ihre Pferde in den jeweiligen

Läufen ritten. Damals ging es oft recht rau zu und nicht selten kamen während des Rennens auch Waffen zum Einsatz. Es hätte die Niederen selbst heraufbeschworen, wenn dabei einer aus dem Hause Fenjarns sein Blut auf dem geweihtem Land vergossen hätte. Daher erklärte irgendeiner meiner Vorfahren vorsorglich das Gelände des Cialks für diese drei Tage zum Land aller Häuser.«

Zärtlich strich Dravo ihm über die Stirn. »Sei unbesorgt, Kles. Es ist viele Jahre her, dass es jemand versucht hat und Malarg und Sirw verstehen ihr Handwerk.«

»Niemand wird dir etwas tun.« Entschlossen griff Arlyn nach Dravos Hand. »Ich werde es nicht zulassen.«

Lachend küsste Dravo seine Wange. »Nein, niemand könnte es mit dir aufnehmen können, mein wundervoller, magisch begabter Kles. In deiner Gegenwart wird mir niemand schaden können und das ist ein sehr gutes Gefühl.«

Spontan beugte Arlyn sich vor und küsste ihn. Nein, wenn er es verhindern konnte, würde ganz gewiss nie jemand Dravo verletzten. Die Wunden, die sein Vater und die anderen Adeligen ihm bereits zugefügt hatten, wogen schwer genug. Gegen böse Worte würde auch seine Magie ihnen nichts nützen. Wenn sie alleine waren, war es leicht zu vergessen, wer und was Dravo eigentlich war. In seinem bisherigen Leben hatte Arlyn immer nur selbst fürchten müssen, was ihm andere Menschen antun konnten. Sich Sorgen um den Mann zu machen, den er liebte, war neu und auch erschreckend. Auf jeden Fall würde er ihm das gesamte Cialk über nicht von der Seite weichen. Kein Attentäter würde gegen seine Magie etwas ausrichten können.

Zwar fürchtete er diese Magie, die gänzlich anders als jene war, die seine Lust begleitete und tief in sich, wollte er diese wilde, gefährliche Art nie wieder fühlen, vor allem nicht erneut töten müssen. Nichtsdestotrotz wusste er instinktiv, dass er niemals zögern würde, wenn Dravos Leben gefährdet sein sollte.

Die Liebe war so stark, so allumfassend, ein Gefühl von immenser Stärke, die er nie erlebt hatte. Seine Jugend in Farjins Burg hatte er damit zugebracht, zu erlernen seine Magie einzusetzen, sie zu formen, stärker werden zu lassen, den Wünschen und dem Willen seines Meisters zu entsprechen. Damals war die Magie das Wichtigste in seinem Leben gewesen. Um Farjins Wohlwollen zu erhalten, hatte er sie perfektioniert, war bereit gewesen, alles dafür zu tun.

In diesen neuen Leben an Dravos Seite, in dem Farjins Stimme verklungen war, hatte diese Magie keine Funktion. Sie blieb ein Teil von ihm, jedoch dominierte sie nicht länger, denn Dravos Liebe galt ihm, nicht seiner Macht. Im Grunde war Arlyn dankbar, dass er diese gewaltige Macht nicht mehr einsetzen musste, denn mit der Magie waren unweigerlich jene schrecklichen Ereignisse verbunden, die er wieder vergessen wollte. Wenn er sich Dravo völlig hingeben, wenn er dessen innigsten Wunsch nur erfüllen konnte. Irgendwann würde es ihm gelingen und er würde die Vergangenheit abstreifen wie einen alten, zerschlissenen Mantel. Dann würde er auch der Mann sein, der Dravos körperliche Bedürfnisse voll erfüllen konnte. Wie Magrant.

»Sie nehmen Aufstellung«, durchbrach Dravos aufgeregte Stimme seine Grübeleien. Rasch schaute Arlyn zur Königsbühne, die weit größer als alle anderen war und sich auf weißen und goldenen Säulen erhob. Ihre Sitzreihen waren voller Menschen, in der Mitte war ein besonderer Bereich mit einer Art Thron auszumachen, von dem sich nun ein grauhaariger Mann in langen Gewändern, auf denen die Sonne Edelsteine und Gold zum Funkeln brachte, erhob und an das Geländer trat. Dravos Vater, der König Fenjarns. Unwillkürlich musste Arlyn schlucken, wenngleich sie viel zu weit entfernt waren, sodass er das Gesicht nicht direkt erkennen konnte.

»Siehst du die Farben des Bandes, welches sie vor den Pferden spannen? Orangerot und Schwarz, das sind die Farben des Hauses Hlumj. Ihnen gehört der erste Lauf«, erklärte Dravo, die eine Hand rieb über sein Bein, verriet seine Aufregung. »Dieselben Farben hat das Tuch, das Vater gleich dem Wind überantworten wird und damit den Start freigibt.«

Aufmerksam beobachtete Arlyn die Pferde, die hinter dem dünnen Band eine unruhige Reihe bildeten. Rasch machte er die Fuchsstute aus, die die Farben Dravos trug. Aufgeregt tänzelte sie hin und her, wich einem anderen nervösen Pferd aus, welches immer wieder drohend die Hinterbeine gegen andere Pferde erhob. Selbst oben auf der Tribüne konnte Arlyn die Anspannung der Tiere genau spüren. Ungewöhnliche Stille breitete sich aus, ringsum schienen nun auch alle Zuschauer den Atem anzuhalten, während die Reiter versuchten, ihre Pferde zu zügeln.

Der König hob den Arm, ließ das Seidentuch flattern und im selben Moment warfen sich die beiden kräftigen Männer an den jeweiligen Enden des Bandes vor den Pferden zurück, zerrissen es und gaben den Lauf frei.

»Sie rennen!« Zusammen mit Dravos Ruf erhoben sich sämtliche Stimmen auf den Tribünen, donnerten zusammen mit den Hufen der Pferde los. Instinktiv ballte Arlyn die Fäuste und schaute fasziniert zu, wie Dravos

Stute nach vorne sprang, dabei beinahe ihren Reiter aus dem Gleichgewicht brachte, der sich augenblicklich in den Zügel stemmte, um den Ehrgeiz seines Pferdes zu bremsen. Weit riss die Fuchsstute Augen und Maul auf, schüttelte beinahe wütend wirkend den Kopf. Mit jedem Galoppsprung kämpfte sie gegen das Gebiss, um Anspannung und Lauffreude endlich umzusetzen. Geschickt hielt ihr Reiter sie zurück, überließ im ersten Teil des Laufs drei anderen Pferden die Führung, versuchte sein Tier daran zu hindern, zu viel Energie schon am Anfang zu verpulvern.

»Gut macht er das«, raunte Dravo neben ihm. Nickend, mit angehaltenem Atem, folgte Arlyns Blick den Pferden, als sie unter ihnen entlang donnerten, auf die Gerade einbogen, die Hufe einem Trommelwirbel gleich auf den Grasboden aufschlugen und das stakkatoartige Geräusch auch seinen Puls hoch trieb.

Alle Reiter trugen weiße Hemden und Hosen, von ihren Schultern flatterten die Bänder in den Farben des jeweiligen Hauses. Als sie in einem bunten Durcheinander aus Farben und Pferdeleibern vorbei jagten, wehte kurz der Geruch ihres Schweißes zu ihnen hoch. Von ihrem Platz aus, konnte Arlyn gut erkennen, dass die Rennbahn im Prinzip ein Dreieck mit abgerundeten Ecken darstellte. Das Ziel lag auf der Mitte der letzten Geraden direkt unterhalb der Tribüne des Herrschers von wo sie auch gestartet waren. Da Dravos Tribüne seitlich davon lag, würden sie den Zieleinlauf gut sehen können.

Ein Lauf. Das war die Strecke, die die Pferde absolvierten und das Längenmaß, mit dem in Fenjarn Entfernungen angegeben wurden, wie ihm Dravo einmal erklärt hatte. Dessen angespanntes Gesicht glich dem der Reiter, ganz auf den Verlauf des Rennens konzentriert, als ob er selbst auf dem Rücken seines Pferdes sitzen würde. Es war nur zu verständlich, denn diese Fuchsstute war ein schwieriges Pferd. Noch recht unerfahren und hitzig, kämpfte sie zu gerne gegen die Anweisungen ihres Reiters.

»Hoffentlich vergeudet sie nicht zu viel Energie, so wie sie gegen ihren Reiter Tirj ankämpft«, seufzte Dravo, knirschte mit den Zähnen, als die Pferde aus ihrem direkten Blickfeld verschwanden. »Am Ende fehlt ihr wieder die Kraft, nach vorne zu gehen, wie beim letzten Mal.«

»Er hat sie doch gut im Griff. Der Reiterwechsel war eine gute Entscheidung, er reitet sie weit gefühlvoller, als ihr vorheriger Reiter«, bemerkte Arlyn, der versuchte, auch auf die große Entfernung hin, den Pulk der Pferde zu beobachten. Die bunten Bänder flatterten, vermischten sich in ihren Farben und er konnte nicht mehr erkennen, wer führte, die Entfernung war zu groß.

»Das hoffe ich«, brummte Dravo, klang wenig überzeugt.

Unter den Rufen der Menge umrundeten die Pferde die Rennbahn und kamen nun auf die gegenüberliegende Gerade. Das Feld hatte sich etwas auseinander gezogen und die Farben der Reiter waren jetzt wieder besser zu unterscheiden.

Aufgeregt deutete Arlyn hinüber. »Sieh nur, sie liegt gut im Rennen.« Ganz vorne galoppierte jetzt ein Pferd mit den Farben Gelb und Blau und eines in Braun und Rot. Aber ihre Fuchsstute lag nur wenige Längen dahinter. Gleichauf flatterten blauweiße Bänder mit den grünweißen Dravos.

»Bei den Niederen«, fluchte Dravo, als er das Pferd erkannte. »Das sind die Farben des Hauses Marand. Das ist der Rappe von Larn Mirgath. Der ist verdammt schnell und er ist in den letzten Rennen immer ungeschlagen geblieben.«

Nervös beobachteten sie, wie die Pferde sich dem Ziel näherten, ohne dass sich etwas an ihrer Reihenfolge änderte. Gegen Ende der Geraden schob sich von hinten ein großer Schimmel mit roten und dunkelgrünen Bändern heran und Arlyn folgte ihm mit klopfendem Herzen. Das Pferd griff weit aus und war bald schon auf Höhe der anderen zwei Pferde. Alle drei schoben sich nun unaufhaltsam an die beiden führenden Pferde heran, die müder und damit deutlich langsamer wurden.

»Bei den Göttern!«, schnaubte Dravo unvermittelt. »Ich glaube es nicht, der Schimmel ist Rahjs Girnak! Wo kommt der denn her?« Er beugte sich weiter vor, als die drei Pferde vor dem letzten Bogen die beiden ehemals führenden überholten und nun zu dritt nebeneinander auf die letzte Gerade kamen. Dravo fluchte so lautstark, dass Arlyn sich ein belustigtes Schmunzeln nicht verkneifen konnte. Je näher die Pferde dem Ziel kamen, desto lauter wurden die Anfeuerungsrufe.

Nebeneinander flogen die drei Pferde dem Ziel entgegen, doch dann schob sich beinahe mühelos der große Schimmel nach vorne. Seine langen Beine griffen weit aus und er ließ die beiden anderen Pferde hinter sich, überquerte mit einer Nasenlänge Vorsprung das Ziel. Augenblicklich dröhnten Fanfaren und Jubelschreie durch die Luft, mit denen das Publikum seiner Anspannung Luft machte.

Dravo hingegen fluchte ungehemmt, schlug die Faust auf das Geländer vor sich.

»War sie Zweite?« Viel zu dicht waren die beiden Tiere hereingaloppiert, Arlyn hatte es nicht erkennen können. Kaum waren die Pferde über die

Ziellinie, sprangen jedoch im inneren Teil der Rennbahn, gegenüber der Königstribüne, drei weißgekleidete Jungen hoch und hielten die jeweiligen farbigen Bänder hoch.

»Nur Dritte!«, stieß Dravo hervor. »Fast hätte sie den Rappen geschlagen. Aber woher bei den Niederen, hat dieser Schimmel neuerdings soviel Kraft bekommen? Sonst ist der immer auf der zweiten Geraden verhungert, zumindest in den Rennen des Frühjahrs.«

Fassungslos schüttelte er den Kopf und Arlyns Mund zuckte, während er ihn betrachtete. Wie ernst Dravo das Rennen nahm. Abermals erinnerte er ihn an einen Jungen, der sich maßlos darüber ärgert, dass ihn jemand in einem Spiel schlug. Genau das war es wohl auch, ein königliches Spiel, ein Kräftemessen und besonderer adeliger Zeitvertreib. Dies war Dravos Welt, erkannte Arlyn, darin bewegte er sich für gewöhnlich. Eine Welt die ihm bislang verschlossen geblieben war. Nun war er ein Teil davon, zumindest was Dravos Leben anging. Oder er würde es werden. Nach dem Empfang. Bei dem Gedanken daran schlug sein Herz prompt schneller.

Die restlichen Pferde galoppierten an ihnen vorbei, liefen auf der Rennbahn aus, ehe ihre Reiter sie wendeten und vor der Königstribüne Aufstellung nahmen.

»Dort an den zwölf Fahnenstangen in der Mitte der Rennbahn werden gleich die Farben des Siegers des Laufes hochgezogen. Das Rot und Grün an der ersten Stange steht für das Haus Asolt. Einer für Rahj«, knurrte Dravo, klang eher respektvoll und grinste Arlyn gleich darauf an. »Aber er soll sich ruhig darüber freuen. Elf weitere Läufe bis zum Königslauf. Elf Stangen, die noch meine Farben tragen könnten.«

»Das Haus Asolt? Gehört Rahj nicht zum Königshaus?«, fragte Arlyn irritiert nach.

»Doch, natürlich. Doch da er nicht der Thronfolger ist, trägt er den Namen des Hauses unserer Mutter«, erklärte Dravo. »Asolt war eines der niedrigsten Häuser und nun ist es dank meiner Mutter und ihrer Stellung eines der mächtigsten. Nie zuvor hat einer aus ihrem Haus in die Königsfamilie eingeheiratet. Oh, sie weiß das auch ganz genau und bildet sich entsprechend was drauf ein.« Dravo machte ein abfälliges Geräusch, widmete sich gleich drauf jedoch dem nächsten Rennen.

Der nächste Lauf endete allerdings ebenfalls mit dem Sieg eines anderen Pferdes. Dieses Mal wurden die Farben Braun und Weiß des Hauses Bindak am Fahnenmast hochgezogen. Dravos Pferd schaffte es lediglich auf den fünften Platz und er schimpfte ungehemmt, bis ihm Arlyns belustigtes

Gesicht auffiel. Seufzend schlug er die Hände vor das Gesicht, nuschelte dahinter: »Ignoriere mich einfach, wenn ich dir zu peinlich bin.«

»Du nimmst es ganz schön persönlich«, meinte Arlyn lächelnd und Dravo nickte heftig, nahm die Hände runter.

»Und ob! Es ist meine Art, gewissen Häusern zu zeigen, was ich von ihnen halte. Jeder Sieg ist ein Schlag ins Gesicht eines dieser Speichellecker und Intriganten.« Leiser fügte er hinzu: »So ein wenig persönliche Rache, denke ich.« Arlyn sagte nichts, betrachtete ihn weiterhin liebevoll. Der ernsthafte Gesichtsausdruck schien nicht zu dem eben noch enthusiastisch mitfiebernden Dravo zu passen. Aber er verstand genau, wieso er sich so fühlte, strich zärtlich über seinen Handrücken, erntete ein glückliches Lächeln.

Bis der nächste Lauf gestartet wurde schwieg Dravo, folgte dann allerdings wieder lautstark fluchend und anfeuernd dem Rennen. Im dritten Lauf wurde er endlich belohnt, denn sein Pferd, ein Brauner mit dem Namen Magul, gewann den Lauf des Hauses Adorav mit zwei Längen Vorsprung.

Jubelnd sprang Dravo hoch, als das Pferd mit angelegten Ohren und weit vorgerecktem Hals über die Ziellinie schoss und der Junge mit den grünen und weißen Bändern im Innenraum die Arme hoch riss und einen regelrechten Freudentanz aufführte. Arlyn freute sich mit ihm und Dravo über den Erfolg, ließ sich nur zu gerne von Dravo in eine Umarmung ziehen und küsste ihn.

»Dich hier bei mir zu wissen ist herrlich«, flüsterte Dravo, die Augen blitzten. »Jemanden zu haben, der jedes dieser Pferde ebenso gut kennt, der ihre Erfolge zu würdigen und genau weiß, was sie mir bedeuten.« Zärtlich strich er über Arlyns Kinn und küsste ihn zurück, hielt ihn an sich gedrückt, bis an dem dritten Mast in der Mitte der Rennbahn endlich das Grün und Weiß flatterte.

»Noch zwei Läufe bis zur Pause«, sagte Dravo, als er sich schwer auf seinen Sitz fallen ließ und Arlyn mit sich zog, ihm einen Kuss auf den Hals hauchte. »Ich habe jetzt schon Hunger.«

Lächelnd erwiderte Arlyn seinen Kuss, berührte ihn leicht mit den Lippen an der Wange.

»Dieser Hunger wird aber bis später warten müssen, wenn wir ganz ungestört sind«, meinte er, freute sich, wie seine Worte Dravos Augen zum Leuchten brachten und fühlte augenblicklich mehr Wärme von seinem Körper ausgehen. Leise lachend schob sich Arlyn zurück, um ihn nicht weiter in Versuchung zu führen und musterte Dravos etwas gequältes Gesicht, als er sich zurück auf seinen Platz setzte. Es war immer wieder faszinierend, wie stark Dravo auf ihn reagierte, wie sehr er ihn wollte.

»Wir werden unsere Siege später gebührend feiern«, versprach Dravo schmunzelnd, wurde sogleich wieder ernst. »Wenn wir den Empfang nach dem elften Lauf überleben werden, heißt das. Das wird unser härtester Kampf heute werden.« Rasch streckte er die Hand aus und strich über Arlyns Wange, versuchte wohl das Gefühl des Unbehagens zurückzunehmen, indem er zuversichtlich lächelte und nachlässig die Schultern zuckte. »Heute werden wir bestimmt noch mehr Siege haben, Arlyn.«

Tatsächlich gelang es seinem Pferd, auch den folgenden Lauf zu gewinnen und erst im fünften musste sich ihr Schimmel einem weiteren Pferd aus dem Hause Asolt geschlagen geben. Kaum war der Lauf beendet und die Bänder des Siegers flatterten an der fünften Fahnenstange, kam Kinsan zu ihnen hinauf.

»Das Essen ist vorbereitet, Eure Hoheit«, informierte er und sie folgten ihm hinab zum großen Zelt.

Dravos Wachen, Malarg und Sirw, blieben dicht hinter ihnen, als sie die Tribüne verließen, obwohl es nur eine kleine Strecke zum Zelt war. Aufmerksam und lauernd schweiften ihre Blicke umher und wieder überkam Arlyn ein ungutes Gefühl. Die beiden Männer nahmen ihren Auftrag überaus ernst und gerade das machte ihm Sorgen. Rechneten sie ernsthaft damit, dass jemand Dravo angreifen würde? Auch sein Blick glitt nun umher, über die vielen Gesichter am Zaun der Rennbahn, die sich ihnen zuwandten, als sie von der Tribüne zum Zelt schritten. Hastig senkte Arlyn den Kopf, als er wie gewohnt Bewunderung und auch Gier in manchen Augen glitzern sah, und ging unwillkürlich dichter neben Dravo.

Götter, ihm wurde jetzt schon schlecht, wenn er daran dachte, ihnen später beim Empfang ganz nahe zu kommen. Wie sehr sehnte er sich plötzlich nach der Einsamkeit Fenjils zurück.

Finger umschlossen die seinen und Dravo drückte seine Hand, zog ihn dicht an sich heran. Sein Lächeln vertrieb das flaue Gefühl.

Vorerst.

71 Kapitel

Der Lauf des Hauses Drinju

»Wünscht Ihr ein offenes Zelt, Hoheit?«, erkundigte sich Kinsan, als sie das Innere des grünweißen Zeltes betraten und die beiden Wachen Stellung neben dem Eingang bezogen. Dravo schüttelte nur den Kopf, ließ sich auf einen der Stühle fallen, die in denselben Farben bezogen waren und in größerer Anzahl um einen vergoldeten Tisch standen.

»Was bedeutet das?«, hakte Arlyn nach, sah sich staunend um. Das Zelt glich eher einem prunkvollen Zimmer, sogar Teppiche lagen auf dem Boden und von der Decke hing ein Leuchter. Hinter ihnen schloss Kinsan sorgfältig das Zelt.

»Wenn die Flügel des Zeltes seitwärts aufgeschlagen bleiben, lade ich damit jeden Adeligen an unseren Tisch ein«, erklärte Dravo an Arlyn gewandt. »Aber noch möchte ich keinen von denen da draußen sehen. Sie werden sich noch früh genug die Mäuler zerreißen.«

Nicht anders erging es Arlyn, der froh war, nur die Gesellschaft der beiden Wachen während des Essens mit Dravo zu haben. Selbst diese belastete ihn. Oben auf der Tribüne waren sie für sich und den meisten Blicken recht gut entzogen, dort fühlte er sich wesentlich wohler. Die beiden Wachen konnten jetzt jedoch alles sehen, was sie taten.

Insgeheim fürchtete er den großen Empfang immer mehr. Nicht nur wegen der Reaktionen der Adeligen auf ihn, sondern vor allem, weil es so unglaublich viele, völlig unbekannte Menschen waren, von denen er nicht wusste, ob sie ihm gut oder böse gesonnen waren. Dennoch bemühte er sich, Dravo nichts davon spüren zu lassen, der kaum weniger angespannt wirkte. Sie alberten weitaus weniger herum als sonst, sprachen nur wenig, während ihnen Kinsan servierte.

Ein paar Mal glaubte Arlyn, die Blicke der beiden Männer am Zelteingang in seinem Nacken prickeln zu spüren. Sorgfältig vermied er jede eindeutige

Berührung, wie auch Dravo auf die kleinen, mittlerweile selbstverständlichen Gesten verzichtete. Erleichtert sprang Arlyn auf, als draußen erneute Fanfarenstöße den Fortgang des Cialks ankündigten. Laute, aufgeregte Stimmen und Lachen drangen zu ihnen herein und Arlyn straffte sich, als sie nebeneinander zurück zur Tribüne gingen, bemühte sich, stolz und sicher neben Dravo einherzugehen, alle Blicke zu ignorieren.

»Lass uns sehen, was deine Pferde in den nächsten Läufen an Siegen einheimsen werden«, meinte er, folgte Dravo auf die Tribüne, wo sie wieder Platz nahmen. Kinsan nickte ihnen zu und verschwand wie zuvor.

In vier Läufen hatten Dravos Pferde den Sieg errungen, leider flatterten auch zweimal die hellgrünen und braunen Bänder des Hauses Olvirm an den Fahnenstangen, was Dravo fürchterlich fluchend quittierte. Zumal in dem Lauf eben jenes Hauses ihr Pferd Ascra da lin nur um eine Nasenlänge geschlagen wurde.

Im nächsten Lauf gelang es einem Pferd mit den rotschwarzen Farben des Hauses Danakuglan vor einem Pferd des Hauses Asolt und Olvirm, die Ziellinie zu überqueren. Dravos Pferd wurde hingegen nur sechster und seine Laune verschlechterte sich.

»Bei den Göttern, was für ein Schicksal schlägt meine Pferde heute?« Theatralisch hob er die Hände zum Himmel. »Erst verliert Ascra gegen diesen schweren Braunen Rangols und nun auch noch diese lahme Schnecke. Hätte ich nur auf dich gehört und den Rappen laufen lassen.« Unwillkürlich musste Arlyn kichern, als sich Dravo die Haare raufte, die Hände abermals vors Gesicht schlug. Tröstend strich er ihm über den Rücken.

»Jetzt kommt dein Lauf«, meinte Arlyn, »Unser Brauner Rahdar hat ein überaus starkes Herz und harte Beine. Er wird dir ganz bestimmt einen Sieg schenken.« Dravo blinzelte skeptisch zwischen den Fingern hervor.

»Wenn nicht, weiß ich, was es die nächsten Tage zu essen geben wird«, knurrte er. Ganz kurz glaubte Arlyn anhand seines verbissenen Gesichtsausdrucks tatsächlich, er würde erwägen, das Pferd töten zu lassen, wenn es versagte. Dann zuckten die Mundwinkel auch schon verdächtig und Arlyn gab ihm einen spielerischen Schlag auf den Kopf.

»Denk nicht mal daran. Ich stelle alle Pferde, ob schnell oder langsam, unter meinen persönlichen Schutz.« Gequält stöhnte Dravo auf: »Oh je, er droht mir. Mein hübscher Kles droht mir. Warum, bei allen Göttern, bekomme ich einen derart furchtbaren, magisch begabten Gegner an meine Seite gestellt?«

Grinsend leckte sich Arlyn über die Lippen, beugte sich zu ihm hin.

»Wer hat gesagt, dass ich dazu meine Magie brauche? Ich könnte dich inzwischen ganz regulär mit dem Stock verprügeln.«

Abermals stöhnte Dravo gespielt auf, verdrehte die Augen und tat so, als ob er vom Stuhl kippen würde. »Hör sich einer meinen Kles an. Droht mir Prügel an. Noch vor einiger Zeit hast du vor Angst gezittert und nun muss ich vor dir schlottern.«

Lachend rutschte Dravo zu Boden, kniete sich vor Arlyn und griff nach seinen Händen während hinter ihnen die Fanfaren bereits das nächste Rennen, den Lauf des Hauses Drinju, ankündigten.

»Sei nett zu mir, mein wundervoller Arlyn. Ich tue alles, was du willst«, flehte Dravo, küsste ihm die Hände. Schmunzelnd neigte sich Arlyn vor und meinte: »Ich sollte eigentlich Rache nehmen für alles, was du letzte Nacht mit mir getan hast, aber ich bin nicht so grausam wie du.« Zärtlich küsste er ihn und Dravo verdrehte selig die Augen, umfasste rasch sein Gesicht und erwiderte den Kuss flüchtig.

»Nein, Kles, bist du nicht«, flüsterte er liebevoll. »Du bist einfach nur wundervoll.« Schnell sprang er auf und schaute nach den Pferden, die vor der Königstribüne Aufstellung bezogen.

Noch immer lächelnd trat Arlyn neben ihn an das Geländer. Diese Vertrautheit, das spielerische Umgehen miteinander, war etwas, was er immer mehr genoss und auch zusehend sicherer beherrschte, seit Jilfan sie besucht hatte. Dravos Lehrmeister hatte ihm nachdrücklich vermittelt, dass es gut und richtig war, sich auf so intensive Weise zu Dravo hingezogen zu fühlen. Seither ging er viel gelöster mit seinem Begehren, ihrer Leidenschaft füreinander um. Zumindest wenn sie nicht allen Blicken preisgegeben waren.

Tief holte Dravo Luft, nahm seine Hand und starrte hinüber zur Tribüne, wo der König soeben das grünweiße Seidentuch dem Wind übergab.

»Auf geht es!«, stieß Dravo heiser aus, das Band vor den Pferden zerriss und sie donnerten los. Fest umschloss Arlyn Dravos Hand, als sie sich setzten. Wie wild spürte er sein Herz schlagen, während der dunkle Braune mit Dravos Farben kraftvoll nach vorne schoss. Scharf sog er die Luft ein, als ein anderes Pferd seitwärts gegen ihn stieß, das Tier strauchelte. Mehrere Lidschläge lang kämpften beide Reiter mit dem Gleichgewicht, versuchten auf dem Rücken ihrer weiter nach vorne galoppierenden Pferde zu bleiben, dann hatten sie sich wieder gefangen.

»Die Niederen sollen ihn holen.« Hart stieß Dravo den Atem aus, seine Hand drückte Arlyns schmerzhaft fest, denn dadurch geriet der Braune in eine hintere, äußerst ungünstige Position. In Führung lag nun ein falbfarbenes

Pferd des Hauses Olvirm, neben einem hellen Fuchs mit den Farben des Hauses Adorav und einem großen Fuchs mit dem Blau und Grün des Hauses Maircro. Dicht gefolgt von einem sehr kleinen, eher unscheinbaren Grauschimmel mit grünroten Farben.

»Bei allen Niederen!« Dravo schimpfte noch bis die Pferde am Ende der ersten Geraden in die Kurve gingen. »Wieso hat dieser Idiot vom Haus Rhilgrep sein Pferd nicht im Griff gehabt? Nun läuft meines hinterher. Verdammt soll er sein. Das war doch Absicht.«

Arlyn achtete nicht länger auf ihn, folgte gespannt den bunten Schemen, die nun wieder auf der gegenüberliegenden Geraden erschienen. Offenbar lag nun der kleine Schimmel neben dem Falben in Führung. Dravos Pferd hatte gut aufgeholt und bereits Adoravs und Maircros hinter sich gelassen. Er galoppierte nun etwa eine Pferdelänge hinter den zwei anderen, die Kopf an Kopf auf den letzten Bogen zu rasten.

»Unglaublich!«, meinte Dravo verblüfft, der endlich das Fluchen eingestellt hatte. »Wenn mich nicht alles täuscht, ist das der kleine, graue Mickerling, den ich Rahj letztes Jahr geschenkt habe, weil er ihn auf der Koppel mit seinen großen Augen so gerührt hat.« Aus seiner Stimme klang echte Überraschung.

»Er führt mit dem von Olvirm das Rennen an«, fügte Arlyn bewundernd hinzu, dessen Blick wie gebannt an dem Pferd hing. »Sieh nur, er legt noch zu.« Tatsächlich, der graue Schimmel schien kleiner und flacher zu werden, als er weiter ausgriff und Galoppsprung für Galoppsprung an dem Falben vorbeizog.

»Dieses hohe Tempo hält er niemals bis ins Ziel durch. Ihm wird auf der Zielgerade die Luft wegbleiben, wenn die anderen Reiter ihre Pferde gehen lassen«, behauptete Dravo, runzelte indes skeptisch die Augenbrauen. Sein Brauner näherte sich inzwischen mit mächtigen Galoppsprüngen. Im letzten Bogen geriet er zwar an die Außenseite, dennoch gelang es ihm, an dem Falben vorbei zu gehen und nun attackierte er den kleinen Schimmel, der hingegen keinerlei Ermüdung zu zeigen schien.

»Lauf! Lauf!«, schrie Dravo aufgeregt, sprang von seinem Sitz auf und lehnte sich nach vorne. Auch Arlyn hielt es nicht länger auf seinem Platz, aber sein Blick blieb an dem kleinen Grauschimmel hängen, dem sich Rahdar unaufhaltsam näherte. Nur wenig Strecke trennte die beiden Pferde noch von der Ziellinie, der Falbe fiel nun deutlich zurück.

»Lauf! Verdammt, lauf! Gib alles!« Wild feuerte Dravo sein Pferd an. Es schien hingegen eher, als ob er damit das falsche Pferd anfeuern würde, denn der kleine Schimmel flog augenblicklich los, ließ es beinahe so wirken, als ob der Braune stehen würde und raste auf das Ziel zu. Dravo brach mitten in seiner Anfeuerung ab, umklammerte das Geländer mit den Händen. Die Hufe des Pferdes berührten kaum noch den Boden, bewegten sich so schnell, dass man ihnen kaum mehr folgen konnte. Weit über eine Pferdelänge vor dem anderen Tier überflog es die Ziellinie.

Atemlose Stille breitete sich aus und Dravo starrte mit offenem Mund ungläubig auf das Geschehen, schien es noch immer nicht wahrhaben zu wollen. Arlyn hingegen konnte einen begeisterten Ausruf nicht zurückhalten, sein Blick galt nur noch dem kleinen Schimmel, der unter ihnen vorbei galoppierte. Mit strahlendem Gesicht riss sich der Reiter die Bänder von der Schulter, stieß sie in der hochgereckten Faust immer wieder begeistert brüllend nach oben.

Ganz plötzlich brach der Jubel los, schrien Menschen, dröhnten Fanfaren und tosender Beifall belohnte diesen klaren Sieg.

»Unglaublich. Unfassbar«, brachte Dravo hervor, trat langsam zurück und ließ sich schwer auf seinen Sitz fallen.

»Hast du gesehen wie er losgesprintet ist?«, fragte Arlyn begeistert, beugte sich weiter vor, um dem Pferd mit dem Blick zu folgen. »Bei den Göttern, noch nie habe ich ein Pferd so schnell galoppieren sehen.«

»Ja«, antwortete Dravo in einem Tonfall, der ihn sich sofort umdrehen ließ. Skeptisch betrachtete er Dravo, der immer wieder den Kopf schüttelte.

»Das war der Mickerling. Ich bin ganz sicher. Ich erkenne seinen Kopf wieder. Der hatte diese riesigen Augen. Kleine Ohren, weite Nüstern, aber extrem große Augen. Der war schon von Geburt an absolut winzig und unscheinbar, aber diese Augen sahen dich immer an, als ob er dir bis in die Seele blicken könne und alles von dir wüsste.«

Noch immer gefangen in dem Zauber dieses kleinen, kämpferischen Pferdes trat Arlyn zu Dravo, legte ihm die Hand auf die Schulter.

»Leider bist du nur Zweiter geworden.«

»Bei den Göttern, ja.« Die Worte klangen allerdings weitaus weniger bedauernd, als einfach fassungslos. »Warum, bei allen Niederen habe ich ihm dieses Pferd gegeben? Hätte ich nur geahnt, was er vermag ...« Schnaufend schüttelte er den Kopf. »Falls ich das nächste Mal eine solche Dummheit begehen sollte, bist du ja da, um mich davon abzuhalten, Arlyn. Verfluchter Rahj! Ein Pferd aus meiner Zucht schlägt das meine in meinem eigenen Lauf. Das wird mir der Mistkerl direkt unter die Nase reiben. Ich weiß es jetzt schon. Er ist mir ein paar Antworten schuldig, was das Training seiner

Pferde angeht. Ich wusste, er hat jemand neues, der sich um seine Tiere kümmert, nur dass der wirklich was von seinem Handwerk versteht, hätte ich nicht gedacht. Bisher waren Rahj die Rennen eher unwichtig gewesen.«

Stöhnend raufte er sich die Haare, bis Arlyn vor ihn trat, beide Hände schwer auf seine Schultern legte und ihn angrinste. »Vier Rennen haben Pferde des Hauses Drinju gewonnen. Ich finde, das ist ein toller Erfolg«, meinte er beschwichtigend. »Außerdem kommt doch gleich der Lauf deines Bruders. Ich bin ganz sicher, dass unser Dralk jedes andere Pferd schlagen wird.«

»Mögen die Götter deine Worte hören.« Betrübt lächelnd legte Dravo den Kopf zur Seite gegen seine Hand. »Du hast recht. Dralk wird allen beweisen, dass meine Pferde die besten sind.« Entschlossen nickte er und richtete sich auf. »Immerhin war der kleine Graue ja auch einer von meinen. Also soll Rahj sich nur ja nicht zu viel darauf einbilden.«

Fanfarenstöße kündigten das letzte Rennen an. Arlyn ließ den Blick noch einmal über die farbenfrohe Kulisse des Cialks gleiten. Am Zaun der Rennbahn hatten sich offenbar noch mehr Zuschauer eingefunden. Das enorme Gedränge und Stimmengewirr ließ ihn rasch zurücktreten und sich setzen. Es fühlte sich dort so an, als ob ihn die zahlreichen Blicke von unten direkt treffen würden. Er wollte nicht im Zentrum ihrer Aufmerksamkeit stehen, zu genau erinnerte er sich noch an den furchtbaren Weg durch die Gasse der Sklavenfänger, die brennenden, begehrlichen Blicke auf der nackten Haut, wie ausgeliefert er sich gefühlt hatte. Beschämt, gedemütigt und voll Angst.

Schaudernd sank er in sich zusammen. Würde ihm beim Empfang etwas ähnliches bevorstehen? Würden sie ihn auch mit ihren Augen verschlingen? Flüchtig streifte sein Blick Dravo, doch der war bereits auf die Pferde konzentriert, die Aufstellung bezogen.

Nur noch ein Lauf und er würde an Dravos Seite, die Residenz des Königs betreten. Hart pochte Arlyns Herz in der Brust und er fühlte seine Hände kribbeln, während sich die Magie in den Fingerspitzen sammelte. Was, wenn sie frei brach? Wenn er die Kontrolle verlor?

Hastig ballte er die Hände zu Fäusten, drängte die Magie weit zurück. Er würde nicht alleine sein. An Dravos Seite würde er stehen. Sie beide würden sich den Adeligen, vor allem Dravos Vater stellen. Oh nein, er würde sich nicht noch einmal von der Angst besiegen lassen. Hoch erhobenen Hauptes würde er neben ihm gehen, Dravo sollte stolz auf ihn sein können.

»Enttäusche mich nicht«, zischte Dravo halblaut und Arlyn zuckte perplex zusammen, wandte den Kopf. Dravos Aufmerksamkeit galt jedoch dem Geschehen auf der Rennbahn und erneut musste Arlyn schmunzeln, wie er sein Pferd beschwor: »Gib dein Bestes Dralk, lauf für mich.«

Unter lauten Jubelrufen von den Tribünen und der Menschenmenge entlang des Zaunes startete das Rennen. Frenetisch feuerten die Zuschauer Reiter wie Pferde an, als der Pulk geschlossen vorbei jagte und auf die erste Gerade einbog.

Arlyn versuchte, dem Rennen so aufmerksam wie zuvor zu folgen, indes es wollte ihm nicht recht gelingen, seine Gedanken wanderten immer wieder zu dem bevorstehenden Empfang. Dravo hingegen war vollständig auf den Lauf konzentriert. Auch auf der zweiten Geraden waren die Tiere noch immer sehr dicht beieinander.

»Es wird für Dralk schwer werden, dazwischen raus zu kommen«, kommentierte er, rutschte aufgeregt auf dem Sitz nach vorne. »Vor ihm sind zwei und wenn er im letzten Bogen an die Außenseite kommt, gerät er todsicher ins Hintertreffen.« Besorgt zogen sich seine Augenbrauen zusammen.

Er hat einen guten Reiter, wollte Arlyn sagen, fand seine Kehle seltsam eng und beobachtete lieber schweigend, wie die Pferde in den letzten Bogen kamen und Dravos Reiter tatsächlich geschickt das Pferd an die Innenseite brachte. Kopf an Kopf galoppierten nun drei Pferde auf das Ziel zu: Dralk, ein Pferd Larn Rangols und eines mit gelbblauen Bändern, welches aber bald schon zurück fiel, während die beiden anderen zulegten.

Atemlose Stille breitete sich aus, als beide Pferde dem Ziel entgegen flogen, Seite an Seite, Galoppsprung neben Galoppsprung. Keins schien schneller zu sein, ihre Nasen waren exakt auf einer Linie. Dravo erhob sich langsam und trat nach vorne an das Geländer, legte die Hände um das Holz und starrte mit angespannten Zügen hinunter.

»Nach vorne, geh nach vorn«, zischte er, doch noch immer blieben die Pferde auf einer Höhe. Ein Aufschrei ging über alle Tribünen, als die Pferde gemeinsam über die Ziellinie flogen.

»War er vorne? Götter, bei all eurem Licht, lasst ihn gewinnen«, murmelte Dravo. Rasch erhob sich Arlyn, der beim besten Willen nicht sagen konnte, wessen Nase vorne gewesen war. Unten herrschte scheinbar ebenfalls Verwirrung, denn beide Jungen an der Innenseite waren gleichzeitig hoch gesprungen, ließen die Bänder flattern, verkündeten einen Sieg.

»Götter, das darf nicht wahr sein«, raunte Dravo und Arlyn trat näher an ihn heran, als ob seine Anwesenheit alleine ihm etwas von der Spannung nehmen könnte. Hier ging es um viel mehr als den Sieg in einem Rennen, soviel verstand er.

Unten traten nun drei Männer in weißer Kleidung zu den Jungen, begannen heftig mit ihnen zu diskutieren. Gemurmel von allen Tribünen erhob sich einem Raunen gleich über den ganzen Platz.

»Kommt schon«, zischte Dravo zwischen fest zusammen gebissenen Zähnen. »Sagt was. Wer war Erster?« Behutsam legte Arlyn seine Hand auf Dravos, der ihm einen flüchtigen, jedoch dankbaren Blick zuwarf. Dieses Rennen war Dravo immens wichtig, ein Sieg über Larn Rangol bedeutend. Wie musste es sein, jedes Jahr wieder mit den schmerzlichen Erinnerungen konfrontiert zu werden? Die Rennen waren auch eine Form, Dravo Genugtuung zu verschaffen.

Die drei Männer nahmen den Jungen die Bänder ab und berieten sich noch eine Weile, in der Dravo nervös die Hand ballte, Arlyn seine Spannung, den schnellen Herzschlag wie den eigenen spürte. Wie sehr wünschte er ihm den Sieg, den Triumph über sie alle.

»Bitte lass es Dralk gewesen sein«, flüsterte Dravo abrupt. »Lass diesen arroganten Mistkerl nicht gegen mich gewinnen.« Genau in dem Moment hob einer der drei Männer die Bänder des Siegerpferdes hoch. Scharf sog Dravo die Luft ein, als der Wind die hellgrünen und braunen Bänder erfasste. Eine Niederlage.

Dravo stieß ein hartes Schnauben aus und der Ausdruck in seinen Augen, als er sich ruckartig umwandte, war so voller Hass, dass Arlyn unwillkürlich vor ihm zurückwich. Augenblicklich änderten sich Dravos Züge und er versuchte zu lächeln. Aber für den Bruchteil eines Augenblicks hatte er kaum weniger hasserfüllt ausgesehen, als Farjin, der ihn zwingen wollte zu töten. Betroffen, mit der Magie dicht unter der Haut, die warnend pulsierte, folgte Arlyn Dravo hinab, fragte sich, ob er diesen Mann, den er liebte, inzwischen gut genug kannte.

72. Kapitel

Arlyn far gly Glairom

»Arlyn!« Dravos scharfe Stimme ließ ihn zusammen fahren. Er stockte augenblicklich im Schritt, blickte Dravo verblüfft an. Dieser wandte sich zu ihm um, maß ihn mit einem beinahe ärgerlich wirkenden Blick. Sie waren gerade ihrer Kutsche entstiegen und auf dem Weg zu der großen Treppe, die in die Residenz des Königs führte. Instinktiv hatte sich Arlyn dabei hinter Dravo geschoben, wo er weniger den fremden Blicken ausgesetzt war. Das große Rondell vor den ausladenden Flügeln der Residenz war voller Kutschen, aus denen vornehm gekleidete Menschen ausstiegen.

»Verzeih, Kles. Komm bitte neben mich«, sagte Dravo augenblicklich sanfter, streckte die Hand aus. »Ich möchte, dass du neben mir gehst, nicht hinter mir.«

Arlyn wollte etwas entgegnen, doch seine Kehle war viel zu eng, das Herz schlug zu schwer, die Füße schienen schwer wie Felsen und die Magie vibrierte unablässig in ihm. Zögernd trat er neben Dravo, unterdrückte ein leichtes Schaudern.

Das Schweigen in der Kutsche hatte ihm verdeutlicht, wie nahe Dravo die Niederlage im letzten Rennen ging und er hatte nicht gewagt, zu versuchen, die Stimmung aufzuhellen. Zu sehr war er auch mit seiner eigenen Furcht vor dem Empfang beschäftigt gewesen.

»Du bist weder mein Sklave, noch mein Bediensteter«, raunte ihm Dravo zu, strich ihm zärtlich über die Wange: »Dein Platz ist an meiner Seite, völlig gleichberechtigt.« Fest drückte er Arlyns Hand und endlich schienen die Schatten aus seinen Augen zu weichen, die seit dem Ende des Rennens darin lungerten.

»Verzeih mir, ich bin kein guter Verlierer. Meine Gedanken waren nicht bei dir.« Verlegen hob Dravo die Schultern. »Bleib dicht bei mir, ich brauche jetzt deine Stärke.« Überrascht schaute Arlyn ihn an, musste prompt lächeln und fasste seine Hand ebenso fest. Für sie beide würde das nicht leicht werden, doch Dravo hatte mehr zu verlieren als er selbst und weit weniger Schutz. Verstohlen holte er Luft und straffte die Schultern. Was gab es zu fürchten? Diese Menschen konnten ihm nichts anhaben, seine Magie würde ihn schützen. Und Worte konnten keine tiefen Wunden schlagen. Hoffte er zumindest.

Als sie die Treppen hinaufstiegen, auf die weit geöffneten Türflügel des mächtigen Gebäudes zugingen, blieb Arlyn dicht neben Dravo.

»Ich bin immer bei dir«, raunte Dravo ihm beschwörend zu, ließ seine Hand aus der seinen gleiten. Ob er ihn oder sich selbst beruhigen wollte? In Arlyn entstand eine ungewöhnliche Ruhe, wenngleich er die Magie rastlos vibrieren spürte.

»Eure Hoheit, Dravo dun nan Drinju, es ist mir eine Ehre, Euch im Hause Eures Vaters willkommen zu heißen«, begrüßte sie ein edel gekleideter Diener, mit schwarzen Haaren, die so eng am Kopf an lagen, dass nur Zuckerwasser oder Pomade sie dort zu halten vermochte. Aus dem Inneren des Gebäudes klangen raunende Stimmen. Hinter den Türflügeln erstreckte sich eine große Halle, die in einen noch größeren Saal überging und mit Gold und schimmernden Elementen völlig überladen war.

»Wärt Ihr so gütig, mir den Namen Eures Begleiters zu nennen, Eure Hoheit?« Mit einem bewundernden Blick auf Arlyn verbeugte sich der Diener.

»Mein Begleiter ist Arlyn far gly Glairom«, erklärte Dravo ohne zu Zögern. Überrascht schaute Arlyn ihn an, doch der Diener nickte beflissen, ohne eine Miene zu verziehen, machte eine Handbewegung und ging ihnen mit steifen Schritten voraus.

»Aus dem Freien Land?«, flüsterte Arlyn bewegt. Dravo schmunzelte, nickte kaum merklich.

»Der Name schien mir absolut passend«, raunte er zurück, zwinkerte ihm zu.

Sie folgten dem Diener durch die große Vorhalle und betraten den gewaltigen Saal. Staunend ließ Arlyn den Blick durch den reich geschmückten, prunkvoll ausgestatteten Raum wandern, der so riesig war, dass gut und gerne vier von Germons Scheunen hinein gepasst hätten. Gewaltige, kunstvoll gewundene Säulen trugen die Decke, die über und über mit Gemälden verziert war, die Landschaften aber auch Schlachten darstellten. Wo auch immer er hinschaute, glänzte ihm Gold entgegen. Sogar die Tische und

Stühle funkelten. In der Mitte stand eine lange Tafel, die überladen war mit Speisen in goldenen, silbernen und gläsernen Schüsseln.

Der Saal war voller Menschen, die in bunte Gewändern gekleidet, Gläser oder Teller in den Händen trugen. Lachen und Gesprächsfetzen drangen zu ihnen, als der Diener an den Treppenstufen stehen blieb, die zu dem blank polierten Mosaikboden des Saales führten. Vernehmlich räusperte er sich, machte eine unwillige Geste nach unten.

Hastig strafften sich vier Männer neben dem Eingang am Fuße der Treppe, die große, mit Leder bezogene Tonnen vor sich stehen hatten. Als sie ihre kräftigen Arme mit den Stöcken hoben, flackerte Arlyns Magie kurz warnend auf. Wuchtig krachten die Stöcke auf die Oberfläche der Tonnen, trommelten einen dröhnenden Rhythmus, der auch bis in den entferntesten Bereich des Saales dringen würde. Alle, aber auch wirklich alle Köpfe, wandten sich ihnen zu und Arlyn spürte eisige Kälte im Magen, war für den Moment wie paralysiert, konnte nicht atmen, nicht denken, nicht einmal das Herz wollte schlagen.

In der Melodie der Trommeln wuchs Dravo, die Züge wurden härter, er hob das Kinn und begegnete den Blicken mit der ausdruckslosen Miene des Prinzen Dravo.

Mit einem letzten, gewaltigen Schlag verstummten die Trommeln und die Stille war so vollständig, dass Arlyn das Gefühl hatte, taub geworden zu sein. Rasch holte er Luft, versuchte ruhig zu bleiben, flach zu atmen, die Blicke zu ignorieren. Götter, wie sie alle starrten.

»Edle Larns und Laranas der Hohen und Niedrigen Häuser, königliche Hoheiten, verehrte Gäste. Bitte begrüßen Sie Ihre Hoheit, den Thronerben Fenjarns und Bewahrer des reinen Blutes Dravo dun nan Drinju und seinen Begleiter Arlyn far gly Glairom«, rief der Diener mit akzentuierter Stimme in die Stille hinein. Augenblicklich setzten die Trommeln wieder ein, die Männer hieben so schnell auf die Tonnen ein, dass man ihre Hände kaum noch sehen konnte. Der ganze Saal schien den Atem anzuhalten, das Dröhnen der Trommeln vibrierte in jedem Glas und jedem Teller. Für einen Lidschlag schloss Arlyn die Augen, kämpfte die Magie rigoros zurück.

Mit aller Macht schluckte er die Angst hinab, straffte sich wie Dravo und bemühte sich, ein ebenso hochmütiges Gesicht aufzusetzen.

»Komm mit mir hinab in die Hölle der Niederen«, raunte Dravo ihm aus dem Mundwinkel zu, ein starres Lächeln auf den Lippen und trat entschlossen nach vorne. Das Geräusch der Trommeln verhallte im Saal und wurde augenblicklich durch Raunen und Getuschel ersetzt, während sich

Dravo und Arlyn Schritt für Schritt die Treppe hinab bewegten. Mit jeder Stufe wurde das Raunen lauter, als ob sie in einen See aus Stimmen hinabsteigen würden und die Wasserwogen aus Menschen am Grunde über ihnen zuschwappen würden.

Überall Menschen, starrende Augen, offene Münder, erstaunte Gesten. Arlyn bekam kaum Luft, war versucht, die Augen zuschließen, sich an Dravo zu drängen, vor ihren lüsternen, bewundernden, gierigen Blicken zu fliehen, doch diesmal gab es kein Entkommen, er würde es ertragen. Götter, er war stärker als sie alle, er konnte das.

Verschiedene Adelige grüßten Dravo ehrerbietig, verbeugten sich vor ihnen und kurze Zeit später sprachen ihn schon mehrere begeistert auf die Rennen an, klopften ihm auf die Schulter, beglückwünschten oder bedauerten ihn. Arlyn hatte einige Mühe dicht neben ihm zu bleiben, nicht zufällig abgedrängt zu werden. So gerne hätte er sich an Dravo geklammert oder wäre hinter seinem Rücken verschwunden. Stattdessen versuchte er die vielen Stimmen, die zahlreichen Gesichter auseinander zu halten. Hier und da grüßte Dravo jemanden, warf dem einen oder anderen Bemerkungen zu, lächelte unverbindlich, nickte und behielt ihn dabei immer im Auge.

An der langen Tafel reichten Diener ihnen Getränke an, boten Teller mit Speisen dar, allerdings verspürte Arlyn keinen rechten Appetit und schüttelte nur den Kopf. Noch immer hatte er das Gefühl, kaum Luft zu bekommen, inmitten der Menschen unterzugehen. Einzig Dravo war sein Halt, während sie sich durch den Saal bewegten.

»Euer Hoheit, das waren vortreffliche Läufe.« Ein junger Mann mit hellbraunen Haaren, in dunkelgrüner Kleidung mit Verzierungen aus hellgelben Steinen, deutete vor ihnen eine knappe Verbeugung an, maß Arlyn mit einem neugierigen Blick.

»Larn Mishun, es freut mich, dass Ihr Gefallen daran finden konntet«, erwiderte Dravo, sein Lächeln wirkte eine Spur wärmer und echter, was dazu beitrug, dass Arlyn sich etwas entspannte.

»Es ist immer eine Freude, Eure Pferde laufen und siegen zu sehen. Mit Verlaub gesagt, wird Eure imposante Erscheinung heute jedoch von der Eures Begleiters in den Schatten gestellt. Mir war nicht bekannt, welche Schönheit dieses ferne, nördliche Land hervorbringt. Seid willkommen in Fenjarn, mein Herr.«

Unsicher und ein wenig misstrauisch schaute Arlyn Larn Mishun an, dessen offenes, ein wenig rundes Gesicht drückte indes nur Bewunderung aus und so nickte er dem Mann ebenfalls zu.

»Es freut mich, Euch kennenzulernen«, brachte er heraus.

»Meine Bewunderung gilt Euren Kenntnissen, Larn Mishun. Die meisten Anwesenden werden nicht einmal wissen, dass es das Freie Land gibt.« Dravo lächelte, hob sein Glas anerkennend.

»Die meisten Anwesenden werden kaum wissen, wie es hinter der Grenze ihres Anwesens ausschaut, Eure Hoheit. Wir Händler hingegen sollten immer wissen, dass die Ressourcen weit gestreut sind. Sagt, Arlyn far gly Glairom, habt Ihr die Rennen auch so genossen?«, fragte Larn Mishun freundlich. Arlyn zögerte, blickte noch einmal zu Dravo hin und antworte leise: »Ja, sehr, Herr.«

»Besonders Euer Lauf Hoheit. Das war wunderbar. So etwas sieht man nicht alle Tage, nicht wahr? Diese kleine, graue Katze. Wie der sich hindurch gekämpft hat. Das war sensationell«, stieß Larn Mishun begeistert aus. Dravo verzog leicht gequält das Gesicht, Arlyn hingegen spürte ein feines Lächeln, wenn er an den kleinen Grauschimmel dachte.

»Wundervolle Läufe, allesamt. Euer Bruder hat bewiesen, dass man ihn im Auge behalten sollte und das war sicher auch die Botschaft«, fasste Larn Mishun zusammen und lächelte verschmitzt. »Ich bin sehr gespannt auf den morgigen Königslauf. Spannender kann es kaum werden. Sowohl Eure Pferde, als auch die Ihrer Hoheit Rahj dun nan Asolt haben hervorragende Chancen, denke ich. Wobei ich dabei auf Euren Rahjdar setzen würde. Diese kleine graue Katze hätte ihn gewiss nicht schlagen können, wenn der Lauf noch länger gewesen wäre, meint Ihr nicht auch?«

»Rahj wird sich noch umsehen, wenn eins meiner Pferde morgen gewinnen wird. So wie alle anderen«, bestätigte Dravo grimmig und Larn Mishun zwinkerte ihm zu, beugte sich plötzlich verschwörerisch näher.

»Ein gewisser Larn hat natürlich bereits sehr laut mit seinem letzten Sieg angegeben und behauptet, sein Pferd würde den Königslauf mit Abstand gewinnen. Ich weiß es besser und setze lieber auf eins Eurer Pferde, wie wohl die meisten anderen.«

Dravo setzte gerade zu einer Antwort an, da trat ein Diener an ihn heran und räusperte sich dezent. Stirnrunzelnd wandte er ihm den Kopf zu und in Arlyn pochte die Magie mit einem Mal wieder stärker.

»Verzeiht mir, Euer Hoheit«, brachte der Diener verlegen hervor, warf Arlyn einen verstohlenen Blick zu und schien Mühe zu haben, sich auf sein Anliegen zu konzentrieren. »Euer Vater wünscht Euch zu sprechen.«

Augenblicklich verfinsterte sich Dravos Miene, dennoch nickte er dem Diener zu. »Ihr verzeiht, Larn Mishun? Komm mit mir, Arlyn.« Auch wenn die Füße ihm nur ungern gehorchen wollten, folgte Arlyn Dravo und dem Diener durch die Menschen. Es war soweit, die größte Konfrontation stand ihnen bevor und er beschwor die Götter, ihm genug Kraft zu geben, um Dravo eine Hilfe zu sein.

Wenn Arlyn erwartet hatte, den König inmitten der anderen Menschen zu treffen, wurde er enttäuscht, denn der Diener führte sie zu einer Tür an der Seite, die er für sie öffnete. Ohne zu Zögern trat Dravo ein und Arlyn folgte ihm mit hämmerndem Herzen und einem überaus flauen Gefühl im Magen. Was mochte sie erwarten? War dies eine Falle? Dravos Haltung war extrem angespannt, auch er schien den Raum gründlich zu mustern, der ebenso prachtvoll eingerichtet war wie der große Saal. Zusätzlich enthielt er einen großen Kamin, einen gewaltigen Schreibtisch und die Wände waren mit großformatigen Gemälden geschmückt und Wandteppichen verhängt. Vor einem davon stand ein grauhaariger Mann in prunkvollen Gewändern, bei denen Weiß und Gold dominierte.

»Vater.« Sehr wohl bemerkte Arlyn, wie Dravo schluckte und steif stehen blieb. Unwillkürlich blieb er doch ein wenig seitlich hinter ihm, als der König sich bedächtig zu ihnen herum drehte und sein finsterer Blick direkt auf ihn fiel. Für einen winzigen Moment blitzte vages Erstaunen in den Augen auf, dann verwandelte sich der Ausdruck. Beinahe angewidert besah er sich Arlyn, der unter diesem durchdringenden Blick in sich zusammen sackte.

Das war also der König Fenjarns. Er war groß gewachsen, doch das Alter begann ihn bereits zu beugen. Nicht nur die Haare, auch sein gepflegter Bart war bereits ergraut. Das scharf geschnittene Gesicht wurde von graugrünen, sehr kalt wirkenden Augen bestimmt.

»Was beabsichtigst du damit, Dravo?« Die Stimme war schneidend, spottete seinem Alter Hohn. Langsam wandte er den Blick von Arlyn zu seinem Sohn. Arlyn wagte kaum, ihn anzusehen, so immens stark war die Ablehnung zu spüren, die Aura von Macht, die diesen Mann umgab. Es war nicht schwer, sich ins Gedächtnis zu rufen, zu was er fähig war.

»Wie kannst du es wagen, diesen Lanjin mit an meinen Hof zu bringen?«, zischte Dravos Vater. »Wie kannst du mir solche Schande bereiten.« Die Worte waren wie Hiebe und auch Arlyn duckte sich unwillkürlich.

»Genau darin irrst du dich, Vater.« Mit erhobenem Kopf maß Dravo ihn mit einem kühlen Blick. »Arlyn far gly Glairom ist kein Lanjin. Er ist mein Gefährte.« Der König schnaubte äußerst abfällig, warf Arlyn einen vernichtenden Blick zu.

»Ich dachte, ich hätte dir bereits deutlich gemacht, dass ich dergleichen niemals dulden werde, Dravo.« Mit den Armen auf dem Rücken trat der König einen Schritt näher, musterte seinen Sohn mit harter Miene. Rasch drückte Arlyn die Hände gegen seine Beine, die Magie wirbelte unruhig unter der Haut.

»Ich dachte, ich hätte dir nachdrücklich klar gemacht, was man von dir erwartet. Alle Augen ruhen auf dir. Du bist ein Prinz Fenjarns!«

»Oh, dessen bin ich mir durchaus immer bewusst, Vater«, antwortete Dravo ebenso kalt, senkte nicht den Blick.

»Sorge dafür, dass er verschwindet, und zwar sofort«, zischte der König ärgerlich. »Seinesgleichen will ich nicht an meinem Hof wissen.« Die energische Geste zur Tür misslang ihm allerdings. In seinen Augen spiegelte sich hingegen die Abscheu wider. Arlyns Hände zitterten stärker und nur zu gerne wäre er aus dem Raum geflohen.

»Das werde ich nicht, Vater«, konterte Dravo gelassen. »Dieses Mal nicht. Arlyn ist mein Gefährte und wird bei mir bleiben, denn dort ist sein Platz. Du solltest es endlich akzeptieren lernen. Sieh ihn dir genau an. Dies ist Arlyn far gly Glairom, der Mann an meiner Seite.« Die Stimme war mit jedem Wort lauter und bestimmter geworden. Trotz der bedrückenden Situation verspürte Arlyn bei jedem der mutig gesprochenen Worte die Liebe für Dravo warm aufglühen.

Dravos Vater schnaubte zornig. »Ich erwarte von meinem Sohn, dass er sich wenigstens wie ein Prinz, wenn schon nicht wie mein Erbe benimmt. Du kannst deine absurden Leidenschaften insgeheim ausleben, das ist dein Recht. Hier am Hofe erwarte ich von dir, dass du zumindest den Schein wahrst und mich nicht derart entsetzlich blamierst.« Auch seine Stimme wurde lauter, der Atem kam schneller und Arlyn vernahm ein leichtes Rasseln darin. ».Du wirst diesen ...« Der König rang keuchend nach Luft, machte eine unbestimmte Handbewegung, die Schultern bebten. »Niemand sollte dich mit einem deiner Lanjins sehen, das werde ich ...«

»Er ist kein Lanjin. Er ist mein Geliebter!« Zornfunkelnd starrten sich die beiden Männer an. Die Luft selbst schien vor Spannung zu brodeln, Arlyns Magie in dünnen Fäden mit sich zu ziehen. Kälte kroch über seinen Rücken und jeder Nerv schien zu vibrieren.

Wütend ballte Dravo die Fäuste und stampfte erregt mit dem Fuß auf. »Wann wirst du es endlich begreifen, Vater? Nur für den Fall, dass es dir noch immer nicht klar geworden ist: Ich werde niemals eine Frau an meiner Seite haben. Denn ich würde sie nicht nehmen wollen, egal wie vorteilhaft eine solche Verbindung für dich auch sein mag.«

Der König öffnete den Mund zu einer Entgegnung, doch Dravo war schneller. »Ich mag keine Brüste, ich mag keine weiblichen Kurven. Ich begehre, was ich und andere Männer zwischen den Beinen haben. Daran wird sich nichts ändern, egal, was du auch unternehmen wirst. Ich werde nicht den Schein wahren, mich weiterhin verbergen und schon gar nicht werde ich den Mann verbergen, den ich liebe. Arlyn ist mein Gefährte und das lasse ich den gesamten Adel nur zu gerne wissen.«

Heftig nach Atem ringend, die harten Züge deutlich blasser, starrte der König Dravo an.

»Du kannst mir drohen und ich werde darüber lachen, denn glaube mir, wenn du auch nur einen Versuch unternehmen solltest, mir mein Glück zu zerstören, wirst du erleben, zu was ich fähig bin. Ich bin dein Sohn. Ich bin nicht länger dein Erbe und wenn du dich für mich schämen willst, tue das.« Dravo senkte die Stimme zu einem abfälligen Zischen. »Ich stellte die Liebe für die Frau, die du erwählt hast, auch nie in Frage.«

Nun wurde Dravos Vater wirklich bleich, schaute ihn mit bebenden Lippen an, trat drohend auf ihn zu und ballte die Faust. »Wie kannst du es wagen, abfällig über deine Mutter sprechen?«, stieß er aufgebracht hervor.

Dravo brachte ein abgehaktes Lachen heraus. »Meine Mutter? Hat sie sich je mir gegenüber wie eine benommen? Gerade mal, dass ich ihrem Schoss entglitten bin.«

Betroffen ließ der König die Faust sinken, stützte sich stattdessen mit der Hand am Schreibtisch ab.

»Vater, du hast sie aus nur dir bekannten Gründen erwählt und ich habe immer versucht, mit ihr auszukommen«, erklärte Dravo plötzlich weit ruhiger. »Nicht weil sie meine Mutter ist, denn das hat sie mich, bei den Göttern, nie fühlen lassen, sondern weil du sie liebst, weil du sie an deiner Seite haben wolltest.« Tief holte er Luft. »Nichts anderes erwarte ich von dir.«

Wie Kontrahenten standen sie einander gegenüber, keiner wich einen Fingerbreit zurück und trotz der harten Worte zwischen ihnen glaubte Arlyn, doch ein winziges Zögern bei Dravos Vater zu bemerken. Mit beiden Händen stützte er sich auf dem Tisch ab, atmete mehrfach ein und aus, ehe er sich erneut aufrichtete, die Züge eine starre, kalte Maske.

»Du wirst meinen Hof nicht entehren, indem du einen käuflichen Lanjin herumzeigst, das werde ich nicht tolerieren, Dravo. Das ist mein letztes Wort. Und nun geh. Behalte ihn in deinem Bett. Zeige ihn jedoch nicht herum, wie eine Ware, die du feilbieten willst.«

Dravo setzte zu einer wütenden Entgegnung an, da stampfte der König auch schon an ihnen vorbei zur Tür, stieß sie wuchtig auf und verschwand im Saal. Bebend vor Wut schaute Dravo ihm nach, rang gleichfalls nach Luft, hieb plötzlich auf die Platte des Tisches ein.

»Bei allen Niederen! Dieser alte Mann hat nichts verstanden«, stieß er verzweifelt aus.

Arlyn stand stumm daneben, fühlte sich beschämt und hilflos. Was konnte er sagen, was tun? Dravos Vater hatte klar gemacht, was er in seinen Augen war: Nichts weiter als Dravos Vergnügen, ohne die Berechtigung, Anteil an dem Leben seines Sohnes zu haben. Ein Lanjin. Jemand, der ihm die Nacht versüßte. Aber kein Gefährte. Betreten senkte er den Kopf, fühlte sich beschmutzt und klein.

»Komm, wir gehen«, sagte Dravo unvermittelt, fasste nach seiner Hand und zog ihn mit sich. »An diesem Hof ist kein Platz für uns.«

73 Kapitel

Konfrontation

Noch immer fühlte sich Arlyn wie betäubt. Ihm war, als ob der König ihn mit jedem seiner Worte mit Schmutz beworfen hätte, der widerlich an ihm klebte. Wie vehement er darauf bestanden hatte, dass er nur ein Lanjin sei, wie wenig er von den Gefühlen seines Sohnes wusste, wie gering er diese achtete, machte Arlyn traurig.

Im großen Saal wandten sich ihnen so einige Köpfe zu, doch Dravo achtete auf keinen, bemühte sich, ihnen einen Weg zum Ausgang zu bahnen, blieb jedoch abrupt stehen. Eine Gruppe aus drei Männern und vier Frauen, die sich angeregt unterhalten hatten, wandte sich ihnen zu. Eine ältere Frau mit attraktiven Zügen, braunen Augen und dunkelbraunen Haaren, die aufwendig zu einer kunstvollen Frisur verschlungen waren, zog überrascht die Augenbrauen hoch und formte den fein rot nachgezeichneten Mund zu einem nicht ganz echt wirkenden Lächeln. Ihr ausladendes, gelbgrün gefärbtes Kleid war üppig mit Perlen und Juwelen geschmückt, die auch ihre Haare verzierten. Ein reich besticktes Tuch lag um ihre Schultern und an ihren langen Finger trug sie unzählige Ringe.

»Dravo«, sagte sie scheinbar erfreut überrascht, trat auf ihn zu und zog ihn in eine sehr steife Umarmung, bei der sie ihn kaum berührte.

»Liebste Mutter.« Dravos unbewegte Züge und die ebenso steife Erwiderung der Umarmung bewiesen mehr als genug ihr kühles Verhältnis. Verstohlen musterte Arlyn die Frau, die Dravo geboren hatte, hielt ihrem Blick stand, der ihn neugierig maß.

»Wie schön, dich zu sehen, mein Sohn. Was habe ich in den Rennen mitgefiebert. Jeder Sieg eines meiner Söhne ist auch immer einer für mich«, meinte sie, bedachte ihre Gesellschaft mit dem Lächeln, welches viel zu aufgesetzt wirkte. Eifrig nickten die anderen, während sie sich abermals Arlyn zuwandte, ihr Tuch ein wenig zurecht zupfte.

Seine Brust fühlte sich an, als ob sie von einem schweren Gewicht zusammengepresst würde und über die Lippen wollte ihm kein Laut kommen, zu eng war die Kehle, zu schwer fiel es ihm, zu atmen. Die Magie schimmerte ganz fein auf seiner Haut und er fühlte sich schrecklich unwohl in der Nähe dieser Frau.

»Dravo, nun verrate mir doch endlich, wer ist dieser entzückende junge Mann. Dein Mündel? Stellst du uns vor? Ihr seht wahrlich bezaubernd aus, junger Herr. Um die exquisite Farbe Eurer Haare beneiden Euch sicher viele. Welches Haus bringt einen so schönen Sohn hervor?« Die anderen Frauen und Männer betrachteten Arlyn mit ebenso neugierigen, teils bewundernden Blicken.

Prompt ergriff Dravo Arlyns Hand und allein die Berührung reichte aus, das ungute Gefühl zurückzudrängen, ihn erleichtert aufatmen zu lassen. Stark und fest war der Druck der Hand. Dravo schien plötzlich zu wachsen, ein spöttisches Zucken umspielte seine Mundwinkel.

»Dies ist Arlyn far gly Glairom, Mutter«, erklärte er betont freundlich, maß die anderen mit einem langen Blick. Noch fester wurde sein Griff.

»Und nein, Mutter, er ist nicht mein Mündel.«

Ihre Augenbrauen wanderten ein Stückchen weiter nach oben und die Finger gruben sich tiefer in den filigranen Stoff des Tuches, selbst das Lächeln schien plötzlich festgefroren zu sein. Arlyn spürte ein Gefühl der Stärke, des Triumphs von Dravo ausgehen und ihn ebenfalls erfassen.

Dravo ließ eine bedeutungsvolle Pause entstehen, in der er seine Mutter und die anderen herausfordernd ansah, hob ein wenig die Stimme, sodass seine Worte deutlich von allen Umstehenden zu vernehmen waren.

»Arlyn ist mein Kles, Mutter.« Er streifte sie mit einem verächtlichen Blick, die Augen verengten sich gefährlich und Arlyn Herz schlug wie rasend. »Da dir diese nordische Bezeichnung natürlich nichts sagen wird, erkläre ich sie gerne.« Noch einmal pausierte er, während ihre Lippen zu einer dünnen, harten Linie wurden, das Gesicht zu einer starren Maske.

»Das Wort bedeutet: Geliebter. Und das ist Arlyn. Mein Geliebter, mein Gefährte.« Jedes Wort stieß er hart aus und es klang wie eine Herausforderung. Seine Mutter machte ein ersticktes Geräusch, starrte ihn entsetzt an und schlug sich rasch die Hand vor den Mund, die Fingernägel gruben sich so tief in das Tuch, dass sie es zerrissen. Auch die anderen sogen die Luft ein, starrten ungläubig. Dravo hingegen lächelte hämisch, zog Arlyn demonstrativ näher und küsste ihn. Es war ein harter Kuss, keiner seiner leidenschaftlichen, dennoch erwiderte Arlyn ihn mit derselben Genugtuung. Dies war weniger ein Kuss als ein Zeichen.

»Dravo! Wie kannst du es wagen«, stieß seine Mutter fassungslos aus, wich vor ihnen zurück und viele andere stießen ebenfalls überraschte Laute aus. Hier und da bemerkte Arlyn jedoch auch belustigte Gesichter und das eine oder andere anerkennende Nicken, als sie sich voneinander lösten.

»Komm mein Liebster, wollen wir doch mal sehen, was es am Hof meines Vaters gutes zu essen gibt«, erklärte Dravo grinsend, nickte seiner Mutter und jedem der anderen huldvoll zu, bahnte sich mit Arlyn an der Hand einen Weg durch die Menge zur Tafel.

»Verdammt sollen sie sein, wir gehen nicht. Jetzt nicht mehr. Nicht sofort«, murmelte er Arlyn zu. »Hach, so einen entsetzten Blick wollte ich schon immer mal bei ihr sehen. Soll Vater es jetzt nur wagen, dich entfernen zu wollen. Sie haben es alle gehört und binnen kürzester Zeit wird der gesamte Saal wissen, was du für mich bist. Einen solchen Skandal wird er nicht provozieren wollen.«

So recht wusste Arlyn nicht, was er dazu sagen sollte. Die ganze Situation, die Anspannung setzte ihm immer mehr zu und der Wunsch zu fliehen, wurde stetig größer. Zögernd setzte er an, Dravo darum zu bitten, der sich von einem der Diener gerade einen Teller befüllen ließ.

»Was für ein spektakulärer Auftritt!«, vernahm er eine bekannte Stimme hinter sich, drehte sich rasch herum. Es war Jilfan, der ihm vertraulich die Hand auf die Schulter legte und laut lachte. »Nie werde ich dieses pikierte Gesicht Eurer Mutter vergessen, allein das war es wert. Und du mein Schöner, stichst alle Anwesenden aus. Ich fürchte, der eine oder andere würde weit lieber mit dir das Bett teilen als mit seinem weiblichen Anhang, inklusive mir natürlich. Oh, Träume sind süß.« Erneut lachte er, beugte sich näher an Arlyns Ohr heran.

»Du bist Dravos noch nicht überdrüssig geworden, oder?«, fragte er so laut, dass Dravo ihn natürlich hören konnte und zwinkerte Arlyn zu. »Nein? Ich hatte es befürchtet.« Ebenso laut seufzte Jilfan auf. »Ich gratuliere Euch, Euer Hoheit«, sagte er wesentlich lauter und Arlyn begriff, dass diese Worte eindeutig für die gespannt lauschenden Ohren ringsum bestimmt waren.

»Ich gönne Euch Euer Glück von ganzem Herzen. Die Liebe ist etwas unendlich Kostbares, ein Gut, weit wertvoller als alle anderen, mit dem niemand leichtfertig handeln sollte. Ich freue mich für Euch. Selten trifft man eine solche Schönheit. Ihr seid um Euren Gefährten sehr zu beneiden«, fuhr er fort, verneigte sich vor Arlyn. Er nahm sich etwas Obst, zwinkerte Dravo verschmitzt zu und senkte die Stimme. »Lasst alle anderen reden, die beruhigen sich auch wieder. Nun ist es offiziell und das war die richtige Entscheidung. Auch für Arlyn.«

»Ich danke Euch Jilfan da Rigum«, antwortete Dravo ziemlich steif, streifte dabei die Umstehenden mit Blicken. »Glaubt mir, ich weiß diesen Schatz an meiner Seite sehr zu würdigen und würde mein Leben für ihn geben, sollte ihm jemand etwas Böses wollen.« Demonstrativ legte er seinen Arm um Arlyn, der sich der vielen Blicke nur zu bewusst war und zwanghaft zu lächeln versuchte. Götter, es wurde immer schwerer zu ertragen und doch musste er es erdulden, denn eine Flucht würde Dravo verletzen. Er musste stark sein, er musste an seiner Seite bleiben.

»Hab keine Angst, Arlyn«, flüsterte Dravo ihm ins Ohr. »Vater wird es jetzt ganz gewiss nicht mehr wagen, uns hier eine Szene zu machen. Es dürfte allen klar sein, dass er mir nicht verbieten kann, zu lieben, wen ich möchte.«

Neben ihnen gluckste Jilfan »Los, ihr zwei. Lasst uns probieren, was es heute alles Leckeres gibt. Es gibt zwar kaum etwas süßeres als Arlyns Küsse, nur fürchte ich, in Dravos Beisein werde ich mich wohl an etwas anderem sättigen müssen.« Charmant lächelnd, nahm er einem der Diener einen Teller mit Köstlichkeiten ab, bot diese mit einer galanten Geste Arlyn an.

Dankbar nahm er davon, wirklich beruhigt fühlte er sich nicht, glaubte, das Tuscheln zu vernehmen, mit dem die Neuigkeit durch den Saal getragen wurde. Wie würde Dravos Vater darauf reagieren? Würde er tatenlos bleiben? Viel zu wenig wusste Arlyn von ihm oder den höfischen Regeln. Und Dravos Mutter? Wie viel Macht stand ihr zur Verfügung?

»Gratulation Euer Hoheit. Die Liebe ist wahrhaftig etwas Wundervolles«, erklang es von der Seite und nun kamen immer mehr der Larns und Laranas zu ihnen, nickten ihm anerkennend zu, beglückwünschten Dravo. Nicht jedes Lächeln war falsch, viele Gesichter wirkten freundlich und das half Arlyn, sich abermals ein wenig zu entspannen, wenngleich seine Füße noch immer zum Ausgang streben wollten und er aufmerksam die Umgebung musterte.

Beständig wurden ihre Teller gefüllt, die Anwesenden unterhielten sich mit Dravo über die Läufe, lachten über Jilfans Bemerkungen und bedachten auch ihn immer wieder mit höflichen Worten und dezenten Fragen.

»Wo ist überhaupt dein Bruder? Hast du ihn schon gesehen?«, erkundigte sich Jilfan zwischendurch.

»Nach den Erfolgen bei den Rennen, wird er von einem gewaltigen Schwarm aus Speichelleckern umgeben sein und sich nur schwer unter ihren schleimigen Absonderungen hervor arbeiten können. Ich wage zu bezweifeln, dass er von meinem Auftritt überhaupt etwas mitbekommen hat«, gab Dravo schulterzuckend zurück. »Oder er hält sich bewusst heraus, weil er Vater nicht erzürnen und sich Mutters Gejammere nicht anhören will. Er war schon immer ein guter Diplomat.«

»Unterschätzte ihn nicht. Er tritt in letzter Zeit immer mehr aus dem Schatten des Königs. Nicht erst bei den Rennen hat sein Haus sich einen Namen gemacht. Du treibst dich eindeutig zu wenig auf den wichtigen Empfängen herum, mein lieber Dravo, sonst wüsstest du das«, raunte ihm Jilfan zu.

»Auf seinem Haupt wird irgendwann die Krone prangen, er tut gut daran, an seiner Position zu arbeiten«, gab Dravo zurück. »Ich bin sicher, er ist talentierter darin, sich falsche Freunde und weniger echte Feinde zu machen, als ich es bin.«

»Das auf jeden Fall.« Schmunzelnd prostete ihm Jilfan zu, sein Lächeln schwand schlagartig, als ein Mann in schwarzer Kleidung und mit zwei Schwertern am Gürtel zu ihnen trat, vor Dravo das Haupt neigte.

»Euer Hoheit mögen mir verzeihen, wenn ich störe. Auf Befehl eures Vaters soll ich den jungen Mann hinaus geleiten. Es wäre mir recht, wenn wir kein großes Aufsehen erregen würden und ich denke, Euch auch«, erklärte er mit gedämpfter Stimme.

»Oha, der König bemüht seine Wachen für schmutzige Aufgaben«, schnaubte Jilfan, verdrehte die Augen.

»Ich bedaure zutiefst«, murmelte der Mann, legte jedoch die Hand demonstrativ an sein Schwert.

»Nichts dergleichen werdet Ihr tun«, sagte Dravo entschieden, stellte den Teller und das Glas ab. »Wir werden gemeinsam gehen. Wenn mein Vater es so wünscht, werde ich ebenfalls den Hof verlassen. Jedoch werde ich es an der Seite meines Gefährten tun.«

Die Wache nickte knapp, sah nicht glücklich aus. Er führte Befehle aus und diese offenbar nicht gerne. Arlyn hingegen unterdrückte ein erleichtertes Seufzen. Sicher, Dravo würde wütend sein, er selbst hingegen war froh, gehen zu dürfen.

»Wir werden gehen. Wir hätten besser nicht herkommen sollen«, murmelte Dravo ihm zu, musterte ihn eindringlich und besorgt. Gewiss sah er ihm die Erleichterung an, ganz gleich, wie sehr Arlyn sie zu verstecken suchte.

»Ich bedaure zutiefst, dass man Euch und Euren Gefährten nicht am Hofe des Königs von Fenjarn zu sehen wünscht«, sagte Jilfan, hatte die

Stimme so erhoben, dass viele der Köpfe sich zu ihnen umwandten, betroffene und erstaunte Blicke sie trafen. »Ein jeder sollte die Liebe respektieren, die Menschen verbindet, denn sie ist reiner als manches Herz und ehrlicher als viele Zungen.« Grimmig hob er sein Glas und zu Arlyns und womöglich auch Dravos Erstaunen, der sich perplex umsah, hoben viele andere ihr Glas in derselben Geste. Wenn der König geglaubt hatte, er würde ihn diskret entfernen können, hatte er sich getäuscht. Dravos Abgang mit ihm würde auffälliger als ihre Ankunft werden.

Hoch erhobenen Kopfes bewegte sich Dravo durch die Menschen, die ihnen den Weg freigaben. Viele davon hoben ihr Glas, einige nickten verstohlener, auch verächtliche, grimmige und spöttische Gesichter konnte Arlyn erkennen, bemühte sich, ebenso aufrecht neben Dravo einher zu schreiten.

Wie zornig Dravo war, spürte er instinktiv und griff entschlossen nach seiner Hand. Diese zitterte vor unterdrückter Wut, der Griff wurde jedoch sofort fest.

»Ach, sagt nicht, dass Ihr schon wieder flüchten wollt, Dravo dun nan Drinju?«

Abrupt wirbelte Dravo herum, zog Arlyn schützend neben sich. Ein breitschultriger Mann in dunkelgrünen Gewändern, das kantige, bärtige Gesicht grimmig und mit funkelnden grünbraunen Augen, trat auf sie zu. Im Gegensatz zu vielen anderen, wirkte die Kleidung weit weniger verziert. Hier und da glänzten runde, dunkelgrüne Edelsteine, doch er trug keinerlei Schmuck, die braunen Haare waren recht kurz geschnitten.

»Ihr werdet Euch nicht schon wieder heimlich davonmachen, wie ein Feigling. Diesmal nicht. Nicht bevor die letzte Schuld beglichen wurde«, knurrte der fremde Mann deutlich leiser, fixierte Dravo und kam näher. Zwar war er ein wenig kleiner als dieser, wirkte etwas zu rund, um gut trainiert zu sein, dennoch strahlte er Kraft und eine gewisse Macht aus.

»Jetzt ist nicht der Zeitpunkt...«, begann Dravo, machte eine ungeduldige Geste und wurde sofort unterbrochen.

»Wir zwei haben noch etwas auszutragen. Jetzt.« Arlyns Magie prickelte warnend. Dieser Mann wirkte gefährlich, vor ihm musste er auf der Hut sein. War dies Larn Rangol? Dravos Feind?

»Das klären wir besser nicht hier«, knurrte Dravo zurück, kaum weniger drohend.

»Nein, hier ist kaum der richtige Rahmen. Ich kenne einen besseren.«

Wie zwei Raubtiere starrten sich die beiden Männer an und Arlyn bewegte sich unruhig, die Finger zuckten. Was sollte er tun?

»Folgt mir«, forderte der Mann sie auf, schritt an ihnen vorbei und die Umstehenden machten ihm hastig Platz. Dravo nickte Arlyn zu, hielt nach wie vor seine Hand und zog ihn mit sich. Dabei wirkte er erstaunlich gelassen, der Hass, den Arlyn in seinen Augen erwarten würde, war nicht zu erkennen. Wollte er Larn Rangol täuschen oder fühlte er sich ihm sicher überlegen? Was auch geschehen würde, er würde nicht zulassen, dass Dravo Leid zugefügt wurde.

Mit enger Kehle, die Magie in den Fingerspitzen heiß glühend, folgte er den Männern. Wie sehr sehnte er sich gerade nach der Einsamkeit Fenjils und des Gefühls vollkommenen Glückes zurück.

74 Kapitel

Ein Kampf

Der fremde Mann öffnete die Tür zu einem großen Nebenzimmer, ließ sie herein und zog die Tür sorgfältig hinter ihnen.

»Nun zu uns, Dravo«, zischte er, lehnte sich mit dem Rücken gegen die Tür und schloss die Finger um den Schwertgriff. Dravo zog Arlyn rasch zur Seite, legte die Hand ebenfalls an sein zeremonielles Schwert. Diese Waffen waren durchaus funktionstüchtig, stachen jedoch eher durch ihre aufwendigen Verzierungen hervor. Atemlos starrte Arlyn von einem zum anderen.

Die Oberkörper leicht nach vorne geneigt starrten die beiden Männer einander an, als ob sie sich abschätzen wollten. Dann lächelte der Fremde mit einem Mal spöttisch und Arlyn sprang erschrocken zur Seite, als Dravo mit einer blitzschnellen Bewegung seine Waffe zog und sich auf ihn stürzte. Der andere Mann war ebenso schnell, fing Dravos Schlag geschickt mit seinem Schwert ab. Zwar war er kleiner und von eher stämmiger Statur, wusste sich jedoch ebenso geschickt zu bewegen und beherrschte die Waffe zweifelsohne. Die Schwerter prallten immer wieder klirrend aufeinander und Arlyn fühlte seine Magie heiß aufwallen, während er atemlos und unschlüssig, was er tun sollte, den rasanten Bewegungen der kämpfenden Männer folgte. Sie wirbelten derart schnell durch den Raum, dass er sich nicht traute die Magie einzusetzen, um Dravo nicht zu gefährden.

Hastig wich er zurück, während sie beide rücksichtslos über die Möbel sprangen, Stühle umfielen und Bücher auf dem Boden landeten. Immer wieder versuchte Arlyn, einen günstigen Moment zum Einsatz seiner Magie zu finden, um den Fremden zu entwaffnen und stutzte plötzlich verblüfft.

Die beiden kämpften lautlos, doch auf ihren Lippen lag ein Lächeln, die Augen blitzten, während sie einander umkreisten und nach Schwächen suchten. Niemals hatte Arlyn Dravo lachend kämpfen sehen, offenbar hatten die Männer sehr wohl Spaß an dem heftigen Scharmützel.

Keuchend wich der Fremde zurück, als Dravo plötzlich nach vorne stieß, seinem Ärmel einen Riss verpasste. Hastig sprang der Mann aus der Reichweite von Dravos Schwert, schleuderte ihm dabei den schweren Stoff eines Vorhangs entgegen, während er rückwärts stolperte. Mit einem reißenden Laut traf Dravos Schwert den Stoff und zerteilte ihn, sein Gegner hechtete jedoch bereits über das Sofa, warf ihm von dort ein Kissen an den Kopf.

»Du wirst alt, Dravo«, stieß er atemlos aus, warf ein weiteres Kissen, das Dravos Schwert zum Opfer fiel und brachte einen Sessel zwischen sich und ihn. Lauernd umkreisten sie einander mit dem ledernen Sessel zwischen sich.

»Und du unvorsichtig.« Dravo warf seinerseits ein Kissen, welches der Mann mit der flachen Seite der Klinge abwehrte und grinsend hinter einer Statue neue Deckung suchte.

Fassungslos stand Arlyn in seiner Ecke, die Magie zerrte an ihm, wollte hinaus und er wusste partout nicht, ob er eingreifen sollte oder nicht. Was passierte hier? War das ein ernster Kampf oder nur ein Spiel? Die beiden kannten sich gut, so viel war erkennbar.

»Dein Arsch hängt auch schon.« Mit einem Sprung griff der Mann Dravo abermals an, trieb ihn ein Stück zurück.

»Dein Bauch quillt über die Hose«, konterte Dravo, deckte ihn mit einer Serie an Hieben ein, die ihn zum Sessel trieben. Krachend warf der Mann diesen um, stieß ihn Dravo in den Weg, brachte ihn dabei zu Fall und prellte ihm das Schwert aus der Hand. Sofort sprang er vor, das Schwert drohend erhoben, während sich Dravo eilig herum rollte, nach dem verlorenen Schwert griff.

Erschrocken sog Arlyn die Luft ein, die Magie schoss hervor und riss dem Fremden das Schwert aus der Hand, schleuderte es davon, warf den Mann ebenfalls wuchtig rückwärts zu Boden.

»Arlyn! Nicht!« Erschrocken starrte Dravo ihn an.

Die Hände vorgestreckt stand Arlyn da, spürte die Magie wild in sich kreisen, an ihm zerren, gegen seine Kontrolle branden.

»Bei den Göttern, Arlyn. Es ist alles in Ordnung, halt sie zurück«, stieß Dravo aus, sprang auf und schob sich vor seinen Gegner. Heftig atmend versuchte Arlyn die Magie zurückzudrängen, spürte übermächtig ihren Willen, zu töten, zu verletzen, zu vernichten. Sie war so schwer zu kontrollieren. Gequält verzog er das Gesicht, hielt sie mühsam zurück, als ob er mit bloßen Händen einen Wasserfall aufhalten müsse.

»Arlyn.« Dravo stand nun vor ihm, machte eine beschwichtigende Geste, zögerte, ihn zu berühren, das Gesicht angespannt. »Es besteht keine Gefahr.« Langsam wich er zu dem anderen Mann zurück, der sich ächzend erhob, Arlyn perplex und misstrauisch anstarrte, während er abwechselnd sein Handgelenk und den Hintern rieb. Dravo holte tief Luft und legte den Arm in einer schützenden Geste um seine Schultern, lächelte schief. Endlich gelang es Arlyn, die Magie zur Ruhe zu bringen und er ließ konsterniert die Hände sinken, rang nach Atem.

»Verzeih, ich hätte dich vorwarnen sollen«, stieß Dravo aus, drückte den Mann enger an sich und hieb ihm gleich darauf den Ellenbogen in die Rippen, sodass er aufkeuchte und zurückwich. »Dieser dämliche Hitzkopf hat eine etwas merkwürdig stürmische Art, mich zu begrüßen.«

»Ich begrüße dich auf die einzige Weise, die du verdient hast. Besonders wenn du dich ansonsten nicht mal bei mir blicken lässt«, schnaubte der Mann hielt sich stöhnend die Rippen. Dravo lachte auf, klopfte ihm versöhnlich auf die Schulter.

»Lass deine jugendlichen Launen besser das nächste Mal an jemand anderem aus«, riet er spöttisch. »Bei mir hast du niemals eine Chance.«

»Und mit wem soll ich sonst üben? Es traut sich ja keiner. Die fuchteln alle nur harmlos herum. Es macht zudem einfach mehr Spaß, dich zu verprügeln, als irgendjemand anderen«, schnappte der Fremde grummelig zurück.

»Dir fehlt also die regelmäßige Tracht Prügel, die du von mir einstecken musstest? Du wirst fett und langsam, wie es sich für einen König gehört.«

Der andere Mann lachte, klopfte sich die Kleidung ab und betrachtete kurz wehmütig den aufgeschlitzten Ärmel.

»Na, wird es bald, du Bastard der Niederen. Stellst du uns beide gefälligst vor, du manierenloser Kerl?«, verlangte er, verpasste Dravo einen ebenso kräftigen Knuff in die Rippen. »Dein junger Freund sieht mich noch immer so an, als ob er mich töten wolle und ich habe so eine Ahnung, als ob ich eben nur etwas Glück gehabt habe.«

»Das hast du.« Bedächtig nickte Dravo, wirkte ein wenig schuldbewusst. »Arlyn, dieser Grobian ist mein kleiner Bruder Rahj. Rahj, dies ist Arlyn.«

Verblüfft starrte Arlyn ihn an. Dieser Mann war Dravos Bruder? Sie sahen sich kaum ähnlich. Während Dravo die aufgeschossene, eher hagere Statur seines Vaters besaß, war Rahj deutlich stämmiger und kräftiger gebaut. Wenn es eine Ähnlichkeit gab, dann lag sie womöglich in den Augen.

Rahj nickte freundlich, betrachtete Arlyn interessiert. Keine Gier zeigte sich in seinem wachen Blick, nur Neugierde. Nichtsdestotrotz brannte in seinen Augen durchaus eine lauernde Intelligenz und wache Aufmerksamkeit. Ob er wusste, was er getan hatte? Konnte er die Magie womöglich sehen?

Noch immer vibrierte sie unruhig in ihm. Diese Art der Magie war nicht die sanfte, warme, die er spürte, wenn er mit Dravo zusammen war. Diese Magie konnte und wollte töten. Der Kampf hatte zu echt gewirkt. Er hatte wirklich gedacht, Rahj wolle Dravo verletzen. Wenn er ihm etwas angetan hätte ... Götter! Betreten verneigte er sich, wie er es bei den anderen Adeligen gesehen hatte.

»Es freut mich, Euer Hoheit kennenlernen zu dürfen.«

Bedächtig kam Rahj näher, klopfte Arlyn kräftig auf die Schulter. »Eindeutig! Dein gefährlicher, junger Freund hat bessere Manieren als du, lieber Bruder. Wieso hast du ihn mir bislang vorenthalten?«

»Ach ...« Schnaufend warf Dravo sich in einen der Sessel und griff nach einer Karaffe Wasser auf dem Tisch. Rahj stellte den anderen Sessel auf, rutschte über die Lehne und ließ sich schwer in die Polster fallen.

»Du kennst doch Vater. Du weißt, was geschehen wäre«, erklärte Dravo. »Du hast ihn nicht erlebt. Zu sich zitiert hat er mich, war keinem Argument zugänglich. Ich hätte uns beiden das ersparen sollen.« Seufzend winkte er Arlyn zu sich heran. Zögernd kam er näher, noch immer verwirrt von dem Kampf und der Magie in sich. Er setzte sich Rahj gegenüber aufs Sofa, warf ihm einen unsicheren Blick zu, während Dravo ein paar Gläser ergriff und ihnen Wasser einschenkte.

»Vater!« Schnaubend machte Rahj eine wegwerfende Handbewegung. »Du kennst ihn lange genug. Er ist so stur wie du.« Dravo nickte zustimmend, leerte das Glas in einem Zug und schenkte sich erneut ein.

»Er hofft immer noch, dass du nur eine stürmische Phase durchmachst«, erklärte Rahj schmunzelnd. »Das hofft er nun seit vielen Jahren. Ebenso, dass du den Thron doch einfordern wirst.«

Dravo machte ein abfälliges Geräusch, lächelte Arlyn wehmütig an und hob sein Schwert vom Boden.

»Was hast du denn erwartet, wenn du ihm statt einer adäquaten Frau deinen Gefährten präsentierst?«, fragte Rahj, trank sein Wasser. Arlyn spürte seinen Blick, der ihn sorgfältig musterte, jedes Detail an ihm wahrzunehmen schien.

»Er sollte es endlich akzeptieren«, stieß Dravo ärgerlich hervor. »Denkt er wirklich, nach allem, was geschehen ist, werde ich ihm verzeihen und mit Kusshand den verfluchten Thron nehmen?« Tief holte er Luft, grinste ein wenig verschlagen. »Ich habe Mutter Arlyn vorgestellt.«

Verblüfft wandte Rahj sich ihm zu, legte den Kopf skeptisch zur Seite. »Direkt vor ihren intimsten Hofbotschaftern und Haupt-Tratsch-Laranas habe ich ihn ihr als meinen Geliebten vorgestellt.« Triumphierend lächelte Dravo, streifte Arlyn mit einem zärtlichen Blick.

»Bei den Niederen, damit weiß es jetzt schon der gesamte Hofstaat und morgen ganz Fenjarn.« Anerkennend pfiff Rahj durch die Zähne, schüttelte ungläubig den Kopf und lachte los. »Gut gemacht, Dravo. Damit wird es diesmal keiner wagen, Hand an deinen Arlyn zu legen, denn jeder würde wissen, dass Vater dahinter steckt. Es ist eine Sache, einen Mann heimlich zu entführen, den niemand kennt. Den Geliebten des eigenen Sohnes hingegen … Das wird Mutter definitiv zu verhindern wissen, denn es wäre ein gewaltiger Skandal, den Vater gerade nicht gebrauchen kann.« Schmunzelnd prostete Rahj seinem Bruder zu, wurde umgehend ernst und beugte sich weiter vor.

»Er kann dir nicht verzeihen, dass du nicht der perfekte Thronerbe geworden bist, den er so gerne gehabt hätte«, meinte er bedauernd und seufzte. Arlyn lauschte angespannt der Konversation, nippte gelegentlich an seinem Glas.

»Mittlerweile sollte Vater wissen, dass er den in dir hat. Du bist viel besser geeignet, Rahj. Der Thron war nie für mich bestimmt«, stellte Dravo entschieden fest.

»Er ist ja so bescheiden.« Sarkastisch grinsend und Augen verdrehend wandte sich Rahj an Arlyn. »Die Wahrheit ist, Dravo war immer der Bessere von uns. In allem und jedem.«

»Oh, in Sachen Diplomatie schlägst du mich um Längen, Brüderchen. Ich vernahm nur Gutes von dir. Du baust dir ein treues Gefolge auf.«

»Was nicht besonders schwer ist, wenn man nicht mit Vaters Sturheit und ewiger Machtdemonstration an die Menschen herantritt.« Leise seufzte Rahj, lächelte Arlyn an. »Und du tauchst nun also mit einem Gefährten auf und ich habe wieder das Nachsehen, weil ich noch immer keine Frau gefunden habe.«

»Vielleicht suchst du in den falschen Bereichen?«

»Ah, Dravo. Wir sind uns in vielem ähnlich, aber darin definitiv nicht«, gab Rahj entrüstet von sich. »Meine Erfahrung in Lanjaranhäusern beschränkt sich noch immer auf jenes eine unglückliche Mal, zu dem du mich überredet hast.« Demonstrativ schüttelte er sich.

»Du hättest einfach bis zum Schluss bleiben sollen«, erwiderte Dravo feixend. »Und nicht mit herunter gelassenen Hosen flüchten sollen. Du hast den armen Lanjin sehr gekränkt, dessen Mund schon so vielen Befriedigung geschenkt hat.« Sein Lachen füllte den Raum.

»Ich warte auf die geeignete Frau.« Entschlossen schüttelte Rahj den Kopf. »Ich muss schon sagen, mein Bruder ist ja ein furchtbarer Hurensohn, allerdings kann ich ihm einen exquisiten Geschmack nicht absprechen. Bei den Göttern, du bist eine Schönheit, Arlyn. Du hast nicht zufällig noch eine Schwester, die geneigt wäre, an meiner Seite zu sitzen?«

»Leider nein, Hoheit«, erwiderte Arlyn, zögerte, zu verraten, dass er sehr wohl Schwestern hatte. Nein, keine davon war ihm ähnlich gewesen.

»Du bist nordischer Abstammung, richtig?« Interessiert schaute ihn Rahj über den Rand des Glases an und wieder spürte Arlyn mehr als reine Neugierde. Rahj mochte harmlos wirken, da war jedoch etwas in seiner Art, was Arlyn aufmerksam bleiben ließ, obwohl er ihm durchaus sympathisch war.

»Ja, Euer Hoheit«, antwortete er höflich. Prompt schüttelte Rahj tadelnd den Kopf, blickte ihn missbilligend an. »Du nennst meinen Bruder sicherlich beim Vornamen. Und er ist der eigentliche Thronerbe. Also nenne mich einfach nur Rahj, wie es der Gefährte meines Bruders tun sollte.«

»Dann werde ich das tun.« Arlyn erwiderte das Lächeln.

»Und nun möchte ich gerne hören, wie du an diesen dummen Grobian geraten bist. Bislang hat er mir noch nie jemanden vorgestellt und ich fürchte, es waren schon recht viele Namen, die mir entgangen sind, wenn man den Gerüchten Glauben schenken« mag«, scherzte Rahj, lehnte sich im Sessel zurück.

Unsicher sah Arlyn zu Dravo hin. Durfte er es verraten? Wie konnte er es formulieren, damit es für Dravo nicht beschämend klang? Noch immer hörte er den König ihn einen Lanjin nennen und fühlte den Makel auf der Haut, der sich nicht löschen lassen wollte.

Doch Dravo nahm ihm die Entscheidung ab. Tief holte er Luft, setzte das Glas hart ab. »Ich habe ihn gekauft. Bei Master Mardun.«

Irritiert zog Rahj die Augenbrauen hoch, das Glas schwebte vor seinen Lippen und eine unangenehme Stille breitete sich plötzlich im Raum aus, als er die Stirn krauste, die Augen gefährlich verengte und das Kinn ein wenig senkte.

»Du hast was?«

»Ich habe ihn als Sklaven gekauft«, fügte Dravo hinzu, vermied es, einen weiteren Blick auf Arlyn zu werfen, der unangenehm berührt tiefer in die Polster rutschte.

»Es ist wahr, Herr … Rahj«, ergänzte Arlyn leise, lenkte Rahjs Blick auf sich.

»Diesmal war es völlig anders«, erklärte Dravo hastig. »Diesmal habe ich mich verliebt.«

»Dravo nahm mir das Sklavenband ab und gab mich frei«, ergänzte Arlyn ebenso rasch, während Rahj ihn konsterniert anstarrte. Ein seltsamer Ausdruck flackerte in seinen Augen, der Arlyn irritierte. Da war keine Gier, nicht einmal Bewunderung. Stattdessen schimmerte so etwas wie Bedauern darin, ein vager Schmerz und viel stärker glomm Mitgefühl in ihnen auf. Angespannt beobachtet Arlyn ihn, als er langsam das Glas absetzte und sich erhob. Sichtlich grübelnd trat er an das bodentiefe Fenster heran, schob die Reste des Kissens mit dem Fuß achtlos zur Seite.

»Rahj, lass es mich dir erklären«, begann Dravo, erhob sich ebenfalls, keuchte überrascht auf, als sein Bruder ihn an den Schultern packte und grob gegen die Wand stieß. In halbherziger Abwehr hob Dravo die Hände. Hastig sprang auch Arlyn auf, fühlte augenblicklich die Magie auflodern, die sich auf Rahj stürzen, ihn fortreißen wollte.

»Wenn du Arlyn nicht immer mit dem Respekt behandelst, den er an deiner Seite verdient hat, werde ich dich zur Verantwortung ziehen, Dravo. Ich werde dich finden und so verprügeln, wie du es noch nie erlebt hast.« Zornig funkelte er Dravo an. Dies war kein brüderliches Geplänkel, er meinte es absolut ernst. Und nun wusste Arlyn auch, was er in Rahjs Augen zu erkennen geglaubt hatte: denselben Wunsch, zu beschützen, wie in Dravos. Überraschend schwand die Magie, zog sich in ihn und ließ ihn perplex zurück.

»Du hast nicht zugehört«, brachte Dravo schief lächelnd heraus. »Ich liebe ihn. Ich empfinde soviel für ihn wie noch für niemanden zuvor. Was glaubst du wohl, warum ich ihn Vater vorstellen wollte? Was leider eine dumme Idee war. Was ich aber vor allem haben wollte …« Schwer schluckte er, fügte sehr viel leiser hinzu: »Ich wollte deinen Segen haben, Rahj. Deine Zustimmung als … künftiger König. Dein Wort hat längst genug Gewicht.«

Lange sahen sich die beiden Brüder an, dann nickte Rahj knapp, lockerte den Griff und trat zurück. Er setzte sich aufs Sofa, wandte sich sofort an Arlyn, der nur zögernd wieder Platz nahm. Was ging vor sich? So recht konnte er es nicht verstehen.

»Dieser Bastard hat dich gar nicht verdient, Arlyn. Ich schwöre dir, wenn er dich jemals schlecht behandeln sollte, wird er es bereuen.« In einer überraschenden Bewegung ergriff er Arlyns Hände, drückte sie erstaunlich sanft. Diese Berührung enthielt so viel ehrliche Besorgnis, dass Arlyn plötzlich doch lächeln musste. Rahj meinte, was er sagte, dessen war er sich ganz sicher. Aber er wusste natürlich nicht, was er vermochte. Ahnte er es?

»Du musst ihm wahrlich viel bedeuten, denn sonst hätte er dich nicht mitten hinein in die Hölle der Niederen gebracht«, fuhr Rahj seufzend fort, als sich auch Dravo wieder setzte. »Hast du geglaubt, Vater würde dich mit offenen Armen empfangen, nur weil du ihm diesen hinreißenden, jungen Mann vorstellst?« Weich strich Rahj über Arlyns Hände, ließ sie los, lächelte traurig und lehnte sich zurück. »Er ist sehr krank, weißt du bereits davon?« Dravo sah stirnrunzelnd auf, schüttelte stumm den Kopf.

»Er war stolz und stur wie immer«, erwiderte er, doch Arlyn musste sofort an den rasselnden Atem, jene schwächeren Momente denken, die der König ihnen gezeigt hatte.

»Natürlich. Niemals würde er seine Schwäche zeigen.«

»Die Götter rufen ihn zu sich, nicht wahr?«, fragte Dravo, die Stimme gesenkt. »Deshalb gewinnst du an Einfluss. Du musst es, denn deine Zeit rückt unvermeidlich näher.«

»Er leugnet es vehement, aber ich weiß es, der Heiler und sogar Mutter«, erklärte Rahj. »Sie hat es dir nicht gesagt?«

»Warum sollte sie? Wir reden doch kaum miteinander.« Dravo stieß schnaubend die Luft aus. »Sie hat nie etwas für mich empfunden. Warum sollte sich das je ändern?«

»Ich habe nie verstanden, warum sie dich nicht auf dieselbe Weise behandelt hat wie mich«, erklärte Rahj resignierend, seufzte vernehmlich. »Wir sind beide ihre Söhne.«

»Offenbar hat sie schon immer den missratenen Sohn in mir gesehen und ich habe ihre Erwartungen voll erfüllt«, vermutete Dravo kühl. »Vielleicht gab sie dir, was Vater nicht gelingen wollte und umgekehrt.«

»Vater zollt mir inzwischen wenigstens Respekt, seine Zuneigung zu dir ist jedoch eine andere«, ergänzte Rahj und auch er klang traurig.

»Die galt stets nur dem Thronerben, der nun ja du bist.« Mit einer Handbewegung tat Dravo es ab. »Es ist nicht wichtig, wer wem seine Zuneigung schenkte. Ich habe es akzeptieren gelernt wie du. Meine Rolle ist eine andere als deine, Rahj. Und ich bin durchaus zufrieden. Ich beneide dich nicht um den ganzen Tanz am Hofe. Du bist einfach der Bessere dafür.«

Für den Moment breitete sich Stille aus, in der Arlyn beide Brüder musterte und sich vorzustellen versuchte, wie ihre Kindheit gewesen sein musste. Dem einen galt die Liebe des Vaters, dem anderen die der Mutter. Erstaunlich, dass ihr Band so eng geworden war.

Mit einem weiteren Seufzen richtete sich Rahj auf, schaute Arlyn freundlich an.

»Ich würde dich gerne näher kennenlernen, Arlyn. Doch ich fürchte, der heutige Empfang ist kein geeigneter Ort inmitten dieser Hofschranzen und Klatschmäuler. Warum kommt ihr zwei nicht morgen nach dem Königslauf mit mir zur Jagdhütte hinaus?«

Unsicher sah Arlyn fragend zu Dravo hin, der prompt verschmitzt lächelte.

»Rahjs Jagdhütte ist eigentlich immer nur ein Vorwand, sich fernab der Öffentlichkeit zu betrinken und nicht als lallender Volltrottel vor den Dienern herumzutorkeln«, erklärte er feixend, was ihm ein entrüstetes: »Dravo!« einhandelte. Die Brüder lachten und Arlyn ahnte, dass das Ganze ein spezieller Scherz aus ihrer gemeinsamen Jugend sein musste. Wie sehr sie einander zugetan waren, rührte sein Herz. Zwei so starke unterschiedliche Männer, die das Bruderband fest gegen jede Widrigkeit zusammen hielt. Eine schöne Vorstellung.

»Also abgemacht! Wir sehen uns morgen, gleich nach dem Lauf. Jeder ist mit den Vorbereitungen für das Fest am folgenden Tag beschäftigt, da wird unsere Abwesenheit nicht groß auffallen.« Spöttisch verzog er den Mund. »Außerdem werde ich den Lauf gewinnen, da ist es nur von Vorteil, wenn ich mich vor den Massen an Gratulanten in Sicherheit bringen kann«, meinte er augenzwinkernd.

»Nie im Leben wirst du den Lauf gewinnen Und nie wieder gebe ich dir irgendein Pferd aus meiner Zucht. Verdammt auch.«

Rahj lachte hämisch auf. »Damit hast du nicht gerechnet, was? Der kleine Graue hat sie alle stehenlassen, als ob er ein magisches Wesen wäre.« Ganz plötzlich wurde er ernst. »Wir werden darüber gewiss reden und ich möchte noch ein paar andere Fragen beantwortet haben, Arlyn.« Mit einem Mal wirkte er ganz anders, mächtiger, bedrohlicher. Betroffen sah ihn Arlyn an, wusste sofort, dass Rahj von seiner Magie sprach. Ihn überlief ein kalter Schauder, als seine Vermutung zur Gewissheit wurde. Rahj wusste, was er getan hatte. Magie war für ihn nichts Unbekanntes.

»Aber das hat Zeit bis morgen, mein junger Freund«, wandte Rahj ein, lächelte freundlich wie zuvor.

»Deine graue Maus hat keine Chance gegen meine Pferde«, stieß Dravo aus.

»Warten wir ab, ob er dich noch einmal überraschen kann, Dravo.« Damit wandte Rahj sich zur Tür, verhielt jedoch, als ob ihm etwas eingefallen wäre.

»Und Arlyn?« Schelmisch schmunzelnd erhob er mahnend den Zeigefinger. »Nimm deinen Geliebten heute Nacht nicht zu hart ran, sonst kann er morgen nicht reiten. Selbstverständlich habe ich dafür gesorgt, dass eure Zimmer nebeneinander liegen und ihr in dem Flügel ungestört seid.«

In spontaner Erinnerung an die letzte Nacht, verzog Arlyn gequält das Gesicht. Rahj verschwand gerade noch rechtzeitig lachend aus der Tür, bevor ihn ein, mit voller Wucht, von Dravo geschleudertes Kissen traf.

75 Kapitel

Das Gewicht des Königs

»Wenn er wüsste, wer hier kaum reiten kann«, brachte Arlyn stöhnend hervor, erntete ein zufriedenes Lachen Dravos. Fest nahm er ihn in den Arm, küsste ihn zärtlich. »Das war für den Willen, mir beizustehen. Ich warne dich das nächste Mal vor. Aus Rahj spricht übrigens der pure Neid. Wenn er überhaupt etwas ins Bett bekommen könnte, wäre er gewiss schon glücklich. Wahrscheinlich fürchtet Vater insgeheim, ich hätte ihn infiziert und er bliebe ohne Nachkommen. Was für ein entsetzlicher Gedanke muss das für ihn sein.« Dravos Mund verzog sich verächtlich. »Rahj ist zum Glück nicht wie ich. Er ist nur viel zu vorsichtig und schüchtern, besonders wenn er sich mit Frauen unterhalten soll und es nicht um unverfängliche Themen geht.«

Dravo reichte Arlyn den Arm wie einer vornehmen Larana. »So mein Geliebter, wollen wir uns erneut durch die adelige Hölle der Niederen wagen? Der Ausgang liegt ganz am Ende dieses Spießrutenlaufes. Reiche mir deine Hand, Schöner.« Gerührt legte Arlyn seine Hand in Dravos und der ergriff beide, zog ihn eng an sich heran und küsste ihn abermals. Ein zarter, feiner Kuss.

»Sie werden dich immer anstarren, jeder wird dich für sich haben wollen, so wunderschön bist du«, raunte Dravo. »Nur bekommen wird dich niemand außer mir. Viele da draußen werden mich beneiden, denn meine Leidenschaft wird auch in einigen von ihnen brennen.« Abermals küsste er ihn innig. »Lass uns ihnen zeigen, dass auch zwei Männer sich lieben können, ihre Liebe nicht weniger wert ist. Oh wie sehr ich dich liebe, mein wundervoller Arlyn.«

Seufzend blickte Arlyn zu Dravo auf, nickte ergeben. Noch einmal mussten sie durch diese Menge gehen und er würde ihre Blicke ertragen können, weil Dravo neben ihm war, weil er ihn bedingungslos liebte. Gegen den Willen des Königs und die Gesetze des Landes. Tief Luft holend trat er neben Dravo, stieß die Tür auf und sie schritten nebeneinander, Hand in Hand, hinaus in den Saal.

Prompt wandten sich einige Köpfe zu ihnen herum und Dravo ergriff Arlyns Hand fester. Erhobenen Hauptes und lächelnd gingen sie vorwärts. Viele der Frauen warfen ihnen bewundernde Blicke zu und Arlyn nahm durchaus wahr, dass besonders er ein paar schmachtende Blicke von jüngeren Männern bekam. Vermutlich hatte Dravo recht, dass viele ihre Leidenschaft teilten, sich freilich nicht offen dazu bekannten. Sie waren schon nahe der Treppe zur großen Tür, als eine scharfe Stimme Dravo innehalten ließ.

»Euer Hoheit, was für eine Überraschung, Euch zu sehen.« Betont langsam wandte sich Dravo um, holte dabei durch die Nase Luft, ohne Arlyns Hand loszulassen. Die Stimme gehörte einem untersetzten Mann mit stechenden Augen, der mit einem Glas in der Hand und einem merkwürdig bösartig wirkenden Lächeln auf sie zu trat. Die dunkelgrüne Kleidung strotzte vor Edelsteinen, schwarzer Pelz verbrämte jeden Saum und schwere Goldketten lagen um den kurzen Hals. Dicke Ringe aus demselben Material zierten seine rundlichen Finger.

»Euer Hoheit, welche Freude Euch trotz der vielen Niederlagen in den Rennen bei bester Laune zu sehen«, sagte der Mann, deutete eine Verbeugung an und musterte Arlyn mit einem sehr intensiven Blick, der sich widerlich durchdringend anfühlte und Arlyns Magie rumoren ließ.

»Es ist auch schön, Euch bei bester Gesundheit zu sehen, Larn Rangol. Wie geht es wohl Eurer werten Larana?« Mit harter Miene, in der sich die Wangenknochen scharf abzeichneten, nickte Dravo dem Mann zu.

Dies war also sein Feind, der Bruder jener Frau, die er abgewiesen hatte. Es bedurfte nicht einmal des begierigen Blickes, dass Arlyn Abneigung empfand. Dieser Mann hatte eine derart böswillige Ausstrahlung, dass sie seine Magie zum Glühen brachte.

Ein leichter Schatten huschte über Rangols Gesicht, dann hatte er seine Züge wieder im Griff, lächelte leicht verkniffen. »Oh, bestens, bestens. Sie erholt sich um diese Jahreszeit doch immer lieber auf unserem Landsitz am See, als sich dem bunten Treiben des Cialks auszusetzen«, erklärte er, schien sich mit seinen Worten jedoch nicht ganz wohl zu fühlen, sah sich mit einem falschen Lächeln um, denn mittlerweile waren mehrere Adelige auf ihr Gespräch aufmerksam geworden und Arlyn glaubte regelrecht zu sehen, wie sie die Ohren spitzten.

Larn Rangol straffte sich, warf Arlyn einen abfälligen Blick zu, doch hinter seinen kleinen Augen funkelte ungehemmte Begierde.

»Wie ich sehe, seid Ihr auch wieder einmal fündig geworden.« Süffisant grinsend erhob Rangol die Stimme. »Respekt! Eine wahre Schönheit, wunderbar jung und anmutig.« Mit einem viel zu anzüglichen, abschätzenden Blick bedachte er Arlyn, unter dem er sich um ein Haar zusammen gekauert hätte. Die Magie brodelte warnend und die stechenden Augen erinnerten ihn plötzlich fatal an Runkos. Bebend wich Arlyn vor ihm zurück und nur Dravos kräftiger Händedruck hinderte ihn daran, zu fliehen. Mühevoll drängte er die Magie zurück. Intensiv wie brennende Stiche, fühlte Arlyn Rangols Blicke über sich gleiten, zuckte erschrocken zurück, als dieser die Hand ausstreckte und ihm über die Wange fahren wollte.

»Beste Qualität, unglaublich jung und noch so schüchtern«, bemerkte Rangol spöttisch. »Eine Taille wie ein Mädchen und bestimmt genug Saft in den Lenden, um Euch stets zu befriedigen, nicht wahr?« Rangol kicherte. »Und eng genug ist er sicher auch, um einem Mann das höchste Vergnügen zu schenken. Besser als eine hochgeborene Frau reiner Abstammung, nicht wahr, Prinz Dravo?«

Kurz und heftig stieß Dravo die Luft aus, umklammerte Arlyns Hand beinahe schmerzhaft, wandte den Blick jedoch keinen Augenblick von Rangol ab. Abermals streckte dieser die Hand nach Arlyn aus, aber bevor sie an seiner Brust hinab gleiten konnte, trat Dravo entschlossen zwischen sie. Das Gesicht war eine starre, zornige Maske und er sah aus, als ob er nicht übel Lust hätte, Rangol niederzuschlagen. Allerdings schien das Rangol nicht zu beeindrucken, der gelassen einen Schluck von dem Wein nahm.

»Sagt, sind die Gerüchte aus der Hauptstadt wahr?«, fuhr er lauernd fort, genoss eindeutig seinen Auftritt vor dem interessierten Publikum. »Die besagen, dass ihr diesen willigen Jüngling aus dem Norden bei Master Mardun zu einem horrenden Preis erworben habt?«

Die Anwesenden schnappten erschrocken nach Luft, Arlyn presste die Lippen zu einer dünnen Linie zusammen und Dravos Gesicht wurde noch härter.

»Nur zu verständlich. Ich kaufe schließlich meine guten Pferde auch nur bei den besten Züchtern. So wie mein Pferd Hungran, der Euer Pferd famos geschlagen hat. Was für eine Schande, in Eurem eigenen Lauf besiegt zu werden.« Rangol kicherte hämisch und Arlyn spürte genau, wie Dravo vor Wut bebte. Sein eigener Ärger wuchs mit jedem Wort und jeder Geste. Was für ein widerlicher Mann war das.

»Allerdings«, Larn Rangol senkte die tadelnde Stimme nicht, sodass diese Bemerkung durchaus für alle hörbar war, »käme ich natürlich niemals auf die Idee, einen meiner edlen Hengste, mögen sie noch so schön sein und mir Vergnügen bereiten, mit an den königlichen Hof zu bringen.«

Scharf sog Dravo die Luft ein, Gemurmel und Raunen hob an und Arlyn hatte das Gefühl, einen Schlag direkt ins Gesicht bekommen zu haben. Er fühlte sich wie betäubt, doch in ihm raste die Magie durch die Adern, nur noch mühsam unter seiner Kontrolle. Wie konnte dieser Widerling es wagen!

»Hütet Eure dreckige Zunge«, zischte Dravo mit gefährlich leiser Stimme, die Hand lag am Schwert und er hatte Arlyns losgelassen.

»Ach, Euer Hoheit, nehmt Ihr es mir etwa übel, dass ich das zur Schau stellen Eures derzeitigen Lanjin auf dem Cialk nicht recht billigen mag?«, fuhr Rangol unbeeindruckt gehässig fort. »Ich verstehe schon, Ihr wollt den Preis jetzt bereits in die Höhe treiben, wenn Ihr seiner wieder einmal überdrüssig seid. Oh, ich bin sicher, es wird genug Interessenten geben. Derart jung und außergewöhnlich, zudem gut zugeritten, bekommt man sie ja selten. Ihr werdet sicher einen guten Preis für ihn erzielen können. Selbst ich würde auf ihn bieten, wenn mir der Sinn nach einem solchen Vergnügen stünde. Allerdings weiß ich natürlich den Schoss einer Frau weit mehr zu schätzen.«

Rangol lachte hämisch und Arlyn schoss das Blut ins Gesicht. Verärgert trat er vor, war versucht, diesem unausstehlichen Mann ins Gesicht zu schlagen, seine Magie in ihn zu jagen, ihm die furchtbaren Worte und das grässliche Lachen aus dem Leib zu treiben, doch Dravo war schneller. Er packte Rangol blitzschnell an der Brust und stieß ihn so wuchtig zurück, dass er das Glas verlor und es klirrend zu Boden fiel.

»Wagt es nicht, auf diese Weise über meinen Gefährten zu reden, Rangol«, zischte er zornbebend, funkelte ihn an, wischte sich demonstrativ die Hände an der Hose ab. »Wir klären das nicht hier drinnen, Rangol. Ich treffe Euch draußen. Ihr wolltet schon einmal mein Schwert testen, nun, jetzt habt Ihr endlich die Gelegenheit dazu bekommen.« Bezeichnend ließ Dravo die Hand auf den Schwertgriff sinken. »Wenn Ihr den Mut dazu habt und Euch nicht in die Hosen scheißt.«

Dravos Drohung ließ einige der anwesenden Adeligen erschrocken aufkeuchen und zurückweichen.

»Habt Ihr die Sprache verloren, Rangol? Oder seid Ihr nur gut im Austeilen von Worten und könnt Euch in einem wahren Kampf nicht behaupten? Seid Ihr etwa zu feige, Euren Worten Taten folgen zu lassen?«

Hasserfüllt starrte Rangol Dravo an und Arlyn ballte die Fäuste, drückte die Fingernägel in die Haut, um durch den Schmerz die Magie unter Kontrolle zu bekommen. Wenn er ihr auch nur ein wenig nachgab, würde er Rangol pulverisieren und wahrscheinlich den größten Teil der Menschen im Saal gleich mit töten. Götter, er durfte sie um keinen Preis freilassen. Das wilde Ungeheuer in ihm heulte und zerrte an den Ketten und er wusste, dass er sich getäuscht hatte. Es war noch da, hatte lediglich geschlafen und weil er es gefüttert hatte, gierte es nun nach mehr.

»Nur gut, dass es niemals eine Verbindung zwischen dem Euren und dem ersten Hause Fenjarns geben wird. Eure Schwester trifft keine Schuld und es mag ihr verziehen sein, dass sie in ein Haus der Feiglinge geboren wurde. Dennoch danke ich der Weisheit der Götter dafür, dass ich keine Bindung mit ihr eingehen musste.«

Augenblicklich verlor Rangols Gesicht jede Farbe, die Augen verengten sich, glommen vor purem, offenem Hass. Doch noch ehe er etwas auf Dravos unverschämte Herausforderung erwidern konnte, trat plötzlich Rahj neben seinen Bruder, legte diesem die Hand auf die Schulter. Dravo schüttelte sie sofort ruppig ab, funkelte ihn wütend an, aber Rahj flüsterte beschwichtigend: »Nicht, Dravo. Er ist es nicht wert.«

Atemlose Stille breitete sich aus, als Rahj sich straffte, Rangol mit einem kühlen Blick maß. Der eher unscheinbare Rahj in der schlichten Kleidung wandelte sich plötzlich zu einem Mann, der die ganze Autorität eines Thronfolgers und zukünftigen Königs ausstrahlte und vor dem sogar Rangol zurückwich.

»Larn Rangol, es täte Euch sicher gut, Eure übereilten Worte sorgfältig zu überdenken«, begann er, musste die tiefe Stimme nicht einmal erheben, damit ihn jeder vernehmen konnte. Seltsamerweise war es seine Aura von Macht, die Arlyns Magie weichen und sich grollend zurückziehen ließ. Vorsichtig atmete Arlyn auf.

»Ganz gewiss wolltet Ihr nicht andeuten, dass Arlyn far gly Glairom, der Gefährte meines Bruders Dravo, seiner nicht würdig sei.« Pikiert bedachte er Rangol mit einem äußerst hochmütigen Blick. »Es lag doch niemals in Eurer Absicht, diese Verbindung mit weniger Respekt zu behandeln, als jene zwischen den anderen Larns und Laranas der Hohen und Niedrigen Häuser.«

Rahjs Blick erdolchte Rangol und dieser sackte tatsächlich ein wenig in sich zusammen. Belustigt bemerkte Arlyn, wie die anderen Adeligen hastig von ihm abwichen, als fürchteten sie, seine Schande würde auf sie abfärben. Unversehens fand sich Rangol ganz alleine mit dem Thronfolger konfrontiert.

Rahjs stolzer Blick wanderte sorgfältig über die Anwesenden und mehr als einer senkte beschämt den Kopf. Inmitten der Menge entdeckte Arlyn Jilfan, der von einem Ohr zum anderen grinste.

»Fenjarn ist ein von den Göttern gesegnetes, ein äußerst mächtiges, ein starkes Land, in dem die Liebe eines jeden Mannes und einer jeden Frau mit Respekt und Hochachtung bedacht wird. Arlyn far gly Glairom ist der frei gewählte Gefährte meines Bruders Dravo dun nan Drinju aus dem ersten Hause Fenjarns.« Nachgerade dröhnend drang Rahjs Stimme durch den Saal. »Jeder, der diese Verbindung ob ihrer Richtigkeit anzweifelt oder gar die ungeheuerliche Behauptung aufstellt, dieser junge Mann wäre ein käuflicher Lanjin, wird sich meinem Urteil stellen müssen. Ich bin der Thronfolger Fenjarns und mein Wort hat das Gewicht des Königs.«

Die letzten Worte schwangen gleich dem Hieb eines gewaltigen Schwertes über die Anwesenden hinweg. Rangols Züge erstarrten, eine feine Blässe kroch über seine Wangen. Ein Raunen folgte Rahjs Worten, viele senkten betroffen das Haupt, sahen einander verdutzt an. Das Raunen schwoll an, wurde zu einem verhaltenen Stimmengewirr.

»Mit dem Gewicht des Königs«, wisperte Dravo Arlyn zu, entließ den Atem mit einem erstaunten Lächeln, ergriff seine Hand. »Damit sind seine Worte Gesetz. Niemand außer dem König und dem Thronfolger darf sie aussprechen. Und niemand außer dem König kann sie wieder aufheben.«

»Und Vater wird es nicht wagen. Nicht in der aktuellen politischen Situation«, flüsterte ihnen Rahj aus dem Mundwinkel zu, behielt Rangol im Blick, der ruckartig den Kopf senkte und eine knappe Verbeugung andeutete.

Mit seinen Worten hatte Rahj also eindeutig ihre Verbindung legitimiert. Triumphierend schaute Dravo sich um und Arlyn fragte sich, ob er nach dem Gesicht seines Vaters in der Menge suchte. Doch weder der König noch Dravos Mutter waren irgendwo auszumachen.

Rahj trat auf Rangol zu, der nicht weiter ausweichen konnte, ohne gegen die hinter ihm Stehenden zu stoßen, ihn misstrauisch und unterwürfig anschaute.

»Wisst Ihr, Larn Rangol«, Rahj lächelte lauernd, senkte die Stimme verschwörerisch, »Es ist gelegentlich von Nutzen, aufmerksam den Dienern zu lauschen. Ihre Augen und Ohren erreicht vieles, was wir aus den Hohen Häusern nicht unbedingt im Licht sehen wollen. Mein Bruder befindet sich lieber in seinem eigenen Bett in guter Gesellschaft seines Gefährten und beschmutzt nicht die Laken fremder Betten.« Schlagartig verdunkelten sich Rangols Züge, die Augen wurden zu schmalen Schlitzen aus, denen Funken aus Hass Rahj trafen. Mit welcher Macht er den Kiefer zusammenpresste, erkannte Arlyn an den harten Linien um den Mund und spürte eine herrliche Genugtuung.

Mit einem Lächeln wandte sich Rahj ihnen zu.

»Es ist sehr schade, dass ihr zwei schon gehen wollt, dennoch freue ich mich sehr, euch morgen zum Königslauf auf meiner Tribüne und in meinem Zelt begrüßen zu dürfen. Mögen die Götter euch ihr Licht schenken.«

Mit einem Abschiedsgruß drehte er sich um, schritt durch die tuschelnden Gäste davon und mehr als ein bewundernder Blick galt ihm. Arlyn hätte schwören können, dass dies ein anderer Mann war als der, den er vorhin kennengelernt hatte. Jede Handbreit ein König.

76 Kapitel

Zwischen Furcht und Verlangen

»Bei den Niederen, dieser verdammte Rangol! Wer glaubt er, das er ist? Ich hätte ihm die passende, äußerst scharfe Antwort schon gegeben, wenn Rahj ihn nicht beschützt hätte. Wie kann er es nur wagen!« Zornig schlug Dravo von innen gegen die Tür der Kutsche, als diese anrollte. Es war klar, dass die Fehde zwischen den beiden Männern noch längst nicht beendet war und auch Rahj sich einen Feind gemacht hatte.

Arlyn schwieg, wusste nicht was, er sagen sollte. Die Worte des Königs und vor allem Rangols hatten ihn schwer getroffen. Nicht nur, weil sie ihn abgewertet und bloßgestellt hatten. Als was sahen ihn diese Menschen wirklich? Sahen sie stets nur seine Schönheit und den Wert als Bettgefährte? Wieso nahmen sie ihn nicht einfach als den Mann wahr, in den sich Dravo verliebt hatte?

Zweifel nagten an ihm, gruben sich in die Seele, fanden ihr Echo in der noch immer unruhigen Magie. Es war ein Fehler gewesen, der Bestie in ihm jenen Happen vorzuwerfen und zu glauben, sie würde danach wieder friedlich schlafen.

Besorgt warf er Dravo einen Blick zu, der noch immer damit beschäftigt war, Larn Rangol zu verfluchen. Hatten ihn die Ereignisse ebenso aufgewühlt? Für Dravo mussten die Erlebnisse von früher in diesem Umfeld besonders präsent sein. Oder hatten ihn Rangols Worte so sehr aufgewühlt, weil sie eine unliebsame Wahrheit angesprochen hatten? Er hatte nun schon ein paar Mal vernommen, dass er durchaus nicht Dravos erster Kauf bei Master Mardun gewesen war. Um seinen Ruf schien es nicht zum Besten zu stehen. Wie viele Sklaven hatte es vor ihm gegeben? Und was war ihr Schicksal geworden?

Ein plötzlicher, widersinniger und doch heißer Schmerz erfüllte Arlyn bei dem Gedanken, dass Dravo ihn womöglich nicht immer auf diese intensive

Weise lieben würde. Würde er womöglich irgendwann wieder aus diesem Leben gerissen werden und ein unbekanntes Schicksal haben? Grübelnd kaute Arlyn auf der Unterlippe herum.

Wieso verfolgten ihn plötzlich solche Gedanken, wieso trübten sie das Vertrauen, welches er in Dravo haben sollte? Rahj hatte ihre Verbindung abgesegnet, müsste er sich nicht freuen und zuversichtlich in ihre Zukunft blicken?

»Arlyn?« Federleicht strichen Dravos Finger über seine Wange, dennoch fuhr er zusammen.

»Götter, es tut mir so leid, was dieser Bastard gesagt hat. Er ist ein widerlicher Hurensohn, der sich durch die Betten all jener Frauen schläft, die niedrigeren Häusern angehören und die er auf irgendeine Weise unter Druck setzen kann. Rangol liebt es, zu manipulieren, zu intrigieren und vor allem Macht über andere auszuüben. Bei den Niederen, ich wünschte, ich hätte dir das ersparen können.«

Ganz weit vorne lag Arlyn die Frage nach den anderen Sklaven auf der Zungenspitze, derweil wollte es ihm nicht gelingen, sie auszusprechen. Zu sehr hatte sie beide die Begegnung mit Dravos Vater und Larn Rangol mitgenommen. Wenn die Magie zur Ruhe gekommen war, würde er es tun.

Flüchtig küsste Dravo ihn, doch seine Gedanken waren nicht bei ihm, das spürte Arlyn genau. Rastlos kehrten sie zu Rangol zurück und Dravo stieß weitere Flüche und Verwünschungen aus, denen Arlyn nicht recht folgte. Er fühlte sich auf eine unbekannte Weise erschöpft und ausgelaugt. Der schmierige Film, den des Königs Worte auf ihm hinterlassen hatten, juckte und er wünschte sich einen Lappen und Wasser, um ihn fortzuwischen, die Haut zu reiben, bis sie brannte. Stetig tauchten Runkos Augen in Rangols grimmigen Zügen auf und die Magie flackerte wie ein Feuer, welches jederzeit neu auflodern konnte.

Ihre Kutsche hielt nicht vor einem der Seitenflügel der Residenz, sondern umrundete diese und stoppte vor einem separat gelegenen Haus. Es war eines von mehreren, die halbmondförmig um einen parkähnlichen Garten hinter der Residenz angelegt worden waren.

Beflissen öffnete ihnen Kinsan die Tür der Kutsche.

»Ich habe das Gepäck der Herren bereits auf die Zimmer bringen lassen«, bemerkte er, schritt ihnen zum Haus voraus und wies ihnen den Weg zu den Zimmern. »Eures ist das linke, junger Herr und für Euch Hoheit habe ich das rechte vorgesehen.« Schmunzelnd fügte er hinzu: »Beide Zimmer liegen praktischerweise nebeneinander und ihr seid im Haus ungestört.

Wenn ihr noch etwas wünscht, läutet einfach die Glocke. Ich wünsche Euch eine geruhsame Nacht.« Selbst sein Zwinkern konnte Arlyns düstere Gedanken nicht erhellen.

Er trat auf seine eigene Tür zu, wollte den noch immer aufgewühlten Dravo lieber alleine lassen. Nach allem was passiert war, mit all den Fragen und Zweifeln in seinem Kopf, der noch immer nicht wieder zur Ruhe kommen wollenden Magie, wäre es gewiss besser, sie würden in getrennten Betten schlafen.

Doch gerade als er die Tür öffnen wollte, ergriff Dravo ihn am Arm, zog ihn zu sich und drückte ihn an den Schultern an die Wand des Ganges. Er achtete nicht auf Arlyns instinktiv abwehrend erhobenen Hände, küsste ihn hart und gierig, bedeckte Hals und Gesicht mit immer fordernder werdenden Küssen.

Unter diesen wilden Küssen, die diesmal keine wahre Zärtlichkeit enthielten, pures Verlangen ausdrückten, fühlte Arlyn sich hilflos gefangen. Schwach versuchte er, Dravo von sich zu schieben, allerdings wusste er selbst, dass er es lediglich halbherzig tat und dann doch zögernd die Küsse erwiderte. Hitze breitete sich in ihm aus, die von seiner Magie und seinen Lenden ausging. Er begehrte Dravo wie dieser ihn, selbst wenn ihn dessen unerbittliche Art ein wenig verunsicherte.

Fest umfasste Dravo seine Taille, zog ihn hart an sich und schob ihn sich auf die Hüften, bedeckte seinen Hals mit weiteren Küssen, als er ihn zu seinem Zimmer trug. Kräftig stieß er mit dem Fuß die Tür auf, trat zum Bett und legte Arlyn darauf nieder, schob sich sofort über ihn.

Abermals hob Arlyn die Hände leicht abwehrend, die Kraft und Bestimmtheit mit der Dravo zu Werke ging, war anders als er es von ihm kannte. Ohne in den fordernden Küssen inne zu halten zog Dravo ihm Wams und Hemd aus, zerrte beides rücksichtslos und hektisch über seinen Kopf. Arlyn vernahm das Reißen von Stoff, schluckte die aufkommenden Bilder und vage Unsicherheit hinab. Nur kurz unterbrach Dravo seine Küsse, um die Tür zuzuwerfen, ihm die Stiefel auszuziehen und die Hose mit wütend wirkenden Bewegungen abzustreifen. Wie erstarrt lag Arlyn, wagte es kaum, sich zu bewegen und seine halbherzigen Handbewegungen waren nicht geeignet, Dravo abzuhalten.

Wollte er ihn denn aufhalten? Wollte er sich nicht lieber in die Lust fallen lassen, den Zauber ihres gemeinsamen Begehrens erleben, die Magie spüren, die sie verbunden hatte? Oh, er sehnte sie herbei, wollte vergessen, was heute geschehen war, wollte sich hingeben, sich auflösen. Nicht mehr denken, nur noch fühlen.

Kein Schimmern der Magie wollte sich zeigen, er spürte nichts von ihrem erregenden Prickeln, der Wärme, die seine Haut durchpulste. Längst vergangene Bilder zuckten in Impulsen, blitzten reihenweise vor den inneren Augen auf. Das Gefühl, Dravo gänzlich ausgeliefert zu sein, wurde mit einem Mal unerträglich stark. Diese zornige Entschlossenheit, sein starrer, begieriger Gesichtsausdruck machten ihm Angst, ließen ihn erstarren und doch wünschte er sich dessen Berührungen aufs Sehnlichste herbei, fühlte, wie sein Körper gewohnt erregt auf Dravos Küsse reagierte.

Mit hastigen, zornigen Bewegungen entledigte sich Dravo seiner eigenen Kleidung. Arlyn sah zu ihm auf, schluckte wiederholt hart und fühlte sich unendlich hilflos und ausgeliefert in seiner Nacktheit.

Fliegend kam sein Atem ihm über die Lippen, die Brust war eng, das Herz donnerte gegen die Rippen, als ob es entkommen wollte. An den Hüften schob Dravo ihn weiter auf das Bett, kniete sich augenblicklich über ihn, bedeckte die Brust mit harten, besitzergreifenden Küssen, die Hände fuhren in wenig zärtlichen, viel mehr gierigen Bewegungen über seinen bebenden Körper. In Arlyn rangen Verlangen und Furcht miteinander, Bilder unliebsamer Erinnerungen mit der Lust und der Sehnsucht nach Dravos sanften, liebevollen Berührungen. Dieser stumme, kompromisslos wirkende Dravo ängstigte und faszinierte ihn zugleich.

Schmerzhaft roh rieb er die Daumen über Arlyns Brustwarzen, presste die Lippen darauf, als ob er sie auf diese Weise als sein Eigentum markieren wolle. Noch immer trug sein Gesicht einen leicht abwesend wirkenden Ausdruck, voller Konzentration, doch ohne jegliches Gefühl. Als ob er in seinem Tun ebenso gefangen wäre, wie Arlyn in der Unsicherheit.

Finger gruben sich in Arlyns Hüfte, das Gesicht in die Lenden und der Mund umschloss ihn in einer Weise, als ob er ihn verschlingen würde. Nichts hiervon war vergleichbar mit den zarten, streichelnden Berührungen, die er ihm sonst angedeihen ließ, oder gar der Raffinesse, mit der er ihn in der vergangenen Nacht beinahe um den Verstand gebracht hatte. Dennoch weckte er Arlyns Lust auf eine seltsam mechanisch wirkende Art, als ob sein Körper routiniert auf die Reize reagieren würde.

Das Stöhnen, das über Arlyns Lippen kroch, klang verzerrt in seinen Ohren, in denen das Blut rauschte, der Herzschlag wummerte. Machtvoll drängte die Magie heran, wollte ihn glauben machen, Dravo wäre kaum anders, als jene Männer, die ihm Gewalt angetan hatten. Nur wenig unterschied sein Vorgehen, und Arlyns Magie loderte flackernd auf, gierte danach, zu vernichten. Keuchend kämpfte er sie nieder, behielt sie im Inneren, zwang sie immer wieder zurück.

Oh nein, Dravo würde ihm niemals Gewalt antun oder ihm Schmerzen bereiten. Er war anders als sie. Wispernd vernahm er die Zweifel, die Stimme, die vehement die Sklaven erwähnte. Hatte er sie sich auf diese Weise genommen? Resolut, ohne Gefühle zu zeigen, rein zur Befriedigung seiner Lust, als Ablenkung von den Schmerzen, die man ihm selbst zugefügt hatte?

Aber er war keiner dieser Sklaven. Niemals hatte Dravo ihn wie einen von ihnen behandelt. Wieder und wieder beschwor er die Erinnerungen des liebevollen, zärtlichen Dravos herauf. Beschwor sich selbst, dass Dravo ihn liebte, ihm nichts tun würde, ihn niemals zwingen.

Wie ein Ertrinkender klammerte Arlyn sich an diese Worte, während er passiv auf dem Bett lag, den Kopf leicht erhoben, Dravo beobachtete, die Hände seitlich zu Fäusten geballt und an die Oberschenkel gepresst, gefangen zwischen Lust und Beklommenheit.

Die Panik war da, lauerte dicht unter der dünnen Oberfläche seine Selbstbeherrschung, führte ihm die erneute, selbst erzwungene Hilflosigkeit vor Augen. Die vage Furcht lähmte ihn, kämpfte mit der Hitze in seinem Körper einen entsetzlich unfairen Kampf. Die Magie, die ihn sonst lustvoll umfloss, pochte dumpf und schmerzhaft, bereit, heiß und glühend auszubrechen, wenn die Furcht den Kampf gegen das Verlangen gewinnen sollte.

Dravos Begierde wurde ihm schmerzhaft deutlich. Mit jeder Berührung, jedem Griff, mit Lippen, Zunge und Händen forderte er sein Recht auf Arlyns Körper ein, markierte ihn als sein Eigentum.

Seine Erregung stand steil nach oben und er pumpte sich im gleichen Takt, in dem er Arlyns Erektion bearbeitete. Schwer atmend, mit einem verhaltenen Stöhnen kam Arlyn und die Woge der Lust schwemmte für den Moment endlich Zweifel und Furcht fort.

Mit einer letzten, saugenden Bewegung entließ Dravo ihn, griff sich beidhändig zwischen die Beine, küsste hungrig die Innenseite von Arlyns schweißfeuchten Oberschenkeln, während er sich in harten Bewegungen pumpte. Mit einem gequält klingenden Stöhnen, kroch er über ihn, legte sich auf ihn und rieb sich stöhnend an Arlyn. Fahrig waren seine Küsse, die Arlyn zaghaft zu erwidern versuchte, die Kehle wie zugeschnürt.

Mit welch harten, stoßenden Bewegungen Dravo sich bewegte, wie verbissen er aussah, die Augen blicklos auf etwas weit Entferntes gerichtet. Stöhnend kam er, lag viel zu schwer auf Arlyn, der dem Impuls, ihn von sich zu stoßen immer stärker unterdrücken musste.

Götter, er fühlte sich entsetzlich benutzt, die Augen brannten, und hätte Dravo ihn nicht plötzlich weit zärtlicher geküsst, wären die Finger nicht in einer vertraut liebkosenden Geste durch seine Haare gestrichen, er hätte es getan. Ganz still lag er, fühlte Dravos Atem, seinen Herzschlag.

Sanft fuhren Finger über sein Gesicht, berührten ihn mit Lippen und Zunge, Liebkosungen, die unendlich gut taten, die Furcht verschwimmen ließen, die aufgebrachte Magie bändigten. Diese Zärtlichkeiten liebte Arlyn so sehr, saugte sie in sich auf, wie ein Elixier. Dieser Dravo war der Mann den er liebte, dem er völlig vertraute.

Mit einem Mal spürte er die Magie weich und leicht in sich, ihr vages Glimmen. Die wispernden Stimmen waren fort, der Kerker verschlossen.

»Arlyn. Oh, Arlyn«, wisperte Dravo, barg den Kopf an seiner Halsbeuge. Die Stimme klang rau, als ob sie gleich brechen würde und während die Lippen sich gegen seine Haut drückten, spürte Arlyn, wie Dravo schluchzte. Tief und schwer aus der Brust drang es, völlig lautlos.

»Verzeih mir. Bei den Göttern, bitte, verzeih mir«, wisperte Dravo erstickt, die Finger schienen an Kraft zu verlieren, glitten von ihm und er rutschte zur Seite, das Gesicht noch immer ganz dicht an seinem Hals, die Nase dagegen gedrückt.

Endlich entspannte Arlyn seine verkrampften Glieder, streckte die Finger und bewegte sie steif zu Dravos Kopf, strich durch die Haare, spürte weitere trockene, tonlose Schluchzer, die Dravos Leib erbeben ließen. Vorsichtig, mit trockenem Mund, noch immer zu schnell schlagendem Herz, berührte seine Hand die Wange, schmiegte sich dagegen, ließ die Wärme der Magie in Dravo sickern.

Er spürte seinen Schmerz, die abgrundtiefe Verzweiflung, die Furcht, die Wut, den grenzenlosen Zorn, spürte jede der Emotionen, die Dravos Brust zu sprengen drohten, eine Last, die ihn erdrückte und für die er keine andere Erleichterung kannte, als die körperliche Lust.

Mehrfach schluckte Arlyn, fühlte Zärtlichkeit aufsteigen, seine Beklommenheit sich auflösen, während er Dravos Kinn anhob und in dessen brennende Augen schaute.

»Du machst mir Angst«, gestand er leise. »Dieser Dravo macht mir Angst. Ich fürchte und ich liebe dich.« Zu einem Wispern sank seine Stimme herab, die Hand zitterte, als Dravos Ausdruck schmerzhaft wurde, er die Lider zusammenpresste und abermals ein tonloses Schluchzen ihn schüttelte.

»Götter, Arlyn, ich … Niemals würde ich dir etwas antun, Kles! Ich …« Seine Stimme brach, er schmiegte sich in Arlyns Hand, legte seine darüber, sah ihn mit Augen an, die so voll Qual waren, dass Arlyn sich rasch vorbeugte und ihn küsste.

»Ich weiß«, flüsterte Arlyn, schluckte schwer, ließ den Daumen über Dravo bebende Lippen gleiten. Götter, wie extrem ihn das Aufleben seiner Vergangenheit getroffen haben musste, das Durchleben seiner Angst, einer grenzenlosen Verzweiflung, die Arlyn sich nicht einmal vorstellen konnte. All dies musste über ihn hereingebrochen sein. Schon bei dem Gespräch mit seinem Vater?

»Verzeih mir, Kles«, raunte Dravo fast unhörbar. »Ich liebe dich so sehr. Ich wollte dich nicht verletzen. Ich weiß nicht, was über mich gekommen ist. Dich auf diese Weise …« Seine Augen schimmerten und mit einem Gefühl unendlicher Liebe wischte Arlyn ihm die Träne fort, die sich löste und über die Wange perlte.

Abermals küsste er ihn, hielt sein Gesicht umschlossen, bis Dravos Atmen langsamer wurde, das Beben der Brust nachließ und er endlich die Arme um ihn legte, ihn eng an sich zog.

»Das wird nie wieder geschehen«, wisperte Dravo. »Bei den Göttern und allen Niederen, die meine Seele holen sollen, wenn ich mich jemals wieder vergessen sollte.«

Arlyn lächelte, küsste seine Stirn und ließ den Schwur ganz tief in sich sinken, hoffte so sehr, dass dieser das vage Unbehagen und das hartnäckige Wispern endgültig vertreiben würde.

77 Kapitel

Dravos Geständnis

In dieser Nacht schlief Arlyn neben ihm, jedoch nicht in seinen Armen. Wie in den Nächten ihrer Reise nach Fenjil hatte er sich in die Decke gehüllt, ihm den Rücken zugewandt. Der Anblick schmerzte Dravo unsäglich.

Ein paar Mal streckte er die Finger aus und zog sie sogleich hastig zurück. Er hatte kein Recht, Arlyn zu berühren. Nicht, nachdem er auf diese Weise mit ihm umgegangen war. Bei den Göttern, was war nur in ihn gefahren? Wie hatte er sich so gehen lassen können? Er war sich im Nachhinein voll und ganz seines fordernden, nahezu brutalen Verhaltens bewusst, war mit Arlyn gerade so verfahren, wie er es mit den Sklaven getan hatte. War er denn blind gewesen? Hatte er die Angst nicht gesehen? Die wundervolle Magie, die Arlyn sonst umgab, war nicht erschienen. Stattdessen hatte er still und verkrampft gelegen, es über sich ergehen lassen. Auf gewisse Weise hatte er ihm trotz seines Schwurs Gewalt angetan, ihm, den er so sehr liebte, der derart Furchtbares durchgemacht hatte. War er denn wirklich nicht besser, als jene Bestien?

Oh, er schämte sich entsetzlich. Er liebte Arlyn so schmerzhaft intensiv wie er Rangol hasste, wie jedes seiner Worte, die Arlyn verletzt hatten. Wie die Hilflosigkeit, die ihn gefangen gehalten hatte. Bei den Niederen, wenn Rahj nicht dazwischen gegangen wäre, er hätte Rangol endlich die einzig passende Antwort gegeben, die er verdiente.

Auch wenn Rahj ihre Verbindung nun legitimiert hatte, hatte er ihm zugleich eben jene Möglichkeit genommen, Hass und Schmerz auszulöschen. Sein Körper hatte dieses unersättliche, qualvolle Verlangen auf die einzige Art ausgedrückt, die er sich in den letzten Jahren zu eigen gemacht hatte. Die gewaltige Wut auf seinen Vater, Rangol und all jene, die ihn und seine

Liebe zu einem Mann ablehnten, war in diesem Verlangen zum Ausdruck gekommen. Der Hass hatte ihn egoistisch und blind gemacht.

Wie sehr er es bereute.

»Ich weiß«, hatte Arlyn gesagt, Stimme und seine Augen jedoch verrieten Dravo nur zu deutlich, dass das nicht die volle Wahrheit war. Würde er ihm je wieder voll vertrauen können? Durfte er es? War er es überhaupt wert? Diese Seite an ihm war es, die Arlyns Ängste schürte und völlig zurecht. Dieser Dravo, diese gnadenlose Gier war genau das, was Arlyn so sehr fürchtete.

In Gedanken versunken strich Dravo unendlich sanft die Rundungen der vollen Lippen nach, fuhr ihm über das Kinn zur Kehle. Arlyn war und blieb zerbrechlich. Sein Vertrauen war fragil und auch wenn Arlyn ihn liebte, tat er gut daran, ihm nicht völlig zu vertrauen. Dravo traute sich selbst nicht. Nein, er wusste, zu was er fähig war, was er getan hatte und womöglich wusste es Arlyn insgeheim ebenso.

Als Arlyn sich später unruhig im Schlaf hin und her warf, womöglich gefangen in Albträumen, war Dravo sich sehr wohl bewusst, was er durchlebte. Trotz der schweren Vorwürfe brachte Dravo nicht den Mut auf, die Hand nach Arlyn auszustrecken und ihn an sich zu ziehen. Welchen Trost konnte er ihm schon bieten? Er hatte Arlyn kaum besser behandelt, als jene Männer, nur ein Objekt, das einzig dazu diente, um seine Lust zu befriedigen.

Arlyns Anblick quälte Dravo so sehr, dass er sich umdrehte, versuchte, die Ohren mit den Händen zu verschließen und alle anderen Sinne auszuschalten, die verzweifelte, hartnäckige Stimme in ihm zu ignorieren, die ihm unbarmherzig zuflüsterte, dass er diese erneuten Albträumen verursacht hatte.

Mitten in der Nacht schreckte er plötzlich aus unruhigen Träumen hoch und drehte sich rasch um. Arlyn war fort. Der Platz neben ihm war leer. Panisch fuhr er hoch, sprang aus dem Bett und sah sich suchend um. Sofort entdeckte er ihn an der Wand sitzend, die Beine angezogen, den Kopf zurück gelegt und abermals gab Dravo der Anblick einen Stich ins Herz. Auf nahezu dieselbe Weise hatte er ihn in der ersten Nacht bei sich in Rhilgris vorgefunden.

Schwer schluckend näherte er sich langsam. Anders als in Rhilgris war Arlyn wach, wandte den Kopf und im kühlen Licht des Halbmondes wirkten seine Augen dunkel, schmerzerfüllt und verzweifelt.

»Du hast wieder Albträume.« Zögernd trat Dravo zu ihm, ließ sich mit deutlichem Abstand mit dem Rücken zur Wand neben ihm nieder.

»Ja«, flüsterte Arlyn tonlos, starrte auf seine Füße und Dravo glaubte, ihn beben zu sehen. Götter, wie entsetzlich war es, Arlyn wieder in einem solchen Zustand zu sehen.

»Das schlimmste daran ist, dass ich mich jetzt sehr genau an alles erinnere. Dieser Traum war fast real. Jeder Schmerz. Alles.« Gequält schloss Arlyn die Lider,

Dravo spürte den überwältigend dringenden Wunsch ihn zu berühren, fühlte sich jedoch viel zu unwürdig, nachgerade beschmutzt. Kein Wort, keine Tat konnte rückgängig machen, was er getan hatte. Wie sollte er Arlyn je wieder in die Augen blicken können?

Schweigend saßen sie nebeneinander, bis Arlyn ihm langsam den Kopf zu wandte. Die Lippen bewegten sich, er fuhr sich mit der Zunge darüber und holte verstohlen Luft.

»Diese anderen vor mir, diese … anderen Sklaven …«, begann er, atmete hart aus und schien nicht weiter sprechen zu können. Es war ein Stich in Dravos Brust, der Schmerz drang bis in die Tiefen seiner Seele. Er hatte gewusst, dass er Arlyn die Wahrheit sagen musste, er hatte sie verdient. Diesen Moment hatte Dravo vor allen anderen gefürchtet. Er wollte es nicht, alles in ihm sträubte sich dagegen, dennoch musste er es endlich aussprechen, sonst würde es immer zwischen ihnen stehen.

»Es waren vier«, begann er, wagte es nicht, Arlyns Blick zu begegnen an. »Vier junge Männer. Alle deutlich älter als du. Jung genug und jeder auf seine Weise attraktiv.« Ein eisernes Band aus purer Schuld lag um seine Kehle, schnürte ihm den Atem ab, ließ jedes Wort qualvoll werden. Die Hände fühlten sich kalt und feucht an, über seinen Rücken glitt pures Eis.

»Als ich voller Zorn und Verzweiflung den Hof verließ, quälten mich Schuld und Hass so sehr, dass ich bereit war, zu sterben, Magrant zu folgen. Was mich am meisten verzweifeln ließ, war meine Hilflosigkeit. Nichts, rein gar nichts konnte ich tun, um ihn zurück zu holen. Wie ich nichts hatte tun können, um ihm dieses unsägliche Leid und die Schmerzen zu ersparen. Bei dem Licht der Götter, es fraß mich auf. Aber, ich lebte weiter, ich lernte, Schmerz und Hass in mir zu verschließen.

Ich hatte dem Thron entsagt und zog nach Rhilgris, war endlich frei, offen meiner Neigung nachzugehen und das habe ich getan. Kaum eine Nacht, die ich nicht in einem der Lanjinhäuser verbrachte«, erzählte Dravo emotionslos. »Endlich konnte ich dem rastlosen Verlangen meines Körpers in jeder Hinsicht nachgeben, ohne an die Folgen für mein Ansehen oder das meines Vaters denken zu müssen. Ich war jung, reich und verfügte über genügend Macht und Einfluss, um mir alles zu nehmen, was ich wollte. Jede Art Vergnügen konnte ich erkaufen, doch es erfüllte mich nicht lange. Jedoch liebte ich diese Macht, die Sicherheit, mir nehmen zu können, was mir beliebte. Ohne Rücksicht, ohne Bedauern. Nicht ausgeliefert zu sein, sondern derjenige, der die Kontrolle hatte.« Sehr wohl spürte er Arlyn neben sich erzittern. Wenn er ihm alles berichtet hatte, dann würde er ihn hassen, er würde ihn fürchten und sich völlig von ihm abwenden. Dravos Stimme wollte brechen, die Angst ihn besiegen, dennoch quälte er die Worte hervor.

»Der Schmerz indes saß noch immer tief, es gab nur einen Weg, ihn zu betäuben, meinen Kummer, die Selbstvorwürfe wenigstens für den Moment zum Verstummen zu bringen. Irgendwann genügte es mir nicht mehr, einen Mann nur für eine Nacht zu kaufen, ich wollte mehr.«

Die Kälte erfasste seinen Körper vollständig, schien Arme und Beine einzufrieren, das Herz mit eisigen Fingern zu umschließen, aber er würde alles erzählen, nichts davon sollte und durfte vor Arlyn geheim bleiben.

»Ich habe diese Sklaven gekauft, wie ich dich gekauft habe, wegen ihrer Anmut, ihres ansprechenden Körpers, der mir maximale Lust versprach. Und ich habe es genossen, dass sie mir vollkommen ausgeliefert waren. Körperlich waren sie mir nicht gänzlich unterlegen, ich habe ihnen jedoch deutlich gemacht, was ich von ihnen verlange. Drei von ihnen waren in die Sklaverei geboren worden, sie waren ausgebildet und erfahren, sie wussten, wie sie sich verhalten mussten. Ich musste nichts erzwingen, sie taten, was ich ihnen befahl.«

Monoton klang seine Stimme, die wahren Emotionen tobten in ihm, denn jedes Wort trieb Arlyn von ihm fort, ließ den Graben zwischen ihnen größer werden. Es auszusprechen barg die schlimmsten Schmerzen, die er sich hatte vorstellen können, aber es gab kein Zurück mehr.

»Du hast ihnen … Gewalt angetan?« Arlyns Stimme war ein Hauchen, das anklingende Entsetzen darin riss Dravos Herz in winzige Stücke. Gequält schloss er die Augen, kämpfte mit seiner Scham, der Panik und schlug die Fäuste hart und schmerzhaft auf den Boden.

»Ja!«, stieß er hervor. »Ja, Arlyn, das habe ich. Ich habe ihnen keine Wahl gelassen.« Erschrocken sog Arlyn die Luft ein, doch Dravo konnte den Blick nicht mehr heben, wollte nicht sehen, wie er ihn voller Ekel und Furcht anschauen würde.

»Der letzte von ihnen hat geweint. Er hat mich angefleht aufzuhören«, sagte Dravo und schluckte, erstickte beinahe an seinen eigenen Worten, der Schwere der Schuld, die mit jedem Satz zunahm und ihn zerquetschte.

»Ich habe nicht aufgehört. Seine Hilflosigkeit hat mich erregt, die Macht, die ich über ihn hatte, war wie ein Elixier, das mich stärkte. Ich war derjenige, der über den Schmerz herrschte, ihm nicht ausgeliefert.«

Verzweifelt rang Dravo nach Luft, stieß sie aus und atmete erneut gierig ein. Der Dreck seiner Verbrechen klebte an ihm, stank wie die tiefste Hölle der Niederen.

»Es fühlte sich gut an. In dem Moment. Hinterher war trotzdem immer nur Leere da, ein tiefes Bedauern und dann kehrte der Schmerz zurück, er war nur vorübergehend betäubt. Es hat mich niemals erfüllt, hat meinen Körper befriedigt, aber nie mich selbst.« Seine Augen brannten, der Magen wollte sich umdrehen und er ekelte sich vor sich selbst, wandte langsam den Kopf und begegnete Arlyns fassungslosem Blick.

»Ja, du weichst vor mir zurück, Arlyn«, flüsterte er resigniert, unendlich beschämt. »Und daran tust du gut. Du kanntest mich nicht auf diese Weise. Aber ich war damals kaum besser, als jene Männer die dir all das angetan haben.« Hart schluckte Dravo, wagte nicht mehr, Arlyn Kles zu nennen. Die Kehle wollte ihm zerreißen, das Herz aufhören zu schlagen. Dieser Schmerz war weit schlimmer als jener damals. Wenn Arlyn sich von ihm abwandte, dann würde nichts ihn je wieder betäuben können.

»Wenn du mich nun verachtest und fürchtest, so verstehe ich das nur zu gut, Arlyn. Ich verstehe dich. All das war ich. Genau die Bestie, vor der du dich so fürchtest. Genauso eine wie diejenigen, die dir diese schreckliche Lektion erteilten. Das war ich«, stieß Dravo hervor, bewegte sich schwerfällig, kniete sich mit gesenktem Haupt mit Abstand vor ihn, vermochte es jedoch nicht, nach ihm zu tasten. Wenn er doch nur den Blick heben, hoffen durfte, wenigstens den Ansatz von Verstehen in Arlyns Augen zu erkennen. Derweil die Hoffnung hatte er nicht.

»Mit dir ist es anders.« Dravos Stimme wurde eindringlicher, die Worte sprudelten leichter hervor. »Zum ersten Mal bin ich nicht mehr auf der Suche, bin ich nicht mehr alleine, bin ich erfüllt, fühle ich mich vollkommen. Der Schmerz ist erträglich, ich konnte ihn zeitweise vergessen. Oh, ich habe noch immer viel Macht, ich bin vermögend, doch es hat mich niemand je auf dieselbe Weise berühren können wie du. Eine Berührung meiner Seele. Meine Einsamkeit schien beendet, denn einsam war ich stets. Mein Vater hat in mir etwas gesehen, was ich nicht bin, nie werden wollte. Und meine Mutter … Nein, diese Frau hat mich niemals geliebt, Arlyn. Du hast sie erlebt. Doch nichts davon rechtfertigt mein Vergehen.«

Verzweifelt hob Dravo die Hände, streckte sie nach Arlyn aus, traute sich dennoch nicht, ihn zu berühren und ließ sie wieder sinken. Die Schultern sackten kraftlos nach unten. »Dann habe ich dich gefunden. So wunderschön. So zerbrechlich, voller Furcht und ebenso einsam wie ich mich fühlte. Und plötzlich war da dieses immens starke Gefühl, dich beschützen zu müssen, derjenige zu sein, den die Götter genau dazu bestimmt haben. Meine Aufgabe. Und ich habe versagt.«

»Was ist aus ihnen geworden?«, fragte Arlyn leise.

Aus Dravo Kehle brach ein bitteres Lachen hervor. »Was schon? Du hast Rangol gehört. Ich habe sie verkauft. Das ist es doch, was du von mir erwarten würdest.« Götter, dieser Schmerz! Es zerriss ihn bei lebendigem Leib.

Unter äußerster Anstrengung hob er den Kopf, zwang sich dazu, Arlyn direkt anzusehen, dem Blick der türkisen Augen zu begegnen und allem, was er darin finden würde.

»Nein, Arlyn«, wisperte er erstickt. »Das habe ich nicht getan. Ich habe sie gehen lassen, ihnen die Freiheit geschenkt. Jedem von ihnen gab ich ein neues Leben fern von hier. Ein jeder erhielt die doppelte Summe, die ich bei Meister Mardun für sie gezahlt hatte. Zu wenig, um meine Schuld zu begleichen, vielleicht genug, um ihnen ein freies Leben zu ermöglichen. Ich weiß es nicht.«

Unmöglich, er konnte Arlyn nicht ansehen. »Ich wollte es dir nicht sagen, ich habe solche Angst davor, dass du mich verachten, mich fürchten wirst, mich nicht mehr lieben kannst. Und ich würde es verstehen«, flüsterte Dravo mutlos. »Ich bin nicht stolz auf das, was ich getan habe. Aber ich kann es auch nicht ungeschehen machen.«

Trocken schluchzte er, sich sehr wohl bewusst, dass er auch nicht ungeschehen machen konnte, wie er Arlyn behandelt hatte.

»Seit du bei mir bist, bin ich ein anderer geworden. Du bist es, der diese Leere in mir ausfüllt. Du bist ein Geschenk für mich. Das kostbarste und wertvollste, was ich je besessen habe«, flüsterte er voller Pein. »Du gibst dich mir hin, schenkst mir dich vollumfänglich. Weil du es möchtest, weil du mich ... liebst. Geliebt hast.«

Der Dolchstoß bohrte sich in die Eingeweide. Wie sollte er je mit Worten ausdrücken, was er für Arlyn empfand? Diese Liebe war so gewaltig, so groß, dass er sich davor fürchten sollte, denn er hatte sie nicht verdient. Wollten die Götter so grausam sein, ihm diese Hoffnung zu geben, ihn einen Blick darauf werfen lassen, was er hätte besitzen können, nur um es ihm dann wieder zu entreißen? Ah nein, es war sein Verschulden ganz alleine. Er hatte dieses Geschenk missbraucht und ihre Gunst endgültig verloren.

»Du hast mir das wundervollste Geschenk gegeben, dein Vertrauen, deine Liebe, deine Hingabe. Das ist alles, was ich je haben wollte. Ich weiß es jetzt. Es ist etwas, was ich nie einfordern, mir nie mit Gewalt nehmen konnte. Es ist etwas, was du mir absolut freiwillig gegeben hast.« Die Stimme brach und das letzte bisschen Kraft wollte ihn verlassen.

»Du bist alles, was ich je haben wollte, Arlyn. Ich liebe dich so sehr, dass es schmerzt, dass es mich zerreißt, dich zu verlieren.«

»Dravo.« Kühl und federleicht legte sich eine Hand auf seine Wange, spürte er die andere auf seiner Schulter, fand keinen Willen, keine Kraft, den Kopf zu heben. Völlig leer fühlte er sich, bar jeder Hoffnung.

»Ja, ich liebe dich. Daran hat sich nichts geändert. Ich liebe den Dravo, der du eigentlich bist. Nicht das, was du einmal warst. Aber ich kann diese Geschehnisse einfach nicht vergessen, und als ich dich jetzt auf diese Weise erlebte ...« Hart holte Arlyn Luft. »Dabei machst du mir entsetzliche Angst. Ich will dir glauben, aber in mir ist stets diese Furcht, du könntest mir dasselbe an...«

»Niemals!« Dravo umschloss sein Gesicht fest und sicher. »Das weiß ich, Arlyn. Was auch geschehen sollte, niemals könnte ich dir dergleichen antun. Es gibt keine Worte, die ich sagen kann, um dir diese Angst zu nehmen, nichts um ungeschehen zu machen, was dir angetan wurde. Oder was ich getan habe. Ich kann nur versuchen, es gut zu machen. Wenn du möchtest, wenn du mich lässt. Ich werde dich lieben und beschützen, gleich ob du meine Liebe erwiderst.«

Arlyn lächelte, mit Schatten in den Augen, mit den vagem Spuren des Entsetzens, den Fragmenten der Furcht darin, die wie winzige Risse im Vertrauen wirkten, aber er lächelte und als seine Lippen Dravos berührten, da spürte er die Tränen rinnen. Unaufhaltsam.

»Ich liebe dich, mein Kles. Ich liebe dich von ganzem Herzen, Dravo dun nan Drinju«, wisperte Arlyn, küsste jede der Tränen fort. Dravo konnte nichts erwidern. Worte konnten ohnehin nicht erklären, was sie verband. Wenn die Götter ihm ihr Licht schenkten, dann war es Arlyn selbst, der sein Leben erhellte und die Wärme mit sich brachte, die er zum Leben brauchte, die den alten Schmerz endlich weichen lassen konnte. Und ihm Freiheit schenkte und seine unglaubliche Stärke.

78 Kapitel

Der Königslauf

»Ignoriere sie einfach«, flüsterte Dravo Arlyn zu, als sie aus der Kutsche stiegen, auf Rahjs Zelt zugingen und die anderen Adeligen, die in zahlreichen Grüppchen vor den Zelten des Königs und Rahjs beieinander standen, sich tuschelnd nach ihnen umdrehten. Ein guter Rat, nur fiel er Arlyn nach dem gestrigen Tag viel schwerer. Oft genug vermeinte er ein geflüstertes »Lanjin« zu vernehmen und beherrschte sich mühsam, sich nicht hinter Dravo zu schieben, um den abfälligen Blicken zu entkommen.

Kinsan schritt direkt hinter ihnen, die beiden Wächter hingegen flankierten Dravo und ihn, schützten sie lediglich vor bewaffneten Angriffen, nicht jedoch vor Blicken und dem Gerede. Arlyn sehnte das Ende des Cialks herbei, wenn er mit Dravo endlich daheim und alleine sein würde. Doch nach der letzten Nacht, lungerten die Schatten in ihm. Dravos Beichte hatte ihn aufgewühlt, einen Teil seines Vertrauens schwinden und ihn unsicher werden lassen. Obwohl gerade die Tatsache, dass Dravo ihm ungeschönt alles erzählte, ihn beeindruckt hatte. Er glaubte, zu verstehen, warum er so gehandelt hatte, war sich sicher, dass er zutiefst bereute, was er getan hatte. Dennoch wollte ihn der Gedanke daran einfach nicht loslassen.

Zwar hatten sie den Rest der Nacht nebeneinander verbracht, die Leichtigkeit ihres Umgangs miteinander wollte sich indes nicht so einfach einstellen. Es würde sicher Zeit brauchen, bis sie einander wieder derart nahe sein konnten. Dabei vermisste es jetzt schon die vielen kleinen Gesten und Berührungen.

Rahjs Diener schlugen vor ihnen die Plane des Zeltes zur Seite und ließen sie eintreten. Malarg und Sirw blieben vor dem Zelt stehen, denn drinnen standen vier von Rahjs Wachen. Er selbst kam sofort auf sie zu, begrüßte als ersten Arlyn und hieb seinem Bruder freundschaftlich auf die Schulter.

»Habt ihr also die erste Hürde unversehrt überstanden? Oh, ihr beide und ich sind das einzige Gespräch des Cialks. Darüber werden noch Generationen nach uns reden.«

»Davon bin ich überzeugt.« Verkrampft lächelte Dravo, schnaubte abfällig, während er sich auf einen der Stühle fallen ließ. Rahj lächelte wissend, forderte sie auf, sich am Essen zu bedienen und begrüßte sogleich Kinsan herzlich.

»Ich bin sehr ärgerlich auf Euch, mein Freund.« Schmunzelnd drohte Rahj dem Diener mit erhobenem Finger. »Ihr habt meinem Bruder offenbar noch immer keine guten Manieren beigebracht. War das nicht Euer Auftrag?«

»Verzeiht mir Euer Hoheit, jedoch ist es gänzlich unmöglich Eurem Bruder gute Manieren beizubringen, wie Ihr wisst. Da dies selbst Euch nach harten Bemühungen nicht gelungen ist, wäre es wohl sehr vermessen von mir, es weiterhin zu versuchen.« Kinsan verbeugte sich sehr tief.

Rahj lachte auf, klopfte ihm anerkennend auf den Rücken, während Dravo Kinsan einen tadelnden Blick zu warf, der Mund dabei jedoch verdächtig zuckte. Arlyn lächelte ebenfalls, er mochte den Humor des Dieners einfach.

»Euer Hoheit haben keine Diener im Zelt?«, fragte Kinsan erstaunt, schaute sich irritiert um.

»Ah nein. Wisst Ihr, ich bevorzuge die Ruhe und zudem die Möglichkeit, mir völlig ungeniert von jedem etwas aufzunehmen, weit mehr, als ich essen kann, ohne einem verborgen pikierten Blick ausgesetzt zu sein. Es ist alles angerichtet, wir müssen uns nur selbst nehmen. Kommt, setzt Euch zu uns«, forderte ihn Rahj auf. »Ich habe einen viel besseren Auftrag für Euch.« Kinsan nahm Platz, hielt den Kopf dabei jedoch respektvoll gesenkt.

»Seht Ihr diesen jungen Mann?« Schmunzelnd legte Rahj die Hand auf Arlyns Schulter, der ihn überrascht ansah. »Ich möchte, dass Ihr darauf achtet, dass er immer gut behandelt wird und dass es ihm an nichts mangelt. Meinem hitzköpfigen Bruder traue ich einen derart wichtigen Auftrag nicht recht zu, also seid Ihr dafür zuständig.«

Dravo schnaubte empört, doch Kinsan hob den Kopf, zwinkerte Arlyn zu und nickte.

»Euer Befehl ist mir eine Ehre, Hoheit. Bedauerlicherweise habe ich denselben bereits von Eurem Bruder erhalten und darüber hinaus gab ich ihn mir längst selbst.«

»Dann ist genug Sorge getragen.« Zufrieden schenkte sich Rahj Wein ein, winkte einen der Wächter heran.

»Ervo, bitte sorge dafür, dass Kinsan auf meiner Tribüne einen guten Platz für den Königslauf erhält. Immerhin soll er doch sehen können, wie meine Pferde den Sieg davontragen.«

»Wovon träumst du, Bruder?« Schnaubend schüttelte Dravo den Kopf. »Den Königslauf wird eins meiner Pferde gewinnen. Keins deiner hat genug Ausdauer dafür.« Rahj lächelte verschmitzt und wandte sich an Arlyn.

»Was denkst du?«, erkundigte er sich.

»Dravo sollte sich wohl nicht zu sicher sein«, meinte Arlyn vorsichtig. »Eure Pferde haben sehr gute Leistungen gezeigt und einige der Rennen gewonnen.« Rahj feixte erfreut in Dravos Richtung, der plötzlich recht finster drein blickte. Arlyn schaute von einem zum anderen und schmunzelte, wie ernst die Männer diese Rennen nahmen, fügte an Rahj gewandt lächelnd hinzu: »Allerdings kenne ich Dravos Pferde sehr genau und weiß, was sie zu leisten vermögen, also sollet auch Ihr Euch eines Siegs nicht allzu sicher sein. Oh nein, das solltet Ihr wahrlich nicht.«

Laut lachte Dravo los, während Rahj Arlyn entgeistert anstarrte, missmutig den Kopf schüttelte.

»Wenn du mich noch einmal so unhöflich höflich ansprichst, Arlyn, werde ich ernsthaft böse. Nenne mich Rahj. Für dich bin ich nach wie vor nur der Bruder deines Gefährten und nicht höher gestellt. Was den Rest betrifft ... Bei der Hölle der Niederen, du bist voreingenommen.«

Betreten senkte Arlyn den Kopf. Es fiel ihm gerade nach Rahjs Auftritt sehr schwer, ihn nicht als den zukünftigen König zu sehen und entsprechend zu betiteln.

»Siehst du? Arlyn wird sich nicht von deinem besonderen Charme einwickeln lassen, dazu weiß er viel zu viel über Pferde. Tatsächlich hat er sie mit trainiert und kennt sie in- und auswendig«, erklärte Dravo noch immer grinsend.

»Oh?«, machte Rahj. »Nun gut, dann muss der Königslauf selbst euch wohl überzeugen, wer die besseren Pferde hat. Du kennst dich mit Pferden also aus, Arlyn?«

In seinen Augen blitzte ein besonderes Interesse auf, welches Arlyn ein wenig misstrauisch machte. Wie viel wusste er von seinen Fähigkeiten? Billigte er sie? So recht war Arlyn sich nicht sicher, wie viel er davon erzählen sollte. Womöglich war er einfach nur zu misstrauisch, weil er sich in seinen Träumen erneut verfolgt gefühlt hatte und dieses vage Gefühl auch im Hellen partout nicht weichen wollte.

Bereitwillig erzählte er von seiner Zeit auf Germonshof, der Arbeit mit den Pferden und wie er Dravos Pferde mittrainiert hatte. Nicht lange und die Fanfaren riefen zum letzten Lauf des Cialks, dem Königslauf, und sie begaben sich auf Rahjs Tribüne.

»Du hast wahrhaftig niemand anderen eingeladen?«, erkundigte sich Dravo ungläubig, als sie Platz nahmen und er den Blick über die leeren Plätze gleiten ließ. Rahj zuckte nachlässig die Schultern.

»Nach deinem und meinem wirkungsvollen Auftritt gestern beim Empfang, hielt ich es für eine gute Idee, ein wenig Ruhe zu haben«, meinte er und fügte mit einem schiefen Grinsen hinzu: »Vater war zudem überaus pikiert von meinem Verhalten. Um genau zu sein, war er stinkwütend. Ich habe ziemlich lange recht viele Verwünschungen und Beschimpfungen über mich ergehen lassen müssen. Mir war nicht nach weiterem Gerede darüber.«

Arlyn konnte sich gut vorstellen, wie sehr der König getobt haben musste, ob Rahjs eigenmächtiger Entscheidung.

»Du hast es aber offenbar überlebt«, stellte Dravo fest.

»Jedoch nur, weil ich der Thronfolger bin und es ein unverzeihlicher Skandal wäre, wenn er seinen eigenen Sohn aufhängen würde. Aber glaub mir Dravo, ich bin sicher, er hätte nicht übel Lust dazu gehabt«, erklärte Rahj humorvoll, doch die Augen blieben ernst. Seufzend lehnte er sich zurück, grinste schief.

»Mutter redet ebenfalls kein Wort mehr mit mir. Zum Glück weiß ich auch, dass sie diese Strafe selbst nicht gerade lange durchhalten wird. Sei dir gewiss, dass wir drei für die aufregendsten Gespräche dieses Cialks und der nächsten Empfänge sorgen.«

»Ich weiß es zu schätzen, was du für mich und Arlyn getan hast«, sagte Dravo bedächtig und legte Rahj die Hand auf die Schulter. »Das nächste Mal hältst du dich jedoch verdammt noch mal raus, wenn ich Rangol seinen feisten Wanst aufschlitzen will. Der Bastard der Niederen hat es absolut verdient.«

»Das werde ich nicht, denn ein politisches Zerwürfnis zwischen dem Hause Olvirm und dem ersten Haus Fenjarns, können wir uns in der derzeitigen Lage nicht erlauben. Du wirst dein Schwert anderweitig einsetzen müssen«, erklärte Rahj bestimmt, seufzte und senkte die Stimme. »Natürlich gibt es bereits Gerüchte, was Vaters Gesundheit angeht und viele der Adeligen meinen, das wäre eine gute Zeit, die strengen Regeln seiner Regentschaft auszuloten. Noch bin ich niemand, den sie ernst genug nehmen und folglich wittern viele ihre Chancen, sobald der König stirbt und ich dir auf den Thron folgen werde.«

»Sie sollten dich nicht unterschätzen, Rahj.«

»Niemand sollte das. Nicht mich und nicht meine Pferde. Ah, es geht los«, gab Rahj lächelnd zurück, deutete nach unten, wo die Pferde unter der Königstribüne Aufstellung nahmen. Gespannt betrachtete Arlyn die einzelnen Tiere, in deren Mähnen und Schweifen für diesen Lauf die Farben des jeweilige Hauses eingewoben waren.

Während eins nach dem anderen unter der Tribüne entlang geführt wurde, verkündete ein Sprecher laut die Namen der Pferde und ihrer Häuser. Es war ein großes, farbenprächtiges Feld. An den Außenseiten versuchten die Reiter der Siegerpferde der Vorläufe ihre Pferde in eine Reihe zu bringen. In der Mitte tänzelte das Pferd des Königs in weißen Farben, flankiert von Dravos mit dessen Grün und Weiß und dem Grün und Rot von Rahjs Pferd. Es war der graue Schimmel, der ziemlich gelassen an seinem Platz stand, zwischen den anderen Tieren sehr klein und zierlich wirkte. Dravo bemerkte ihn just in dem Moment und lachte spöttisch auf.

»Rahj, sag mir nicht, dass du die kleine graue Maus ernsthaft im Königslauf laufen lässt? Und dann noch an der Position des Königssohns?« Dravos Fuchsstute Drilma überragte ihn deutlich. Er wirkte wirklich fehlplatziert, sein Reiter klopfte ihn die ganze Zeit und redete auf ihn ein.

Rahj lächelte versonnen. »Wie du bemerkt hast, mein lieber Bruder«, meinte er süffisant, »sollte man den kleinen Sjdov nicht unterschätzen.«

»Rahj!«, empörte sich Dravo. »Der Königslauf ist ein ganz anderes Rennen. Es geht jetzt über die doppelte Distanz. Mit seinen kurzen Beinen wird er hoffnungslos hinterher laufen. Wenn er wieder vorweg rennt, wird er nur das Tempo für die anderen machen und am Ende das Nachsehen haben.«

»Lass uns einfach sehen, was passiert und wer diesmal die besseren Pferde hat«, antwortete Rahj schmunzelnd, wenngleich er nicht wirklich zuversichtlich wirkte, wie Arlyn fand.

»Solange keins von Rangol vorne ist«, grollte Dravo, »ist mir beinahe jeder Sieger recht.«

»In ihm hast du einen erbitterten Gegner, Dravo«, meinte Rahj, ohne den Blick von den Pferden zu nehmen. »Und damit meine ich bestimmt nicht die Rennen. Er hat an Einfluss gewonnen, seine Zunge ist geschickt und er weiß mit Worten zu agieren.« Dravo musterte seinen Bruder, antwortete jedoch nicht. Eine feine Gänsehaut überzog Arlyns Arme und er hätte nur zu gerne Dravos Hand berührt. Diese verfluchten Worte waren es, die sie beide getroffen hatten und die Wunde schloss sich nur langsam.

»Er wird dir nie verzeihen, dass du seinen gesellschaftlichen Aufstieg durch die Weigerung, die Bindung mit seiner Schwester einzugehen, verhindert hast.«

Dravo stieß verächtlich die Luft aus. »Dieser Mistkerl soll sich schön weit von mir entfernt aufhalten. Was er gestern über Arlyn gesagt hat … Wenn du nicht dazwischen gegangen wärst, hätte er seine verdiente Lektion bekommen und das Problem wäre erledigt«, schnaubte er wütend.

»Wie Vater, möchtest du Konflikte nur zu gerne mit dem Schwert oder einem Heer lösen«, seufzte Rahj. »Ihr beide seid sture Hitzköpfe, die immer nur den einen Weg sehen. Rangol mag ein Mistkerl sein und er schläft sich munter durch andere Betten, dennoch ist er das Oberhaupt eines der mächtigsten Häuser Fenjarns. Sein Arm reicht weit. Du solltest das nicht unterschätzen, Dravo.« Mit einem weiteren Fanfarenstoß startete das Rennen, das weiße Band wurde durchrissen und der Lauf war freigegeben.

»Larn Rangol wird eure Fehde nun gewiss auch außerhalb der Läufe austragen«, bemerkte Rahj, während sie den Pferden nach sahen, die im dichten Pulk aus wehenden Mähnen, wirbelnden Hufen, flatternden Bändern und sehnigen Leibern vorbei galoppierten. »Sei vor ihm stets auf der Hut. Er wird nicht unbedingt offen agieren.« Doch Dravo antwortete nicht, war viel zu sehr auf das Rennen konzentriert, während Arlyn durch die enge Kehle schluckte. Oh ja, er hatte den Hass in Rangols Augen und die flackernde Begierde nur zu gut in Erinnerung. Dieser Mann würde Dravo in jedweder Form zu schaden versuchen. Und ihm.

Atemlos verfolgte er, wie das Feld der Pferde über die Rennbahn jagte. Viel zu dicht nebeneinander, als dass man einzelne Tiere ausmachen konnte, galoppierten sie den ersten Bogen entlang. Erst als sie auf die nächste Gerade einbogen, zog sich das Feld langsam auseinander. Angestrengt kniff Arlyn die Augen zusammen, suchte nach dem kleinen grauen Pferd, doch er vermochte nicht, es zu erkennen.

»Verflucht!«, kommentierte Dravo, als die Pferde auf die nächste Gerade gingen. »Rangols ist vorne.« Der große Braune des Hauses Olvirm mit den hellgrünen und braunen Bändern galoppierte vorne, dicht gefolgt von einem fuchsfarbenen Pferd, welches Arlyn freudig als Drilma erkannte.

»Sie ist dicht hinter ihm«, sagte er aufgeregt, ließ sich nur zu gerne von der Spannung des Rennens gefangen nehmen.

»Deine Maus wurde wohl einfach überrannt«, meinte Dravo spöttisch zu Rahj, der angespannt zu dem Pulk der Pferde hinsah.

»Das glaube ich nicht«, antwortete Rahj zwischen zusammengebissenen Zähnen, schien sich jedoch nicht sicher zu sein, denn sein Blick wirkte suchend. Vages Bedauern machte sich in Arlyn breit, er hatte den Schimmel unbewusst ins Herz geschlossen.

Ringsum auf den Tribünen erklangen anfeuernde Rufe, als sich die Pferde wieder näherten. Direkt hinter den beiden führenden liefen drei andere Kopf an Kopf.

»Larn Mirgaths«, kommentierte Dravo, der die blauen und weißen Bänder erkannte. »Vaters und der andere ist von Larn Danavkers.«

Dann entdeckte Arlyn den kleinen Schimmel weiter hinten im Pulk und stieß zugleich mit Rahj enttäuscht die Luft aus.

Dravo bekam es mit und feixte. »Da ist die Maus ja. Noch hat sie keiner zertrampelt. Der Kleine krabbelt tapfer hinterher.«

»Noch ist das Rennen nicht vorbei«, murmelte Rahj sichtlich nervös. »Sie gehen auf die zweite Runde. Und falls es dir nicht aufgefallen ist, der Falbe dort, direkt hinter Vaters Pferd, ist auch meiner.«

Dravo suchte in dem Durcheinander von Pferdeleibern und fluchte, als er Rahjs Gewinner des Vorlaufs erkannte.

»Aber unser Pferd lässt ihn gerade hinter sich«, bemerkte Arlyn neben ihnen, deutete auf Dravos Rappen, der just in dem Moment an Rahjs Pferd vorbeizog.

»Bei den Niederen!«, schimpfte Rahj und Dravo lachte laut auf. Selbst Arlyn musste lachen, als sich Rahj ganz in Dravos Manier die Haare raufte und den Kopf zwischen den Händen verbarg.

»Nimm es nicht persönlich«, meinte Dravo gönnerhaft, klopfte seinem Bruder auf den Rücken. »Freue dich über die Siege in den Vorläufen und sieh jetzt zu, wie echte Siegerpferde laufen.« Das Gesicht noch zwischen den Händen, warf Rahj Dravo einen vernichtenden Blick durch die Finger zu und Arlyn musste abermals lachen. Die Brüder waren sich wirklich verdammt ähnlich. Tief atmete er aus und spürte endlich einen Teil der düsteren Schatten von sich weichen.

Aufgeregt verfolgten sie den weiteren Lauf. Unverändert galoppierten Rangols und Dravos Pferde nebeneinander an der Spitze, doch Dravos zweites Pferd schob sich unaufhaltsam heran. Das Tier des Königs fiel hingegen deutlich ab und Rahjs Falbe konnte das Tempo offenbar auch nicht halten. Als die Pferde in den zweiten Bogen kamen, fiel jedoch auch Dravos Fuchsstute ebenfalls zurück.

»Götter!«, stieß Dravo wütend aus. »Lasst nicht zu, dass Rangols gewinnt.

Da lebe ich eher mit dem ewigen Spott meines Bruders, als in das selbstgefällige, arrogante Gesicht dieses miesen Bastards zu schauen, wenn ich ihm gratulieren muss. Vorzugsweise mit der Spitze meines Schwertes dorthin, wo es richtig wehtut.«

»Gibst du etwa schon auf, Dravo?«, meinte Rahj spöttisch, deutete zu den Pferden hinüber. »Dabei sieht dein Rappe gerade so aus, als ob er dir den Gefallen tun würde, Rangols Gesicht zu sehen, wenn er dir gratulieren muss.«

Augenblicklich blickte Dravo auf und tatsächlich hatte sich der Rappe neben das Pferd von Larn Rangol geschoben, doch auch Rahjs Falbe holte nun auf, als die Pferde die nächste Gerade hinunter galoppierten. Die beiden Brüder waren ganz auf das Geschehen im vorderen Feld konzentriert und nur Arlyn bemerkte daher, dass sich der kleine Schimmel aus dem dichten Pulk löste, an dem das? Königspferd und Dravos Fuchsstute vorbeizog, sich in kurzen, jedoch unglaublich schnellen Galoppsprüngen den Pferden vorne näherte. Gespannt folgte ihm Arlyn, warf den Brüdern belustigte Blicke zu, doch die waren noch immer nur auf ihre Pferde konzentriert. Kinsan hingegen wirkte eher gelangweilt und musterte lieber das Geschehen im Publikum unterhalb der Tribüne.

Arlyns Mund zuckte und er überlegte, ob er ihnen sagen sollte, wer sich mit unglaublicher Geschwindigkeit näherte, kniff allerdings grinsend die Lippen zusammen und schwieg. Sie würden es früh genug bemerken und er war sich plötzlich sehr sicher, wie der Sieger dieses Rennens heißen würde. Sein Herz klopfte heftiger, während er den kleinen Grauen beobachtete. Oh Götter, er wünschte, er würde selbst auf dem Rücken sitzen und dem Ziel entgegenfliegen.

Im letzten Bogen geriet der Schimmel jedoch unglücklich an die Außenseite, wo ihn Rahjs müder werdender Falbe abdrängte und Arlyn stöhnte enttäuscht auf. Rahj bemerkte es just im selben Augenblick und ein Lächeln machte sich auf seinen Gesichtszügen breit. Er warf rasch einen Blick zu Dravo hin, der aufgesprungen war und seinen Rappen lautstark anfeuerte, der Kopf an Kopf mit Rangols Pferd lief, und zwinkerte Arlyn verschwörerisch zu, legte zusätzlich einen Finger an die Lippen. Arlyn nickte grinsend und sah rasch wieder zu dem Schauspiel hinab.

Kopf an Kopf galoppierten die beiden Rappen nun auf das Ziel zu und Dravo hüpfte auf und ab, stampfte mit den Füßen, schien selbst im Sattel zu sitzen und sein Pferd anzutreiben.

»Tja«, stieß Rahj vernehmlich aus und Dravo schaute ihn plötzlich irritiert an. Rahj und Arlyn grinsten und deuteten hinab. Da erst wurde sich Dravo des kleinen Schimmels gewahr, der regelrecht herangeflogen kam.

»Bei den Göttern!«, stieß er hervor. »Das ist doch völlig unmöglich.« Sein Unterkiefer klappte auf und die Augen schienen ihm aus den Höhlen zu fallen. Arlyn musste an sich halten, um nicht loszuprusten, zu komisch wirkte Dravos verblüffter Ausdruck. Hastig wandte er den Kopf, um zu dem kleinen Pferd hinzusehen, welches unter Brüllen und Pfiffen von sämtlichen Tribünen außen an den beiden Rappen vorbei jagte, einem flirrenden, silbergrauen Schemen gleich.

»Götter!«, stieß Dravo immer wieder fassungslos aus.

Mehr als zwei Pferdelängen vor den beiden Rappen raste der kleine Schimmel über die Ziellinie. Arlyn und Rahj sprangen zeitgleich jubelnd auf, als er unter ihnen vorbei rannte. Rahj ergriff seine Hände, führte einen wilden Freudentanz auf, den Arlyn sich in der Euphorie nur zu gerne gefallen ließ, während sich Dravo schwer auf seinen Stuhl fallen ließ, noch immer »Götter!«, hervorstoßend.

»War das ein Rennen!«, jubelte Rahj, wirbelte Arlyn herum, ließ ihn los, sprang auf Dravo zu und hieb ihm derart kräftig auf die Schulter, dass er aufkeuchte. »Habe ich es dir nicht gesagt? Sjdov schlägt sie alle. Die graue Maus mit den großen Augen. Du hast ihn damals nur verächtlich angesehen, weil er so klein und unscheinbar war, doch er hat sie alle geschlagen. Alle! Vaters, Rangols und sogar deine Pferde. Nein, unterschätzen sollte man niemanden.«

»Ja«, gab Dravo kleinlaut zu, noch immer fassungslos. »Ja, du hast ja recht. Er hat sie alle geschlagen. Nie wieder gebe ich dir ein Pferd aus meiner Zucht. Nie wieder.« Dravo stand auf, richtete sich zu voller Größe auf, dann verneigte er sich sehr tief vor seinem Bruder.

»Der Sieg ist Euer, Hoheit«, proklamierte er würdevoll. »Ein verdienter Sieg. Das beste Pferd hat gewonnen. Ich gratuliere Euch von ganzem Herzen. Möge Eure Regentschaft ebenso siegreich sein.«

Rahj nickte anerkennend und nahm Dravos Respekt ebenso ehrenvoll entgegen, lächelte verschmitzt. »Immerhin ist deines Zweiter geworden. Kommt, ihr zwei, lasst uns schnell hinunter gehen. Ich fürchte, mein Zelt wird gleich schon von den ganzen Gratulanten gestürmt werden und wenn wir nicht rechtzeitig entkommen, wird man uns nicht mehr fortlassen.« Der Gedanke an die anderen Adeligen verursachte bei Arlyn prompt ein ungutes Gefühl. Er wollte sich dem nicht wieder aussetzen, war sich nicht sicher, ob er weiteren Blicken gewachsen war. Seit gestern war die Magie nicht völlig zur Ruhe gekommen. Vor allem wollte er Rangol um keinen Preis wieder begegnen.

»Was ist mit dem Empfang?«, warf Dravo skeptisch ein. »Solltest du nicht noch Anweisungen geben? Immerhin obliegt es dir jetzt, das Siegerfest auszurichten.«

»Ich musste ja mit meinem Sieg rechnen.« Rahjs Grinsen verbreitete sich. »In dem Augenblick, als Sjdov die Ziellinie überquerte, haben meine Diener bereits mit den Vorbereitungen begonnen. Gute Diener sind viel wert.« Fröhlich nickte er Kinsan zu, der wissend zurücklächelte.

Resignierend schüttelte Dravo den Kopf, nickte Rahj respektvoll zu und reichte Arlyn ein wenig zaghaft die Hand. Nur einen winzigen Augenblick zögerte Arlyn, ergriff sie und drückte fest zu.

»Dann lass uns verschwinden. Aber ich bin sicher, wir werden es schaffen, einen kurzen Abstecher zum Stall zu machen. Ich möchte kurz nach meinen Pferden sehen«, meinte Dravo.

»Natürlich«, antwortete Rahj und lächelte, knuffte Arlyn spielerisch. »Ich bin sicher, Arlyn möchte sehr gerne Sjdov, mein Wunderpferdchen, kennenlernen.«

»Oh, sehr gerne sogar«, sagte Arlyn begeistert, zog Dravo hoch, sah ihn einen Moment zaudernd an und legte die Hände an seine Hüften. Es war Zeit, über den eigenen Schatten zu springen, sich von der Verfolgung der Vergangenheit zu lösen und das Ziel vor sich zu sehen. Unsicher, mit flackernder Wehmut und Sehnsucht in den grauen Augen sah ihn Dravo an, schien sich nicht zu trauen, ihn seinerseits zu berühren. Rasch küsste Arlyn ihn und es fühlte sich gut und richtig an. »Ich möchte doch wissen, wem ich es zu verdanken habe, dass ich meinen Kles über die Niederlage hinwegtrösten muss.«

79 Kapitel

Die Jagdhütte im Wald

Sie entkamen durch den seitlichen Ausgang, der sonst den Dienern vorbehalten war, während vor Rahjs Zelt der Tumult zu vernehmen war. Kinsan, Malarg und Sirw deckten sie, ebenso wie zwei Wachen in Rahjs Farben. Durch die schmalen Gänge zwischen Zelten und Tribünen erreichten sie unentdeckt den Weg zu den Stallungen.

»Jetzt haben sie wenigstens neuen Gesprächsstoff«, meinte Rahj, atmete auf, als sie die Reihe der Boxen erreicht hatten. Seine Wachen gingen ihnen nun voraus, bis sie am Ende der langgestreckten Reihe den kleinen Schimmel angebunden fanden, der gerade von zwei Stallburschen abgewaschen und gebürstet wurde. Während Dravo ihm nur einen kurzen, undefinierbaren Blick zuwarf und rasch zu seinen Tieren trat, klopfte Rahj ihm anerkennend den Hals, winkte Arlyn heran.

»Wo ist sein Reiter? Lässt er sich feiern? Sehr gut. Er hat seine Sache sehr gut gemacht, richtet es ihm aus«, wandte sich Rahj an die beiden Stallburschen, die respektvoll zurückwichen.

»Wunderbar, mein kleiner Freund«, lobte Rahj das Pferd. »Das hast du fantastisch gemacht. Hast ihnen allen gezeigt, wie gut wir sind.« Das Tier schnaubte, als ob es verstehen könnte, was sein Besitzer sagte und blickte ihn auffordernd an. Seine dunklen Augen wirkten in der Tat sehr groß. Rahj kam der stummen Aufforderung sofort nach und holte eine Leckerei aus der Tasche hervor.

»Natürlich habe ich deine Belohnung nicht vergessen«, brummte er lächelnd, kraulte dem Pferd die Mähne und bot ihm die Leckerei an, die das Pferd genüsslich schmatzend verschlang.

Arlyn bewunderte Rahjs zärtlichen Umgang mit diesem Pferd. Dieser Mann war Dravo wirklich sehr ähnlich, wenngleich nicht körperlich, so doch in seiner ganzen Art. Der kleine Schimmel musterte ihn interessiert, reckte die Oberlippe ein wenig vor, als ob er auch von ihm eine Belohnung erwarten würde und Arlyn trat vor, strich ihm sanft über die Nase.

»Eine tolle Leistung hast du gezeigt. Du bist etwas ganz Besonderes. Ein wahrer Kämpfer.« Die großen, nahezu schwarz wirkenden Augen schauten ihn direkt an, der Schimmel stupste gegen Arlyns Schultern und schnupperte an ihm. »Vermutlich erwartet er von mir nun auch etwas Süßes«, meinte er schmunzelnd, zeigte dem Tier seine leeren Hände, ließ es sich gefallen, dass Sjdov ihn genauer inspizierte und die langen Barthaare sein Gesicht kitzelten. Ganz vorsichtig schnupperte er an ihm und Arlyn überflog ein wunderschönes Glücksgefühl, wie vertrauensvoll das Pferd war.

»Dieses Pferdchen ist etwas ebenso besonderes wie du Arlyn«, murmelte Rahj, wirkte nachdenklich.

»Rahj, hör auf, mit meinem Kles, wenn auch irrtümlich und ohne Hintergedanken, zu flirten. Meine Eifersucht fühlt sich herbeigerufen und nicht nur, weil dies also dein Siegerpferd ist«, schimpfte Dravo, kam nun ebenfalls heran und klopfte den Schimmel.

»So, du kleiner Floh«, brummte Dravo. »Da hast du mich aber ganz schön alt aussehen lassen.«

»Nicht viel älter, als du bist«, warf Rahj ein. »Nur die paar Jahre mehr als ich.«

»Zwei Jahre war ich dir voraus und wäre deswegen beinahe auf dem Thron gelandet. Zum Glück hat Mutter dich noch bekommen, sonst wäre dieses Königreich wahrlich schlecht dran. Darüber war wohl niemand glücklicher als sie.«

»Dravo«, murmelte Rahj tadelnd, wirkte betreten. »Lassen wir sie aus dem Spiel.«

»Wie Ihr wünscht, Hoheit«, brummelte Dravo, überspielte wie oft zuvor seine wahren Gefühle. Arlyn wurde immer sicherer darin, sie dennoch zu erkennen. Ganz besonders nach der letzten Nacht. Die fehlende Liebe seiner Mutter kränkte Dravo nach wie vor, setzte ihm zu.

Gedankenverloren, blies er dem Pferd zärtlich in die Nüstern. Sjdov stand ganz still, genoss es offenbar, die Lider mit den langen Wimpern hatten sich halb geschlossen und er pustete weich zurück, sodass Arlyn gerührt lächeln musste.

»Er gehört dir«, sagte Rahj plötzlich unvermittelt.

»Was?« Arlyn schreckte hoch, blickte ihn irritiert an.

»Ich möchte ihn dir schenken. Ich bekam ihn damals von Dravo geschenkt und man gibt kein Geschenk zurück. Ohnehin wäre er viel zu stolz, es anzunehmen, aber ich möchte dir dieses Pferd schenken. Sjdov gehört dir, wenn du ihn möchtest.«

»Wenn er nicht schon mein Bruder wäre, ich würde ihn spätestens jetzt wie einen lieben«, murmelte Dravo dem Tier zu, grinste verschmitzt und knuffte seinen Bruder in die Seite, während er zärtlich über die Mähne des Pferdes strich.

»Ich …«, begann Arlyn perplex. Das war so ein ungeheures Geschenk, er fühlte sich komplett hilflos, wusste nicht, wie er reagieren sollte. »Das kann ich doch nicht annehmen, Rahj. Er muss ein Vermögen wert sein und …«

»Willst du etwa ein Geschenk deines zukünftigen Königs ablehnen?« Rahj zog so gekonnt arrogant und pikiert die Augenbrauen hoch, sprach mit scharfem Unterton, dass Arlyn tatsächlich zusammen fuhr.

»Nein! Natürlich nicht, ich …«, stammelte er. Hatte er Rahj jetzt wirklich verärgert? Augenblicklich veränderte dieser seine Haltung, lächelte versöhnlich.

»Natürlich kannst du es annehmen. Er hat den Königslauf gewonnen, er wird deswegen nächstes Jahr nicht wieder antreten dürfen. Schau ihn dir an, er ist definitiv zu klein, um einen König zu tragen und Dravo wird es mir ohnehin ewig nachtragen, dass er mir ein derart magisches Pferdchen überlassen hat, da ist es wohl besser, wenn er jemandem gehört, der kaum weniger magisch begabt ist.«

Skeptisch starrte Arlyn Rahj mit einem äußerst mulmigen Gefühl an. Dessen Mund lächelte, doch die Augen zeigten Arlyn auch einen gewissen lauernden Ausdruck, der deutlich daran erinnerte, dass vor ihm der zukünftige Herrscher stand. Eine Macht wie Arlyns Magie musste ihn faszinieren. Überlegte er bereits, ob seine Macht ihm auf dem Thron von Vorteil sein würde? War dieses Geschenk eher ein Erkaufen seiner Dankbarkeit?

»Dies ist kaum der richtige Ort, darüber zu sprechen, Rahj«, zischte Dravo, funkelte seinen Bruder verärgert an, sah sich um und ergänzte gedämpft: »Der Augen und Ohren sind zahlreiche und nicht alle gehören Pferden. Lass uns später darüber reden.«

»Natürlich, du hast recht. Verzeih mir Arlyn. Nimmst du dennoch mein Geschenk an dich an?«, fragte Rahj kleinmütig, machte eine entschuldigende Geste. Arlyn nickte zaghaft, konnte nichts sagen, denn ihm war schlagartig klar geworden, dass Rahj ganz gewiss mehr über seine Magie wissen wollte und wie man sie einsetzen konnte. Ob er in dabei denselben Bahnen dachte, wie Farjin?

Tief in ihm rumorte die Magie erneut, sandte kurze, heiße und kalte Schauer durch seinen Körper. Wie würde Rahj darauf reagieren, wenn er heraus fand, was diese gewaltige Macht bewirken konnte? Wie würde er damit umgehen, dass sie töten konnte? Dass Arlyn getötet hatte?

Sehr wohl bemerkte er, dass Rahj zurückhaltender geworden war, als sie in der Kutsche, nur von Kinsan und vier Wachen begleitet, durch den lichten Wald, der sich läufeweit hinter Trandfil erstreckte, zur Jagdhütte fuhren. Gelegentlich trafen ihn nachdenkliche Blicke, obwohl Rahj vordergründig von anderen Dingen sprach, sich mit seinem Bruder über Menschen unterhielt, deren Namen Arlyn nichts sagten. Ein feiner Regen hatte eingesetzt, dessen Tropfen sich wie Nebel überall festsetzten, die Geräusche dämpften und den Himmel mit einheitlichem Grau überzog. Es war sehr viel kühler geworden und Arlyn ahnte, dass dieses Wetter den Winter in Fenjarn einläutete.

Bald erreichten sie die Hütte im Wald, ein Gebäude, welches aus dicken, ineinander gefügten Baumstämmen errichtet worden war und aus zwei Teilen bestand. In dem größeren würden sie unterkommen, der Anbau war für Diener und Wachen vorgesehen.

Kinsan brachte Vorräte und ihre Kleidung ins Haus, versprach, den Kamin in dem großen Raum, der gleichzeitig Schlaf- und Wohnraum war, zu entzünden. Währenddessen zeigten Dravo und Rahj Arlyn trotz des beständigen Regens die nähere Umgebung, führten ihn zu Orten, die in ihrer Jugend von Bedeutung gewesen waren. Da waren die vermodernden Reste einer Schaukel, krumm gewachsene Bäume, die ihnen als Fantasiedrachen gedient hatten, auf denen sie in den Kampf geflogen waren, eine Erdhöhle, in der sie sich verborgen hatten, als sie bei Einbruch der Dunkelheit partout noch nicht heimkehren wollten.

»Rahj hat sich vor Angst in die Hose gepinkelt, weil es nachts im Wald diverse unheimliche Geräusche gab und ich habe jetzt noch Narben von den Fingernägeln, mit denen er sich an mich geklammert hat«, erzählte Dravo schmunzelnd, zupfte halbherzig an den Ranken, die vor die Erdhöhle gewachsen waren.

»Was nur die halbe Wahrheit ist. Mitten in der Nacht hat er mich heulendes Elend dann auf seinem Rücken zurück nach Trandfil getragen und die ganze Schuld auf sich genommen«, ergänzte Rahj, wischte sich die Feuchtigkeit von der Stirn. »Mutter war außer sich und wollte ihm den Umgang mit mir verbieten. Vater hingegen wollte, dass ich eine ganze Nacht alleine dort verbringe. Dravo hat sich fürchterlich mit ihm angelegt und geschworen, er würde mich niemals alleine nachts irgendwo lassen. Tja.« Gedankenverloren betrachteten die Brüder die zugewachsene Höhle, zuckten synchron die Schultern, und grinsten sich an.

Arlyn spürte die Wärme ihrer Liebe zueinander, die wunderbarerweise in seiner Magie reflektierte und auch ihn damit erfüllte. Als ob sie von dergleichen zehren und an Kraft gewinnen würde. War dies ihr Geheimnis? Furcht und Hass fütterten die unberechenbare Seite, Liebe und Zuneigung die andere? Es musste wunderbar sein, einen Bruder zu haben, der bedingungslos zu einem stand. An seine eigenen konnte er sich kaum erinnern. Das Leben im Fischerdorf schien schemenhaft und unwirklich, je weiter er sich davon entfernte.

Unweit der Hütte gab es einen kleinen Bachlauf, an dessen Ufer Rahj und Dravo von zahlreichem Unfug erzählten, den sie getrieben hatten. Diese Hütte war stets ihr Zufluchtsort vor dem höfischen Leben und oft genug auch vor dem Zorn ihrer Eltern gewesen, wie Arlyn erfuhr.

Als sie wieder kamen, bemühte sich Kinsan noch immer erfolglos um das Feuer. Die Hütte war offenbar sehr lange nicht genutzt worden, das draußen gestapelte Holz feucht und der Kamin zog nicht wirklich. Das Holz qualmte und wollte nicht recht brennen. Rahj schickte Kinsan hinaus, um nach trockenerem Holz zu suchen, bemühte sich selbst um das Feuer und fluchte, als die Flammen wiederholt starben, der Rauch weiter in den Raum drang.

Arlyn beobachtete ihn eine Weile dabei und zögerte, doch er wusste, dass Rahj ohnehin Fragen zu seiner Magie stellen würde. Er war Dravos Bruder und ihm so nahe, dass es auch zwischen ihnen keine Geheimnisse mehr geben sollte.

Ein wenig unsicher trat er daher neben ihn, kniete sich vor das Feuer. »Warte, ich kann dabei helfen« sagte er mit leiser Stimme, holte tief Luft. Es war leicht diese Magie zu nutzen, sie war vertraut und angenehm, ganz anders als die wilde, zerstörerische, die in ihm lauerte. Aber würde die eine die andere nicht überlagern, wenn er sie nutzte? Genau das musste er wissen.

Langsam öffnete er die Hände, ließ die Magie einen Holzscheit erfassen und in ihn gleiten, die Feuchtigkeit hinausdrängen. Vorsichtig erwärmte er das Innere, ließ Glut entstehen, die sich durch die trockenen Fasern fraß und durch die Oberfläche brach. Kleine, knisternde Flammen leckten hervor, wurden rasch kräftiger und verteilten sich schnell auf die anderen Holzscheite, aus denen Arlyn die Feuchtigkeit auf dieselbe Weise vertrieb. Innerhalb kürzester Zeit flackerte ein Feuer im Kamin und die Hitze zog mit dem Rauch nach oben in den Fang. Erleichtert atmete er aus und rieb lächelnd die Hände aneinander.

»Bei den Göttern, das ist wirklich und wahrhaftig Magie!«, stieß Rahj aus, erhob sich viel zu hastig, trat zurück und stolperte über einen Holzscheit, sodass er sich mit dem Hintern hart auf den Boden setzte und dabei Arlyn noch immer völlig perplex anstarrte.

Schallend lachte Dravo ihn aus, wippte vergnügt auf dem Stuhl vor und zurück. »Ah, Rahj, ich vergaß dir zu erklären, dass Arlyns Qualitäten weitreichend sind. Er ist nicht nur wunderschön, hat ein Händchen für Pferde, er ist zudem auch noch ein Magisch Begabter wie du ja schon erahnt hast.«

Langsam richtete Arlyn sich auf, spürte die Magie noch immer weich in sich kreisen, schaute Rahj abwartend an. Dravo trat plötzlich hinter ihn und legte den Arm beschützend um ihn. Ob er ahnte, wie erleichtert er war, dass er diese Magie ohne jede Gefahr nutzen konnte? Wieso nur war die andere so schwer zu beherrschen?

»Bei den Niederen, das war es also wirklich, was du eingesetzt hast, um mir das Schwert aus der Hand zu prellen. Unsichtbare Magie. Was für eine faszinierende Sache.« Kopfschüttelnd rappelte sich Rahj auf, rieb sich mit verzerrtem Gesicht die Kehrseite.

»Du kannst sie nicht sehen?« Überrascht atmete Dravo ein, erntete einen erstaunten Blick seines Bruders.

»Sehen? Ich habe gesehen, wie feuchtes Holz wie Zunder zu brennen begann«, erklärte er mit fragendem Unterton.

»Du hast dieses silbrigblaue Flimmern nicht bemerkt?«, hakte Dravo nach, stieß die Luft aus.

»Nein.« Irritiert sah Rahj Arlyn an, der prompt die Hände hob, eine winzige Flamme in der Luft erschuf und diese aufsteigen, durch die Luft zum Feuer schweben ließ. Die Magie schimmerte ganz fein auf der Spur der Flamme.

»Ich sehe eine Flamme«, meinte Rahj, legte den Kopf schief. »Sollte ich mehr sehen?«

»Ich sehe Arlyns Magie. Sie flimmert auf der Linie und seinen Händen wie flüssiges Licht.«

»Das ist wirklich fantastisch«, stieß Rahj ehrfürchtig aus, verfolgte mit dem Blick die Flamme. »Aber nein, ich sehe da nichts weiter. Vermutlich ist Arlyns Magie nur für dich sichtbar?«

»Normalerweise können Menschen Magie nicht sehen«, erinnerte Arlyn Dravo. »Nur die Magisch Begabten erkennen die Magie eines anderen.«

Es musste an ihrer Liebe liegen. Sie beeinflusste nicht nur seine Magie, sie ließ Dravo sie sehen. Gewiss war es ihre enge Verbindung, die ihn dazu befähigte.

»Also bist du wahrhaftig einer der Magisch Begabten. Ich habe davon gehört, doch niemals hätte ich gedacht, dass ich einem begegnen, noch dass ich sehen würde … Götter, du bist wahrlich etwas ganz Besonderes, Arlyn«, brachte Rahj hervor, nahm den Holzscheit auf und warf ihn in das munter knisternde Feuer, dessen Wärme den Raum rasch füllte und ihre feuchte Kleidung dampfen ließ.

Man sah Rahj an, dass ihm weitere Fragen auf den Lippen brannten, doch an der Tür klopfte es und Dravo ließ Kinsan mit weiterem Holz herein. Überrascht riss dieser die Augen auf, als er das brennende Feuer vorfand.

»Euer Hoheit verfügen über ganz ungewöhnliche Talente«, bemerkte er, während er die trockenen Äste ablegte. »Ich hoffe, Essen zuzubereiten gehört nicht dazu, denn so habe ich noch eine kleine Chance, etwas besser zu können.«

Rahj schmunzelte, klopfte ihm auf die Schulter und versicherte: »Keiner kann an Eure Kochkünste heranreichen, mein lieber Kinsan. Ich bin sehr gespannt, was ihr zubereiten werdet. Und unter uns gesagt, mein Magen knurrt bereits lauter als ein Bär.«

»Dann werde ich dem Ruf folgen, wenn ich das Feuer in der Kochstelle nebenan anfachen kann«, erklärte Kinsan.

»Nehmt die Äste mit, wir benötigen sie nicht mehr. Dieses Feuer brennt und wird uns gewiss nicht ausgehen.« Verschmitzt zwinkerte Rahj Arlyn zu, drückte Kinsan das Holz in den Arm.

Nachdenklich starrte Arlyn in die Flammen, lauschte in sich hinein und vernahm nur noch ein vages Rumoren der Magie sehr tief in sich. Wenn er doch nur wüsste, wie er diese Magie ganz in sich verschließen könnte. Wenn es ihm gelang, dann würde Farjins Ruf für immer ungehört verhallen und er endgültig frei sein.

80 Kapitel

Magie ist eine Waffe

»Wie funktioniert deine Magie?« Sorgfältig wischte Rahj mit dem letzten Stück Brot seinen Teller sauber, lehnte sich zurück und seufzte satt und zufrieden. »Ich gebe zu, ich habe davon gehört, ein paar Mal gelesen. Bisher glaubte ich allerdings, dass es eine andere Erklärung geben muss, dass diese fantastischen Berichte lediglich den Legenden zuzuordnen sind. Magisch Begabte. Die südlichen Geschichten kennen sie nicht, sehr wohl aber die nordischen Sagen. Aber was ist sie?«

Arlyn nahm einen Schluck von dem verdünnten Wein, der die Wärme des Feuers in jeden Bereich seines Körpers gleiten ließ. Inzwischen war es in dem Raum fast schon zu warm geworden, ihre Kleidung völlig getrocknet und die Dämmerung hatte sich in Dunkelheit gewandelt. Längst hatte der Regen aufgehört und darüber waren die Wachen gewiss froh, die sich draußen abwechselten.

»Sie war einfach immer da«, erklärte Arlyn. »Wie meine Stimme. Ich kann sie ebenso benutzen und damit gestalten, als ob ich meine Hände nehmen würde. Verbunden mit dem Wissen, wie die Strukturen zusammenzufügen sind. Die Magie lässt mich das ertasten und zeigt mir, wie und wo ich ansetzen muss. Wie ein spezieller Sinn, der auf einer anderen Ebene die Natur der Dinge erfasst. Ich konnte zum Beispiel genügend Hitze in dem Holz erzeugen, damit es zu brennen beginnt, indem ich meine Magie hinein sandte und es nach meinem Wunsch veränderte.«

»Es war, als ob du das Brennen beschleunigt hast. Das Holz hat gedampft, noch ehe die Flammen ausbrachen. Kein Feuer würde so schnell derart heiß brennen. Was kannst du damit noch bewirken?«

Arlyn blickte ihn an, leckte sich nervös über die Lippen. Er wollte an sich ungern darüber reden, denn wenn er auch nur an jene vergangenen

Ereignisse dachte, regte sich zwangsläufig jene andere Magie, wisperte in ihm die Stimme, die er verdrängt zu haben glaubte. Wie würde Rahj reagieren, wenn er erfuhr, dass er getötet hatte?

»Ich kann Gegenstände bewegen. Ich kann sie verändern, ohne dass ich sie berühren muss. Ich kann Feuer entzünden oder Kälte wirken, Regen herbeirufen, einen Sturm entfachen oder beruhigen und sogar Tiere und Menschen heilen.«

»Bei den Göttern, das ist eine wunderbare Gabe«, stieß Rahj perplex aus.

»Wenn nötig, kann er sogar unliebsame Menschen von sich schleudern«, ergänzte Dravo schmunzelnd und rieb sich imaginäre blaue Flecken. Arlyns Lächeln erlosch und er senkte betroffen den Kopf.

»Verzeih, ich bin so ein Dummkopf. Ich hätte das nicht erwähnen sollen«, murmelte Dravo sofort, ergriff seine Hand. Schmerz schimmerte in seinen Augen und Arlyn wurde sich abermals bewusst, wie schwer es ihm fiel, zu ihrer Leichtigkeit und dem grenzenlosen Vertrauen zurückzukehren. Wenn Dravo indes seine Magie deshalb sehen konnte, weil er ihn wahrhaft liebte, gab es dann einen besseren Beweis für seine Aufrichtigkeit? In seiner Gegenwart war er stark, konnte sie kontrollieren, zeigte sich lediglich die vertraute, sanfte Seite der Magie. Ja, Dravos Liebe, seine Zärtlichkeiten verstärkten sie, wann immer sie sich einander hingaben.

Arlyn zwang sich zu einem Lächeln und festem Händedruck. Die Götter hatten einen Grund gesehen, ihm diesen Mann an die Seite zu stellen. Ganz gleich, welche Schatten ihm auch folgen mochten, er würde diese ebenso vertreiben, wie Dravo die seinen. Gemeinsam würden sie das Licht der Götter für sich entdecken.

»Sie kann also andere Menschen verletzen?«, fragte Rahj, nippte bedächtig an seinem Glas, den Blick grübelnd an ihm vorbei gerichtet.

»Ja«, bestätigte Arlyn leise, sah ihn nicht an, schluckte das Unwohlsein hinab. »Das kann sie.«

»Dann ist Magie eine gewaltige Waffe. Götter, welche Möglichkeiten eine solche Macht eröffnen würde!«

Erschrocken ruckte Arlyns Kopf hoch, Entsetzen schoss durch ihn, ließ sein Herz beben und für den Moment sah er Farjins Gesicht vor sich, vernahm dessen eindringliche Stimme: »Deine Magie ist eine Waffe. Ein Schwert, ein Speer, ein Messer. Benutze sie, stoße sie hinein ins Herz und lass sie wirken.«

»Nein!« Kalte Furcht kroch über Arlyns Rücken. Er hatte gewusst, dass Rahj diese Frage stellen würde und doch verzweifelt gehofft, er würde es nicht tun.

»Rahj«, stieß Dravo tadelnd aus, umschloss Arlyns Finger. Entsetzt schloss Arlyn die Lider, sah die Augen der Männer, das jähe Aufflammen der Furcht bevor er sie vernichtet hatte. Das Gefühl der heißen, lavagleichen Magie war schlagartig präsent, die in ihre Körper gedrungen war, sie zerrissen und getötet hatte. Farjins Magie war in ihm, die suchte, die drängte, ihn lenkte und doch war er es gewesen, der sie ermordet hatte.

»Also kann deine Magie töten.« Es war keine Frage, es war eine Feststellung, und die Sachlichkeit, mit der Rahj diese Tatsache erfasste, war für Arlyn nicht zu ertragen. Rasch riss er die Augen auf, die Finger verkrampften sich.

»Nein! Sie darf nicht töten. Dazu werde ich sie nie wieder einsetzen. Magie ist keine Waffe, dazu wurde sie nicht erschaffen.« Ein entferntes Lachen, ein Raunen und Wispern. Die Magie brodelte, das Ungeheuer strich witternd an dem Gefängnis entlang, dessen Mauer einzig Arlyns Wille war.

»Ich wollte das nie …«, wisperte er, das Raunen wurde intensiver, egal wie sehr er versuchte, die Bilder zurückzudrängen. War es Farjins Stimme, die er vernahm, der ihn energischer rief, vehement einforderte, was ihm gehörte? Instinktiv presste er sich die Hände gegen den Kopf, schüttelte ihn heftig in dem widersinnigen Versuch, das Rufen zum Verstummen zu bringen.

»Arlyn, es ist gut«, vernahm er Dravos besorgte Stimme, spürte Finger an seinem Oberarm.

»Ich werde nie wieder töten«, stieß Arlyn aus, der Atem kam heftig, Dravos Griff fühlte sich plötzlich wie Klauen an, die ihn festhalten wollten, sich in ihn gruben. Hastig sprang er auf, wich entsetzt zurück.

»Arlyn«, flüsterte Dravo besänftigend, streckte abermals die Hand nach ihm aus, doch es waren noch immer Klauen, der Arm mit Fell überzogen und eine Welle der Kälte drang auf ihn ein, drohte ihn zu lähmen. Was geschah mit ihm, was war real, was nicht? War dies Farjins Wirken? Verwirrte er seine Sinne?

Weiter wich Arlyn zurück, das Wispern und Raunen, das Lachen wurde immer lauter, die Magie rastloser. Sollte Dravo ihn noch einmal anfassen, dann …

»Lass mich«, brachte Arlyn hervor, wich zur Tür zurück. Er musste sofort hier raus, er musste die Magie beherrschen oder sie würde freibrechen und womöglich Dravo oder Rahj verletzen. »Ich … Gebt mir einen Moment. Nein, folgt mir nicht. Bitte«, flüsterte er erstickt, stieß die Tür auf und stürzte in die Nacht hinaus.

~ * ~

»Arlyn!« Perplex starrte ihm Dravo hinterher, sprang auf und wollte ihm trotz der Bitte nacheilen. Er war allerdings nicht sicher, ob es besser war, Arlyn mit den Gespenstern seiner Vergangenheit alleine zu lassen, oder ihn mit sich zu konfrontieren, was ihn womöglich auch an jene Ereignisse erinnern würde. Bei den Niederen, sein Vertrauen in ihn war schrecklich fragil geworden und er verstand das durchaus.

»Rahj, warum musstest du das ansprechen? Verdammt auch, das ist kein gutes Thema.« Zornig hieb Dravo die Faust auf den Tisch. Verblüfft lehnte Rahj sich zurück und sah ihn fragend an.

»Also hat er bereits mit seiner Magie getötet.« Rahj wirkte betroffen.

»Er wurde gezwungen seine Magie zum Töten einzusetzen«, stieß Dravo aus. Ob die Wachen auf Arlyn achten würden? Wohin würde er gehen? Sollte er ihm nicht doch folgen? Aber er hatte es ihm ausdrücklich untersagt.

»Gezwungen?«

Dravo nickte und blickte düster drein. »Arlyns Vergangenheit ist keine schöne Geschichte. Er war bei einem Meistermagier in der Lehre, der ihn bereits als kleinen Jungen seinen Eltern, armen Fischersleuten von der Wilden Küste, abgekauft hat. Ich denke, Arlyns Magie muss etwas Besonderes sein, denn er hat ihn isoliert und speziell ausgebildet. Arlyn war sein Meisterschüler. Doch dann wollte er ihn zwingen, mit seiner Magie zu töten und als Arlyn sich weigerte, hat er ihm …« Dravos Stimme brach. Götter, es auszusprechen fiel ihm so schwer. »Er ließ ihm eine Lektion erteilen, die Arlyn zu hassen gelehrt hat.« Mehr wollte er Rahj nicht davon erzählen, zu nahe ging es ihm, zu schuldig fühlte er sich. Sein Bruder wusste vieles von ihm, doch dieses Geheimnis würde er ihm niemals offenbaren.

»Letztlich hat er ihn dazu gebracht, drei Männer zu töten«, schloss er, atmete langsam aus. Nein, es war wohl besser, er ließ Arlyn vorerst alleine.

»Bei den Göttern!« Scharf sog Rahj die Luft ein.

»Arlyn konnte ihm entkommen, doch dieser Meistermagier … Arlyn fürchtet ihn noch immer. Ich weiß nicht wie, aber diesem Ungeheuer muss es gelungen sein, einen Teil der Magie zu korrumpieren. Seither fürchtet Arlyn seine eigene Magie.«

»Bei den Niederen, ich hatte ja keine Ahnung«, stieß Rahj betreten aus.

»Nein, die hattest du nicht. Aber deswegen hat er auf diese Weise reagiert. Zudem befürchtet er nach wie vor, sein Meister könnte ihn aufspüren und sich seine Magie erneut zunutze machen.«

»Als ob du das zulassen würdest!« Schnaubend setzte Rahj das Glas ab.

Bitter lachte Dravo auf. »Wenn dieser Mann über dieselbe Magie verfügt, wie Arlyn, dann werde ich ihn nicht mit einem Schwert oder meinem Körper schützen können. Ich habe gesehen, was Arlyns Magie vermag. Bei der Hölle der Niederen, es ist absurd zu glauben, gegen einen solchen Menschen etwas auszurichten.«

Bedächtig nickte Rahj, fuhr sich durch die Haare und rieb sich nachdenklich über das Kinn. »Wenn Magie das vermag, was ich denke, dann wären wir nichts weiter als lächerliche Figuren in einem Spiel der Götter.«

Seufzend stimmte ihm Dravo zu, sah zur Tür hin. Sollte er gehen? Was würde Arlyn tun, wohin sich wenden? Brauchte er Zeit, um die aufgewühlte Magie zu beruhigen? Ah, das würde Sinn machen. Rahjs Worte würden gewiss die Schatten der Vergangenheit heraufbeschworen haben und die Magie. Dieser ganze verdammte Cialk war viel zu viel für Arlyn und er hätte es besser wissen sollen, als ihn mitzunehmen.

»Bei den Göttern! Ich habe mir vorgestellt, was man mit einer derartigen Macht tun könnte. Fantasie, Gedanken und Träume. Nie hätte ich gedacht, es einmal wirklich zu erleben. Ich muss mehr davon wissen, um es völlig verstehen.« Rahjs Augen glänzten und er wirkte aufgeregt. Mit einem abschätzenden Blick maß Dravo ihn, runzelte die Stirn. Ein vages Unbehagen kroch in seinen Magen.

»Sprichst du für Rahj, meinen Bruder«, er machte eine gezielte Pause und beobachtete ihn ganz genau, »oder für Rahj dun nan Fenjarn, den König dieses Landes? Vaters Sohn. Der Sohn eines Kriegers.« Augenblicklich verloren Rahjs Augen den begeisterten Ausdruck und er sah ihn bestürzt an.

»Glaubst du etwa, ich würde Arlyn dazu missbrauchen, mir zu mehr Macht zu verhelfen? Denkst du wirklich so von mir, Dravo?« Empört schnaubte er, verschränkte die Arme vor der Brust.

»Ich denke, dass Arlyn die Menschen offenbar sehr unterschiedlich in Versuchung führt«, antwortete Dravo nachdenklich. »Du kannst nicht leugnen, dass du daran gedacht hast, wie viel weniger Feinde Fenjarn haben würde, wenn jemand wie Arlyn auf deiner Seite sein sollte. Die barbarischen Übergriffe aus Saapal, die unsere Grenzen immer wieder missachten, die Raubzüge aus Olvgan, die Bedrohung durch die Seevölker, sie würden es nicht länger wagen, wenn bekannt würde, dass jemand wie Arlyn für dich kämpfen würde.« Dravo beugte sich weiter über den Tisch. Ja, er kannte seinen Bruder, er kannte die Probleme, die ihr Land bedrohten. Sein Vater war nie müde geworden, sie ihnen einzubläuen. Mit dem Schwert in der

Hand sollten sie ihren Feinden entgegen treten, keine Gnade zeigen. Oh, er wusste genau, wie Rahj denken sollte. Als zukünftiger König des Landes.

»Sieh mir in die Augen, Rahj, und sag mir, dass du nicht daran gedacht hast«, forderte Dravo leise.

Betroffen starrte ihn Rahj an und schüttelte langsam den Kopf. »Das kann ich nicht und das weißt du. Natürlich habe ich daran gedacht.« Sie maßen sich mit Blicken und Dravo kam zu Bewusstsein, dass Rahj, der nie der Krieger gewesen war, der immer den diplomatischen Weg gesucht und dafür von ihrem Vater verachtet worden war, dennoch der richtige Mann an der Spitze ihres Landes war. Er mochte freundlich und gutmütig erscheinen, womöglich zu weichherzig, doch was auch immer er tat, war zum Besten des Landes und seines Volkes.

»Bei den Göttern, Arlyn hält die größte Macht, die gefährlichste Waffe die ich mir vorstellen kann, in seinen zarten Händen. Jeder, der seiner habhaft werden würde, könnte den gesamten Kontinent mit seiner Hilfe erobern. Kein Herr, gleich wie gewaltig, könnte sich ihm entgegenstellen!«, stieß Rahj hervor und für einen winzigen Moment fühlte Dravo ein neues Gefühl in sich: Furcht. Hatte er sich getäuscht? Würde Rahj einer solchen Versuchung erliegen?

»Genau deshalb darf es nie geschehen. Arlyn, und auch unser Land, ist nur dann sicher, wenn er bei dir ist, wenn seine Magie unentdeckt bleibt.« Perplex musterte Dravo seinen Bruder, der aufsprang, um den Tisch herum kam und seine Schulter umklammerte.

»Du wirst dafür sorgen müssen, dass diese Magie geheim bleibt, hörst du? Niemand darf davon etwas wissen. Wenn einer der Adeligen erahnt, was er vermag, werden sie ihn nicht wegen seiner Schönheit begehren.«

»Er gebraucht sie nicht. Niemand erkennt Magie«, sagte Dravo bestimmt.

»Auch du hast sie nicht sehen können. Ich hingegen kann Magie sehen. Dann schimmert seine Haut, glüht, als ob Licht hindurchbrechen, als ob er von innen heraus leuchten würde.« Just als er es aussprach wurde ihm klar, dass Arlyns Magie stets dann intensiv schimmerte, wenn sie zwei sich liebten. Als er das Feuer entfachte, hatte er die Magie zwar sehen können, ihr Glanz war hingegen ein völlig anderer gewesen. War es Arlyns Hingabe und Leidenschaft, die die Magie zum Glühen brachte? Hing die Magie so eng mit Arlyns Gefühlen zusammen?

»Ich würde annehmen, dass jemand der magisch begabt ist, Magie sehen kann«, fragte Rahj, wanderte im Raum hin und her, sprach mehr zu sich selbst. »Nach meinem Wissen bleiben die Magisch Begabten unter sich, sie leben gerüchteweise in den undurchdringlichen Wäldern von Relj, sind mehr Sagengestalten als wahre Menschen. Warum also verfügst du über diese Fähigkeit?«

»Vielleicht … weil ich ihn liebe?«, flüsterte Dravo, spürte Sehnsucht, das Verlangen Arlyn in den Arm zu nehmen, ihn genau dieser Liebe zu versichern.

»Bis auf weiteres wird uns diese Erklärung reichen müssen.« Rahj musterte ihn mit ernstem Gesicht, lächelte dann plötzlich, machte eine nickende Geste hinaus. »Na los. Worauf wartest du denn noch? Geh nachschauen, wo dein Kles ist. Und dann kommt wieder herein, da ist noch eine Flasche busyndischen Weins, die ich gewiss nicht alleine trinken möchte.«

81 Kapitel

Rauch über dem Bach

»Herr?« Malargs besorgte Stimme hielt Arlyn nicht auf. Die Wache trat aus den Schatten der Bäume, im fahlen Mondlicht war das Gesicht kaum erkennbar, als er vorbeistürzte.

»Es ist gut. Ich werde nicht weit gehen«, stieß Arlyn aus, hob abwehrend die Hände und riss sie erschrocken wieder zurück. Götter, wieso spürte er diese Unruhe? Wieso tobte die Magie mit einem Mal so stark? Waren wirklich nur Rahjs Worte der Auslöser?

Skeptisch sah Malarg ihn an, senkte das Haupt und blieb tatsächlich zurück. Sein Auftrag lautete schließlich, nur Dravo zu schützen und Arlyn atmete erleichtert aus. Rasch folgte er dem kleinen Pfad hin zum Bach. Ein widersinniges Gefühl trieb ihn zum Wasser, weg von Rahj und seinen Fragen. Warum hatte er ihn gefragt, ob Magie verletzen könne? Doch gewiss nur, weil auch er gedachte, sie dazu zu benutzen. Waren all seine schönen Worte nur eine Falle, sollten ihn einlullen, ihn gefällig stimmen, nach allem, was er für ihn und Dravo getan hatte? War dies alles nur ein abgekartetes Spiel, um sich sein Vertrauen zu erschleichen?

Das Wispern in seinem Kopf wurde lauter, das Misstrauen immer stärker. Ein Gift, das seine Wirkung entfaltete. Durfte er Rahj weiter vertrauen? Er fühlte die Magie rumoren, vernahm immer deutlicher Wortfetzen. Farjins Stimme? Ein Teil der Magie antwortete ihm, reagierte auf den sehnsüchtigen Ruf, ob er wollte oder nicht. Farjin suchte nach ihm und er kam näher. Die Erkenntnis traf ihn ebenso hart wie es der lauernde Ausdruck in Rahjs Augen getan hatte.

Arlyn stürzte zum Bach, erkannte das Glitzern des Wassers durch das schilfige Gras und blieb am Ufer stehen, die Hände geballt, Kälte in allen Knochen. Übelkeit kroch heran, durchzog seinen Magen, ein bitterer Geschmack lag auf der Zunge. Was war mit ihm los?

Sanft bewegte sich das feuchte Schilfgras, im Wald rief ein Vogel und das Wasser gluckste leise, wenn es um die runden Steine glitt. Die friedliche Szene wollte ihm keine Ruhe schenken, die Gedanken rasten unablässig. Ein Sturm, von dem er nicht mehr sagen konnte, ob er allein durch Rahjs Worte ausgelöst worden war.

Rahj war der zukünftige König dieses Landes. Ihm war klar, dass er keine Feinde fürchten musste, wenn Arlyn ihm beistand. Warum sollte er darauf verzichten? Aufgewühlt, wie selten zuvor, sank Arlyn auf die Knie. Jeder dieser Menschen begehrte ihn. Wegen seines schönen Körpers oder wegen der Magie. Immer war es nur Begehren, wollten sie ihn besitzen, ihn benutzen. Wem konnte er vertrauen, wer war wirklich an seiner Seite?

Dravo, flüsterten seine Lippen lautlos. Dravo kann ich vertrauen. Und die Sklaven?, wisperte es zurück. Er hat ihnen Gewalt angetan. Er hat es einmal getan, er wird es wieder tun.

»Nein«, stieß Arlyn aus, drückte die Fingernägel in die Handfläche.

Er will dich, er will dich nehmen. Seine Sehnsucht, sein Verlangen, du hast sie gesehen. Wird er sein Begehren stets kontrollieren können? Wird er nicht ebenfalls diesem Fluch erliegen?

»Nein«, wisperte er hartnäckig gegen das Raunen an. Waren das seine Gedanken oder fremde? Dravo würde niemals etwas tun, was ihm schaden würde. Nein, seine Liebe war echt und wahrhaftig.

Sie wollen dich alle benutzen auf die eine oder andere Weise, flüsterte es. Fliehe, solange du noch kannst.

Über Arlyns Wangen liefen Tränen und er schüttelte den Kopf. Er wollte nicht fliehen, er wollte nicht fort, er gehörte an Dravos Seite. Niemals jedoch würde er sich wieder zu einem Werkzeug machen lassen. Weder seinen Körper noch seine Magie.

»Arlyn, du gehörst einzig mir.« Plötzlich war Farjins Stimme deutlich zu vernehmen, als ob die Zweifel sie genährt, ihr Kraft und Ausdruck gegeben hätten. »Ich habe dich gekauft. Du bist mein. Dies ist dein Schicksal. Komm zurück zu mir.«

»Oh nein«, flüsterte Arlyn entsetzt, starrte in den Wald, grub die Hände ganz tief in das weiche Gras. »Niemals!« War er wirklich hier? Verbarg er sich zwischen den Bäumen? Angestrengt schaute er in die Schatten, konnte jedoch niemanden sehen, noch weniger spüren.

»Deine Magie ist zu stark für die Menschen, du wirst ihnen nichts als Tod und Verderben bringen«, zischte die Stimme.

»Ich will diese Macht nicht. Ich will niemanden verletzen«, wisperte Arlyn entsetzt, Schauder jagten über seinen Körper und er fühlte, wie das Ungeheuer sich aufrichtete, bereit, seinen Willen zu überwinden und Farjins Ruf zu folgen. Dem Ruf seines Meisters.

»Du wurdest dazu geboren, es ist deine Gabe. Ein Geschenk der Götter«, raunte Farjins Stimme beschwörend. »Deswegen habe ich dich gefunden. Deine Magie gehört mir. Komm zu mir, Arlyn. Ich werde dich ohnehin finden.«

So sehr es Arlyn auch versuchte, es gelang ihm nicht, die Stimme zurück zu drängen und er schluchzte gequält auf. Oh ihr Götter, und er hatte geglaubt, ihm entkommen zu sein. Wenn er mit Dravo zusammen war, wenn dieser ihn berührte, dann war die Magie ganz die seine. Sanfte, wundervolle Magie, die ihn erfüllte und Dravo einschloss. Dies war seine wahre Magie. Nicht die andere.

»Sie ist zu mächtig, du kannst dich ihr nicht länger widersetzen.« Vernahm er Farjins Lachen? »Ein jeder erliegt deinem Fluch früher oder später. Wenn die Gier über ihn siegt, wirst du auch ihn töten.«

»Niemals«, stieß Arlyn, von Entsetzen erfüllt, aus. Dravo konnte sich beherrschen, er liebte ihn, er würde niemals …

»Warum sollte er sich beherrschen? Er lullt dich immer mehr in Vertrauen ein, bis du …«

»Nein!« Voll Zorn und Verzweiflung stieß Arlyn die Worte aus, jagte sie in die Finsternis zwischen den Bäumen. Da war nichts, Farjin war nicht hier. Nur in seinem Kopf.

»Flieh«, flüsterte die Stimme eindringlicher, nur wenig gedämpft. »Flieh vor ihm, solange du noch kannst. Lauf weg.«

Nein, schrie Arlyn tonlos, ich liebe ihn, ich will ihn nicht verlassen. Ich will nicht mehr fliehen, ich will keine Angst mehr haben müssen.

Aufschluchzend vergrub er das Gesicht in den Händen. Er konnte Dravo nicht verlassen, sein Herz würde brechen, jede Faser seines Seins würde zerfetzt werden. Er liebte ihn so sehr. Niemals würde er Dravo verletzen. Da musste mehr sein, als nur die Gier nach seinem Körper, da musste einfach mehr sein. Diese Liebe beschützte ihn, gab ihm Kraft, stärkte seine Magie, daran konnte nichts Falsches sein.

»Du kannst mir nicht länger entkommen. Ich werde dich finden. Du gehörst mir, ich bin dein einziger Meister.«

Verstört spürte Arlyn, wie die Magie in ihm vibrierte, dem stärker werdenden Ruf antworten, Kontrolle über ihn erlangen wollte. Abermals bohrte er die Fingernägel tief in das Fleisch, konzentrierte die Magie auf diesen einen Schmerz, das Heilen seines Körpers, zentrierte sie ganz auf sich selbst.

Nichtsdestotrotz wurde Farjins Stimme drohender und eindringlicher, beschwor ihn: »Verlasse ihn. Kehre zu mir zurück.«

Die Oberfläche des Wassers flackerte, das Mondlicht verschwamm und mit einem Mal glaubte Arlyn eine Gestalt mit kalten, grauen Augen zu erkennen.

Bei den Göttern, das war nicht real. Ein Trugbild, ein Versuch, ihn einzuschüchtern, wie die Stimme. Nichtsdestotrotz spürte er den stechenden Blick, kauerte sich zusammen, schlug die Arme über den Kopf, rollte sich ganz klein zusammen, war plötzlich nichts weiter, als der einsame, verängstigte Junge, der er gewesen war. Es gab kein Entkommen. Nirgends.

»Du gehörst noch immer mir«, zischte die Stimme, fremde Magie prickelte auf Arlyns kalter Haut wie tausend feine Nadeln, die über ihn tasteten und nach einer schwachen Stelle in seiner magischen Abwehr suchten. Nur eine Lücke, nur ein winziger Spalt und …

»Arlyn?« Das war eine kindliche, helle Stimme. »Wo bist du? Wir wollten doch zusammen spielen. Warum bist du weggegangen?«

»Jiksan?«, flüsterte Arlyn mit tränenerstickter Stimme, hob ruckartig den Kopf, starrte fassungslos auf die flackernde Wasserfläche.

»Komm zurück, Arlyn«, flüsterte Jiksans Stimme seltsam verzerrt. »Er ist böse, geh weg von ihm, ehe er dir wehtut.«

»Das kann ich nicht«, keuchte Arlyn entsetzt, der Atem kam abgehackt, jeder Zug schmerzte in der Lunge. »Ich werde ihn nicht verlassen. Ich liebe ihn.«

»Oh, Arlyn …« Mit einem weinerlichen Laut verklang die Stimme, hinterließ tiefes Bedauern, ein Gefühl des Verlusts. Unablässig rannen Tränen über seine Wangen, tropften vom Kinn auf den Boden. Was geschah mit ihm?

»Arlyn?« Eine andere, tiefe Stimme und entgeistert starrte Arlyn auf den breitschultrigen Schemen, der sich langsam aus dem Wasser erhob. »Kleiner Fuchs, du weinst ja.«

»Piju«, wisperte Arlyn erstickt, das Herz wollte ihm zerspringen.

»So weiche Haare.« Der Schemen lächelte Arlyn zu, streckte große, kräftige Hände in einer plump und eckig wirkenden Bewegung aus, schien näher zu schweben, gleich würde er ihm in einer vertrauten Geste durch die Haare streichen. »Wie ein Fuchsfell. Du bist so schön, kleiner Arlyn. Ich vermisse dich. Hast du mich denn vergessen?«

Abermals flüsterte Arlyn Pijus Namen, schüttelte heftig den Kopf, brachte das Wort kaum durch die viel zu enge Kehle, wollte nach ihm greifen, nach der starken Hand, die er so oft gehalten hatte.

Pijus angedeutetes gutmütiges Gesicht verschwamm, verschob sich wie die Schwaden von Rauch, verzerrte sich, wurde länger, dunkler, unmenschlicher. Die Augen begannen zu glühen, in ungesundem grünlichen Licht voller Heimtücke starrten sie Arlyn begierig an. Der Mund öffnete sich, lange Fänge blitzten in einem geifernden Maul und das Wesen, das einst Piju gewesen war, knurrte ihn zähnefletschend an.

»Oh nein!«, schluchzte Arlyn bestürzt, hob abwehrend die Hände, wie erstarrt, viel zu entsetzt, um die Magie zu beschwören. »Götter, nein!« Kalte Schauer glitten ihm über den Rücken.

»Nein!«, keuchte er gepeinigt und seine Magie loderte plötzlich grell auf, sammelte sich in seinen Fäusten. Dies war nicht real, durfte es nicht sein! Nichts davon war wirklich. Das war ein Trugbild. Es konnte nicht sein. Nicht Piju!

Ein bösartiges Lachen erklang und neben dem knurrenden Wesen erschien Farjins Gestalt, in lange, dunkle Gewänder gekleidet. In einer nahezu liebevollen Geste legte er die Hand auf den Kopf der Bestie, strich sanft über das verfilzte Fell und lächelte Arlyn an.

»Du weißt, was dieses Wesen ist«, summte seine Stimme, vibrierte in der Luft. Immer wieder verschwamm die Szene, lösten sich rauchige Fäden und schwebten über dem Wasser davon. »Du weißt, was ich vermag, Arlyn.« Die Bestie fletschte die Zähne, die Augen glühten hasserfüllt, ein tiefes Grollen durchdrang Arlyns stolpernd schlagendes Herz, drückte ihm die Brust zusammen.

»Willst du mich etwa herausfordern?«, fragte Farjin leise, überaus gefährlich. Krampfhaft schluckte Arlyn, bekam kaum Luft, das Entsetzen ließ ihn nicht denken, nicht handeln. Die Hände zitterten immer mehr, der ganze Körper bebte und in ihm raste die wilde Magie, bestrebt, dem ziehenden Ruf seines Meisters zu folgen.

Farjins Gestalt kam näher, schwebte über dem Wasser heran. Die Augen stierten unverwandt auf Arlyn. Langsam hob er eine Hand, öffnete sie, machte eine einladende Geste.

»Komm zu mir, folge meinem Ruf«, wisperte er. Stumm schüttelte Arlyn den Kopf, das Grauen grub sich tiefer und tiefer in seine Seele. Nichts hiervon war real, Farjin war ein Meister der Manipulation. Er war nicht hier, die Bestie war nicht existent und Piju …

»Soll ich ihn etwa erst töten?«, fragte Farjin lauernd und das Gesicht verzog sich zu einem widerwärtigen Grinsen. Neblige Schatten überzogen die Züge und es verwandelte sich. Markantes Kinn. Graue Augen, ein arrogantes Lächeln. Augen, die Arlyn liebevoll ansahen, ein vertrautes, ein geliebtes Gesicht.

Arlyn stockte der Atem und er sprang auf, starrte geschockt auf Dravos Züge. Das Grollen der Bestie wurde lauter, erfüllte seine Ohren. In seinem Kopf war Leere, das Entsetzen so vollumfänglich, dass er weder atmen noch sich rühren konnte.

»Möchtest du wirklich seinen Tod verantworten?«, zischte Farjins Gestalt mit Dravos Gesicht. Gequält wimmerte Arlyn, schlug sich in einer sinnlosen Geste die Hände vor die Augen. Die Bilder blieben, sie waren in seinem Kopf. Nicht echt. Nichts hiervon.

»Wenn du nicht gehst, werde ich euch finden und ihn töten. Ich werde dich zusehen lassen, wie er stirbt.« Der Blick durchbohrte ihn, stieß mit unsäglicher Schärfe in ihn, versuchte die Mauer seines Widerstands zu durchbrechen.

Nicht real.

»Nein!« Arlyn schrie gellend auf, die Furcht schien ihn zu zerreißen, loderte in ihm wie ein ätzendes Feuer, sandte eisige Finger in alle Nervenbahnen. »Das werde ich niemals zulassen!« Heiß entlud sich seine Magie, raste in das Wasser des Bachs und ließ es augenblicklich verdampfen. Heiße, grauweiße Dampfwolken stiegen auf, nahmen die Trugbilder mit sich. Plötzlich war die Stimme weg, der Druck fort. Aufgeregt flatterten Vögel davon, ein anderes Tier rannte kopflos durch das Dickicht, brach durch die Äste auf seiner Flucht.

»Niemals werde ich das zulassen«, wisperte Arlyn, wiederholte es, wieder und wieder, bis seine Stimme brach und er hemmungslos schluchzte.

»Dravo …«, kam es ihm flehentlich von den Lippen. »Nicht Dravo.«

»Arlyn? Wo bist du?«

Hinter ihm erklang Dravos bange Stimme und Arlyn wirbelte herum, hob die Hände, bereit sich zu verteidigen. Dort stand jemand und blickte ihn besorgt an. Arlyn starrte ihn mehrere Lidschläge zweifelnd an. War er echt?

»Ist alles in Ordnung, Arlyn?«, fragte er, musterte irritiert die dampfenden Nebelschwaden, die sich nur langsam auflösten. »Was ist geschehen?« Erschrocken kam er näher, wollte die Hand nach ihm ausstrecken, doch instinktiv wich Arlyn hastig vor ihm zurück.

War das wirklich Dravo? Oh ja, er war es. Dravo. Der Mann, den er über alles liebte. Er war kein Trugbild. Es war seine große, schlanke, vertraute Gestalt.

»Rahjs Fragen haben alles wieder zurückgebracht, nicht wahr?« Langsam streckte Dravo die Hand aus, schien zu warten, bis er bereit war, sie zu nehmen. Seine Augen musterten ihn bekümmert. »Ich hätte es ahnen müssen. Es tut mir leid.«

»Dravo …« Noch immer wollte Arlyn seinen Sinnen nicht recht trauen. Indes, das unsichere Lächeln, dieser Ausdruck, das war so eindeutig sein Geliebter. Mit einem harten Einatmen ergriff er Dravos Hand, ließ sich heranziehen. Fest schlossen sich Dravos Arme um ihn, ein Schutzwall, der augenblicklich die Magie zur Ruhe brachte, die jedes Wispern und Raunen erstickte.

Dravo. Sein Kles.

»Was ist los?«, fragte er alarmiert. Arlyn schluchzte, drückte sich so fest an Dravo, dass dieser überrascht aufkeuchte.

»Schon gut«, murmelte er, drückte seinen Kopf sanft gegen die Brust, küsste die Haare. »Selbstverständlich wird Rahj nichts von dir verlangen. Er wird dich nicht bedrängen. Niemand wird das tun. Alles ist gut, ich bin bei dir.«

Erneut schluchzte Arlyn auf, löste sich abrupt von Dravo, umklammerte dessen Gesicht mit beiden Händen und zog ihn zu sich.

»Ich will dich nicht verlieren. Ich werde nicht zulassen, dass dir etwas passiert. Ich liebe dich, oh beim Licht der Götter, ich liebe dich über alles.« Dann küsste er Dravo so hart und stürmisch, dass dieser beinahe zurücktaumelte. Kaum berührten sich ihre Lippen, blieb nichts weiter als ein herrlich warmes Gefühl in ihm zurück und die sanft vibrierende Magie umhüllte sie wie ein Kokon aus festem Licht. Ein Schutzschild, den nichts und niemand durchbrechen konnte.

Nie wieder wollte Arlyn ihn aus diesem Kuss entlassen, fühlte, wie warme Hände sich auf seinen Rücken legten, leidenschaftlich wurde er zurückgeküsst. Rasch schloss er die Lider und schmiegte sich an Dravo. So wundervoll sicher wogte die Magie um sie und vertrieb jeden bösen Gedanken. In Dravos Nähe war er geschützt. Hier konnte ihn Farjin nicht erreichen, diese Magie gehörte ganz ihm. Es war ihre Liebe, die ihn schützen würde. Ihn und Dravo.

82. Kapitel

Unruhe im Norden

Der nebelige Dampf stieg in dichten Schwaden über dem ausgetrockneten Bachbett auf, umhüllte sie und die Umgebung für einen Moment mit seinem grauen Mantel, löste sich nur nach und nach auf. Ein dünnes Rinnsal aus Wasser bahnte sich bedächtig seinen Weg durch die Steine. Bald schon würde das Wasser sich das Bachbett zurückerobert haben. Arlyns Magie hatte nur einen kleinen Bereich getroffen, das Wasser war verdampft und das Ufer wirkte seltsam kahl bar jeder Vegetation. Am gegenüberliegenden Ufer begann der finstere Wald, Baumstamm an Baumstamm, durchsetzt von dichtem Gestrüpp, vor dem die weißgrauen Nebelfetzen eigentümlich unwirklich schwebten.

Nur für einen winzigen Augenblick, kaum mehr als einen Wimpernschlag lang, vermeinte Dravo ein grünliches Glühen, ähnlich einem Augenpaar, inmitten dieser feinen Schwaden zu erkennen. Irritiert blinzelte er, starrte angestrengt hin, doch das Glühen war fort und er wandte sich zu Arlyn, rieb ihm stärker über den Rücken.

»Lass uns hineingehen«, murmelte er. »Rahj hat uns einen guten Tropfen busyndischen Weins versprochen.« Arlyn nickte stumm, noch immer ganz eng an ihn gedrückt, ließ geschehen, dass er ihm einen Arm um die Schultern legte. Nebeneinander gingen sie zurück.

Kein Wort kam über Arlyns Lippen, während sie zur Hütte zurückkehrten, Dravo spürte ihn immer wieder leicht zittern, drang jedoch nicht in ihn. Wenn Arlyn reden wollte, würde er es tun, spätestens dann, wenn sie alleine wären. Etwas hatte ihn extrem aufgewühlt, wenngleich sich Dravo nicht einmal sicher war, dass es nur Rahjs Fragen gewesen waren. Womöglich war die Anspannung des Cialks, sein Geständnis und Rahjs Neugierde zusammen zu viel gewesen. Arlyn wirkte äußerlich womöglich stark, in seinem Innern war er jedoch noch immer äußerst fragil.

Malarg trat auf sie zu, bevor sie die Hütte betraten, nickte ihm zu. Er hatte Dravo sofort den Weg gewiesen, den Arlyn genommen hatte, noch ehe er ihn danach hatte fragen können.

»Alles ist sicher, Euer Hoheit. Wir werden die Nacht abwechselnd Wache halten.« Dravo nickte ihm ebenfalls kurz zu. Es war mehr als unwahrscheinlich, dass irgendjemand sie auf der geweihten Erde außerhalb des Cialks angreifen würde, dennoch nahmen sowohl seine, als auch Rahjs Wachen ihre Arbeit sehr ernst.

Mit gesenktem Blick nahm Arlyn drinnen neben ihm am Tisch Platz, entschuldigte sich mit leiser Stimme bei Rahj für sein überstürztes Verschwinden.

»Es ist nicht an dir, sich zu entschuldigen. Meine Neugierde tut mir leid und doch musste ich diese Fragen stellen. Bald schon werde ich über dieses Land regieren. Ich bin jetzt schon ein Mann von großer Macht, auch wenn das sehr vielen nicht bewusst ist und ich sie auch gerne in dem Glauben belasse. Wenn ich eins allerdings bereits gelernt habe, dann, dass wahre Macht nicht nur aus Stärke und Überlegenheit geboren wird.« Rahj seufzte tief auf, ein vager Schmerz schimmerte in seinen Augen.

»Ich kann nicht leugnen, dass mich die Möglichkeiten deiner Magie als Herrscher dieses Landes verleiten könnte, eine solche Macht zu missbrauchen«, gab er unumwunden zu und Arlyns Blick verdüsterte sich augenblicklich. Beruhigend legte Dravo eine Hand auf die seine, funkelte Rahj wütend an.

»Rahj, du hast gesa…«

»Mit einer solchen Macht zur Verfügung, könnte man nach einer weit größeren Herrschaft streben, als nur über Fenjarn«, fuhr sein Bruder ungerührt fort.

Arlyn Gesicht verhärtete sich abrupt, straffte sich, die Augen nahmen einen beinahe harten Glanz an. »Ich werde meine Magie nicht einsetzen. Weder für dich, noch jemand anderen. Du magst es eine Gabe nennen, für mich ist sie ein Fluch. So wie meine Schönheit«, stieß er hervor. »Ich allein werde entscheiden, was ich damit bewirke.«

»Keine Sorge, Arlyn, ich habe kein Recht, etwas dergleichen von dir zu verlangen. Noch lag es je meiner Absicht. Ich erkenne das Potential und die Gefahr.« Seufzend lehnte sich Rahj zurück, hob beschwichtigend die Hände. »Unser Vater ist ein Mann des Schwertes, wie es unsere Vorfahren waren und er hat uns stets gelehrt, keine Schwächen zu zeigen, stärker als unsere Feinde zu sein und diese mit Gewalt zurückzuschlagen, wann immer es nötig sein sollte. Dies war nie mein Weg und wird es auch niemals werden.«

Grimmig nickte Dravo, erinnerte sich an die vielen Male, die Rahj unter der Wut seines Vaters gelitten hatte, wie oft er ihn geschlagen hatte, wenn er bei den Aufgaben versagte, ihm Feigheit und Weichheit vorgeworfen hatte. Rahj war ein sehr stiller Junge gewesen, belesen und zurückhaltend, hörte er sorgfältig zu, verstand viele komplexe Zusammenhänge. Aber er war nicht der Krieger, als den ihr Vater sie gerne sehen wollte. Rahj war ein Diplomat und einer der geschicktesten, die Dravo je kennengelernt hatte.

Bedächtig erhob Rahj sich, trat auf Arlyn zu und legte ihm die Hand auf den Unterarm. »Du bist ein freier Mann, Arlyn far gly Glairom. Du bist der erwählte Gefährte meines Bruders. Nichts davon rechtfertigt, dass ich von dir verlange, etwas zu tun, was du nicht tun möchtest.«

Arlyn blickte überrascht auf, entspannte sich sichtlich. Vorsichtig atmete Dravo aus, spürte eine feine Wärme im Herzen für seinen Bruder, für einen König, der seinen eigenen Weg gehen würde. Leicht würde dieser Pfad nicht werden, zu stark wich er von dem ihres Vaters ab und viele würden den Fehler begehen, ihn für schwach und nachgiebig zu halten. Besser, sie unterschätzten ihn nicht.

»Kommt, Kinsan hat uns Brot und einige Flaschen dieses köstlichen Weins da gelassen und sich zurückgezogen. Wir sind völlig ungestört. Lasst uns die Felle vor das Feuer legen und sie leeren.« Grinsend winkte er mit einer Flasche und eroberte sich den einzigen Sessel am Feuer.

Sie machten es sich ebenfalls mit den Fellen gemütlich und Dravo zog Arlyn vor sich, zwischen seine Beine, legte von hinten einen Arm um ihn, sodass er sich gegen ihn lehnen konnte. Glücklich hielt er ihn, wagte zu hoffen, dass sich die Schatten zwischen ihnen endgültig auflösten. Was auch immer Arlyn derart verunsichert hatte, er würde für ihn da sein, mit jeder Geste zeigen, wie sehr er ihn liebte.

Sofort umschloss Arlyn seine Hand, drückte sie fest an seine Brust, als ob er fürchten müsse, ihn zu verlieren. Erst nachdem sie die erste Flasche geleert hatten, Rahj einige Begebenheiten ihrer Jugend wiedergegeben hatte, lockerte sich die Stimmung und überraschenderweise begann Arlyn sogar ein wenig stockend von seiner Jugend und Ausbildung in Farjins Burg zu erzählen.

»Farjin? Ich habe diesen Namen doch schon einmal vernommen«, unterbrach ihn Rahj erstaunt, starrte grübelnd in die Flammen, während

Dravo spürte, wie sich Arlyn augenblicklich anspannte, seine Hand härter umklammerte.

»Ah ja, das war in Vaters Räumen. Da war dieser Informant aus Imkurm«, begann Rahj, warf Arlyn einen Blick zu und verzog spöttisch den Mund. »Dazu sollte man wissen, dass Vater ziemlich viele Informanten hat, die unerkannt in den Herrschaftshäusern der anderen Länder leben. Reihum erstatten sie ihm Bericht, ein feinmaschiges Netz, was uns vor unerwarteten Angriffen und vielem mehr bewahrt. Dieser Mann hatte einige der nördlichen Länder bereist und berichtete von Kämpfen an den Grenzen der Reiche Rhalgan und Busynd.

Sowohl Rhalgan als auch das Wüstenland Busynd haben keinen direkten Herrscher. Stattdessen gibt es sehr viele Fürsten, die sich gegenseitig vehement bekriegen. Unser Informant wusste jedoch davon zu berichten, dass sich einer dieser Fürsten, Jsokr genannt, in Rhalgan im Laufe des vergangen Jahres eine besondere Machtstellung erkämpft hat und nach und nach die anderen Fürsten besiegt und hinrichten lässt. Nahezu ein Drittel des Landes ist bereits in seiner Hand und nun gelüstet es ihn offenbar nach dem Blut der Stammesfürsten, die die Macht in Busynd haben.

Fürst Jsokr hat entlang der Grenzen einige äußerst blutige Schlachten mit entsetzlichen Verlusten auf der Seite seiner Feinde geführt. Laut den Gerüchten, soll er seit einiger Zeit einen Meistermagier in Diensten haben. Einen Mann namens Farjin.«

»Bei den Niederen, wirklich?«, stieß Dravo perplex aus, drückte Arlyn instinktiv enger an sich. »Könnte er es sein? Was hat Vater dazu gesagt?«

Schnaubend stieß Rahj die Luft aus, starrte an die Decke und schaute missmutig drein. »Vater hat diese Gerüchte natürlich mit einem nachsichtigen Lächeln abgetan. Legenden, Fantasiegeschichten. Der Norden sei voll davon und besonders die Stammesfürsten Busynds mit derlei Märchen leicht zu beeindrucken und zu erschrecken. Das sei eine erfolgreiche Taktik der Einschüchterung und Verunsicherung. Die Fürsten Rhalgans glaubten an die Macht der Niederen, hätten keinerlei Respekt vor den Göttern.«

Seufzend senkte er den Blick, rieb sich über das Kinn. »Nachdem Vater ihn entlassen hat, bat ich den Mann zu einem Gespräch unter vier Augen. Er erzählte mir, dass niemand, den er befragt hätte, diesen Meistermagier leibhaftig gesehen habe. Er würde jedoch als großer, sehr dünner Mann mit finsterem Blick und langer, dunkler Kleidung beschrieben. Auch er schien nicht an Magie zu glauben, erklärte mir, dass die Stammesfürsten Busynds seit jeher die dunklen Wälder Rhalgans fürchteten und glaubten, dass in ihren Schatten diverse Ungeheuer lebten. Es sei daher leicht, ihre Furcht zu schüren.«

»Aber du hast das nicht geglaubt?« Zart strich Dravo über Arlyns Nacken und Hals, spürte verzückt, wie genießerisch er sich in die Berührung fallen ließ und sein leises Seufzen ließ das Herz voll Zuneigung schneller schlagen. Wie hatte er diese Vertrautheit, diese Hingabe vermisst.

»Ich glaube, das eine kriegerische Auseinandersetzung so nahe an unseren Grenzen es verdient, mehr Aufmerksamkeit zu bekommen. Aber ja, ich sandte natürlich meine eigenen Informanten aus, mehr zu erfahren.« Versonnen lächelte Rahj, rutschte tiefer in den Sessel und streckte die Füße näher ans Feuer.

»Interessanterweise war nur wenig zu erfahren. Die Scharmützel in den Grenzwäldern waren zum Erliegen gekommen, niemand wusste, wo und wann oder gar wen Fürst Jsokr angreifen würde. Sein Heer schien geisterhaft hervorzubrechen, zuzuschlagen und wieder zu verschwinden. Was mir jedoch zugetragen wurde, dass es in Agaljon und Imkurm weitere Meistermagier geben solle, die zurückgezogen leben. Ich muss zugeben, dass mich Magie und alles, was damit zusammenhängt schon seit jeher sehr beschäftigt hat, also ließ ich genauer nachforschen, hoffte, einen dieser Menschen zu finden, der mir bestätigte oder widerlegte, dass es diese Macht gibt.

Nun, einer meiner Männer konnte mir schließlich einen Namen nennen. Ein Meistermagier namens Ljgon sollte laut Aussagen einiger Dörfer in einer der unzugänglichen Schluchten leben, kranke Tiere und Menschen heilen, vergiftetes Wasser reinigen und Unwetter abwenden können. Er hat versucht, ihn zu finden, doch es gab dort nicht das geringste Anzeichen einer Behausung.«

»Wenn er nicht gefunden werden wollte, wird er seine Magie zum Verbergen benutzt haben«, erklärte Arlyn. »Es will nicht zu Farjin passen, dass er im Dienste eines Fürsten seine Magie einsetzt, der die Herrschaft über die nördlichen Lande an sich reißen will.« Hart atmete er aus. »Ich glaube eher, er will diese Herrschaft selbst. Deswegen wollte er meine Magie, deswegen …« Plötzlich setzte er sich auf, starrte in die Flammen und atmete schwer.

»Ich … Götter, es könnte sein, dass er einen Weg gefunden hat, sich die Magie anderer vollkommen zu Eigen zu machen. So, wie er es mit meiner beabsichtigte. Seit seiner … Lektion … Damals muss er einen Teil seiner Magie mit der meinen verflochten haben. Ein Teil davon ist seither auch ein Teil von Farjins Magie. Ich spüre sie, ich fühle, dass er weiterhin nach mir sucht.« Arlyn brach ab, strich über Dravos Bein, ließ die Hand auf dem Knie ruhen, während er sichtlich darum rang, ruhig zu bleiben und fortzufahren.

»Er hat mir einst erzählt, dass er über die Fähigkeit der Magiesuche verfügt. Er kann Magie selbst in einem Kind spüren und er kann dieses finden, wenn er danach sucht. So hat er auch mich gefunden. Und die anderen Schüler.«

Langsam entließ er den Atem, wandte den Kopf, sodass Dravo sein Profil gegen das flackernde Licht des Feuers wahrnehmen konnte. Instinktiv richtete er sich ebenfalls weiter auf, bereit, Arlyn erneut an sich zu ziehen, wenn er Halt brauchen sollte. Wie schwer es ihm fallen musste, davon zu berichten und dennoch tat er es, wollte Rahj alle Informationen geben, die dieser gebrauchen konnte. So tapfer, so stark.

»Jeder davon ist nach und nach verschwunden. Wenn Farjin sie auf dieselbe Weise ... Wenn er ihre Magie der seinen zugefügt hat ... Bei allen Göttern, dann muss seine Magie unvorstellbar sein, dann wird er eine Macht besitzen, der einzig die Götter etwas entgegen setzen könnten«, stieß Arlyn aus, die Augen weit aufgerissen, die Nasenflügel bebten.

»Bei der Hölle der Niederen, das wäre in der Tat eine schreckliche Vorstellung«, brachte Dravo heraus, spürte Kälte in den Knochen, ein entsetzliches Gefühl der Hilflosigkeit, angesichts einer so ungeheuerlichen Gefahr. »Nur wozu? Strebt er wirklich nach der Herrschaft über den Norden? Das ist ein gewaltiges Gebiet, unzählige Völker, viele unzugängliche Gebirge, unbekannte Täler. Die Herrschaft über ein derart großes Land wird selbst mit göttergleicher Magie ein immens schwieriges Unterfangen. Und wenn er nach dieser Art Macht strebt, wird er an den Grenzen der südlichen Länder innehalten?« Grübelnd rieb sich Rahj über das Kinn. »Wenn wir heimkehren, werde ich mehr herausfinden. Eine solche Gefahr werde ich nicht ignorieren.«

»Wenn ich helfen kann ...«, bot Arlyn zögernd an, lehnte sich zurück, schmiegte sich wieder an Dravo, in dessen Knochen noch immer die Kälte saß, eine Furcht, die er ihn jedoch um keinen Preis spüren lassen würde. Arlyn brauchte seine Stärke mehr als jemals zuvor.

»Das hast du schon. Du hast mir das Geschenk echter Magie ansichtig zu werden gegeben. Doch nun lasst uns den Rest der Flasche leeren und schlafen. Morgen werden wir uns zurück nach Trandfil begeben müssen und die Lösung dieser Probleme wird mich nach dem großen Siegerempfang und dem Ende des Cialks beschäftigen. Was auch immer dieser Mann anstrebt, es wird einen Weg geben, ihn aufzuhalten, unser Land und damit auch dich zu schützen, Arlyn. Das versichere ich dir als der zukünftige Herrscher und das schwöre ich dir als Bruder deines Geliebten. Bleibt noch eine Frage zu klären ... Wer bekommt das schmale, unbequeme Lager und wer darf in der Wärme des Feuers auf weichen Fellen gebettet schlafen?«

»Diese Lösung ist ganz einfach«, meinte Dravo lächelnd, nahm von Rahj die fast leere Flasche entgegen, füllte ihre Gläser und zog weitere Felle zu sich heran, um es ihnen auf dem Boden bequem zu machen.

»Das sehe ich auch so.« Seufzend stieß Rahj mit ihnen an. Lasst mich wenigstens ein bisschen schlafen. Ich muss morgen ein zuversichtliches Siegerlächeln präsentieren. Ständiges Gähnen könnte unpassend wirken.«

Schmunzelnd leerten sie ihre Gläser und während Rahj sich immer wieder seufzend auf dem Lager einrollte, ließ Dravo sich auf den Rücken sinken, froh, dass Arlyn sich eng an ihn drängte. Müde verflochten sie ihre Finger ineinander und Dravo hoffte inständig, dass das enge Band zwischen ihnen so stark sein würde, dass es auf irgendeine Weise Farjin Einhalt gebieten konnte.

Was könnte man der Macht der Götter entgegensetzen?

Unruhig rutschte Arlyn hin und her, schien keine rechte Ruhe finden zu können.

»Was auch immer dich bekümmert, wenn du darüber reden möchtest, werde ich dir zuhören«, wisperte Dravo ihm zu. Das Feuer war zu Glut geworden, deren rötlicher Schein nur wenig Licht abgab.

Noch enger kuschelte Arlyn sich an Dravo, sog die Luft ein und drückte das Gesicht gegen seinen Hals. Dravo spürte ihn schlucken.

»Er sucht mich weiterhin«, flüsterte er und sein Körper bebte. »Ich weiß es. Ich konnte die Stimme in meinem Kopf hören und mehr. Ich habe ihn selbst dort im Bach gesehen.« Erschrocken drückte ihn Dravo fester an sich, strich ihm durchs Haar und küsste ihn sanft. »Er wird dich nicht finden. Fenjarn ist groß.«

»Du hast es vernommen, Farjin ist kein normaler Mensch. Er verfügt über viel mehr Möglichkeiten als Menschen Sinne haben. Ich bin sicher, er kann meine Magie spüren, wenn ich sie benutze.«

Scharf sog Dravo die Luft ein. »Du meinst, er spürt sie, wenn wir ...?« Entsetzt erinnerte er sich an Arlyns schimmernde Haut, das Gefühl, von Magie umgeben zu sein. Wann immer er Arlyn Lust bereitet hatte, war diese Magie stark geworden. Hatte er damit etwa Farjin auf Arlyns Spur gebracht?

»Bei den Göttern!«, brachte Dravo fassungslos hervor. »Es ... tut mir leid. Dann ...« Das bedeutete, er würde Arlyn nie wieder berühren dürfen. Eine solche Folter würde er nicht überstehen.

»Nein.« Arlyns Lippen an seinem Hals fühlten sich nach einem unterdrückten Lachen an, ehe er sie zu einem Kuss auf der Haut platzierte. »Nicht diese Art der Magie. Wenn ich bei dir liege, du mich berührst, selbst wenn du mir nahe bist, dann ist er weit weg. Wie ein Schild, hinter dem er mich nicht erreichen kann, wo ich sicher und versteckt bin.«

Finger strichen liebevoll über Dravos Gesicht, der atemlos lauschte, seine aufgewühlten Gefühle zu beruhigen suchte.

»Wenn ich Furcht empfinde, wenn die Magie zuschlagen will, jener Teil, den ich nicht kontrollieren kann, der … töten will. Wann immer ich diese zerstörerische Magie benutze, dann ist auch Farjin da, dann höre ich seine Stimme rufen, dann scheint er im Gegenzug auch mich zu spüren.«

»Deshalb hast du vorhin so voll Angst reagiert, als Rahj darüber sprach, deine Magie einzusetzen«, flüsterte Dravo, verstand nun auch Arlyns Reaktion. »Deine Magie spiegelt deine Emotionen wider. Liebe und Hass. Das eine sperrt Farjin aus, das andere lockt ihn an.« Vorsichtig küsste er ihn, barg Arlyns Gesicht an der Brust.

»Du darfst diese Magie nicht wieder einsetzen. Dann wird er dich auch nicht finden können, denn meine Liebe ist es, die dich schützt. Du wirst dich nicht mit mehr dieser Bösartigen Magie verteidigen müssen. Das ist nun meine Aufgabe.« Entschlossen atmete Dravo aus. Oh, er würde Arlyn lieben, von ganzem Herzen und mit jeder Faser seines Seins. Er würde ihn lieben und verwöhnen und diese Magie würde so stark werden, dass Farjin ihn nie mehr erreichen konnte.

Fester drückte sich Arlyns Nase in seine Haut. Der Schlaf kam zögernd, bescherte ihm seltsame Träume, in denen er den Schemen eines merkwürdig zotteligen Wesens sah. Grünlich glimmende, geschlitzte Augen tauchten inmitten des wirren, verfilzten Fells auf. Eine lange, schmale Schnauze mit spitzen Zähnen schob sich hervor. Knurrend lief die Bestie im Kreis, wühlte das Erdreich mit scharfen Krallen auf. Gierig schnupperte sie, ungeduldig schnappte das hässliche Maul, biss nach weiteren, nebelhaften Kreaturen, die aus der Dunkelheit neben ihr erschienen. Ihre Konturen verblassten, wehten davon wie Nebelschwaden.

Einzig eine Gewissheit blieb zurück. Sie waren auf der Jagd.

83 Kapitel

Ein schwerer Sturz

Der folgende Morgen brachte ihnen wundervollem Sonnenschein, stand im krassen Gegensatz zu Arlyns Gefühlen und dunklen Ängsten. Die ganze Nacht hatten ihn unruhige Träume geplagt, in denen er vor irgendwas oder irgendwem auf der Flucht war. Dravos Anblick, der ihn eng umschlungen hielt, wann immer er aufwachte, hatte ihn leidlich beruhigen können.

Rahjs Siegesempfang würde erst am Nachmittag beginnen und so verbrachten sie drei den Vormittag miteinander und streiften durch den nahen Wald. Dravo und Rahj zeigten Arlyn weitere Verstecke und Orte, die mit Ereignissen aus ihrer Kindheit verbunden waren. Es war eine willkommene Abwechslung von den Gedanken, die immer wieder zu dem Erlebnis am Bach und den unliebsamen Erinnerungen zurückkehren wollten.

Sie nahmen nur eine Kleinigkeit zu sich, denn wie Rahj ihnen versicherte, würden sie beim Empfang voll auf ihre Kosten kommen. Kinsan half ihnen beim Einkleiden, reichte jedem der Königssöhne ihr reich verziertes Schwert. Vor der Hütte packte der Kutscher ihre Sachen ein, Rahjs Wachen waren schon ein Stück voraus geritten, Malarg und Sirw hingegen würden die Kutsche begleiten.

»Ich möchte gerne, dass ihr beide heute an meiner Seite bleibt und an meinem Tisch speist«, sagte Rahj, als sie abreisebereit waren. Arlyn senkte abrupt den Blick, zupfte unbehaglich an der vornehmen Kleidung herum. Er wusste sehr wohl, dass Rahjs Wunsch, sie neben sich zu haben, den anderen Adeligen demonstrieren sollte, wie sehr er die Verbindung seines Bruders achtete, doch für ihn würde es bedeuten, sich wieder im Zentrum der Aufmerksamkeit zu finden, ausgesetzt all jenen neugierigen Blicken. Allein der Gedanke daran, Larn Rangol abermals zu begegnen, seinem lüsternen Blick ausgeliefert zu sein, sandte ihm kalte Schauer über den Rücken.

»Ich weiß dein Angebot durchaus zu schätzen, Rahj«, antwortete Dravo, legte den Arm um Arlyn, strich ihm flüchtig über die Wange. »Aber ich denke, es wird für uns beide besser sein, wenn wir dort nicht erscheinen.« Augenblicklich hob Arlyn den Kopf und blickte Dravo mit zärtlichen Gefühlen an. Er schien genau zu spüren, was in ihm vor sich ging. Oder wollte auch er sich den Blicken und dem Getuschle nicht mehr aussetzen? Ach, wenn sie nur schon wieder in Fenjil wären.

»Das wird Vater auch lieber sein, dir weniger Ärger machen. Wir werden kurz erscheinen, freundlich nicken und uns dann unbemerkt davonschleichen.«

»Ich werde diesen Wunsch natürlich respektieren und verstehe ihn.« Tief seufzend öffnete Rahj die Tür der Kutsche, ehe Kinsan hinzu eilen konnte, und hielt ihnen die Tür auf. »Dann muss ich mich also ohne jede Unterstützung mit den Adeligen und Vaters Missbilligung herumschlagen. Oh, die Leiden eines zukünftigen Königs.« Mit einem ärgerlichen Schnauben trat Kinsan neben ihn, legte demonstrativ die Hand an den Türgriff.

»Bitte Euer Hoheit, Ihr könnt einsteigen«, sagte er, verneigte sich tief und machte eine einladende Geste, ignorierte geflissentlich, dass Rahj ohnehin bereits einen Fuß in die Kutsche gesetzt hatte. Lachend klopfte er dem Diener auf die Schulter. »Wieso nur musst du bei meinem Bruder im Dienst stehen, Kinsan? Ich wüsste deine Dienste viel mehr zu würdigen.« Kinsan hob den Kopf, schmunzelte geschmeichelt und warf seinem Herrn einen verschwörerischen Blick zu. »Ich weiß Euer Angebot zwar zu schätzen, Hoheit. Jedoch bin ich überzeugt, dass der Haushalt Eures geschätzten Bruders hoffnungslos untergehen würde, wenn ich mich nicht darum kümmern würde. Niemand, außer mir, kennt seine Eigenheiten gut genug.«

»Jeder andere würde an ihm gewiss verzweifeln. So einen treuen Diener hat er gar nicht verdient«, meinte Rahj, nahm Platz und wartete, bis sie eingestiegen waren. »Bei den Göttern, ich wünschte wirklich, ich hätte jemanden, der mir derart treu ergeben ist.« Seufzend, lehnte er sich zurück, als die Tür sich schloss und Kinsan zu dem Kutscher auf den Bock kletterte. Ein Schnalzen erklang und sie setzten sich in Bewegung.

»Manchmal beneide ich dich wirklich sehr um deine Freiheit, Dravo. Nicht ständig von Getreuen umgeben zu sein, bei denen man nie weiß, ob man ihnen vertrauen kann, oder ob sie gerade hinter deinem Rücken Tod und Verrat planen.«

Bestürzt sah ihn Arlyn an. Rahj wirkte so sicher in seinem Auftreten, aber dass er kaum Vertraute hatte und diesen auch nur schwerlich völlig vertrauen konnte, daran hatte er nicht gedacht. Rahjs Leben war ein anderes als seines und Dravos. Er stand viel mehr im Mittelpunkt als zukünftiger König. Jeder seiner Schritte, jede Handlung, jede Geste und Mimik wollte bedacht sein und konnte verärgern oder Anerkennung finden.

»Befürchtest du, dass dir jemand Böses will?«, fragte er besorgt.

»Im Prinzip muss ich jeden Tag damit rechnen, ja«, bestätigte Rahj, lächelte wehmütig. »Ich bin in den Augen vieler Adeliger kein starker Mann. Sie trauen mir nicht, sind unsicher, wie ich Fenjarn führen werde. Mein Tod wäre für viele dieser Adeligen eine willkommene Gelegenheit, die Herrschaft über Fenjarn an sich zu reißen. Seit langer Zeit schon gibt es Intrigen und versteckte Versuche, die Herrschaft unseres Hauses zu stürzen. Bislang sind es nur Ideen in den Köpfen einiger, dennoch könnten daraus schnell Taten werden. Ich muss mir die Leute, denen ich vertrauen muss, stets sehr sorgfältig aussuchen. Sicher kann ich nie sein, wer von ihnen mir irgendwann ein Messer in den Rücken stoßen wird.«

Was für eine entsetzliche Vorstellung! Erschrocken öffnete Arlyn den Mund, doch Rahj legte ihm bereits beruhigend die Hand auf den Arm. »Es ist nun mal das Schicksals eines Herrschers. Viel Macht bedeutet auch viele Feinde und ein Leben in Argwohn und Misstrauen«, fuhr er fort, seufzte noch einmal. »Mitunter wünsche ich mir daher jemanden, dem ich absolut, bedingungslos vertrauen kann.«

Betreten schwieg Arlyn. Diese andere Seite eines Königs war keine angenehme. Rahjs Leben war gewiss nicht einfach und würde es nie werden. Die Sehnsucht nach Nähe und Vertrauen lag tief verborgen unter seinem Pflichtgefühl. Es gab keine Worte, um ihm Trost zu spenden oder Hoffnung.

»Auf zwei wirst du dich immer verlassen können. Wenn wir Kinsan einrechnen, drei Männer«, erklärte Dravo. »Und wer weiß, womöglich wird dich die Liebe eines Tages unerwartet finden, ganz gleich wie gut du dich vor ihr zu verbergen suchst.«

Rahjs Lächeln wirkte ein wenig wehmütig, als er nickte. »Bevor ihr wieder abreist, solltet ihr mir noch einen letzten Besuch abstatten. Sjdov wird auf dich warten, Arlyn. Oder möchtest du mein Geschenk nun vielleicht nicht mehr haben?«

»Ich würde es gerne annehmen«, sagte Arlyn, schluckte kurz und hob den Kopf entschlossen, um ihm direkt in die Augen zu sehen. »Nur kann ich dir keine Gegenleistung versprechen.«

»Ich werde von dir stets nur annehmen, was du aus freiem Willen bereit bist, mir zu geben«, antwortete Rahj ernsthaft. »Dein Vertrauen ist das größte Geschenk, welches du mir machen kannst.«

»Dann nehme ich dein Geschenk gerne an.« Arlyns Lächeln wurde zu einem Strahlen, als er sich vorstellte, die Zügel dieses wunderbaren Tieres zu führen, ihn sein Eigen zu nennen. Glück durchströmte ihn und ein neckischer Gedanke, den er sogleich mit einem spitzbübischen Augenaufschlag aussprach.

»Allerdings könntest du es spätestens dann bereuen, wenn Sjdov in den nächsten Rennen deine Pferde schlägt. Oder darf er nun keine mehr gewinnen?«

»Oh, nur den Königslauf und das nächste Cialk wird er nicht mitmachen dürfen. Die weiteren Rennen hingegen ...«, führte Dravo schmunzelnd aus, zwinkerte Arlyn verschwörerisch zu. »Das könnte eine sehr interessante Saison werden.«

Stöhnend warf sich Rahj im Sitz zurück. »Ich muss von Sinnen gewesen sein, dir ein solches Geschenk zu machen. Wieso habe ich nicht bedacht, dass die Hinterhältigkeit und der Ehrgeiz meines Bruders auf dich abfärben könnten?«

»Die graue Maus wird den Namen din nan Drinju noch berühmter als bisher machen.« Zufrieden grinsend verschränkte Dravo die Arme vor der Brust und Rahj verdrehte gequält die Augen.

»Ich hätte es mir denken können. Warum bin ich nur so ein gutmütiger Idiot?«

»Wenn ihr euch beide da mal nicht täuscht«, warf Arlyn feixend ein. Er wartete ab, bis beide ihn erstaunt ansahen, fuhr sich mit der Zungenspitze über die Lippen, boxte Dravo spielerisch in die Seite.

»Sjdov wird nur einen Namen berühmt machen, den meinen: far gly Glairom, wenn er jedes eurer Pferde in den zukünftigen Rennen schlagen wird.«

»Dravo, du liebst ihn wirklich oder?« Lachend schlug sich Rahj auf die Oberschenkel.

»Nicht alles von mir gehört auch dir«, flüsterte Arlyn Dravo zu, ließ die Hand auf seinem Bein ruhen und beugte sich weiter zu ihm. Seine Nähe tat so gut, das Wissen um seine Liebe, die Leichtigkeit solcher Neckereien. »Alles Wesentliche aber schon«, raunte er ihm zu, drückte die Finger in die Muskeln. Wenn sie erst in Fenjil waren ... ungestört ... Auf Dravos Zügen breitete sich ein versonnenes Lächeln aus, als Arlyn ihn küsste. Da hatten sie wohl beide denselben Gedanken.

»Mein lieber Bruder, ich fürchte, wir unterschätzen diesen jungen Mann hier beide«, seufzte Dravo ergeben, erwiderte den Kuss.

Nicht lange danach waren sie in ein intensives Gespräch über Pferde, deren Stammbäume und die Rennen vertieft, ließen sich über Vor- und Nachteile aus, erörterten Trainingsfragen. Es zeigte sich, dass Rahj einen Trainer verpflichtet hatte, der mit neuen Methoden die Ausdauer der Tiere verbessert hatte. Neugierig verlangte Dravo mehr zu erfahren, reagierte gespielt empört, als Rahj ihm schmunzelnd weitere Auskünfte verweigerte. Gerade wollte Dravo ihm drohen, da erklang ein schriller Schrei, ein harter Schlag traf die Kutsche, drohte sie zu kippen.

Die Schlingerbewegung warf sie von den Sitzen und sie stürzten übereinander. Arlyn spürte Dravos Hand an seinem Arm, der ihn augenblicklich an sich zog.

»Was, bei den Göttern ...«, stieß Rahj hervor, klammerte sich an der Tür fest, versuchte sich aufzurichten. Weitere, heftige Stöße ließen die Kutsche noch stärker schwanken und sie stürzte um. Mit dem Geräusch berstenden Holzes, verwandelte die Welt sich plötzlich in ein rotierendes Durcheinander von Holz, Stoff und Splittern. Instinktiv versuchte Arlyn seine Magie einzusetzen, einen Schutz um sie zu weben, verlor jedoch in der schnellen Drehung die Orientierung. Ein weiteres Krachen, dann drehte sich sein Magen um, als die Kutsche sich überschlagend tiefer stürzte. Verzweifelt versuchte er, Dravo festzuhalten, selbst irgendwo Halt zu finden.

Keuchend stieß er gegen Boden, Sitze, Wände und Decke, vernahm die erschrockenen Laute Rahjs, schloss die Augen und sandte rasch die Magie aus, umschloss jeden Körper, den er finden konnte. Zu wuchtig, zu ungezielt. Die Magie drückte die Tür auf, riss sie aus der Verankerung und ehe Arlyn Dravo packen konnte, wurde er selbst bereits herausgeschleudert.

Obwohl die Magie den Aufprall abmilderte, kam er hart auf der Erde auf und rollte haltlos weiter, versuchte sich im langen Gras festzuhalten, riss es jedoch nur aus, bis er endlich am Ende des Hanges zum Liegen kam. Schwindelig versuchte er sich aufzurichten, brauchte einen Moment, um sich zu orientieren.

Keuchend rang er nach Luft, schaute sich hektisch um. Er lag beinahe am Fuß eines Abhanges im Gras, der nach unten in eine baumumschlossene Senke abfiel. Dort unten entdeckte er auch die zerbrochenen Überreste der Kutsche, die den gesamten Abhang hinab gerollt und dort zum Stillstand gekommen war. Die Deichsel war gebrochen, von den Pferden hingegen nichts zu sehen. Hastig versuchte Arlyn, auf die Beine zu kommen, schwankte und wäre beinahe wieder abgerutscht.

Wie rasend begann sein Herz zu schlagen, die Magie pulsierte wild. Wo war Dravo? Was war geschehen? So schnell es ging, kam er hoch, kämpfte gegen die leichte Benommenheit an, während er sich mehr rutschend als kletternd nach unten bewegte. Ein feiner Schmerz pochte in den unteren Rippen, den er nicht beachtete und an seiner Wange floss Blut herab. Unwichtig. Was war mit Dravo? War er etwa noch in der Kutsche? War er verletzt? Götter, da lag jemand im Gras. Panische Angst erfasste ihn und er rutschte weiter, sprang auf und rannte das letzte Stück.

Weit oben vernahm er Sirws Stimme, weitere riefen durcheinander, doch er achtete nicht darauf. Das war Kinsan, der dort lag. Seine Kleidung erkennbar. Rasch kniete er sich neben ihn.

»Kinsan!« Der Diener rührte sich nicht sofort. Ein Arm war seltsam verdreht und er stöhnte schmerzvoll, als ihn Arlyn vorsichtig an der Schulter berührte. Blut sickerte aus mehreren Wunden, lief ihm von einer Platzwunde über das Gesicht. Er brauchte Hilfe, er hatte Schmerzen, doch wo war Dravo? Die Sorge brannte glühend in Arlyn, ließ keinen anderen Gedanken zu. Wenn er ebenso verletzt war, womöglich … Nein!

»Ich bin gleich wieder zurück«, versprach Arlyn hastig, sprang auf, lief zu der zertrümmerten Kutsche. Sie lag auf der Seite, der vordere Teil eingedrückt, die offene Tür unten.

»Dravo!«, rief Arlyn ängstlich, suchte mit Blicken hastig das gesplitterte Holz, die zerbrochenen Räder ab und umrundete voller Furcht die Kutsche. Wo war er? War er ebenfalls aus der Kutsche geschleudert worden? War er etwa noch da drinnen? Verletzt, bewusstlos? Furcht drohte Arlyns Denken zu überfluten, die Magie kreiselte hektisch, heilte ihn auch ohne bewusstes Denken.

»Dravo! Bei den Göttern!«, rief Arlyn, kletterte hastig auf die Kutsche. Jemand stöhnte verhalten. Das kam aus dem Innern.

»Dravo?«, rief er erneut, zerrte an der Tür, die verbogen in den Angeln hing. Götter, er musste noch am Leben sein. Verletzungen konnte er heilen, er musste nur rasch zu ihm gelangen.

»Dravo?« Zunehmende Furcht vibrierte in seiner der Stimme.

»Ich bin hier, Arlyn«, vernahm er gedämpft und stieß erleichtert die Luft aus. Unter ihm bewegte sich etwas im dunklen Innern. Er lebte. Und Rahj?

»Warte. Ich hole dich da raus.« Mithilfe der Magie schaffte er es, die Tür so weit aufzubiegen, dass er in das zerstörte Innere blicken konnte.

»Bist du verletzt? Was ist mit Rahj?«, fragte er besorgt, erkannte ein Bein, dann noch mehr von Dravo. Er lag halb unter einer Sitzbank und hatte sichtlich Mühe, sich aufzurichten.

»Nur ein wenig«, kam es stöhnend zurück. »Mein Bein schmerzt, ich kann mich jedoch bewegen. Gib mir mal deine Hand und hilf mir hoch. Rahj ist nicht hier, er wurde rausgeschleudert.« So weit er konnte, beugte Arlyn sich vor, streckte die Hand aus. Der Geruch von Blut hing in der Luft und er sog erschrocken den Atem ein. »Nimm meine Hände, ich ziehe dich raus.«

»Das wird nichts«, meinte Dravo und Arlyn konnte ein schiefes Lächeln erkennen. »Ich ziehe dich eher herein.« Arlyn musste unwillkürlich lächeln.

»Warte es ab«, antwortete er, spannte die Arme an, umfasste Dravos Unterarme und sandte die Magie unter seinen Körper.

»Götter!«, stieß Dravo aus, erstarrte erschrocken, als die Luft sich unter ihm verdichtete und er von der Magie angehoben wurde. Kräftig zog Arlyn, bis der Oberkörper in der Türöffnung erschien. Energisch packte er zu, ergriff ihn am Hosenbund und zog ihn neben sich.

»Warte einen Moment«, befahl er, ließ sich selbst hinab gleiten und griff nach Dravo, zog ihn vorsichtig zu sich herab. Stöhnend sank Dravo neben der Kutsche zu Boden.

»Dein Bein ist gebrochen«, erkannte Arlyn sofort bestürzt. Sein Blick huschte forschend über Dravos Gestalt, fand ein paar kleinere Blutspuren von Schrammen oder Schnitten, jedoch nichts schwerwiegendes. Seine Magie würde ihn rasch heilen können.

»Die Götter gaben dir ihr Licht«, stieß Arlyn erleichtert aus und fragte beklommen nach: »Wo ist Rahj?«

Ächzend kam Dravo in eine aufrechte Position und besah sich das gebrochene Bein missmutig, hielt sich stöhnend den Kopf. »Ich weiß nicht. Er wurde irgendwann raus geschleudert. Es ging alles so schnell. Bei der Hölle der Niederen, was ist geschehen?«

»Kinsan ist sehr schwer verletzt«, erklärte Arlyn. »Ich muss mich zuerst um ihn kümmern, er könnte sonst sterben. Mit deinem Bein kannst du nicht nach Rahj suchen, also bleib hier. Ich kümmere mich sogleich darum.«

»Geh! Kümmere dich um Kinsan. Ich lebe und du lebst.« Mit verzerrtem Gesicht nickte er ihm zu, begann nach Rahj zu rufen, während Arlyn zurück zu Kinsan eilte.

Ein schwacher Ruf antwortete. Also war auch Rahj noch am Leben. Hoffentlich nicht zu schwer verletzt. Zunächst brauchte jedoch Kinsan seine Hilfe, die inneren Verletzungen waren schwerwiegend.

»Hoheit!« Über ihm tauchte unvermittelt eine Gestalt auf. Dravos Wache, Sirw. Hastig kam er den Abhang hinab, das Schwert in der Hand und Besorgnis im Blick.

»Seid Ihr unverletzt, junger Herr? Wo ist Seine Hoheit?«, rief er ihm entgegen, rutschte das letzte Stück auf dem Hintern zu ihm.

»Ja, und auch Dravo lebt«, stieß Arlyn aus, als er sich neben Kinsan kniete, ihn vorsichtig herumdrehte. »Was ist eigentlich passiert?«

»Ich weiß es nicht genau«, stieß Sirw atemlos aus, sah sich suchend um, während Arlyn die Hände auf Kinsans Brust legte, die Magie hineinsandte. »Da war plötzlich ein zischendes Geräusch. Etwas Großes stieß zwischen den Bäumen hervor und warf die Kutsche um. Jemand hat uns angegriffen. Der Kutscher ist vom Bock gestürzt und Malarg ging neben mir zu Boden. Eins der Pferde brach zusammen und die anderen gerieten in Panik. Ich habe mich geduckt und vom Pferd ins Gebüsch fallen lassen. Dann sah ich nur, wie die Kutsche umstürzte, auf den Hang geriet. Die Deichsel brach und die Pferde galoppierten davon.«

Arlyn nickte, vernahm die Worte, während seine Hände über Kinsan glitten und er die Magie suchend durch jeden Bereich gleiten ließ. Gebrochene Knochen, zwei verletzte Rippen, die Niere gequetscht und gerissen, der Arm mehrfach, der Fuß einfach gebrochen, zerrissenes Gewebe überall, die Lunge war ebenfalls verletzt. Bei den Göttern, das waren so viele Blutungen und Quetschungen. Die Kutsche musste direkt über ihn gerollt sein,

»Dravo ist leicht verletzt. Er liegt bei der Kutsche!«, erklärte Arlyn. »Ich kümmere mich gleich um ihn. Bitte sucht nach Rahj. Ruft mich, wenn Ihr ihn gefunden habt und er verletzt ist. Ich kann ihn heilen.«

Tief holte er Luft und ließ die Magie wirken.

Sir sprang auf, blieb jedoch abrupt stehen und starrte ihn verblüfft an.

»Was tut Ihr da, junger Herr?«, fragte er perplex, als die Wunde an Kinsans Stirn sich schloss, das Blut versiegte.

»Ich heile ihn. Findet Rahj. Er könnte verletzt sein. Worauf wartet Ihr noch? Ich kümmere mich um Kinsan. Und dann suchen wir Malarg. Wenn er noch lebt, kann ich ihm ebenfalls helfen.« Fassungslos starrte Sirw ihn an, nickte abrupt und riss sich endlich von dem Anblick los.

»Arlyn! Rahj lebt, er ist jedoch verletzt und eingeklemmt. Ich brauche Hilfe«, erklang von unten Dravos Stimme.

»Ich komme, Hoheit!«, rief Sirw und eilte weiter.

Arlyn konzentrierte sich ganz auf die Heilung. So viele Verletzungen. Es war nicht einfach, den Körper dazu zu bewegen, sich selbst zu heilen. Abermals hörte er Stimmen hinter sich, konnte nicht darauf achten, bewegte die Hände, um den gebrochenen Arm zu richten. Alle seine Sinne waren auf Kinsan gerichtet, die Magie musste sorgfältig gelenkt werden, wenn er nicht vorsichtig genug war ...

»Sirw! Rahj! Wir werden angegriffen!«, brüllte Dravo plötzlich. Arlyn zuckte zusammen und blickte erschrocken hoch. Mehrere Gestalten kamen zwischen den Bäumen hervor, Schwerter oder Messer blitzten.

Götter! Seine Hände lagen noch auf Kinsan, die Magie umhüllte ihn mit ihrem sanften, warmen Schimmer. Dort unten waren viel zu viele Männer und Dravo war verletzt! Er musste zu ihm, er musste ihm helfen, doch er konnte Kinsan jetzt noch nicht alleine lassen. Noch war er zu schwer verletzt, die Heilung nicht genügend voran geschritten.

Unter seinen Händen schloss sich der Bruch, verheilte Knochen um Knochen, viel zu langsam. Magie durchdrang jede Nervenbahn, beschleunigte das Wachstum des Knochens, schloss Blutbahnen, reparierte zerrissenes Gewebe. Schneller, es musste rasch heilen, er musste zu Dravo.

Neben ihm rollte ein Stein den Abhang hinab und ruckartig hob er den Kopf. Kälte überzog ihn, ließ ihn erstarren, das Herz stoppte, jagte stolpernd wieder los.

»Da ist er. Holt ihn euch!«

Bei der Hölle der Niederen, drei Männer. Und sie kamen auf ihn zu.

84 Kapitel

Der Kampf in der Senke

Zischend holte Arlyn Atem, ohne die Hände von Kinsan zu nehmen, ohne den Fluss der Magie zu unterbrechen. Wer waren diese Männer? Was wollten sie? Hatten sie womöglich den Absturz verursacht?

Hinter ihm in der Senke erklangen Rufe und Kampfgeräusche, doch sein Blick hing an den drei Männern fest, die sich ihm näherten, ein hämisches Grinsen auf den Lippen, die Schwerter gezogen.

»Dort sind sie. Tötet die Königssöhne. Sucht den Lanjin. Er will nur den Lanjin lebend!«, rief jemand.

»Hier ist er, wir bringen ihn runter«, rief einer der Männer, die sich Arlyn näherten.

»Arlyn! Wagt es nicht, ihn anzurühren!«, brüllte Dravo von unten, gefolgt vom Klirren der Schwerter. Verzweifelt versuchte Arlyn seine Magie stärker wirken zu lassen, die Heilung zu beschleunigen. Wenn er jetzt abbrach, würde Kinsan womöglich an den inneren Blutungen sterben, er konnte die Gefäße nicht alle sofort schließen, er brauchte Zeit. Die er nicht hatte.

Kinsan bewegte sich, stöhnte schmerzerfüllt. Schneller, heile schneller, beschwor Arlyn den Körper, blickte immer wieder hastig hoch, wagte nicht, den Kopf zu drehen, um zu sehen, was unten vor sich ging. Die drei Männer hatten sich aufgeteilt. Einer näherte sich ihm von vorne, die anderen beiden bewegten sich seitlich, wohl, um ihn von allen Seiten einzukreisen. Der Mann, der direkt auf ihn zu kam, war groß, hatte harte, graue Augen und mehrere Narben im Gesicht. Triumphierend wurde sein Lächeln, als er näher kam, das Schwert senkte, weil er ihn wohl für leichte Beute hielt.

Für einen Moment sah er ein anderes Gesicht, dieselbe Gier darin, lustverzerrt, spürte harte Finger sein Kinn umklammern, Schmerz ihn erfüllen. Hastig rang er nach Luft, blinzelte, verdrängte die Bilder.

Das war er nicht, konnte er nicht sein. Er hatte ihn getötet. Der widerliche Gestank hing dennoch in seiner Nase, unter den Knien schien ein harter Fußboden zu sein. Die Angst presste ihm den Brustkorb zusammen. Die wilde Magie regte sich, sammelte sich in der Tiefe, geballte Kraft, der er nur nachgeben musste.

»Was für ein Hübscher. Kein Wunder, dass er dich für sich haben will«, raunte der Mann begehrlich. Nur noch eine Manneslänge, dann war er heran. Rasch schloss Arlyn die Lider, behielt den Fluss der Magie bei, während er die Finger der linken Hand ein wenig anhob und die Magie in das Erdreich zu Füßen des Mannes sandte. Jedes bisschen Feuchtigkeit zog er zusammen, brachte es dicht unter die Oberfläche. Gleich war der Mann heran, gleich würde er …

Ein überraschtes Keuchen. Arlyn riss die Augen auf, erhaschte einen Blick auf ein perplexes Gesicht, als der Boden unter dem Mann plötzlich wegrutschte, der Fuß auf dem schlammigen Untergrund keinen Halt fand und er stürzte. Dicht an Arlyn vorbei schlitterte er fluchend den Abhang hinunter.

Wo waren die anderen? Oh nein, sie kamen näher und noch immer war Kinsans Heilung nicht abgeschlossen. Und was war mit Dravo? Nur ganz kurz riskierte Arlyn einen Blick nach unten, entdeckte die Brüder an der Kutsche, wo sie sich zusammen mit Sirw gegen eine Gruppe von Angreifern wehrten. Trotz seines gebrochenen Beins stand Dravo, ließ das Schwert wirbeln.

Es waren zu viele, lange würden sie der Übermacht nicht standhalten können. Er musste etwas unternehmen. Verzweifelt sah er sich um, entdeckte ein Stückchen weiter ein längeres, hölzernes Bruchstück von der Kutsche. Eine Waffe. Wenn er schnell genug hingelangen konnte.

»Komm her, hübscher Lanjin. Wir wollen dich doch nicht verletzen.« Einer der anderen Männer streckte süffisant grinsend die Hand aus.

Arlyns Puls jagte, jede Faser seines Körpers spannte sich an. Er hörte den Ruf, er spürte das Drängen. Es war ganz einfach sie zu töten, nur eine Handbewegung. »Töte sie, lass sie dich nicht erreichen«, wisperte es in ihm, die Magie zerrte an viel zu dünnen Ketten. Hin und her gerissen, zwischen dem Wunsch, die wilde Magie freizulassen, die Männer zu vernichten, Kinsan zu retten und Dravo und Rahj beizustehen, schaute sich Arlyn hektisch um. Was sollte er nur tun?

Die Hände wollten von Kinsan gleiten, die wilde Magie wurde immer heißer, versuchte, die sanfte, heilende Magie zu verdrängen. Das durfte er nicht zulassen, gleich war es geschafft, gleich würde Kinsan wieder atmen. Nur noch ein bisschen.

»Du kannst nichts mehr für ihn tun«, sagte der Mann, der am dichtesten war. Den anderen nahm Arlyn lediglich im Augenwinkel wahr, wusste ihn rechts von sich. Dort, wo auch das Holzstück lag. Unerreichbar.

Nein, das war es nicht. Er konnte ... Fest drückte er die linke Hand auf Kinsans Brust, streckte die rechte ruckartig zur Seite aus. Er musste nicht hinsehen, er spürte die Magie aufflammen, das Holzstück finden und umfassen. Die Luft zu verdichten, ihr Richtung und Geschwindigkeit zu geben, war eine der leichtesten Übungen. Noch ein wenig Magie in Kinsans Lunge, dann ...

Kinsan hustete, rang gierig keuchend nach Luft, riss die Augen in dem Moment auf, als Arlyns Hand das Holzbruchstück auffing. In einer fließenden Bewegung sprang Arlyn auf, schwang es herum und traf den verblüfften Angreifer hart an der Hüfte. Die Wucht schleuderte ihn zu Boden, prellte ihm das Schwert aus der Hand und sandte ihn den Abhang hinab.

»Bei der Hölle der Niederen!«, stieß der andere Mann aus, riss sein Schwert hoch und sprang auf Arlyn zu. Zu langsam. Der improvisierte Stock traf sein Knie, er verlor den Halt und stürzte, rutschte indes nur ein kleines Stück und rappelte sich schnell wieder hoch.

»Arlyn!« Dravos Stimme gellte heran und Arlyn riskierte einen weiteren Blick. Erschrocken keuchte er auf. Dravo kämpfte wie besessen gegen die Angreifer, die ihn von allen Seiten bedrängten. Rahj war mit dem Rücken zur Kutsche zurückgedrängt worden, der eine Arm schien verletzt, hing schlaff herab und er versuchte dennoch, die Hiebe abzuwehren.

Götter, er musste ihnen helfen. Sofort!

»Das war dumm und nutzlos«, sagte der Mann, kam deutlich vorsichtig näher. Die anderen beiden kletterten den Hang wieder zu ihm hinauf.

»Leg den Stock weg oder ich werde dir wehtun müssen.« Arlyn riss die Augen auf. Die Worte dröhnten in seinen Ohren, erzeugten ein flackerndes Bild, gaben der Stimme eine andere Klangfarbe. Grausame Augen stierten ihn an. In der schweißfeuchten Hand lag ein Stuhlbein. Er war in der Hütte und dieser Mann würde ihn wieder ...

Binnen eines Lidschlags entzündete sich die Magie, Hass fachte sie zu heißer Glut an, ließ sie wie eine Flutwelle anschwellen. Arlyn wollte schreien, wollte die Angst vor sich selbst, sein Entsetzen in dieses fremde und irritierend vertraute Gesicht brüllen. Doch kein Ton verließ seine Lippen, nur die Magie tobte heftiger in ihm, zerrte an ihm, raste funkensprühend durch seine Adern. Er würde die Kontrolle verlieren. Er wusste es. Und Farjins Ruf wurde zu einem Lachen.

Nein!, schrie Arlyn tonlos, doch der Schrei ging in dem Toben der Magie unter. Sein Körper bebte, das Herz schien zu explodieren. Dunkle Schlieren wollten ihm die Sicht nehmen. Verzweifelt blinzelte er, versuchte die Kontrolle über sich und seine Magie zurück zu erlangen.

Hasse! Forme den Hass, balle ihn in dir, entzünde ihn. Wehre dich! Töte!

»So ist es brav. Gib mir den Stock«, wisperte eine schattenhafte Gestalt, streckte die Finger nach ihm aus. Arlyn konnte nicht atmen, sich nicht mehr rühren, die Magie brannte auf der Haut, entzündete die Fingerspitzen. Nur flüchtig streiften fremde Finger Arlyns Arm, da brach die Magie ungezügelt frei, loderte gleißendgrell hervor, riss ihn von den Beinen und schleuderte ihn im hohen Bogen davon. Mit gebrochenen, verdrehten, zerschmetterten Knochen blieb er reglos liegen.

Gellend schrie er auf, wirbelte herum. Um ihn loderte die Magie heiß, raste unkontrolliert entfesselt, wie ein gewaltiger Sturm. Die anderen Männer waren stehen geblieben, starrten ihn entgeistert an. Wie unter fremdem Einfluss hob Arlyn die Hände, streckte sie aus, obwohl er verzweifelt versuchte, sie zu senken, die Magie zurückzudrängen. Zu spät, er hatte die Kontrolle verloren.

So ist es richtig. Vernichte sie. Töte sie! Nutze deine Gabe. Wandle den Hass in Magie. Eine vertraute Stimme lobte ihn, das Blut rauschte hingegen so laut in seinen Ohren, dass er nicht sicher war, woher sie kam. Die Magie durchströmte ihn, gab ihm Kraft, nahm ihm die Angst, machte ihn unbesiegbar. Niemand fasste ihn ungestraft an. Niemand tat ihm weh. Er würde es ihnen heimzahlen, er würde sie alle töten, sie würden bezahlen, für alles, was sie ihm angetan hatten. Er würde sie vernichten.

»Arlyn!« Jemand rief gellend seinen Namen, brüllte ihn durch den Sturm, dem Tosen der entfesselten Magie, dem Lärm anderer Stimmen, dem Klirren von Schwertern, Schmerzensschreien hindurch. »Arlyn!«

Dravo! Syrlvan! Beide Namen schossen durch Arlyns Kopf, wie ein heller Blitz in der beginnenden Dunkelheit. So blendend hell, dass er sich des tiefen Abgrunds plötzlich gewahr wurde, der im Dunkeln verborgen lag. Nein! Er durfte Farjins Ruf nicht folgen, er würde stürzen und fallen, sich selbst verlieren.

Taumelnd stolperte Arlyn rückwärts und zog die Hände augenblicklich zurück. Die beiden Männer starrten ihn noch immer aus schreckgeweiteten Augen an, wichen ihrerseits zurück, strauchelten und versuchten, so rasch wie möglich vor ihm zu fliehen, wandten sich um und rannten zu den anderen Kämpfern.

Götter, wenn Dravos Stimme nicht gewesen wäre … Schaudernd rieb Arlyn sich über die Arme. Abermals hatte er getötet.

»Arlyn!«, schrie Dravo erneut und ruckartig hob der den Kopf, erblickte ihn sofort. Dravo kniete auf dem verletzten Bein, konnte den gebrochenen Unterschenkel nicht länger belasten und wehrte sich verzweifelt gegen zwei Männer. Unweit entfernt kämpfte Sirw gegen weitere Angreifer und Rahj wurde gleich von drei Männern bedrängt, verlor just in dem Augenblick das Schwert und riss schützend den Arm hoch.

Arlyn zischte auf, sah das Schwert aufblitzen, welches Rahjs Kopf spalten würde und hob instinktiv die Hände. Die Magie schoss weißleuchtend hervor, einem Feuerstrahl gleich und riss dem Angreifer das Schwert aus der Hand, schleuderte es weit davon. Rahj nutzte die Überraschung aus, trat dem Mann kräftig in den Magen und versetzte einem anderen einen Fausthieb.

So schnell er konnte, rannte Arlyn den Abhang hinab. Er musste helfen, es waren zu viele, weder Dravo noch Rahj oder Sirw hatten eine Chance gegen diese Übermacht.

Rahj brüllte, wehrte einen weiteren Hieb ab, indem er abtauchte, dem Angreifer den Ellenbogen wuchtig gegen den Hals rammte. Röchelnd ging dieser zu Boden. Für einen Moment war Rahj ungeschützt und der linke Angreifer erkannte seine Chance, stieß ihm das Messer in den erhobenen Arm.

»Nein!« Noch im Laufen raste Arlyns Magie heran, riss dem Mann das Messer aus der Hand und brach ihm das Handgelenk. Entsetzt schreiend hielt er sich den Arm. Dann war Arlyn heran, trat gezielt nach dem Oberschenkel des nächsten, der völlig verblüfft zur Seite wich. Keuchend quittierte er Arlyns Tritt, stürzte zu Boden, war im nächsten Augenblick jedoch schon wieder auf den Beinen und schlug mit dem Schwert nach Arlyn. Hastig wich er zurück, riss seine improvisierte Waffe hoch, entging blitzschnell einem weiteren Hieb und landete einen Stoß, der den Mann von den Füßen riss.

Die Magie hob ihn hoch, schleuderte ihn mitten zwischen die Männer, die Sirw bedrängten, sodass die Wache kurzfristig Luft bekam. Augenblicklich fällte Sirws Schwert einen der Kämpfer und er wirbelte herum, zerschnitt einem weiteren mit dem Messer in der anderen Hand die Kehle.

Dravo! Gleich einer gewaltigen Peitsche knallte die Magie zwischen ihn und seine Angreifer, schleuderte sie bis zu den Bäumen zurück, wo sie schmerzhaft aufkamen.

Hektisch schaute Arlyn sich um. Dravo war zu Boden gesackt, blutete aus einer Wunde am Arm, war jedoch gerade nicht in Gefahr. Dafür rappelte sich ein großer Mann vom Boden hoch, wirkte zwar etwas verwirrt, stürzte sich jedoch sofort auf Arlyn.

»Nicht den Lanjin, Gerfo!«, brüllte jemand aus Sirws Richtung und der große Mann vor Arlyn zögerte. Das war ein Fehler. So hart er konnte, schlug Arlyn mit dem Holzstück zu, welches mit einem dumpfen Laut an der Brust des Mannes barst, ihn taumeln ließ. Mit der Magie stieß Arlyn nach vorne, versetzte ihm einen weiteren Stoß, der ihn weiter zurück schleuderte und ihn keuchend, sich die Brust haltend, zu Boden warf.

Rasch wirbelte Arlyn herum, die Hände erhoben.

Der Mann mit dem gebrochenen Handgelenk, griff mit der gesunden Hand nach dem Messer, doch Rahj stieß es rechtzeitig mit dem Fuß davon und schlug dem Mann die Faust ins Gesicht. Gurgelnd fiel dieser um und Rahj bückte sich, ergriff sein Schwert und wehrte in einer schnellen Bewegung den Angriff des verbliebenen Mannes ab.

Hastig blickte Arlyn sich um, das Herz raste und all seine Sinne waren angespannt, die Magie wie ein Pfeil auf der Sehne, den er nur fliegen lassen musste. Dravo stieß dem letzten Angreifer das Schwert in den Unterleib, rief ihm zu: »Arlyn! Hilf Sirw!«

Sofort wirbelte Arlyn herum. Wo war er? Bei allen Göttern, einer der Angreifer hatte ihn überwältigt, hielt ihn fest von hinten gepackt, während er sich heftig wehrte und nach ihm trat. Ein weiterer Mann hob sein Messer, um es Sirw in den Leib zu rammen. Mit einem vernehmlichen Knacken, brach die Magie ihm den Arm. Gellend schrie er auf, hielt sich den Arm, taumelte zurück zwischen die anderen. Sirw nutzte den Moment der Überraschung, stieß dem Mann, der ihn festhielt, den Ellenbogen in die Rippen. Grunzend aufkeuchend ließ dieser ihn endlich los. Verwirrung machte sich breit, einige ließen vom Kampf ab, starrten abwechselnd den jammernden Mann an und Sirw, der nun mit zwei Messern in den Händen, aus zahlreichen Wunden blutend nach Atem rang.

Leider hielt die Überraschung nicht lange und sie griffen wieder an. Gerade wollte Arlyn ihm zu Hilfe eilen, da stieß hinter ihm Rahj einen wütenden Schrei aus und er schoss herum, hieb mit der Magie nach dem letzten Angreifer, der Rahj zu überwältigen drohte. Hoch in die Luft riss sie ihn und weit genug weg. Erleichtert stieß Rahj die Luft aus, rappelte sich mühsam hoch. Doch Arlyn wartete nicht ab, wandte sich schnell wieder um, nur um zu sehen, wie Sirw inmitten der Kämpfer kniend, das Schwert hob, einen weiteren Hieb abwehrte.

Verdammt, es waren zu viele um ihn. Arlyn zögerte, wusste nicht, wie er eingreifen sollte, ohne Sirw zu verletzten. Wenn er seine Magie entsandte, würde er auch die Wache treffen. Viel zu schnell war einer der Angreifer über Sirw, zog ihm blitzschnell das Messer über die Kehle. Ein entsetzlich gurgelnder Laut entkam ihm, rotes Blut schoss aus der durchtrennten Kehle und er kippte nach vorne, blieb reglos liegen.

»Nein!« Arlyns entsetzte Stimme gellte schrill über die Kämpfenden hinweg und er stürzte auf die Männer zu. Er musste zu Sirw, er konnte ihn retten, wenn er schnell genug war. Jemand griff von hinten nach ihm, versuchte ihn just in dem Moment zu packen und zerrte ihn zu Boden. Die Berührung war wie ätzende Säure und Arlyns wilde Magie brach augenblicklich frei, als ob sie nur darauf gewartet hätte. Die Hände umklammerten kaum die Knöchel, da loderte die Magie grell rotgolden auf, fuhr in den Körper des Mannes, ließ ihn in Flammen aufgehen.

Arlyn rollte herum, sprang hoch und hob die Hände. Nicht diese Magie! Er durfte sie nicht anwenden. Farjin würde ihn finden, ihn aufspüren. Diese Magie war tödlich.

»Arlyn!«, schrie Dravo entsetzt, doch längst war in Arlyn ein rasender Feuersturm entfesselt worden, der nur eins wollte: Töten und vernichten.

Töte sie! Zerschmettere sie, benutze deine Gabe. Lass endlich deine Magie frei!

Rotglühend umtoste Arlyn die Magie, hüllte ihn in einen wirren Wirbel aus gleißendem Licht und Hitze, als ob er im Zentrum eines gewaltigen Wirbelsturms aus Magie gefangen wäre. Ganz am Rande erkannte er, das Dravo sich vorwärts schleppte, die Hand nach ihm ausgestreckt.

»Nein! Arlyn, nicht!«, rief er, doch Arlyn vernahm ihn durch das Tosen nur wie von sehr weit weg. Die Magie füllte ihn aus und plötzlich fühlte er sich ganz ruhig, ihre Stärke besänftigte sein Herz, löschte jede Angst. Es war ganz einfach, sich ihr zu überlassen. Wer sollte ihn daran hindern? Wozu dagegen kämpfen? Dies war seine Macht, dazu war er erschaffen worden. Alles, was er tun musste, war sie zu lenken und freizugeben.

Dort lag Sirw, die gebrochenen Augen schauten ihn anklagend an. Wenn er seine Magie nur ein wenig früher genutzt hätte … Es war sein Verschulden. Diese Männer hatten ihn getötet. Sie hatten Kinsan und Rahj verletzt, ebenso Dravo. Sie hatten sie angegriffen, sie verdienten den Tod. Hass loderte in ihm auf. Gleißend hell, schmerzend, schnitt in seinen Geist und überlagerte endgültig Denken und Fühlen.

Vier Männer näherten sich ihm zögernd, die Waffen erhoben und Arlyn stand ganz still, spürte Stärke in sich, fühlte die enorme Macht, die ihm zur Verfügung stand. Keine Angst, keine Hilflosigkeit, er musste nichts und niemanden fürchten. Diese Magie war die seine und er würde sie lehren, was es bedeutete, ihn anzugreifen.

Langsam hob er die Hände. Und er lächelte hämisch.

85 Kapitel

Syrlvan

In dem einen oder anderen Gesicht flackerte Misstrauen, während die Männer sich näherten. Die Magie schlich um ihn wie ein hungriges Tier, bereit zuzuschlagen, sobald er die Leine lockerte. Sollten sie ruhig näher kommen, er wollte das Entsetzen in ihren verhassten Gesicher sehen, wenn er sie tötete. Jeder von ihnen hatte es verdient. Für alles, was sie ihm angetan hatten. Jetzt würde er sie büßen lassen.

»Rahj! Bleib zurück!« Eine Stimme, die er kannte, doch so weit weg und unwirklich. Die Bedeutung der Worte entzog sich ihm. Nichts war von Bedeutung, nur der Tod dieser Peiniger. Wie er sie hasste, jeden von ihnen.

»Dravo, sie sind zu viert! Er braucht Hilfe.«

»Ich sehe es. Geh nicht näher. Bei den Göttern, bleib weg von ihm!« Ein wütend klingendes Stöhnen, welches in einen zornigen Schmerzlaut überging.

Die vier Männer zögerten, die Schwerter halb erhoben, maßen sie den Stimmen weit mehr Bedeutung bei als er selbst.

»Worauf wartet ihr noch?«, rief hinter ihnen ein weiterer Mann, wischte sein blutiges Messer an der Leiche ab. »Nehmt endlich den Lanjin und tötet die beiden. Ich kümmere mich um den dritten.«

»Arlyn! Lass ihn nicht gewinnen, wehre dich. Kles, befreie dich von ihm!«, vernahm er die Stimme, die plötzlich zu einem Gesicht und Namen gehörte. Dravo. Wo war er?

»Rahj! Rette Kinsan. Aber komm Arlyn nicht zu nahe.«

Kinsan, Rahj. Die Namen kannte er. Götter, natürlich. Arlyn wandte den Kopf, erhaschte einen Blick auf den Diener, der sich mühsam aufgerichtet hatte, verwundert auf das Blut an seiner Kleidung starrte. Das Bein war noch verletzt, der Knochen im Mittelfinger. Und die linke untere Rippe musste er noch richten. Zu früh hatte Arlyn die Magie abziehen müssen. Er erinnerte sich.

Benommen schüttelte er sich, starrte die vier Männer an, deren Gesichter ihm plötzlich fremd erschienen.

»Arlyn, nicht.« Wieder Dravo. Warum wollte er ihn hindern, diese Macht freizusetzen? Sie waren Feinde, sie wollten sie töten. Sie hatten den Tod verdient.

So ist es richtig, raunte Farjins Stimme in seinem Kopf. Erinnere dich. Du kennst sie. Jeden von ihnen. Denk daran, was sie dir angetan haben.

Blinzelnd versuchte Arlyn zu fokussieren. Oh ja, er wusste, wie sie ihn ansahen, wie sich ihre Gesichter vor Lust verzerrte. Er kannte ihr Stöhnen, ihren widerlichen Geruch, ihr Lachen, ihre Stimme.

Schüre den Hass in dir. Webe ihn in deine Magie, entzünde sie, lege all deinen Hass, all deine Macht hinein. Lenke sie, jetzt töte sie alle. Du kannst es, du hast die Macht dazu. Nutze deine Gabe, dazu wurdest du erschaffen, flüsterte Farjin, immer lauter werdend.

Der fremdartige Druck im Kopf wurde plötzlich stärker, versuchte, seinen Willen immer mehr zu verdrängen. Fordernder, gieriger, zerrte er an ihm, verlangte die völlige Kontrolle über diese tödliche Macht. Verloren stand Arlyn in dem Tosen der gewaltigen Magie, die einem Tornado gleich um ihn wirbelte, in dessen Auge er war. Nur noch ein Schritt und sie würde ihn mit sich reißen. Diese Magie unterschied nicht nach Freund oder Feind, sie tötete alle. Gnadenlos.

Jemand schrie. Rahj? Dravo? Es war so schwer, durch das Brüllen der Magie andere Worte zu verstehen außer denen in seinem Kopf. Klare Befehle. Töte sie. Vernichte sie. Worauf wartest du?

Leise darunter rief jemand seinen Namen. Beschwörend, flehend. Kaum hörbar und doch eine Stimme, der er zuhören, die er sehnsüchtig laut und klar vernehmen wollte.

Tue es nicht. Verliere dich nicht. Das bist nicht du, Arlyn. Schau dich um, schau mich an, wisperte sie zunehmend eindringlich in ihm.

Töte! Farjin heulte wütend auf. Schmerz jagte durch Arlyns Kopf, brachte ein Wimmern über seine Lippen.

Behutsam, so liebevoll, die Berührung der Finger. Arme, die ihn hielten, Hände, die ihn streichelten, Lippen die ihn voll inniger Zärtlichkeit küssten. Ein Blick, der ihn ob seiner Intensität fesselte. Syrlvan rief ihn fort vom Abgrund. Eindringlich und voller Liebe.

Nein! Lass die Magie frei, lass dem Hass freien Lauf. Glühende Nadeln bohrten sich in seine Stirn, sein Kopf viel zu schwer, jede Bewegung unendlich schmerzvoll. Die Hände zitterten immer stärker.

Mühsam wandte Arlyn den Kopf, zwang sich dazu, den Blick von den Männern zu nehmen.

Töte sie endlich, nutze deine Gabe! Farjin tobte, schrie, verstärkte seinen Zugriff.

Blinzelnd nahm Arlyn wahr, was geschah. Dort war Kinsan, blickte verwirrt zu einem Mann auf, der mit dem Messer in der Hand vor ihm stand. Rahj brüllte, rannte heran, gerade als der Mann sich vorbeugte, Kinsan das Messer in den Hals stieß. Lautlos brach der Diener zusammen.

Arlyns Magie schoss heran, pulverisierte Messer und Hand. Der Mann stieß einen schrillen, entsetzten Schrei aus, starrte fassungslos auf den Armstumpf, aus dem das Blut tropfte.

»Kinsan!«, stieß Arlyn fassungslos hervor. Der Mann hatte Kinsan getötet. Endlich erreichte Rahj den Mann, stieß ihn von Kinsan zurück.

Zu spät!, lachte Farjin. Viel zu spät. Deine Schuld. Du hättest ihn töten sollen, als ich es dir befahl, Arlyn. Du solltest tun, was ich dir sage.

»Nein!«, schrie Arlyn, machte zwei Schritte nach vorne und verhielt. Da war so viel Blut, so viele zerstörte Knochen. Noch immer spürte er den Heilungsprozess, das sanfte Vibrieren, die Wärme seiner Magie. Und nun war Kinsan tot.

Rahj stürzte brüllend mit dem Mann den Hang hinab, der ihn jedoch von sich stieß, sich den Arm hielt und rasch zurückwich. Mit der anderen Hand zog er sein Schwert, bereit auch Rahj zu töten. Zudem waren die anderen Männer noch näher gekommen, starrten Arlyn zweifelnd an, die Waffen dennoch erhoben.

Blut. Alles voller Blut. Es war um ihn, stieg wie roter Nebel auf, umhüllte seinen Geist, drohte ihn zu ersticken. Seine Schuld. Kinsans Tod, Sirws, sie waren seinetwegen gestorben, und nun würde Rahj sterben. Verzweifelt sackte er in sich zusammen und prompt fühlten die Männer sich ermutigt, kamen rasch näher.

Du hast versagt, flüsterte Farjins Stimme höhnisch. Sie werden alle abschlachten, die dir etwas bedeuten. Handle endlich.

Rahj stieß einen gellenden Schrei aus und brach in die Knie. Der Angreifer hatte seine Deckung durchbrochen und das Schwert bohrte sich tief in Rahjs Oberschenkel. Sofort zog es wieder heraus und hob es über seinen Kopf. »Nun werdet ihr sterben, Hoheit! Grüßt die Niederen von mir.«

Synchron mit Arlyn schrie Dravo auf. Das Schwert schoss herab und Arlyn spürte zugleich einen harten Griff am Arm. Und die Magie brach frei.

»Zu Boden, Rahj! Zu Boden!« Dravo warf sich ins Gras, schlug die Arme über den Kopf.

Wie eine gewaltige Feuersbrunst raste Arlyns entfesselte Magie los, brach aus ihm hervor, pulverisierte Rahjs Angreifer, zerfetzte die zwei Männer, die nach ihm greifen wollten, zerriss die anderen, erfasste jeden der Angreifer und riss ihre Leiber auseinander. Blut. Es war überall, die Luft, erfüllt von den feinen, roten Tropfen, dampfte vor Hitze, umhüllte Arlyn mit einem wirbelnden roten Nebel.

»Arlyn, mein Meisterschüler!« Klar und deutlich vernahm er Farjin, lenkte die Magie gegen jeden Schemen, ließ sie weiter rasen, die umstehenden Bäume erfassen und fällen.

Völlig lautlos schrie Arlyn. Er hatte die Kontrolle verloren. Dies war nicht mehr seine Magie. Er konnte nichts mehr tun, war hilflos gefangen in seinem eigenen Körper. Farjin lenkte sie. Es war seine Magie. Er würde sie ihm nehmen und zu seiner machen. Oh Götter, nein!

Die Magie brach abrupt ab, ihr Feuer erlosch, zitternd sanken Arlyns Hände herab und er fiel auf die Knie. Es war nicht vorbei.

Farjins Magie drang in ihn ein, suchte sich den Weg tiefer, forschend und unersättlich. Magische Finger bohrten sich in seine Seele, rissen an ihm, wühlten, zerrten rücksichtslos sein Innerstes hervor. *Gib mir alles*, verlangte Farjin, *gib es mir jetzt.*

Verzweifelt heulte Arlyn auf, kämpfte gegen die gierigen Hände, schlug nach ihnen. Nein, nein, nein! Er zog sich zurück, umgab sich mit einem letzten, viel zu zerbrechlichen Schutzkreis und kauerte sich zusammen.

Arlyn!

Woher kam das? Wer konnte ihn hier erreichen, wo niemand hinkam?

»Arlyn, wehre dich! Kämpfe!«

Syrlvans Stimme. Sein Beschützer.

Nein! Es gibt ihn nicht, zischte jemand anderes. *Nur ein Mensch. Zu schwach. Keine Magie.*

Alleine, hilflos, schutzlos, völlig ausgeliefert. *Gib ihn mir*, forderte Farjin, riss immer brutaler an Arlyns letztem Schutzring. Wie ein geiferndes Tier, rasend vor Gier und Wut, sprang Farjins Magie gegen diese Wand, grub die Krallen hinein, zerrte daran.

Grüne, geschlitzte Augen, scharfe Zähne in einem hässlichen Maul. Nicht einer, nein, viele. Er war umgeben von ihnen. Sie umkreisten ihn, er sah ihren Hass, die Wut in ihren Augen glimmen, roch den scharfen Geruch, hörte ihr lautes Knurren. Numions. So viele.

Die Furcht umklammerte ihn kalt, ließ ihn zittern. Sie würden seinen Schutz durchbrechen und ihn zerreißen. Ganz eng schlang Arlyn die Arme um sich, machte sich so klein es ging. Ganz tief in ihm, in diesem winzigen Kokon seines Selbst.

Syrlvan hilf mir, flehte er verzweifelt.

Farjin lachte verächtlich, eine winzig kleine Spur von Unsicherheit darin. Was soll er ausrichten? Unwürdig. Ein Mensch, seiner eigenen Gier verfallen.

Eine leise, eine sanfte Stimme wisperte seinen Namen, legte sich einem warmen Lufthauch gleich um die Schultern, hüllte Arlyn ein, umwob ihn mit Wärme und Zuversicht.

Ich bin da, ich schütze dich. Ganz gleich, was auch geschehen mag.

Dravos Stimme. Irgendwo da draußen, hinter den wilden Kreaturen. Hinter dem Hass, der Wut, der Verzweiflung.

Arlyn hob den Kopf.

Dravo, der auf ihn zutrat. Augen, die ihn liebevoll ansahen. Hände, die nach ihm griffen, die ihn zärtlich umfingen, Arme, die ihn bargen und festhielten. Die Numions heulten synchron auf, sprangen gegen Arlyns Schutz. Und prallten zurück.

Die Facetten seines Schutzes begannen bläulichweiß zu schimmern, ein Hauch Türkis darin, der immer stärker zu leuchten begann. Jaulend wichen die Bestien zurück.

Arlyns Haut begann in demselben Farbton zu glimmen und Farjin schrie zornerfüllt auf, wurde leiser und leiser, je mehr das Glimmen zu gleißendem Licht wurde.

Ich bin bei dir. Es ist vorbei. Komm zu mir, Arlyn.

Dravos Stimme. Sie umhüllte ihn mit einem ganz besonderen Schutz. Seine starken Arme wurden zu Wänden, sperrten Farjins Magie aus, trieben seine Geschöpfe zurück, verbannten sie in die Dunkelheit. Mit einem letzten Jaulen lösten sie sich in nebeligen schwarzen Rauch auf.

Und Arlyn schlug die Augen auf.

~ * ~

Als die Magie erlosch, richtete sich Dravo hastig auf. Verflucht, sein ganzer Rücken brannte, die Magie war wie flüssiges Feuer über ihn hinweggefegt. Reichlich verwundert, dass er noch lebte, blickte er sich um. Die Luft war seltsam warm, erfüllt von einem feinen, roten Nebel, der ihm die Sicht nahm. Ein vertrauter Geruch und ein eigentümlich bekannter, metallischer Geschmack lag auf seiner Zunge. Bei den Göttern, war das etwa … Blut?

Ein Nebel aus Blut. Arlyn hatte die Männer pulverisiert. Und Rahj? Rasch sah er sich um, versuchte durch diesen entsetzlichen Nebel mehr zu erkennen. Dort hinten lag jemand. War das Rahj? War er noch am Leben? Und Arlyn?

Erfolglos versuchte Dravo auf die Füße zu kommen, sein Körper wollte ihm nicht gehorchen, der gebrochene Unterschenkel schien in Flammen zu stehen, ätzende Säure sich bei jeder Bewegung hinein zu fressen. Bei der Hölle der Niederen, er musste hoch kommen und zu Arlyn.

Dort kniete er, den Kopf gesenkt, die Arme um sich geschlungen. So zerbrechlich und schutzlos.

»Arlyn!«, rief er, zwang sich mühsam hoch, versuchte die vielen Schmerzen zu ignorieren. Götter, ihm war schlecht und die Schwäche drohte ihn zu übermannen, aber er musste zu Arlyn. Er war in Gefahr, er spürte es ganz genau. Er brauchte ihn. Dies war noch nicht vorbei.

»Arlyn!«, rief er abermals, biss die Zähne zusammen und stöhnte dennoch, als er das verletzte Bein hinterher zog. Zur Hölle mit diesen Schmerzen. Schmerz tötet nicht, er macht dich nur langsam und vernebelt das Denken. Wehre dich dagegen, besiege den Schmerz. Oh wie gut er sich an Master Myrths Worte erinnerte.

Weiter, noch ein Schritt, noch einer. Der rote Nebel wurde lichter und er konnte sehen, dass ein merkwürdig blass grünlicher Schimmer Arlyn umgab. War dies Farjins Magie? Versuchte er sich Arlyn zu holen?

Dravo keuchte, fühlte mit einem Mal eine fremde Präsenz, die unwahrscheinlich mächtig war, sein Herz klein und ängstlich machte, ihn sich zu Boden werfen lassen wollte.

»Arlyn.«

Dravo vernahm seinen Hilferuf. Es war ein sehr eigentümliches Gefühl, die Stimme in sich zu vernehmen, die ihn mit einem fremden Namen rief. Dennoch wusste er genau, dass er es war, den Arlyn verzweifelt zu sich rief. Entschlossen ballte er die Fäuste, zog sich weiter vorwärts, zwang sich über Schmerz und Schwäche und den zunehmenden Widerstand jener fremden Macht hinweg weiter, gleich war er da, gleich hatte er ihn erreicht.

Seine Beine gaben nach, er stürzte, zog sich mit Händen und Armen weiter. Schemenhaft umgaben schwarze Schatten Arlyn, grüne Augen glühten auf, spitze Zähne blitzten. Der Schimmer der fremden Magie nahm zu und er hörte das Knurren, furchtweckende Laute, die ihn zittern ließen. Er gab nicht auf. Immer weiter.

»Arlyn«, wisperte er, richtete sich auf und endlich konnte er die Arme um ihn legen, ihn an sich ziehen. Das Knurren wurde lauter, er sah die

Bestien, sah, wie sie sie umkreisten, das zottelige Fell, den abgrundtiefen Hass in ihren Augen lodern. Noch enger drückte er Arlyn an sich. Wenn er nur ein Schwert hätte, er würde jede dieser Bestien erschlagen, die es wagten, seinen Kles anzugreifen.

Fort mit euch rief er, ohne die Lippen zu bewegen, schloss die Hand um ein Schwert, das nicht existierte. Ich bin sein Beschützer, ihr kommt nicht an mir vorbei.

Ein langgezogener und markerschütternder Schrei der Wut erklang und augenblicklich verschwammen die Schemen, lösten sich auf, sanken zu Boden wie der rote Nebel, der nun wie Tau auf dem Gras lag. Ein glitzernder Teppich feinster Blutstropfen.

»Dravo«, flüsterte Arlyn, die Lippen bebten, als er den Kopf hob und ihn mit großen Augen anstarrte. Das Dunkle wich aus ihnen, das Türkis kehrte zurück.

»Ich habe es wieder getan«, schluchzte Arlyn. »Ich hab sie getötet.« Rasch barg er Arlyns Kopf an seiner Brust, streichelte ihm über das Haar, die Kehle zu eng zum Atmen. Arlyn schluchzte. Die Hände waren zu Fäusten geballt, lagen zitternd an Dravos Brust. Tränen durchnässten sein Hemd und Dravo presste die Lippen zusammen, um jeden seiner wimmernden Laute zu unterbinden.

»Es war notwendig«, flüsterte er mechanisch, blickte sich suchend nach Rahj um. Götter, er lebte! Unendlich erleichtert bemerkte er, wie Rahj sich stöhnend erhob und zu ihnen herüber schaute. Er wirkte benommen, jedoch weitestgehend unversehrt. Unfassbar, dass sie beide den Ausbruch der Magie überlebt hatten.

Ringsum lagen entwurzelte Bäume wie nach einem Sturm, Zeugen der gewaltigen Macht, die hier gewirkt hatte. Noch immer war der Geruch von Blut präsent.

Bei den Göttern! Nur langsam sickerte in Dravos betäubtes Bewusstsein, was Arlyn getan hatte. All diese Männer. Einfach vernichtet.

»Du hast uns das Leben gerettet«, flüsterte er erschüttert, fühlte wie ihm selbst Tränen über das Gesicht liefen, als er Kinsans leblosen Körper erblickte, sein Blick weiter zu Sirws toten Augen glitt.

Bei den Göttern, Arlyn hatte sie wirklich gerettet. Nur zu welchem Preis?

Weich verschloss Dravo seine Lippen und die Schmerzen schmolzen zu einem vagen Pochen, machten einem Gefühl von verzweifeltem Glück Platz, das schier seine Brust sprengen wollte.

»Arlyn, ich liebe dich«, wisperte er erstickt. »Die Götter wissen, wie sehr ich dich liebe.«

86 Kapitel

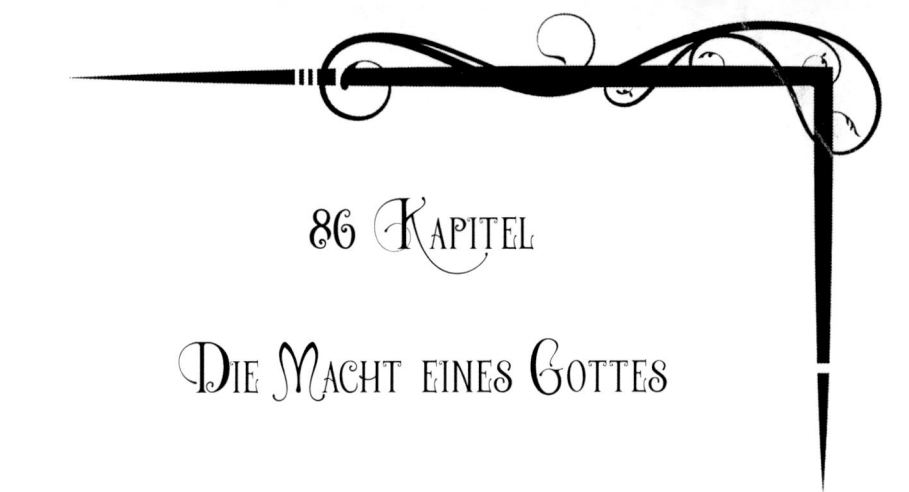

Die Macht eines Gottes

»Götter!«, stieß Rahj immer wieder fassungslos hervor. »Bei allen Göttern.«

Arlyns leises Schluchzen drang an Dravos Ohren, während er betäubt, unfähig, sich zu rühren, auf die Zerstörung blickte und ihn unablässig streichelte.

Erschüttert stand Rahj da, schaute sich entgeistert um, das Gesicht vor Entsetzen verzerrt. Jeder, der aufrecht gestanden hatte, war von der Magie erfasst und in winzige Teilchen zerrissen worden.

»Bei den Göttern, eine solche Macht …« Hart stieß Rahj die Luft aus, machte ein paar Schritte, schwankte, bückte sich und strich über das rötlich glitzernde Gras. »Bei allen Niederen, das ist … Oh Götter!« Fassungslos starrte er Dravo an, der Arlyn umso fester hielt.

»Nun weißt du, warum er sie nicht einsetzen wollte. Diese Macht ist es, die Farjin haben möchte und niemals bekommen darf«, stieß Dravo aus, fühlte sich elend, gänzlich erschöpft. Wie gedämpft empfand er die Schmerzen, die jeden Bereich seines Körpers erfasst hatten. Welches unsagbare Glück sie gehabt hatten, der Vernichtung entgangen zu sein. Oder hatte Arlyn seine Magie dennoch lenken können?

»Ja«, brachte Rahj heraus, stolperte einige Schritte weiter. »Ja, ich verstehe. Ich … Götter, ich habe mir keine Vorstellung gemacht. Eine solche Macht sollte es in dieser Welt nicht geben. Was für eine Gefahr, was für eine schreckliche Bedrohung für alle Menschen dieser Welt. Und dieser Farjin besitzt dieselbe Magie? Oh, ihr Götter.«

Dravo setzte zu einer Antwort an, da drehte sich Rahj um und im selben Moment vernahm auch Dravo ein leises Röcheln.

»Kinsan!« So schnell er konnte, eilte Rahj zu ihm, drehte den Körper auf die Seite. »Götter, er lebt noch! Dravo, er atmet noch, ich fühle es.«

Konnte es sein? Dravo sog scharf die Luft an, drückte Arlyn an den Schultern ein Stück zurück, suchte seinen Blick. Wenn er noch lebte, würde Arlyn in der Lage sein, ihn zu retten? Götter, sie mussten es versuchen.

»Arlyn! Hast du gehört? Kinsan lebt.« Arlyns Augen waren groß und dunkel vor Schmerz, er schien ihn nicht zu hören, starrte blicklos durch ihn hindurch. Ganz leicht schüttelte Dravo ihn und tatsächlich hob Arlyn den Kopf langsam an. Bestürzt fuhr Dravo zusammen, das Herz zog sich schmerzhaft zusammen. Diesen Ausdruck hatte er schon einmal gesehen, lange her. Völlig verängstigt, wie ein zu Tode erschrockenes, verletztes und mutloses Tier. Was hatte ihm Farjin angetan? Was hatte die Magie ihm angetan?

»Kles«, flüsterte Dravo sanft, strich mit dem Handrücken weich über Arlyns Wange. »Bitte, du musst helfen. Kinsan atmet noch. Du kannst ihn heilen.« Arlyn reagierte nicht auf die Worte, schien weiterhin durch ihn hindurchzusehen, den Blick auf Schrecken gerichtet, die sich ihm entzogen. Sein schmaler Körper zitterte, die Haut fühlte sich kalt an.

»Deine Magie kann ihn heilen«, fuhr Dravo eindringlicher fort, bemüht, Arlyns Blick einzufangen, wenigstens etwas darin zu erkennen, außer dieser entsetzlichen Hoffnungslosigkeit und Furcht. Vorsichtig hob er das Kinn an.

»Nein!«, stieß Arlyn entsetzt hervor, spannte sich abrupt an, wich vor ihm zurück. Das Wort Magie schien augenblicklich zurück zu bringen, was geschehen war und was er getan hatte. Fest krallte er die Hände in Dravos Hemd und barg den Kopf wieder an seiner Brust, suchte Schutz und Halt.

Verdammt, er verstand seine Angst, Dravo ahnte, wie sehr Arlyn sich fürchtete, die Magie erneut anzuwenden und womöglich Farjin wieder Macht über sich zu geben. Götter, er verstand es nur zu gut. Aber sie hatten keine Wahl.

»Bitte, Arlyn, hör mir zu!«, beschwor er ihn, versuchte, Arlyn erneut hoch zu ziehen. Noch fester klammerte er sich an ihn, presste sich wie ein kleines Kind an ihn, nicht bereit, sich je wieder von Dravo zu lösen.

»Du kannst ihn heilen. Nur du«, flüsterte Dravo, strich ihm über die Haare. »Arlyn. Kles, hör mir doch zu.«

»Ich will sie nie wieder benutzen«, wisperte Arlyn erstickt, neue Tränen benetzten Dravos Brust.

»Dravo, wir müssen ihm helfen. Der Atem wird schwächer«, rief Rahj herüber. »Alles ist voller Blut und ich kann es nicht stoppen.«

Tief holte Dravo durch die Nase Luft, presste kurz die Lider hart aufeinander. Götter, er musste handeln, auch wenn er sich dafür jetzt schon hasste.

»Arlyn.« Energisch zog er ihn zurück, umklammerte das tränenüberströmte Gesicht, zwang ihn, ihn direkt anzusehen. »Hör mir zu. Du musst Kinsan helfen. Er wird sterben, wenn du ihn nicht heilst.«

Arlyns verzweifelt flehender Blick riss ihm das Herz entzwei, sandte Kälte über den Rücken, Übelkeit in den Magen.

»Ich kann das nicht«, wimmerte Arlyn gequält. Dravo spürte seine Furcht, verstand so gut seine Angst und den Widerwillen, jedoch wusste er auch genau, dass es Kinsans einzige Chance war. Entschlossen packte er Arlyn an den Schultern.

»Du musst es versuchen. Nur du kannst ihn heilen. Du kannst Gutes mit deiner Magie tun. Bitte versuch es«, bat er eindringlicher. Bei den Niederen, ihnen lief die Zeit davon.

Wild schüttelte Arlyn den Kopf, sträubte sich gegen Dravos Griff. »Nein. Bitte verlange es nicht von mir.«

»Dravo! Arlyn! Er stirbt. Er verblutet mir!«, schrie Rahj verzweifelt am Hang, versuchte mit den Händen den Blutfluss aufzuhalten.

Scharfe Messer schnitten in Dravos Herz, dennoch drehte er Arlyn herum, sodass er Kinsan und Rahj sehen konnte. »Schau hin, Arlyn. Kinsan wird sterben, wenn du nichts tust.« Tränen brannten in seinen Augen, er hasste sich abgrundtief für seine Grausamkeit, Arlyns Schluchzen ätzte Löcher in seine Seele.

»Bitte, nein. Ich kann es nicht. Ich will sie nie wieder benutzen. Er wird mich finden.«

»Ich bin bei dir, ich schütze dich, aber du alleine kannst ihn heilen. Du kannst die Magie kontrollieren. Es ist deine Magie. Deine alleine. Du musst Kinsan helfen.«, forderte Dravo. Götter, er wollte Arlyn nicht zwingen, ihm nicht wehtun, aber es ging um Kinsans Leben. Dieser Mann hatte ihn schon so lange begleitet, war viel mehr als ein Diener. Er war ein Freund und einzig Arlyn hatte die Macht ihn zu retten.

Dravo verfluchte sein gebrochenes Bein, welches verhinderte, dass er Arlyn einfach hoch hob und zu ihm trug.

»Kles, geh zu ihm. Rette ihn. Ich kann es nicht. Du musst hingehen und ihm helfen. Los.« Grob stieß er Arlyn von sich, ballte die Fäuste, grub die Finger in die Erde.

Arlyn stürzte, fing sich mit den Händen ab und blickte sich erschrocken nach ihm um. Hastig rappelte er sich auf, stand unentschlossen vor Dravo, der versuchte, sich zu erheben, jedoch stöhnend abbrach, als er das verletzte Bein zu belasten versuchte. Zur Hölle mit den Niederen, es ging nicht.

»Bei den Göttern! Arlyn, bewege dich endlich. Lass ihn nicht sterben!«
Die Worte trafen Arlyn wie Schläge, unter denen er zurücktaumelte, ihn voller Furcht und Pein ansah. Fluchend versuchte Dravo abermals hoch zu kommen. Es ging nicht. Keuchend vor Schmerz sackte er zurück.

»Du bist verletzt«, stieß Arlyn aus, als ob er sich plötzlich daran erinnern würde, hob die Hände und starrte darauf. Mit verzerrtem Gesicht nickte Dravo, spürte die Schmerzen mit voller Wucht zurückkehren.

»Bin ich, aber ich sterbe nicht. Kinsan stirbt. Arlyn, rasch!«, stieß er aus, machte eine ungeduldige Geste.

Wie in Trance nickte Arlyn, holte Luft und drehte sich hastig um. Plötzlich straffte er sich, seine Gestalt schien zu wachsen und Dravo seufzte erleichtert auf. Dies war der junge Mann, den er so gut kannte, nicht länger das verängstigte Kind.

»Arlyn!«, rief Rahj zu. »Ich kann sein Herz kaum mehr fühlen. Er stirbt! Beeile dich.«

Arlyn eilte zu ihnen, kniete sich sofort neben Kinsan und berührte ihn. Doch erst als Dravo das feine Schimmern erkannte, ließ er sich erleichtert stöhnend zurück sinken. Götter, hoffentlich war es nicht zu spät, hoffentlich vermochte Arlyns Magie ihn wirklich zu heilen.

~ * ~

Arlyns Hände berührten Kinsan, legten sich flach auf dessen Brust. Vorsichtig tastete er sich in den Körper, entsandte die Magie in die Adern und Nervenbahnen. Abrupt regte sich auch die dunkle Magie, drängte gierig heran, wollte hervorbrechen. Wie eine Flamme, der man Nahrung gab, loderte sie auf, überlagerte sogar die sanfte Heilmagie.

Farjins unhörbare Stimme trieb sie an, versuchte, sich seiner unmittelbar zu bemächtigen. Gequält keuchte Arlyn auf, zog die Hände zurück. Unablässig quoll Blut aus der Wunde am Hals, verrann Kinsans Leben, Tropfen um Tropfen.

Wie zornige Tiere kämpften die Kräfte in Arlyn, zerrten an ihm. Die dunkle Magie tobte herrisch, versuchte, ihn mit sich zu reißen, hinein in diesen Wirbel, bis er sich darin verlor, darin aufgehen würde. Kein eigener Wille mehr. Nur ein Spielzeug, nur ein Werkzeug.

Ja, genau, das bist du, flüsterte Farjins weit entfernte Stimme. Nichts weiter. Gib mir endlich die Kontrolle über deine Magie.

Nein!

Entschlossen drängte Arlyn die Magie zurück. Jede davon gleichermaßen.

Er würde ihr nicht erliegen, er würde kein Werkzeug werden, seine Magie würde niemand anderem dienen, als ihm alleine.

Arlyn, flüsterte Dravos Stimme, viel zu leise in seinem Kopf. Sie wisperte, hüllte ihn behutsam ein. Als ob seine Hände ihn berühren, ihn liebevoll streicheln würden. Obwohl er nicht neben ihm stand, gab er ihm Kraft und Zuversicht.

Die Magie ist deine, jede Form, jede Art. Du kannst sie formen, du bist sie, raunte die Stimme. Sie ist, was du bist, Arlyn.

Irritiert schüttelte Arlyn den Kopf. Auf keinen Fall wollte er wieder diese gefährliche Magie freilassen, aber er wollte Kinsan ebenso wenig sterben lassen. Rasch legte er die Hände wieder auf die Brust.

»Arlyn, er stirbt«, vernahm er Rahjs Stimme, rau vor Sorge. Andere Stimmen raunten in ihm, fremde, vertraute, beruhigend, fordernd, lachend, höhnisch. Lass sie frei, erfülle deine Bestimmung. Heile. Rette. Töte. Vernichte.

Knurrend erhob sich die dunkle Magie, wimmernd wollte er die Hände zurückziehen, aber sein Körper gehorchte ihm nicht mehr.

Sei du selbst. Du bist, was du sein willst. Du bist Magie.

Betroffen blickte er auf Kinsans Gesicht, spürte das unendlich mühsam schlagende Herz direkt unter seinen Händen. Sofort floss seine Magie, ein wenig träge und zaghaft, aber warm und vertraut, sammelte sich in den Fingerspitzen und drang in den sterbenden Körper. Kinsans Leib hatte den Kampf gegen die schwere Verletzung verloren, die Götter nahmen ihm das Licht. Das wollte er nicht zulassen, nicht, solange noch ein Funken Leben, ein winziges bisschen in ihm war.

Die Magie vernahm den leisen Hilferuf des geschwächten Körpers, antwortete nahezu selbstständig, erreichte das Herz, das so langsam, nur noch mühevoll schlug. Müde und erschöpft. Sanft verstärkte die Magie den schwachen Muskel.

Lebe, raunte Arlyn. Kämpfe mit mir. Es war, als ob er Dravos Hände auf den Schultern fühlte, als ob Stärke von der Berührung ausging, die seine Magie heller leuchten ließ.

Zu wenig Blut, er musste erst die Blutung stoppen. Rasch erreichte die Magie die Wunde, in die das Messer gedrungen war, fügte die Ränder zusammen, schloss die Gefäße.

»Götter«, wisperte Rahjs Stimme neben ihm voller Ehrfurcht, als sich die klaffende Wunde schloss.

Arlyns Magie wurde fordernder, wanderte durch den Leib, fand zerrissenes Gewebe, erneuerte Haut und Adern, fügte Knochen zusammen. Irgendwo zerrte die dunkle Magie an ihren Ketten, weit weg und unwirklich. Dies war wichtiger. Leben geben, Leben erhalten, Leben retten. Magie war überall, fand jede Schwachstelle, heilte, mobilisierte jede Reserve des Körpers.

Versonnen lächelnd schloss Arlyn die Augen, überließ sich ganz der Magie, trieb mit ihr, erfüllt davon, von dem Gefühl ihrer sanften Wärme und Sicherheit. Wie Dravos Hände, die über seinen Körper glitten, zärtlich und liebevoll. Wunderschön. Hatte ihn zuvor die Magie zerreißen wollen, so war er nun ganz eins mit ihr. Er war seine Magie.

Die Magie strahlte aus ihm, stark und mächtig. Sie erfüllte die Luft, schien alles und jeden zu erfassen und in ihr faszinierendes Licht zu hüllen. Abermals wisperte Rahj, wich ein wenig zurück, starrte ihn mit großen Augen an. Spürte er es? Oder konnte er die Magie nun sehen?

Kinsan bewegte sich ganz leicht. Der Atem kam röchelnd, doch sein Herz schlug nun gleichmäßig und stark. Schwerfällig bewegte er sich und langsam nahm Arlyn die Hände zurück. Es fühlte sich unendlich gut an. Der Körper war zwar noch geschwächt, würde eine Weile brauchen, um sich ganz zu erholen und alle Reserven aufzufüllen. Aber er lebte, er würde weiterleben können. Arlyn öffnete lächelnd die Lider, erfüllt von einem herrlichen Gefühl aus Glück und Zufriedenheit.

»Du hast es geschafft. Er lebt«, flüsterte Rahj. »Dravo! Er lebt. Bei allen Göttern und den Schatten der Niederen. Er lebt!«

»Ich wusste es«, rief Dravo von unten, die Stimme klang seltsam gepresst, doch noch war Arlyn nicht in der Lage, sich aus dem Zauber der Magie zu lösen.

»Die Macht eines Gottes. Leben nehmen oder geben«, raunte Rahj voll Ehrfurcht, starrte ihn an.

»Hoheit?«, flüsterte Kinsan rau, blickte sich verwirrt um und zog Rahjs Aufmerksamkeit prompt auf sich. »Was ist denn geschehen? Was ist mit mir? Wo sind wir?«

Rahj schnaubte erleichtert, warf Arlyn einen dankbar staunenden Blick zu und lächelte breit.

»Es ist alles in Ordnung, Kinsan. Du lebst. Alles andere werde ich dir beizeiten erklären müssen. Wenn ich es denn kann.« Hilflos zuckte Rahj die Schultern, umarmte den Diener herzlich.

Arlyn zog sich lächelnd zurück, erhob sich und wandte sich zu Dravo um. Noch immer kauerte dieser unten am Hang. Stolz war in seinen Augen zu erkennen und er lächelte, wenngleich ein winziges bisschen verkniffen. Beschwingt schritt Arlyn zu ihm. Noch immer umgab ihn der feine Schimmer der Magie. Liebevoll sah Dravo zu ihm auf, schluckte und blinzelte.

»Ich wusste, du schaffst es. Götter, Arlyn, was bin ich stolz auf dich. Ich liebe dich über alles.«

Gerührt, noch immer erfüllt von der Stärke der Magie, kniete sich Arlyn neben ihn, nahm das Gesicht zwischen die Hände und küsste Dravo zärtlich. Eine seltsame, sehr enge Verbundenheit war zwischen ihnen, noch viel mehr, als er sonst gespürt hatte. Magie strömte um sie, floss träge, durchdrang ihn und Dravo. Er war erfüllt von ihr, wie von dieser warmen Liebe, spürte, wie Dravo die Arme um ihn schlang, sich ganz seinem Kuss ergab. Sie verschmolzen, wurden eins, wie es ihnen sonst nur im leidenschaftlichen Liebesspiel gelang.

Arlyns Magie handelte selbstständig, half Dravos Körper, sich zu heilen, schloss Wunden, fügte den Knochen zusammen, nahm jeden Schmerz, jede Schwäche. Weder Arlyn noch Dravo bemerkten es bewusst, hatten nur Augen für einander, während sie sich unablässig küssten.

Zwei Männer, in inniger Liebe verbunden, verwoben durch ein unbekanntes, magisches Band.

87 Kapitel

Heilende Magie

»Ich muss nach Rahj sehen. Er ist auch verletzt«, flüsterte Arlyn. Nur äußerst widerwillig ließ Dravo ihn aus seinen Armen gleiten, seufzte schwer. Natürlich, seinen armen Bruder und dessen Verletzungen hatte er völlig vergessen. Götter, sie alle hatten reichlich eingesteckt und Sirw war tot. Malarg sicher auch und Rahjs Wachen? Bei allen Niederen, das war ein Hinterhalt gewesen.

Noch etwas steif rappelte Dravo sich hoch, schaute Arlyn nach und stutzte. Wahrhaftig, Arlyn wirkte größer. Die maßgeschneiderte Kleidung wirkte mit einem Mal an den Armen und Beinen ein wenig zu kurz. Verblüfft betrachtete er ihn, fand, dass er sich sogar ein wenig anders und aufrechter bewegte. Konnte es sein, dass die Magie ihn veränderte? Wie anders wäre diese Verwandlung erklärbar? Arlyn wirkte nicht nur erwachsener, er war es.

Selbst Rahj blickte ihn irritiert an, auch ihm musste die Veränderung auffallen, als Arlyn sich vor ihn kniete, zuversichtlich anlächelte.

»Jetzt werde ich dir helfen. Wenn du möchtest«, sagte er, wartete Rahjs Reaktion ab. Warum sollte Rahj sich nicht helfen lassen? Skeptisch beäugte Dravo seinen Bruder und erkannte die Unsicherheit sofort. Wer wollte es Rahj verdenken? Er war Zeuge einer schrecklichen Bluttat geworden, der Demonstration einer Macht, von der nicht die geringste Ahnung gehabt hatte.

Zögernd näherte sich Dravo den reglosen Körpern, die im blutigen Gras lagen, suchte Sirws Gestalt. Da lag er, die Kehle offen, das Gesicht eine starre Maske. Betroffen ließ er sich niedersinken. Kein Atem, das Herz hatte aufgehört zu schlagen. Für ihn würde Arlyns Hilfe zu spät kommen. Enttäuscht schaute Dravo zu den anderen.

»Gerne«, brachte Rahj hervor, verzog das Gesicht und betrachtete sich seinen blutenden Arm. »Das Feuer der Niederen brennt darin. Verflucht soll dieses Messer sein. Oh, und mir brummt der Schädel. Götter, ich habe noch immer das Gefühl, alles würde sich um mich drehen.« Stöhnend senkte er den Kopf, seufzte sogleich erleichtert auf, als Arlyns Hände ihn berührten, er die Magie entsandte.

»Götter, so fühlt sich also Magie an«, entkam es Rahj ungläubig, starrte entgeistert auf die Stichwunde, die Arlyn freigelegt hatte und die sich nun schloss. Auch Kinsan schaute verwundert zu, der Blick glitt indes weiter bewundernd zu Arlyns konzentriertem Gesicht.

»Du wirst dich danach ein wenig schwach fühlen«, meinte Arlyn. »Meine Magie kann nur heilen, indem sie die Reserven deines Körpers nutzt. Es wird ein wenig Zeit brauchen, sie wieder aufzufüllen.«

»Die Götter lassen ihr Licht durch dich scheinen, Arlyn«, flüsterte Rahj ergriffen, wagte indes offensichtlich nicht, ihn zu berühren, bewegte stattdessen probeweise den Arm.

»Die Götter mögen dir für treue Dienste Ehre zuteil werden lassen«, murmelte Dravo die rituelle Formel, schloss Sirw die Augen, drehte ihn auf den Rücken, faltete dessen Hände vor der Brust. Die Geste eines Kriegers. Er sollte den Göttern stolz ins Gesicht blicken können, wenn er zu ihnen reiste. Sirw war in Ehre gestorben. »Fenjarn verliert einen tapferen Sohn und ich einen treuen Mann. Die Götter mögen dich willkommen heißen.« Dravo senkte den Kopf und ehrte damit seine Wache.

Tiefes Bedauern erfüllte ihn. Dieser Mann war tapfer bis zum Schluss gewesen, selbst angesichts der Übermacht. Ob Malarg dasselbe Schicksal ereilt hatte? Schweren Herzens erhob er sich, ging hinüber zu den anderen. Rahj probierte staunend seine Arme und Beine aus, wirkte noch immer perplex. Dravo legte die Hände auf Arlyns Schultern und zog ihn zu sich hoch, umarmte ihn von hinten.

»Er ist wundervoll, nicht wahr?«, fragte er, küsste Arlyn in den Nacken, verbarg seine Trauer hinter einem Augenzwinkern. »Ein wunderbarer Mann und so magisch begabt.« Nur ein wenig spannte Arlyn sich an, wandte den Kopf Kinsan zu, der indes wissend lächelte, als er sich vorsichtig und schwankend erhob.

»Wahrhaftig, Euer Hoheit. Ihr könnt Euch mehr als glücklich schätzen, einen solchen Gefährten an Eurer Seite zu haben. Und Ihr ahnt, wie glücklich ich über diesen Umstand bin.« Er deutete eine ungelenke Verbeugung an, brach rasch ab, als er das Gleichgewicht zu verlieren drohte. »Wärt Ihr wohl so freundlich, mir beizeiten zu erklären, was überhaupt geschehen ist? Ich bin sicher, ich habe den wesentlichen Teil der Ereignisse verpasst.«

Auch Rahj rappelte sich hoch und musste bei Kinsans Worten lachen. In kurzen Worten erklärte er ihm, was geschehen war, wobei er nur erwähnte, dass Arlyn ihre Angreifer zurückgeschlagen hatte, nicht näher darauf einging. Kinsan fragte jedoch auch nicht nach, nickte verstehend und blickte sich suchend um.

»Was ist mit Sirw?«, fragte Arlyn plötzlich erschrocken bei Dravo nach, machte augenblicklich Anstalten, zu dem Leichnam zu eilen, Dravo hielt ihn jedoch davon ab.

»Er ist tot. Du kannst ihm nicht mehr helfen.« Arlyns Augen wurden größer und er befreite sich energisch aus der Umarmung, ging hinüber zu dem Toten. Er musste es wohl selbst sehen. Dravo folgte ihm mit schleppenden Schritten, während hinter ihnen Kinsan und Rahj sich gegenseitig den Hang hinab halfen.

»Tot«, murmelte Arlyn betroffen, ließ nichtsdestotrotz die Hände mit der Magie über ihn gleiten.

»Er hat tapfer gekämpft. Ich weiß, dass er sich immer eher gewünscht hat, mit einem Messer im Leib zu sterben, als alt und gebrechlich zu werden. Dennoch hätte ich ihn lieber altern sehen«, murmelte Dravo betreten. Gedankenverloren ließ er den Blick über die anderen Leichen gleiten. Sie alle hatten den Tod durch Waffen und nicht durch die Magie erfahren. Wer waren sie? Wer hatte sie geschickt?

»Was denkst du?«, murmelte Rahj neben ihm, betrachtete ebenso nachdenklich die Toten. »Hatten sie es auf uns oder auf Arlyn abgesehen?«

»Verräter? Aber wer würde unser Blut auf heiligem Land vergießen wollen?«, gab Dravo grübelnd zurück, während Arlyn sich erhob, von einem Körper zum anderen schritt.

»Sie sind tot und können es uns nicht verraten. Die Kutsche von der Straße zu stoßen klingt danach, als ob ein Unfall vorgetäuscht werden sollte. Diese hier sollten nur sicherstellen, dass uns der Tod wirklich ereilt. Und das hätte er. Ohne Arlyns Magie«, meinte Rahj, rieb sich das Kinn, stieß einen der Toten mit dem Fuß an. »Ich würde wetten, dass das Haus Olvirm beteiligt war. Doch wie sollen wird das je beweisen?«

Plötzlich blieb Arlyn stehen, kniete sich rasch neben einen der Körper und legte die Hände auf ihn.

»Dieser lebt noch. Ein Funken ist noch in ihm«, rief er ihnen zu, ließ augenblicklich die Magie fließen.

Verärgert zog Dravo die Stirn in Falten, spürte mit einem Mal Wut.

»Arlyn. Diese Männer haben Malarg und Sirw auf dem Gewissen. Sie hätten vorhin nicht gezögert, mich und Rahj zu töten. Keiner von ihnen verdient deine Hilfe«, schnaubte er abfällig, wollte ihn sogar von dem dunkelhäutigen Verletzten wegziehen. Energisch schüttelte Arlyn seine Hände ab, ohne von dem Mann zu lassen, der nun leise stöhnte.

»Er ist schwer verletzt«, gab Arlyn entschieden zurück, die Augen blitzten. »Ich kann ihn heilen, also werde ich es tun.«

»Wir brauchen einen, den wir befragen können«, wandte auch Rahj ein, legte Dravo die Hand auf den Arm und zog ihn ein wenig zurück. »Wenn dies das Werk eines Verräters ist, will ich den Namen wissen.«

Noch immer zornig schüttelte Dravo die Hand ab, versuchte die Wut zu zügeln. Sicher hatte Rahj recht und er verstand auch Arlyns Wunsch, ein Leben zu retten, wo er so viele genommen hatte. Egal was dieser Mann getan hatte, er verdiente es nicht, zu sterben. Nicht ehe sie den Verräter entlarvt hatten. Dann würde er seine gerechte Strafe bekommen und sterben.

Mit zusammengekniffenen Augen starrte er den Mann an, der eindeutig nicht aus Fenjarn stammte, zu dunkel war die Haut, zu fremd seine Gesichtszüge. Kupferbraune, sonnengegerbte Haut wies ihn als einen Wüstenbewohner aus. Einer aus Saapal? Womöglich ein Verrat ganz anderer Größenordnung?

»Ich sehe es«, murmelte Rahj neben ihm. »Wir werden sehen, was er zu sagen hat.«

Gleich darauf schlug der Mann die Augen auf, blinzelte verblüfft und schaute benommen zu Arlyn hoch. Augenblicklich weiteten sich die Augen und ein überraschter Laut kam über die dunklen Lippen.

»Eralen bi tanak«, murmelte er mit seltsam rauer Stimme, senkte sofort den Blick, hob ungelenk die Hände und überkreuzte sie in einer ehrfürchtig wirkenden Geste vor der Brust, ließ das Kinn darauf sinken. Die Wörter waren Dravo fremd, selbst die Sprache konnte er nicht zuordnen.

Saapal war groß, es lebten viele wandernde Völker darin, gut möglich, dass er einem davon angehörte. Das langgezogene, oval wirkende Gesicht, wurde von der schmalen, scharf geschnittenen Nase noch betont. Die Wangenknochen traten deutlich hervor, jede Linie schien die sengende Sonne der Heimat herausgebrannt zu haben. Die Haut schien trocken und zäh, wie gegerbtes Leder, sein ganzer Körper nur aus sehnigen Muskeln und ein wenig Fleisch dazwischen zu bestehen. Dunkle, fast stechenden Augen lagen tief in den Höhlen. Schmale Augenbrauen, dünn, wie mit einem Pinsel gemalt, wölbten sich darüber und sehr lange, schwarze Wimpern beschatteten die Augen. Unter dem rechten entdeckte Dravo eine halbmondförmige Narbe. Die Kleidung hingegen war fenjarnisch und wies keine Besonderheiten auf.

»Da er ja nun wieder lebt, kann er mir ein paar Fragen beantworten«, knurrte er drohend. Der Mann verstand ihn, denn sofort hob er den Kopf, der Blick huschte von Arlyn zu Dravo. Langsam nahm Arlyn die Hände von ihm, warf Dravo einen Blick zu, ehe er sich erhob und zurücktrat.

»Sei vorsichtig mit ihm. Er ist noch schwach und hat viel Blut verloren. Befrage ihn, aber verletze ihn nicht«, ermahnte er Dravo, wartete keine Antwort ab, sondern eilte hinüber zum nächsten Leichnam.

Noch ehe Rahj zu dem Mann treten konnte, der sich nicht gerührt hatte, in derselben ehrerbietigen Haltung auf dem Rücken lag, stieß Dravo ihn grob mit dem Fuß an, funkelte ihn finster an.

»Mein Gefährte hat dein Leben erneuert. Er kann es ebenso leicht nehmen wie geben. Er würde dich von jeder Verletzung heilen, die ich dir zufüge. Ich kann dir folglich jeden Knochen im Leib brechen und dennoch würdest du nicht sterben, wenn ich es nicht erlaube. Aber glaub mir, du wirst den Schmerz spüren, wieder und wieder«, zischte er.

Erschrocken fuhr der Mann zusammen, nahm in einer sehr bedächtigen Bewegung die Hände zur Seite und stemmte sich in eine sitzende Position hoch. Noch immer schien er verwundert über seine Genesung zu sein, warf immer wieder ehrfurchtsvolle Blicke auf Arlyn.

»Du tust uns allen einen Gefallen, wenn du gleich sagst, was du weißt. Wer hat euch beauftragt, uns zu überfallen?«, forderte Rahj, musterte den Mann ebenfalls mit finsterer Miene.

Mit ungelenken Bewegungen, zog der Mann die Beine an, kniete sich vor Rahj, senkte den Kopf und legte die Hände ausgestreckt auf den Boden.

»Mein Leben ist verloren und ich habe keine Ehre«, proklamierte er, holte deutlich Luft und hob das Kinn ein wenig an. »Vergebt mir Eure Hoheit, doch ich weiß nicht, wer den Auftrag gab. Man heuerte die meisten von uns an, Euch zu überfallen und zu …«, zögernd fuhr die Zungenspitze über die spröden Lippen, »beseitigen, wenn ihr noch am Leben sein solltet. Nur der Lanjin sollte am Leben gelassen werden.«

»Warum?«, knurrte Dravo zornig. Bei den Niederen, er hatte die Rufe vernommen und die Angst, diese Männer würden Arlyn ein Leid antun, hatte ihn schier wahnsinnig gemacht.

»Alle anderen sind bereits tot«, erklärte Arlyn leise, trat neben ihn. Sofort umschloss Dravo seine Hand.

»Ich weiß es nicht, Hoheit«, versicherte der Mann hastig. »So lautete der Auftrag. Stoßt die Kutsche von der Straße. Beseitigt die Wachen. Tötet die Söhne des Königs und bringt den Lanjin zurück.«

»Verflucht. Wenn die Wachen beseitigt sind, die Kutsche am Boden der Senke zerschmettert, mit unseren Leichen darin gefunden wird, würde der Verdacht auf unsere eigenen Männer fallen. Ein perfider Plan«, stieß Rahj aus. »Wer gab den Auftrag dazu? Wohin solltet ihr ihn bringen?«

»Ich weiß es nicht. Durijk war unser Anführer. Er heuerte uns an, er alleine hat mit dem Auftraggeber gesprochen. Wir wussten nichts weiter. Wir sollten den Lanjin fangen, uns versteckt halten und ihn dann nach Rebar bringen. Mehr weiß ich wirklich nicht, Euer Hoheit. Eralen bi tanak, drift galurn.« Ein deutliches Zittern durchlief seinen Körper und abermals machte er die ehrerbietige Geste.

»Rebar?«, hakte Rahj nachdenklich nach und sein Gesicht verfinsterte sich im selben Moment. »Verfluchte Niedere! Das ist doch eines von Larn Rangols heimlichen Liebesnestern.«

»Dieser räudige Hund steckt also dahinter.« Wutschnaubend stampfte Dravo auf. »Das war demnach ein perfider Plan. Mich töten, dich töten und dann holt er sich auch noch Arlyn in sein sündiges Bett. Dieser verfluchte, geile Bock.« Ganz fest drückte er Arlyns Hand, versuchte die blinde Wut zu zügeln, die ihn zu ergreifen drohte. Dieser schleimige Verräter.

»Wenn er einen solchen Verrat begangen hat, werde ich ihn dafür töten lassen«, stieß Rahj aus.

»Eher werde ich ihn eigenhändig töten«, schnaubte Dravo. Allein der Gedanke, dass dieser verhasste Kerl Hand an Arlyn legen wollte, ließ sein Blut vor Zorn kochen. Er würde ihn in Stücke schneiden, zusehen, wie er qualvoll verblutete. Niemand fasste ungestraft Arlyn an. Nicht einmal in Gedanken.

»Wir müssen sofort nach Trandfil«, beschloss Rahj. »So schnell wie möglich, bevor bekannt wird, was geschehen ist, ehe Rangol fliehen oder seine Spuren vertuschen kann. Ich muss ihn in die Finger kriegen. Dieser Verrat muss schnellstens aufgedeckt werden.«

»Was nun Euer Hoheit?«, erkundigte Kinsan sich, musterte dabei die zerstörte Kutsche. »Darin werden wir gewiss nicht mehr reisen können und es sind noch mindestens fünfzehn Läufe auf diesem Weg nach Trandfil.«

»Wir müssen auf die Straße zurück. Womöglich finden wir die Pferde.« Rasch bückte Rahj sich, riss das Hemd einer der Leichen in Streifen. Ohne weitere Worte nahm ihm Dravo die Streifen ab und begann, ihren Gefangenen zu fesseln. Er verfuhr nicht gerade sanft mit ihm und der Mann stöhnte unterdrückt schmerzhaft auf, wehrte sich jedoch nicht.

Schließlich zerrte Rahj ihn grob auf die Füße und stieß ihn vorwärts.

»Machen wir uns auf den Weg. Zu Fuß werden wir eine ganze Weile zurück brauchen. Flehe um die Gnade der Götter, wenn ich erst wieder da bin, Rangol!« Rahj stampfte los, jeder Schritt eine zornige Kampfansage. Kinsan war scheinbar noch etwas geschwächt, strauchelte am Hang. Sofort griff Dravo zu, doch Arlyn stützte ihn bereits auf der anderen Seite und lächelte ihn an, während sie Kinsan hinauf halfen.

Dankbar schaute ihn Kinsan an, drückte flüchtig Arlyns Hand und flüsterte: »Danke, junger Herr. Für alles, was Ihr für mich getan habt. Ich werde es Euch nie vergessen« Als ob das Lob ihm gegolten hätte, spürte Dravo wohlige Wärme und musste schmunzeln. Nicht auszudenken, wenn sie Kinsan verloren hätten. Der alte Mann war so sehr Bestandteil seines Lebens, dass er nicht fortzudenken war.

»Wenn wir morgen das Licht der Sonne genießen dürfen, dann gebührt Arlyn unser aller Dank«, meinte Rahj, legte die Hand auf das Schwert. »Der Dank des ganzen Reiches und dennoch darf niemand erfahren, was hier geschehen ist.«

»Niemand wird davon erfahren«, stieß Dravo entschlossen aus, betrachtete Kinsan skeptisch.

»Meine alten Augen und Ohren haben vieles gesehen und gehört und noch viel mehr vergessen. Das Geschick eines Dieners hängt maßgeblich von dieser Fähigkeit ab«, erklärte Kinsan zwinkernd. »Und Ihr werdet beide bestätigen können, dass ich ein guter Diener bin.«

»Oh ja«, sagten Dravo und Rahj gleichzeitig und mussten lachen. Es tat gut zu lachen und die Schrecken hinter sich zu lassen, auch wenn Dravo wusste, dass noch einige vor ihnen lagen.

Was sie wohl auf der Straße erwarten würde?

88 Kapitel

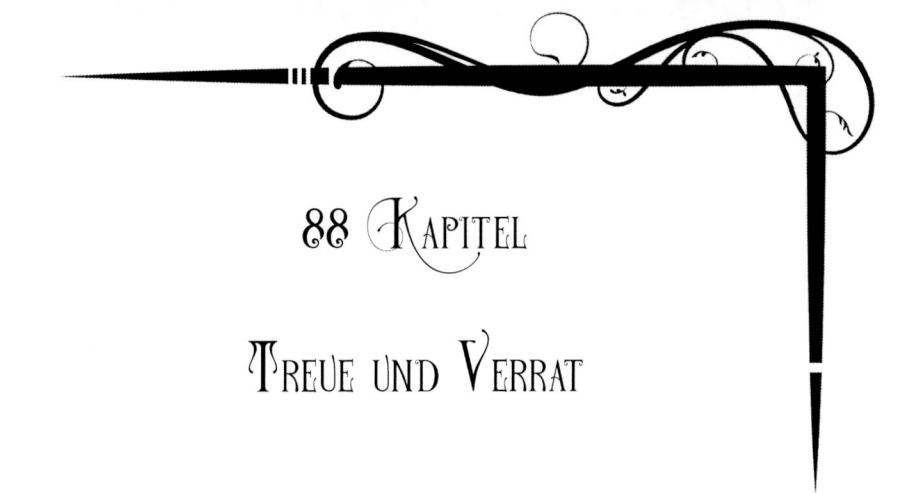

Treue und Verrat

»Ein Baumstamm. Seht ihr die Seile?« Wütend trat Rahj gegen den Stamm, der auf dem Weg lag. »Damit haben sie ihn aufgerichtet und gespannt. Als die Kutsche vorbei kam, mussten sie die Seile nur kappen. Der Stamm wirkte wie ein Rammbock, als er die Kutsche traf.«

»Dazu mussten sie wissen, dass wir hier entlangkommen. Also wussten sie auch, dass wir in der Jagdhütte waren«, ergänzte Dravo grimmig. »Wenn deine Wachen noch leben würden, dann wären sie schon hier.«

»Es sei denn …«, Rahj machte eine bezeichnende Pause und biss sich nachdenklich in die Unterlippe. »Sie haben mich verraten und sind nicht umgekehrt, um uns zu suchen.«

»Du hast niemandem gesagt, wo wir sind und welchen Weg wir nehmen würden. Irgendjemand muss uns also verraten haben.«

»Ich werde die Verantwortlichen finden. Sie werden alle für ihren Verrat bezahlen.« Rahj fluchte, ballte die Faust und hieb sie auf den Baumstamm. Ihr Gefangener stand mit gesenktem Haupt daneben. Arlyn musterte ihn verstohlen, seine Fremdartigkeit faszinierte ihn, wenngleich ihn die seltsam stechenden Augen auch ein wenig ängstigten. Als er die Augen aufschlug hatte er ihn völlig fassungslos angestarrt und auch jetzt wagte er kaum, den Blick zu heben und Arlyn anzusehen. Doch er tat es, wann immer er glaubte, Arlyn würde es nicht bemerken. Jedoch spiegelte sich nicht die bekannte Gier in den Augen wider, sondern tiefe Ehrfurcht.

»Hoheit, Malarg ist ebenfalls nirgends zu sehen«, warf Kinsan mit belegter Stimme ein.

»Malarg? Ausgeschlossen. Niemals würde er Verrat begehen, für ihn würde ich mein Leben verwetten«, stieß Dravo aus, sah sich nichtsdestotrotz sorgfältig um. Zerrissenes Geschirr lag über den Weg verteilt. Überreste der

Deichseln lagen am Rand, wo die Kutsche abgestürzt war. Zum Glück war das Leder gerissen und hatte die Pferde nicht mit hinab gerissen.

»Ihr solltet alle Spuren des Anschlags beseitigen?«, fragte Rahj ihren Gefangenen, der bedächtig nickte. »Warum solltet ihr warten, bis ihr Arlyn nach Rebar bringt? Wo solltet ihr euch verstecken?«

»Durijk hat uns ein paar Läufe von hier im Wald ein Lager errichten lassen, wo wir auch die Pferde zurückließen. Dorthin sollten wir ihn bringen und erst im Morgengrauen nach Rebar schaffen«, erklärte der Mann.

»Natürlich!« Laut schnaubend machte Rahj seinem Unmut Luft. »Wenn Rangol dahinter steckt, wird er natürlich auf meinem Empfang sein, wo ihn jeder sehen wird und er niemals mit den Ereignissen hier in Verbindung gebracht werden kann. Wenn Vater seine Wachen losschickt, um nach uns zu suchen und alle in Aufregung sind, wird er sich nach Rebar zurückziehen.«

»Wenn ein Unfall uns das Leben gekostet hat, ist der Weg frei für das Haus Olvirm. Die folgenden politischen Unruhen würde Vater in seinem jetzigen Gesundheitszustand auf keinen Fall mehr ausgleichen können und Rangol würde leichtes Spiel haben, mit einigen Speichelleckern, die Macht an sich zu reißen«, ergänzte Dravo, straffte die Schultern. »Er wird bezahlen.«

Fluchend machten sie sich auf den Weg, folgten der Spur der Pferde in der vagen Hoffnung, eines von ihnen auf dem Weg nach Trandfil zu finden, denn Kinsan war zu geschwächt, um den ganzen Weg zu laufen.

Gar nicht weit entfernt entdeckten sie tatsächlich eins der Tiere, das mit gesenktem Kopf am Wegesrand stand. Es fraß nicht und Arlyn wurde auch sofort klar, warum nicht, denn die Zügel waren noch in der Hand seines Reiters, der reglos neben ihm lag.

»Götter, das ist Malargs Pferd«, stieß Dravo aus, schritt darauf zu. Arlyn löste sich sofort von Kinsan, den er gestützt hatte und eilte mit pochendem Herzen zu ihnen. Lebte er noch?

»Hoheit! Junger Herr! Den Göttern sei Dank, Ihr lebt!« Malarg rührte sich, versuchte sich ächzend auf die Arme zu heben. Ein abgebrochener Pfeil ragte zwischen Hals und Schulter heraus, ein weiterer steckte in der Hüfte. Die lange Schleif- und Blutspur auf dem Weg und das Blut am Steigbügel und den Sattelblättern bewies, dass er trotz seiner Verletzungen, an das Pferd geklammert, versucht hatte, zurückzukehren.

»Ihr lebt. Ich befürchtete schon das Schlimmste«, stieß Malarg erleichtert aus, das Gesicht vor Schmerzen aschfahl, Schweiß perlte auf der Stirn. Dravo nahm hastig das Pferd am Zügel, während Arlyn ihn vorsichtig auf die Seite drehte. Seine Kleidung wies weitere Streifwunden auf.

»Ich habe versucht, euch zu finden. Mit dem verfluchten Pfeil da konnte ich mich nicht mehr bewegen«, stieß er aus, stöhnte, während Arlyn die Kleidung öffnete, die Wunden freilegte. Die Pfeile waren tief in ihn gedrungen, das würde nicht leicht werden. Als er die Wunde am Hals berührte, holte Malarg zischend Luft.

»Ganz ruhig«, murmelte Arlyn beschwichtigend, lächelte ihn an. »Ich nehme dir die Schmerzen. Dann werde ich den Pfeil entfernen.«

Verunsichert sah Malarg ihn an, sein Atem kam stoßweise und die Magie ließ Arlyn wissen, welch höllische Schmerzen er litt, denn der Pfeil war bis in die Eingeweide gedrungen. Es war ein Wunder, dass er noch lebte und bei Bewusstsein war. Ein ungeheurer Lebenswille schlug ihm entgegen, der ihm die Heilung erleichtern würde.

»Seid Ihr wirklich unversehrt? Ich sah die Kutsche stürzen und dann flogen die Pfeile auch schon her…« Leise wimmerte er zwischen zusammengebissenen Zähnen, als Arlyns Magie in die Nervenbahnen eindrang und ihm den Schmerz nahm. Überrascht stieß Malarg die Luft aus.

»Was … tut Ihr?«, brachte er bestürzt hervor, wollte zurückweichen.

»Er heilt nur deinen Körper, Malarg«, erklärte Dravo beruhigend. »Vertraue ihm, Arlyn weiß, was er tut.«

Konzentriert schloss Arlyn die Lider, sandte die Magie tiefer, hin zu der Pfeilwunde an der Hüfte. Die Metallspitze hatten den Knochen gestreift, war bis in die Gedärme gedrungen. Den Pfeil herauszuziehen war unmöglich, ohne noch mehr Gewebe zu zerreißen. Tief holte Arlyn Luft, legte die Finger um den Pfeil, ließ die Magie am Holz entlang in den Körper dringen, immer tiefer, bis sie die Pfeilspitze fand. Sorgfältig sammelte er die Magie um die Pfeilspitze herum. Metall ließ sich leicht formen, konnte leicht in eine andere Form gebracht werden. Es war eine der ersten Lektionen gewesen. Inmitten einer blutigen Wunde und zerrissener Därme war es hingegen weit schwieriger.

Arlyn hielt den Atem, an, drang in das Metall, ließ es Stück für Stück schmelzen, sich so verändern, dass es sich nun in einer hauchdünnen Schicht dicht um den Holzschaft legte. Behutsam verstärkte er den Druck der Magie, schob mit ihrer Hilfe den Schaft heraus und regenerierte das Gewebe dahinter sofort. Langsam, ganz langsam, bewegte sich der Pfeil aus dem Körper, schloss sich die Wunde. Selbst Dravo entkam ein überraschter Laut, als der Pfeil schließlich zu Boden fiel, ein glänzender, metallüberzogener Schaft.

Mit weit aufgerissenen Augen und geöffnetem Mund starrte Malarg Arlyn an. »Magie. Ihr verwendet Magie!« Doch Arlyn antwortete nicht, konzentriert sich auf den nächsten Pfeil. Wie erstarrt lag Malarg still, konnte den Blick nicht von ihm wenden. Der Gefangene neben Rahj gab einen erstickten Laut von sich, murmelte fremde Worte wie ein Gebet.

»Seine Magie kann Leben retten«, erklärte Dravo, nicht ohne Stolz, als Rahj verwundert den ersten Pfeil aufnahm, ihn Kinsan zeigte und den Kopf schüttelte.

»Götter! Was Arlyn vermag, ist mehr als ein Mensch sich vorstellen kann«, meinte er ehrfürchtig, eine Spur Besorgnis darin. Hatte er das Wort Mensch besonders betont? Arlyn achtete nicht weiter darauf, zu vieles musste in Malargs Körper noch zusammengefügt werden. Das starke Herz würde die Regeneration unterstützen, es würde ihm sicher bald wieder gut gehen.

Mit einem zufriedenen Seufzen ließ er die Hände hinab gleiten. Versonnen lächelte er, fühlte sich etwas schwindelig, ein wenig erschöpft und doch erfüllt von einer inneren Stärke, wie er sie schon lange nicht mehr gespürt hatte. Dies war seine Magie alleine und Farjin konnte ihn nicht erreichen. Dravo hatte recht gehabt.

Malarg blickte verwundert auf die unversehrte, rosafarbene Haut über der Wunde, in der der Pfeil gesteckt hatte.

»Wer seid Ihr?«, flüsterte er. »Nur die Götter verfügen über solche Art von Macht.«

»Eralen bi tanak«, flüsterte der Gefangene, sank vor Arlyn auf die Knie, die Arme waren ihm auf den Rücken gebunden, sonst hätte er sie sicher wieder in der ehrerbietigen Geste gekreuzt. Was wusste dieser Mann von ihm? Was sah er in ihm?

»Ich bin ein Magisch Begabter. Es ist eine Fähigkeit«, erklärte Arlyn, wand sich unbehaglich unter ihren Blicken »Ich bin kein Gott. Es ist nur eine Gabe.« Malarg sah nicht so aus, als ob er an eine solche Erklärung glauben würde, bekam jedoch keine weitere Gelegenheit darüber nachzudenken, denn Rahj sprach ihn an: »Was ist mit meinen Wachen? Sind sie zurückgekehrt? Sie sollten uns doch mittlerweile vermissen.«

Malarg schüttelte den Kopf, setzte sich auf und bewegte prüfend seine Beine. »Ich habe sie gefunden, ein gutes Stück von hier. Mit aufgeschlitzten Kehlen. Als mich die Pfeile trafen, rannte mein Pferd los, den flüchtenden Kutschtieren nach. Ich hielt mich eine Weile seitlich am Sattel festgeklammert, doch dann stürzte ich ins Gebüsch und muss bewusstlos gewesen sein. Als ich zu mir kam, war die Straße leer. Nur mein Pferd graste ein wenig entfernt. Ich kam nicht in den Sattel, also hielt ich mich daran fest und ließ mich zurückziehen, bis mir die Beine nicht mehr gehorchen wollten. Was ist mit Sirw?«

»Sirw ist ehrenvoll im Kampf gestorben. Die Götter wachen nun über ihn«, erklärte Dravo.

»Die Götter wachen über ihn. Sein Wunsch wurde ihm gewährt«, flüsterte Malarg sichtlich berührt.

»Mit aufgeschlitzter Kehle? Keine Pfeile?« Misstrauisch beäugte Rahj Malarg.

»Sie müssen gerastet haben, ihre Pferde waren nicht zu sehen, sehr wohl aber Essensreste«, erklärte Malarg, legte den Kopf ein wenig nachdenklich zur Seite. »Wenn ihr meine Meinung hören wollt: entweder waren sie pflichtvergessen oder sie haben auf jemanden gewartet, der ihnen gab, was sie verdienten, aber nicht erwarteten.«

»Also glaubst du auch an Verrat. Oh hierfür wird jemand sehr büßen müssen«, zischte Rahj wütend, schloss die Finger um den Griff seines Schwertes.

»Zunächst müssen wir heimkommen«, warf Dravo ein, wischte sich über die Stirn und musterte Kinsan. »Dann kannst du deine Rachepläne schmieden. Kinsan ist noch zu schwach, er wird nicht den ganzen Weg laufen können. Und … Rahj, es gibt keine Zeugen, dass wir noch leben. Wir sollten besser nach Fenjil gehen. Niemand sollte vorerst erfahren, dass wir noch leben und dann lass uns diesem miesen Kerl eine Falle stellen.«

»Fenjil liegt ebenfalls einige Läufe entfernt«, wandte Rahj ein, krauste nachdenklich die Stirn.

»In unserem Lager wären Pferde«, sagte plötzlich ihr Gefangener. »Nur ein Wächter ist zurückgeblieben.«

»Und du glaubst, wird begeben uns erneut in Gefahr, weil wir deinen Worten Glauben schenken?« Verächtlich schnaubte Rahj.

»Eralen bi tanak, drift galurn. Nie würde ich wagen, in seiner Gegenwart zu lügen«, wisperte der Gefangene, senkte den Kopf, bis das Kinn auf der Brust lag. Irritiert betrachtete Arlyn ihn. Meinte er ihn? Was war er denn für ihn, dass er ihm mit so viel Ehrfurcht begegnete? Weil er sein Leben gerettet hatte oder wegen der Magie? Der Mann wurde ihm zunehmend unheimlicher, die dunklen Augen wirkten undurchdringlich.

»So erfreulich dein Respekt vor Arlyn ist, so wenig schenke ich deinen Worten Glauben. Das ist eine Falle«, stieß Rahj verächtlich aus.

»Ich habe eine bessere Idee«, wandte Dravo ein. »Malarg, denkst du, du kannst den Weg nach Fenjil schaffen?«

»Natürlich. Aber …« Bestürzt schaute er Dravo an. »Hoheit, ich kann Euch nicht ohne Schutz zurücklassen. Ich würde meine Pflicht nicht erfüllen.«

Lächelnd legte Dravo Arlyn die Hand auf die Schulter. »Das brauchst du auch nicht. Wir verfügen über genügend Schutz.« Trotz Dravos offensichtlichem Stolz und der Wärme, mit der er ihn liebevoll betrachtete, fühlte Arlyn Schuldgefühle, ein unangenehmes Ziehen in sich. Diese dunkle Magie war noch in ihm, wenngleich er die Kontrolle zurückgewonnen hatte. Sie lauerte, sie würde warten. Geduldig, bis er eine Schwäche zeigte, bis sie abermals hervorbrechen würde. Genau wie Farjin darauf warten würde, um seiner habhaft zu werden.

»Dein Befehl lautet, nach Fenjil zu reiten und uns eine Kutsche zu besorgen«, erklärte Dravo mit ein wenig angehobener Stimme. Malarg wich zurück, als ob er ihn geschlagen hätte.

»Hoheit?«, brachte er entsetzt hervor. »Ich bin Eure Leibwache, ich weiche nur im Tode von Eurer Seite!« Empört sah er seinen Herrn an. Wie zur Bekräftigung legte er die Hand an sein Schwert.

Bewundernd musterte Arlyn ihn. Dieser Mann war Dravo wirklich treu ergeben. So viel Stolz, so viel Willen und diese Kraft. Er konnte sich glücklich schätzen, ihm vertrauen zu dürfen, wenngleich Rahjs Wachen ihn offenbar verraten hatten. Wie gut verstand Arlyn nun seinen Wunsch nach jemandem, dem er absolut vertrauen konnte.

»Ich weiß deine Treue zu schätzen, Malarg. Dein Schwur ist mir heilig«, erklärte Dravo nachsichtig, trat an ihn heran. »Es würde unnötiges Aufsehen erregen, wenn ich oder Rahj alleine in Fenjil auftauchen würden. Du kannst unauffälliger hinkommen und uns eine Kutsche besorgen. Es wäre nicht gut, wenn die Verräter womöglich zu früh mitbekommen, dass ihr Plan fehlgeschlagen ist. Ich weiß nicht, ob all meinen Dienern zu trauen ist.«

»Hoheit, ich …«, brachte Malarg hervor und fiel in einer berührenden Geste vor Dravo auf die Knie. Arlyn wollte einschreiten, da hob Dravo bereits die Stimme.

»Du hast meinen Befehl vernommen. Zwinge mich nicht, dich von deinem Schwur zu entbinden, Malarg.« Entsetzen überzog das bärtige Gesicht, die Narbe unter dem Auge zuckte. Fassungslos starrte er Dravo an.

»Ich wäre ehrlos, ein Leben in Schande«, wisperte er tonlos und Arlyn registrierte überrascht, wie ihr Gefangener bei den Worten zusammen fuhr, stumm vor sich hin murmelte.

»Ich werde tun, was Ihr befehlt, Hoheit«, stieß Malarg aus, erhob sich, umklammerte sein Schwert und starrte Arlyn mit einem Mal beinahe feindselig wirkend an. Überrascht wich Arlyn zurück.

»Sorgt Ihr statt meiner dafür, dass ihm kein Leid geschieht.« Hart atmete Malarg aus, verzog die Lippen zu einem versöhnlichen Lächeln. »Und Euch ebenso wenig, junger Herr.« Ruckartig wandte er sich ab und schritt zu seinem Pferd. Wortlos schwang er sich in den Sattel, preschte davon, ohne zurückzublicken.

»Das war eine harte Drohung, Dravo. Malarg ist dir treu ergeben. Eine Wache, die von ihrem Schwur entbunden wird, ist ein Makel für alle anderen, die ihn mit Schimpf und Schande überhäufen würden«, meinte Rahj, betrachtete jedoch ihren Gefangenen mit einem grübelnden Ausdruck. Ob er sein Verhalten ebenfalls bemerkt hatte? Wer dieser fremde Mann wohl sein mochte? Woher kam er, was hatte ihn dazu gebracht, sich als Söldner oder eher als Meuchler zu verdingen?

»Glaub mir, ich komme mir gerade sehr schäbig vor, aber dieser dumme Dickschädel braucht manchmal einen Tritt in den festen Hintern. Ich schwöre dir, ich werde seine Treue belohnen«, seufzte Dravo. »Wenn wir heim kommen und sobald meine Hände Rangol den widerlichen Hals umgedreht haben. Oder ich schlitze ihn auf. Oder ich ertränke ihn eigenhändig. Ah, ich reiße ihm die Eingeweide heraus und lasse ihn zusehen, wie sie in der Sonne vertrocknen und dann ...«

»Deine Pläne in allen Ehren, doch vorher werden wir ihm nachweisen müssen, dass er dahinter steckt. Kommt, wir sollten nicht auf der offenen Straße warten, lasst uns ein wenig weiter gehen und einen Rastplatz finden«, unterbrach ihn Rahj, zerrte den Gefangenen hoch und stieß ihn vor sich her. Gemeinsam machten sie sich auf den Weg.

Obwohl Arlyn Dravos Wut verstand, schauderte er bei dem Gedanken daran, dass Dravo in seinem grenzenlosen Hass und Zorn durchaus fähig zu solchen Grausamkeiten sein konnte. Wie er selbst, wenn er dem Hass nachgab. Was unterschied sie also? Nur die Reichweite ihrer Kräfte. Waren sie einander ähnlich? War Dravo deshalb Syrlvan, der Beschützer? Nur in seinen Träumen hatte er diesen Namen bisher vernommen, dennoch wusste er instinktiv um dessen Bedeutung.

Und das Farjin diesen, seinen Beschützer, fürchtete.

Genug, um Farjin endgültig vertrieben zu haben? Oh Götter, Arlyn wünschte es sich sehr. Ebenso wie nach Fenjil zurück zu kehren und sich an Dravo zu schmiegen, die Augen zu schließen und sich der Gewissheit seines Schutzes zu überlassen.

89 Kapitel

Der Ehre nicht würdig

»Ich hoffe, Rahj, du wirst mir erlauben, diesen Bastard Rangol selbst zu den Niederen zu befördern«, zischte Dravo, stieß einen Stock in den Boden, während er ungeduldig auf und ab lief.

Sie hatten einen Platz, ein Stück weit neben der Straße gefunden, von dem aus sie einen Teil des Weges in beide Richtungen einsehen konnten, sie selbst blieben jedoch durch lichtes Gehölz einigermaßen verborgen. Der Himmel war bewölkt, ein diesiges Grau hatte sich breit gemacht, doch bisher waren sie von Regen verschont geblieben.

Neben Arlyn lag Kinsan, hatte die Lider geschlossen, allerdings war er sich nicht sicher, ob er wirklich schlief. Die schweren Verletzungen hatten dem alten Körper viel abverlangt. Ruhe war das einzige, was jetzt noch helfen konnte.

»Er hat sich nicht gescheut, dich und mich so nahe an Fenjil anzugreifen und wollte sogar Arlyn für sein Bett haben. Bei den Niederen, wenn du nicht dazwischen gegangen wärst, dann …«

»Beweis mir zunächst, dass er dafür verantwortlich ist«, antwortete Rahj gelassen, lehnte den Kopf nach hinten an den Baum, an dem er saß, während sein Bruder bisher nicht einem Moment zur Ruhe gekommen war. Ihr unterschiedliches Temperament konnte sich Arlyn nicht besser präsentieren und er schmunzelte ein wenig, als er Rahj beim Augenverdrehen beobachtete. Genau dasselbe hatte er sicher schon ein Dutzend mal auf Dravos Verwünschungen hin wiederholt.

Verächtlich schnaubte Dravo, deutete auf ihren Gefangenen. »Er hat es doch gesagt.«

»Er hat nur gesagt, dass sie Befehl hatten, Arlyn nach Rebar zu bringen«, korrigierte Rahj geduldig. »Wir vermuten lediglich, dass Larn Rangol dahinter steckt, aber wissen können wir es nicht.«

»Bei den Göttern, was brauchst du noch für Beweise?«, höhnte Dravo verärgert. »Willst du es aus seinem eigenen, verräterischen Mund hören? Dann lass mich nur kurz mit ihm alleine und er wird dir, vermutlich mit sehr hoher Stimme, alles beichten.« Unwillkürlich musste Arlyn ebenso lächeln wie Rahj. Es war klar, welchen Teil von Rangol Dravo als erstes abschneiden wollte.

Seufzend suchte Arlyn sich eine bequemere Position, während Dravo, weiterhin fluchend und fantasievolle Foltermethoden beschreibend, auf und ab stampfte. Verwundert betrachtete Arlyn seine Ärmel, die ein Stück hochgerutscht zu sein schienen, wie auch die Hosenbeine. Seltsamerweise schien die Kleidung ihm seit ihrem Aufbruch aus der Jagdhütte ein wenig zu klein geworden zu sein. Wie konnte das nur angehen? Lag es an der Magie? Hatte sie seinen Körper verändert? Nie zuvor hatte er dergleichen vernommen.

Mit einem genervten Schnauben erhob Rahj sich, trat zu dem Gefangen, der bisher nicht einen einzigen Fluchtversuch unternommen, noch sich gewehrt hatte.

»Wie lautet dein Name?«, fragte er herrisch. Rasch rappelte sich der Mann aus dem gekreuzten Sitz, in dem er reglos verharrt hatte auf, und fiel vor Rahj auf die Knie, das Haupt gesenkt.

»Odir wurde ich benannt, Euer Hoheit«, antwortete er respektvoll.

»Das ist kein Name Fenjarns, noch wirkst du wie ein Bewohner meines Königreiches«, stellte Rahj fest. Prompt schüttelte Odir den Kopf.

»Nein, Hoheit, ich entstamme einem Stamm aus Bakunths Steppen.«

»Ein nordischer Steppenbewohner also?« Nachdenklich betrachtete Rahj ihn.

»Bakunth? Wie kommt ein Nordsteppenbewohner als Meuchelmörder nach Fenjarn?«, verlangte Dravo sogleich zu wissen.

»Das ist eine Geschichte, die nicht ruhmreich ist«, erklärte Odir, atmete aus und hob den Kopf ein wenig. Für einen Moment blitzte Wehmut in den tiefliegenden Augen auf. »Meine Heimat ist ein kriegerisches Land. Das Kriegsglück war mir nicht immer hold.«

Rahj machte eine auffordernde Geste, damit er weitersprach. Arlyn gewann den Eindruck, dass Odir etwas sagen wollte, doch lieber verschwieg. Aufmerksam lauschte er, als er fortfuhr.

»Ich verließ mein Land vor vielen Jahren, war eine Weile in Saapal und kam dann nach Mapu, der Handelsstadt am anderen Ufer des Alumgal, an der Grenze zu Fenjarn. Dort wurde ich von einem Händler gefragt, ob ich für ihn arbeiten, seine Ware schützen wolle.« Kein einziges Mal blickte er Rahj in die Augen. »Ich ging mit ihm nach Fenjarn.«

»Welchem Herrn hast du danach gedient?«, erkundigte Rahj sich.

»Keinem, Hoheit.« Es klang eigentümlich bitter und er presste den Mund zu einer harten Linie zusammen, die gefesselten Hände ballten sich. »Ich bin nicht würdig, einem Herrn zu dienen. Ich arbeite für den, der mich am besten bezahlt. Ich habe keine Ehre, ich habe keinen Herrn mehr.« Odir entließ seufzend die Luft durch die Nase, hob langsam den Kopf und begegnete Rahjs Blick.

»Ich bin ein Ksat«, erklärte er beschämt.

»Das sagt mir nichts.« Stirnrunzelnd betrachtete Rahj Odir, doch Dravo nickte sofort.

»Ksat bedeutet soviel wie: Verlorene Ehre. Also hast du deine Ehre verloren? Bevor du dich als Mörder verdingt hast oder danach?«, stieß Dravo unfreundlich aus. Er machte kein Geheimnis daraus, dass er den fremden Mann nicht mochte.

»Soweit ich weiß, bekriegen sich die verstreuten Stämme Bakunths ständig untereinander und führen einen Jahrhunderte langen Kampf unter anderem auch gegen die Stämme aus Saapal. Was bedeutet, du bist ein Ksat, Odir? Erkläre es mir«, verlangte Rahj.

Odir straffte die Schultern, vermied es jedoch, Rahj anzusehen. »Nicht verlorene Ehre«, korrigierte er schleppend. »Ksat bedeutet der Ehre nicht würdig, Hoheit.« Er senkte die Stimme und Arlyn beobachtete, wie die Lippen bebten, als ob sie die Worte nicht entlassen wollten. Ein unbestimmtes Gefühl von Mitleid erfüllte ihn, während er zuhörte.

»Einst war ich ein Ksaradar.«

Sofort spannten Rahj und Dravo sich an, Rahj legte sogar die Hand auf sein Schwert, während sie ihren Gefangenen verblüfft anstarrten.

»Einer der legendären Steppenkrieger? Man sagt von ihnen, dass sie die gefährlichsten Krieger seien, weil sie schon als Kinder kämpfend mit Messer und Schwert aufwachsen. Ein Schwur bindet ihr Leben an ihren Herrn bis zum Tode. Du bist ein Ksaradar?« Mit deutlichem Misstrauen im Blick, aber durchaus respektvoll, maß Rahj ihren Gefangenen mit neuem Interesse.

»Nein. Ich durfte einer der Ksaradar sein. Es entspricht der Wahrheit. Unsere Ausbildung beginnt schon im zweiten Alter. Jeder Zweit- und Drittgeborene eines Stammes geht in die Lehre der Ksar und wenn er würdig ist, wird er einem Stammesherrn angeschworen. Nur so erlangt er seine Ehre, ist würdig, im Licht der Götter zu sein.«

Fasziniert betrachtete Arlyn Odir genauer. Sein Blick blieb an den langen, dürren Fingern hängen und er glaubte sich zu erinnern, wie Odir gegen Sirw gekämpft hatte und schauderte.

»Ksaradar. Ich habe von euch gehört. Von den Kriegern, die mit ihren Wurfmessern, die schnellen, graubraunen Steppenmäuse auf jede Distanz zu treffen vermögen, auch wenn das gewöhnliche Auge nicht einmal ihren Schatten wahrnehmen kann. Ebenso tödlich für ihre Gegner. Oh ja, euer Ruf ist bis nach Fenjarn gedrungen«, sagte Rahj, wirkte indes wissbegierig, während Dravo Odir lauernd betrachtete.

»Wieso bist du derart fern deiner Heimat?«, fragte er argwöhnisch.

Odir wandte ihm den Kopf zu, musterte ihn kurz. »Viele Kriege kämpfte ich an der Seite meines Stammesherrn gegen andere Stämme. Die Ehre der Krieger ist unauslöschlich an den Stammesherrn gebunden. Wenn er siegt, sind auch wir voll der Ehre. Unser Herr indes war …« Hart atmete Odir aus und es schien ihm nahezu körperliche Schmerzen zu bereiten, fortzufahren.

»Sein Verstand war nicht immer klar, manche seiner Entscheidungen … Aber es ist nicht an den Kriegern, darüber zu urteilen, wann ein Angriff sinnvoll ist.«

»Von euren blutigen Stammesfehden habe ich viel gehört«, stieß Dravo verächtlich aus. »Die Stämme Bakunths befinden sich andauernd im Krieg gegen einander.«

»Der Tod des einen zieht den Tod eines anderen nach sich«, erklärte Odir, wirkte ein wenig abwesend. »Blutfehden können nur durch Blut reingewaschen werden. Unser Herr befahl den Angriff gegen den Stamm der Tirska, obwohl wir von vorherigen Kämpfen zu geschwächt und der Anzahl ihrer Krieger unterlegen waren. Es war ein aussichtsloser Krieg. Ich hätte ihn dennoch besser schützen, hätte den Tod kommen sehen müssen. Ich war an seiner Seite, als das Messer ihn traf und ihm das Licht nahm, konnte es nicht verhindern.« Odirs Hände wurden zu Fäusten, jeder Muskel spannte sich an und jede Sehne am Hals trat deutlich hervor. »Mein Herr, meine Ehre. Die Götter hätten mich sterben sehen sollen, wie die anderen, durch eigene Hand, wenn nicht durch die des Feindes. Mein Herr starb und ich war zu feige, ihm zu folgen, verbarg mich verletzt neben seiner Leiche und täuschte den Tod nur vor, als die Tirska mit den Messern kamen.« Seine Nasenflügel bebten.

»Ich verlor jede Ehre, das Recht zu leben, wurde zu einem Ksat und habe mein Land verlassen«, schloss er, das Gesicht eine unbewegte Maske. »Seither bin ich ohne Herrn und ohne Ehre. Meine Dienste standen jedem offen, der so viel bezahlte, dass ich überleben konnte. Durijk hat mich und die anderen angeheuert. Er versprach uns viele Goldene, wenn wir mitmachen würden. Genug, um davon lange leben zu können. Er sprach von Kampf, nicht von Abschlachten.« Seine Schultern sanken nach vorne.

»Aus dem legendären, stolzen Krieger wurde ein bezahlter Meuchelmörder«, stieß Dravo aus. »Ohne Zweifel bist du keiner Ehre mehr würdig.«

»Und keines Lebens«, ergänzte Odir leise. »Eralen hat es mir zurückgegeben, obwohl die Niederen meine Seele schon umfingen. Die Götter haben eine Aufgabe für mich.«

»Hat dein Anführer dir etwa seinen Namen genannt?« Argwöhnisch schaute Dravo von Arlyn zu Odir und zurück.

»Nein, aber natürlich habe ich ihn sogleich erkannt. Die Götter sind großherzig, mich ihn erblicken zu lassen. Eralen bi tanak, der Sohn der Götter«, flüsterte Odir ehrfürchtig, ließ das Kinn abermals auf die Brust sinken.

»Eine bakunthsche Legende?«, fragte Rahj neugierig nach. Arlyn spürte ein seltsames Regen der Magie und erhob sich.

»Diese Legende ist eine des Nordens. Ich kenne sie ebenfalls«, warf er ein, zuckte verlegen die Schultern, als Dravo und Rahj ihn erstaunt ansahen. »Allerdings kenne ich diesen Namen nicht.«

»Nun, er hält dich offenbar für diesen Sohn der Götter. Und angesichts deiner Fähigkeiten erscheint das nicht einmal abwegig«, meinte Rahj mit einem Lächeln. »Sag mir, Odir, ist dein Respekt vor dem Sohn der Götter groß genug, einen Schwur zu halten? Du sagtest, du kannst vor ihm nicht lügen?«

»Eralen bi tanak würde mich strafen, wenn nur ein bösartiges Wort, nur ein hinterlistiger Gedanke mich wieder auf den falschen Weg führen würde«, stieß Odir aus. »Ich habe meine Ehre verloren, mein Leben war verwirkt und wurde mir zurückgegeben. Ich werde diesen Fehler nicht wiederholen. Die Götter gaben mir ihr Licht.«

»Ich kenne deine Legenden nicht, aber auch die unseres Landes kennen die Strafe der Götter. Nun, Odir, Ksat ohne Ehre, du hast den zukünftigen König Fenjarns angegriffen und seinen Bruder. Du hast versucht, uns zu töten. Du wolltest unser Blut vergießen im Glairom ihl Hitkal, jenem Land, das dem Volke Fenjarns absolut heilig ist. Unser Tod hätte ganz Fenjarn den Untergang bringen können. Was denkst du, was den Mann erwartet, der das Schicksal Fenjarns gefährdet hat? Was wäre die gerechte Strafe für einen Attentäter, einen Mann, keiner Ehre würdig, der sich selbst verkauft?«, fragte Rahj, zog langsam das Schwert aus der Scheide.

Odir begann zu beben. Die Hände ballten sich erneut zu Fäusten. Hektisch schaute er sich um und sein Blick blieb schließlich für einen Moment flehend an Arlyn hängen, der die Szene musterte, nicht sicher, was Rahj vorhatte. Sicher wollte er Odir nicht wirklich töten, oder? Gerade erst hatte seine Magie ihm das Leben zurückgegeben, und obwohl er einem gedungenen Mörder gegenüber kein Mitleid empfinden sollte, widerstrebte ihm der Gedanke. Sein Schicksal hatte ihn merkwürdig tief berührt. Dieser Mann hatte Heimat und Ehre verloren und damit scheinbar auch jeden Halt im Leben. Natürlich lag die Entscheidung über sein Leben nicht länger in Arlyns Hand, sondern einzig alleine in Rahjs, als dem zukünftigen Königs Fenjarns.

»Euer Hoheit«, flüsterte Odir, fuhr zusammen, als Rahj ihm die Schwertspitze auf die Brust setzte.

»Antworte mir. Welche Strafe erwartet dich? Ehrlos, ein gedungener feiger Mörder?«

»Der Tod«, brachte Odir hervor, die Lippen bebten. »Ich verdiene den Tod.«

»Richtig. Dein Leben ist verwirkt und dennoch hängst du daran. Ich sollte dich töten, auf dieselbe Weise, wie du und diese anderen Mörder meine Wachen ermordet habt.« Zornbebend stand Rahj vor ihm und Arlyn bezweifelte, ob er ihn aufhalten könnte, wenn er zustoßen wollte. Götter, Rahj würde den Krieger doch gewiss nicht wehrlos vor sich kniend, mit auf den Rücken gebundenen Händen abschlachten? Nicht Rahj. Er musste einen Plan haben. Zweifelnd schaute Arlyn zu Dravo, der seinen Bruder ebenfalls irritiert musterte.

»Du bist nichts weiter als ein verkommener ehrloser Meuchler, Odir. Du behauptest, du dienst demjenigen, der dafür am besten bezahlt. Dann sag mir, was wäre dir noch mehr wert als jene schmutzigen Goldenen, die du erhalten hättest?« Unverändert deutete die Schwertspitze auf seine Brust, doch Arlyn glaubte endlich zu wissen, was Rahj erreichen wollte.

»Meine Ehre«, murmelte Odir, ergänzte noch leiser: »Mein Leben.«

»Deine Ehre kann nur durch einen erneuten Schwur wiederhergestellt werden, nicht wahr? Oh ja, ich kenne die Gesetze der Ksaradar. Deine Ehre hängt an deinem Herrn, dein Schwur bindet dich an ihn. Nun, Odir, ich habe dir einen Preis anzubieten, wertvoller als alle Goldenen zuvor.« Mit einem Ruck ließ Rahj die Schwertspitze nach unten auf den Boden rutschen. »Ich biete dir Ehre und Leben an.«

Sofort fuhr Odirs Kopf in die Höhe, die tiefliegenden Augen starrten Rahj fassungslos an.

»Mein Leben? Meine ... Ehre«, flüsterte er ungläubig.

»Rahj, begehe keinen Fehler«, wandte Dravo ein, blickte finster drein. »Dieser Mann würde sogar seine Seele an den Meistbietenden verkaufen. Du hast ihn gehört. Du kannst ihm nicht trauen.«

»Ihm nicht, aber seinem Schwur«, erklärte Rahj unbeeindruckt. »Wenn ich dich zu meinem Krieger, meinem Ksaradar mache, dir deine Ehre zurückgebe und das Leben verschone, wirst du mir die Treue bis in den Tod schwören?«

Zischend sog Dravo den Atem ein und auch Arlyn holte überrascht Luft.

»Ihr werdet der König Fenjarns sein«, wisperte Odir entgeistert. »Der Herr eines ganzen Landes. Ein Mann weit mächtiger, als jeder der Stammesfürsten meiner Heimat.«

»Und ich habe großes Interesse daran, genau deswegen am Leben zu bleiben und vor allem den Verrat aufzudecken, der meinen Tod beinhaltete. Gäbe es mehr Ehre, als für mich zu kämpfen, mir den Schwur zu geben?«, fragte Rahj, hatte sich aufgerichtet, die Augen funkelten. Unwillkürlich musste Arlyn lächeln, obwohl Dravo einen Fluch ausstieß. Bei den Göttern, Rahj wusste wirklich mit Worten umzugehen und auch wenn er ein Risiko einging, so bewunderte er dennoch seine Weitsicht. Mehr Ehre konnte ein Ksaradar nicht erzielen, als einem König angeschworen zu sein. Für Odir, dem seine Ehre offenbar ebenso viel wert war wie sein Leben, ein ungeheuerliches Angebot. Ob er dem gerecht werden konnte? War ihm zu trauen?

»Hoheit, einer solchen Ehre bin ich nicht würdig«, flüsterte Odir konsterniert.

»Ist das ein Eingeständnis, dass du deinen Schwur noch einmal brechen würdest?«

»Niemals!« Augenblicklich verhärteten sich Odirs Züge. »Eralen bi tanak würde mich auf der Stelle vernichten, wenn auch nur ein Gedanke daran in mir wäre.«

»Gut. Dann sieh Arlyn dabei an und schwöre mir deine Treue. Wenn dein Schwur nichts wert ist, wird seine Magie dich niederstrecken. Sollte dein Schwur Bestand haben, löse ich deine Fesseln und du wirst mein Ksaradar sein.«

Hart atmete Odir aus, gab sich einen Ruck und drehte sich auf den Knien herum, sodass er Arlyn direkt ansehen konnte. Unbehaglich erwiderte Arlyn den Blick, das Herz klopfte schneller, die Magie kribbelte, sammelte sich in den Fingern.

Unsicher und erkennbar furchtsam sah Odir zu ihm auf, doch dann wurde sein Blick fester, die schmalen Lippen schlossen sich und er hob das Kinn. Stolz blitzte Arlyn entgegen und eine ungeheure Ernsthaftigkeit, die ihm zwangsläufig Respekt abnötigte.

»Eralen bi tanak drift galurn. Ich schwöre den Schwur der Ksaradar. Mein Messer, mein Schwert, mein Leben gehören fortan …« Zögernd wandte Odir den Kopf und Rahj trat neben ihn, flüsterte schmunzelnd: »Rahj dun nan Asolt ist mein Name.«

»Mein Messer, mein Schwert, mein Leben gehören fortan Rahj dun nan Asolt. Fließt sein Blut, wird auch meines fließen. Die Götter erweisen uns die Ehre und meine gehört meinem Herrn. Girlth tha drava grauwr Ksaradar.« Selbstsicher sah er Arlyn an und auf seinen fremdartigen Zügen erschien ein vages Lächeln.

Und Arlyn war sich seltsam sicher, er würde diesen Schwur halten.

90. Kapitel

Legenden

»Nur weil Arlyn ihn nicht pulverisiert hat, kannst du ihm dennoch nicht trauen«, wandte Dravo ein, als Rahj die Fesseln löste und Odir sich betont langsam erhob. »Ich traue ihm nicht.« Drohend starrte Dravo Odir an, trat dicht an ihn heran.

»Wenn nur eine Spur Falschheit an dir ist, wirst du mich kennenlernen. Rahj mag kluge Worte beherrschen, ich hingegen weiß mit dem Schwert umzugehen.«

Stumm sah Odir ihn an, nickte kaum merklich, hielt seinem Blick ausdruckslos stand, bis sich Dravo mit einem weiteren Fluch abwandte. Rasch ergriff Arlyn seine Hand, zog ihn zu sich. Er brauchte nichts sagen, er spürte Dravos Wut, die aus seiner Hilflosigkeit und der Ungewissheit erwuchs, wer ihr Feind war.

»Euer Messer, Hoheit«, sagte Odir, hob die Hände in einer bittenden Geste. »Nein, gebt es nicht mir, haltet es selbst.« Er legte die Finger beider Hände an die Klinge, führte es zu seinem Gesicht und fügte sich dicht unter dem linken Auge, auf der alten Narbe eine neue Schnittverletzung zu. »Ksar drif, hjulk drif mamu kalak. Drif grubar flagra nimun!« Die Worte klangen sehr rau, waren eindeutig ein Schwur, Odir hob den Kopf, das Blut rann ihm über die Wange, doch er unternahm keinen Versuch, es sich fortzuwischen. »Dies ist der Schwur der Ksaradar. Mein Blut, meine Ehre, mein Leben sind das Eure. Ich werde Euch folgen, wohin ihr geht.«

Langsam nickend zog Rahj das Messer zurück.

»Ich akzeptiere«, antwortete er, steckte die Waffe zurück in die Scheide. »Wenn Malarg zurück kommt, werden wir nach Gralif fahren. Das liegt nur zehn Läufe von Rebar entfernt. Dort auf meinem Landsitz wird uns gerade jetzt sicher keiner vermuten.« Rahj lachte spöttisch auf und zwinkerte seinem

Bruder zu. »Nicht, wenn wir eigentlich wahlweise tot oder beim Empfang in Trandfil sein sollten. Bei den Göttern, ich hatte sie insgeheim ja darum gebeten, mir diesen Empfang zu ersparen. Konnte ich ahnen, welchen Weg sie gehen würden, um mir meine Wünsche zu erfüllen?« Sein Lachen verebbte, denn Dravo grollte nur, trat zu Arlyn.

»Also bist du für ihn der Sohn der Götter?«, murmelte Dravo, legte den Arm um Arlyns Hüfte und seufzte. Die Spannung schien urplötzlich aus ihm zu weichen und er lehnte den Kopf gegen Arlyns Stirn, schloss die Lider. »Von dieser Legende will ich mehr hören. Wenn wir daheim sind. Götter, ich werde erst ruhig schlafen, wenn dieser Bastard verendet ist und ich dich sicher in meinen Armen weiß.«

Lächelnd strich ihm Arlyn über den Kopf, küsste die Haare und wisperte ihm Zärtlichkeiten zu, während Rahj Odir weiter musterte. Ob er sich wirklich sicher war, dass der Steppenkrieger seinen Schwur halten würde?

»Ich möchte so schnell wie möglich herausfinden, wer den Anschlag auf mich und meinen Bruder geplant hat. Du bist der letzte Überlebende dieser Männer. Du hast gesagt, ihr solltet ihnen den Lanjin lebend nach Rebar bringen«, begann Rahj, rieb sich das Kinn und augenblicklich spannte Dravo sich an, hob den Kopf und warf Rahj einen besorgt finsteren Blick zu.

»Was planst du, Rahj? Wenn es da ist, was ich vermute, vergiss es sofort wieder. Ich werde es nicht zulassen.«

»Du wirst zum Schein genau das tun«, erklärte Rahj unbeeindruckt. Nun blickte ihn auch Arlyn überrascht an. Was hatte Rahj vor? Er sollte … Kälte kroch wie mit gierigen Händen heran, überzog seine Arme mit Gänsehaut, sandte das Herz stolpernd in einen schnelleren Takt.

»Nein, Rahj! Das wird nicht geschehen! Ich werde es auf keinen Fall dulden.«

»Odir wird mit einer Gruppe verlässlicher Männer mit Arlyn nach Rebar reiten und dort Rangol, oder wer auch immer hierfür verantwortlich ist, treffen«, sagte Rahj bestimmt, machte eine herrische Geste. »Ich muss wissen, wer dahinter steckt, Dravo. Dieser Verrat muss sofort komplett aufgedeckt werden.«

Hart schluckte Arlyn, vage Übelkeit erfasste ihn, wenn er daran dachte, diesem Mann abermals zu begegnen. Würde er seine Magie beherrschen können? Was, wenn Rangol ihn anfasste, wenn …

»Unter gar keinen Umständen. Allein der Gedanke, wie dieses Schwein Arlyn angesehen hat …«, stieß Dravo zornig aus, funkelte seinen Bruder kampflustig an. »Arlyn wird nicht nach Rebar gehen. Ich werde ihn niemals einer solchen Gefahr aussetzen.«

Rahj lachte laut auf. »Dravo! Weder von Rangol noch von einem anderen Menschen dürfte für Arlyn eine Gefahr ausgehen. Eher umgekehrt.« Betroffen zuckte Arlyn zusammen, senkte augenblicklich den Kopf. Rahj hatte nicht Unrecht, er war eine Gefahr für andere Menschen. Wenn Farjin seinen Hass erneut schürte und die Kontrolle übernahm … Nein. Das würde nicht geschehen. Er hatte ihn zurückgedrängt, er wusste um die Macht seiner Magie, der, die ganz alleine ihm gehörte. Beim Heilen hatte er ihre wahre Kraft gespürt, sie hatte ihn völlig durchdrungen und sie war es gewiss auch, die ihn hatte wachsen lassen. Er spürte es, fühlte es auf unbestimmte Weise. Als ob sein Widerstand und der Sieg, eine Art Entwicklung abgeschlossen hätten. Ob Farjin es ebenso wusste?

Für den Moment sprachlos ballte Dravo wütend die Fäuste. Rahj musterte ihn, wandte sich jedoch an Arlyn.

»Wirst du es tun? Wirst du mir helfen, diesen Verrat zu enttarnen? Ich weiß, was ich von dir verlange und ich weiß es zugleich sicher nicht. Götter, ich kann womöglich nicht einmal erahnen, was ich dir abverlange mit meiner Bitte«, brachte Rahj heraus. »Aber es geht um mein Land, mein Volk. Ich kann nicht zulassen, dass ein solcher Verrat Unruhe und Verunsicherung wie ein Geschwür wachsen lässt, die Häuser entzweit und unsere Position schwächt. Und ich besitze nicht die volle Macht, denn noch bin ich nicht der König. Wenn es mir hingegen gelingt, den Verrat aufzudecken, die Schuldigen meinem Vater zu liefern, dann …«

»Ich verstehe«, antwortete Arlyn leise, hin- und hergerissen, zwischen seinem Verständnis für Rahjs Bitte als zukünftiger König und seiner Furcht.

»Arlyn wird nicht gefesselt als Gefangener, gebunden wie ein Stück Vieh, nach Rebar geschleppt werden und diesem lüsternen Rangol in die Augen sehen oder sich gar von ihm anfassen lassen müssen. Rahj! Das wirst du ihm nicht antun«, stieß Dravo verzweifelt klingend aus und er schob sich halb zwischen Arlyn und seinen Bruder. »Du musst einen anderen Weg finden.«

»Aber er hat Recht, Dravo«, antwortete Arlyn, atmete aus und ergriff ihn am Arm. »Nur so können wir die Verräter entlarven. Wenn wir es von seinen eigenen Lippen hören, gibt es keinen Zweifel.«

»Oh nein. Das werde ich nicht zulassen. Wie er dich angesehen hat … Ich könnte es nicht ertragen, wenn er dich berührt, wenn er …« Dravo brach ab, schloss kurz die Lider und beäugte ihn zweifelnd. »Du willst es tun?« Die Stimme war kaum mehr als ein Wispern.

»Er wird mir nichts tun können«, beschwichtigte Arlyn ihn, legte die Hand weich an seine Wange. Dravo griff danach, presste sie hart gegen sein Gesicht. In den Augen stand nur zu deutlich die Sorge geschrieben.

»Wenn sie mich wie befohlen nach Rebar bringen, wird er glauben, alles hat geklappt und du und Rahj seid tot. Womöglich kann ich ihn dann dazu bringen, zu verraten wer noch dahinter steckt.«

»Verflucht sollst du sein, Rahj!«, schimpfte Dravo, wandte sich zornig seinem Bruder zu. »Wenn Arlyn dabei auch nur ein Haar gekrümmt wird, wenn er gezwungen wird, seine Magie …« Er brach ab, als ihn Arlyn zu sich heranzog und ihn sanft küsste. Seine Magie einsetzen zu müssen, sich dabei Farjins Einfluss zu öffnen, war auch seine größte Furcht. Allerdings schuldete er Rahj Dank. Er hatte sich für ihn und Dravo eingesetzt, seine Macht genutzt, um ihre Verbindung zu legitimieren. Es sollte ihm etwas zurückzahlen. Es ging um die Zukunft dieses Landes. Rahjs Land und seines und Dravos, wenn sie hier, fern von Farjins Einfluss leben wollten.

»Du selbst hast mir beigebracht, wie ich mich auch ohne Magie wehren kann«, erklärte Arlyn zuversichtlich lächelnd. Er hoffte sehr, dass seine Selbstsicherheit überzeugend genug wirkte, um Dravos Bedenken zu zerstreuen. Dieses Gefühl von Sicherheit war neu und absolut ungewohnt. »Ich werde die Magie nicht nutzen müssen, ich kann es kontrollieren. Es wird mir schon nichts geschehen. Ich werde nicht alleine sein und Odir …«

»Ich werde auch dabei sein«, entschied Dravo augenblicklich. »Ich lasse dich auf gar keinen Fall alleine gehen.«

»Natürlich. Wie viele vertrauenswürdige Männer hast du in Fenjil, die wissen, wie eine Waffe zu führen ist?«, fragte Rahj, lächelte sie beide an.

»Genug«, grollte Dravo. »Genug, um sicherzustellen, dass dein Steppenkrieger seinen Schwur nicht plötzlich vergisst. Und Malarg wird dabei sein. Und ein Auge auf ihn haben.«

»Dann steht unser Plan und wenn ich mich nicht täusche, kommt dahinten die Kutsche. Deine Wache ist ein kluger Mann, Dravo, er fährt selbst«, erklärte Rahj, beschattete sich die Augen.

»Das ist er und sein Schwur nicht weniger ernst. Er würde jeden töten, der einem von uns Übles wollte«, zischte Dravo in Odirs Richtung, wandte ihm dann abrupt den Rücken zu und wartete, bis die Kutsche heran war.

Auch auf der Fahrt nach Gralif grollte Dravo seinem Bruder, hatte Arlyn dicht an sich gezogen und warf ebenso Odir finstere Blicke zu, der sich auf den Boden gesetzt hatte, sich weigerte, neben seinem neuen Herrn zu sitzen. In einer Ecke, sorgfältig mit den Polstern eingerahmt, schlief Kinsan, das Gesicht grau vor Erschöpfung.

»Er wird noch eine ganze Weile brauchen, sich vollständig zu erholen«, erklärte Arlyn leise. »Die Magie kann nur die Reserven des Körpers mobilisieren, die ohnehin da sind, und ich habe auf seine letzten Ressourcen zugreifen müssen. Er war dem Tode zu nahe.«

»Was ist mit dir?«, fragte Dravo ebenso leise, strich ihm mit liebevollem Ausdruck eine Strähne aus dem Gesicht. »Wie fühlst du dich? Erschöpft es dich nicht auch, Magie zu wirken?«

Arlyn lächelte, seine Hand griff nach Dravos und er verflocht die Finger. »Nicht auf dieselbe Weise. Ich forme lediglich um. Meine Magie fließt gleich Wasser in den Körper, stößt an, verändert und kehrt danach zu mir zurück.«

»Eralen«, flüsterte Odir plötzlich, rollte das fremde Wort auf der Zunge. »Das Götterkind. Die Legenden meines Stammes beschreiben Eure Schönheit und wie Eure Hände Zorn und Zerstörung herbeirufen können auf all jene, die den Göttern nicht huldigen. So wie Ihr es getan habt.«

Betroffen blickte Arlyn ihn an, machte eine abwehrende Geste. »Es ist nur Magie«, schwächte er ab und fügte leise entschuldigend hinzu, fühlte, wie die Scham in ihm erneut aufflammte: »Ich wollte diese Männer nicht töten. Das wollte ich nicht, ich habe … die Kontrolle verloren.«

Der Druck von Dravos Hand wurde fester und er funkelte Odir wütend an.

»Erlaube dir kein Urteil, Ehrloser. Du und die anderen Männer habt verdient, was passiert ist«, schnaubte er ärgerlich. »Ich hätte dich sicher nicht zurück ins Leben geholt.«

»Natürlich haben sie es verdient.« Ehrerbietig neigte Odir den Kopf. »Jeder, der Hand an Eralen legt, wird dem Götterfluch erliegen. Es war ihr Schicksal. Die Götter lassen nur jene am Leben, die seine Schönheit sehen und ihr nicht erliegen. In der Legende schicken sie Eralen, entsprungen ihren Lenden, geformt mit ihrer alten Macht, in unsere Welt, um uns zu prüfen. Nur jene des Stammes, die Eralen mit reinen Gedanken ansehen können, werden gesegnet und dereinst im Tode in der Welt der Götter aufgenommen werden.«

»Nun dann solltest du verdammt gut auf deine Augen und Gedanken achten, damit du dir nicht den Zorn der Götter zuziehst«, schnappte Dravo gehässig, erkannte selbst, wie lächerlich er eigentlich klang. Sogar Arlyn verzog den Mund zu einem amüsierten Lächeln, wurde allerdings gleich wieder ernst. Die Legende klang ähnlich der, der Geschichtenerzählerin.

Nachdenklich betrachtete Arlyn den Steppenkrieger. Ob diese Legenden wirklich etwas mit ihm und dem Fluch seiner Schönheit zu tun haben konnten? War er denn wirklich so viel anders, nur weil er über Magie verfügte? Für ihn war sie immer Bestandteil seiner Welt in Farjins Burg gewesen. Alle Schüler Farjins waren Magisch Begabte gewesen. Waren sie wirklich anders als die Menschen? Früher hatte er seine Magie als Gabe empfunden, die ihm dann, zusammen mit seiner Schönheit zum Fluch geworden war. Nur warum sollten die Götter ihn auf diese Weise strafen? Was hatte er ihnen getan, um sich ihren Fluch zuzuziehen? War er wirklich dieses Götterkind der Legende? Aber das war absurd.

Schweigend brachten sie den Rest der Fahrt hinter sich und erreichten bald schon den kleinen Landsitz. Rahj war kaum aus der Kutsche geklettert, als er den überraschten Dienern auch schon Anweisungen gab. Arlyn half Kinsan aus der Kutsche. Dravo schickte Malarg zurück nach Fenjil, um seine Männer zu holen und Odir folgte Rahj, als dieser ihn dazu aufforderte mit ins Haus zu kommen, derweil sich zwei Wachen um die Kutsche kümmerten.

Nur kurze Zeit später, brachten zwei Diener ihnen Essen. Rahj selbst war irgendwohin verschwunden und so aßen sie zusammen mit Odir, der sich mit gekreuzten Beinen auf den Boden gesetzt hatte und Kinsan, der sich sichtlich unwohl fühlte, mit seinem Herrn an einem Tisch zu speisen.

»Hoheit, ich sollte nicht hier sein. Das steht mir nicht zu«, protestierte er schwach. Dravo warf ihm einen langen Blick zu.

»Von mir aus kannst du gerne in der Küche essen, Kinsan«, meinte er brummend. »Aber erst, wenn ich mir sicher bin, dass du auf dem Weg dahin nicht vor Schwäche stürzt. Also schweig und iss, oder ich werde dich selbst dorthin tragen.«

Kinsan senkte den Kopf und tat wie ihm geheißen, allerdings umspielte ein feines Lächeln seine Lippen. Dravos Laune war definitiv nicht die beste. Die ganzen Ereignisse, seine Sorgen schlugen ihm wohl auch auf den Magen, denn er aß nur wenig. Sicher hasste er es, passiv zu sein. Der Zorn auf Rangol, der durch den Verrat noch mehr Nahrung bekommen hatte, gärte in ihm, wollte endlich frei brechen. Das Gefühl konnte Arlyn gut nachvollziehen, es bereitete ihm indes eher Unwohlsein. Wann immer er Dravo berührte, schien sich dessen Zorn zumindest zu beruhigen. Definitiv war diese Verbindung zwischen ihnen immens stark. In beide Richtungen.

»Bei den Niederen, wo steckt nur Rahj?«, schnaubte Dravo, kaum hatte er sein Essen beendet. »Wie lange müssen wir nutzlos herumsitzen?« Er sprang auf und begann rastlos durch den Raum zu wandern. Arlyn blieb hingegen schweigend am Tisch sitzen, hatte ebenfalls wenig gegessen. Seine Gedanken kreisten noch immer um die vielen Fragen und er achtete nicht mehr auf Dravos Verwünschungen.

Egal wie tief er in sich lauschte, er konnte Farjins Ruf nicht mehr vernehmen. Arlyn hatte das eigentümlich sichere Gefühl, er würde auch nicht zurückkehren, beinahe, als ob Dravos oder Syrlvans Stimme Farjin endgültig ausgeschlossen hätte. Konnte es sein, dass Farjins Einfluss damit ein Ende gefunden hatte? Wenn er nur herausfinden konnte, wie Farjin seine Magie hatte kontrollieren können. Wenn er verstand, auf welche Weise, dann konnte er es vielleicht erfolgreich verhindern. So vieles hatte er von ihm gelernt, doch Farjin hatte ihn auch über vieles im Dunkeln gelassen. Offenbar mit Absicht.

Arlyn war sich schmerzhaft bewusst, dass sein Meistermagier nicht so leicht aufgeben würde. Er hatte die Visionen an der Jagdhütte nicht vergessen. Farjin hatte ihm das Numion nicht ohne Grund gezeigt. War es eine Drohung gewesen oder war dieses Wesen ihm jetzt auf der Spur? Was war es?

Eine Lektion. Arlyn formte das Wort geräuschlos mit bebenden Lippen. Eine Lektion in Hass. Farjin hatte ihm all diese Dinge antun lassen, um ihn hassen zu lehren und er hatte abgrundtief gehasst. Er hatte seine Peiniger töten wollen, jeden einzelnen von ihnen, mit Inbrunst, und er hatte es schließlich getan.

Arlyn schloss die Lider. Die Macht, seine Peiniger in schiere Todesangst zu versetzen, hatte sich unglaublich gut angefühlt. In jenen Momenten war er willens genug gewesen, Farjin die Kontrolle über die wilde Magie zu geben, sich leiten zu lassen, nur um diese Männer zu töten. Beinahe so wie heute.

Der Hass war Farjins Schlüssel, seine Magie zu kontrollieren. Sein Wille, diese Männer zu töten, erst hatte ihm erst Zugang zu seiner Magie verschafft, ihn beherrschbar gemacht. Er selbst hatte Farjin erlaubt, in sein Innerstes einzudringen, dorthin, wo er diese Emotionen verbarg. Hass und Liebe.

Arlyn hob den Kopf und betrachtete Dravo, der nun schweigend am Fenster stand und hinaus sah. Einer der Diener half Kinsan beim Aufstehen und würde ihn zu einem Zimmer bringen, wo er sich erholen konnte. Müde lächelte er Arlyn zu. Noch immer sprachen seine Augen von Dankbarkeit und Arlyn lächelte zurück.

Das Heilen hatte es ihm bewiesen, er war in der Lage, die Magie so zu lenken, wie er es wollte. Arlyns Blick blieb abermals an Dravos Gestalt hängen. Wenn Farjins Lektion ihn Hass gelehrt hatte, dann hatte Dravo ihm eine weitere Lektion erteilt: Die, zu lieben.

War es das, was passiert war? Hatte er womöglich Dravo ebenso Zutritt zu seiner Seele gewährt, einfach, weil er ihn liebte?

Die Ereignisse hatten etwas verändert, das spürte Arlyn sehr genau. Konnte es sein, dass Dravos Liebe auch den Fluch gebrochen hatte?

Er würde es bald erfahren. Wenn er Rangol begegnete.

91 Kapitel

Ein Plan voll Vertrauen

Diese verdammte Unruhe wollte nicht nachlassen. Ständig streiften seine Gedanken zu Rangol zurück, wie begehrlich dieser Arlyn auf dem Empfang angesehen hatte. Es drehte Dravo den Magen um, auch nur daran zu denken, dass er ihm noch einmal nahe kommen sollte.

Rahj hatte ja keine Ahnung, was Arlyn durchmachen musste, ahnte sicher nicht einmal einen Hauch von dessen Qualen. Wie musste er gelitten haben, weil dieser verfluchte Farjin seine Magie korrumpiert hatte. Aber Arlyn hatte ihn zurückgeschlagen, sich seinen Ängsten gestellt und sie besiegt. Doch zu welchem Preis? Wie nahe war dieser Magier ihnen gekommen, wie weit würde er gehen?

Wenn er wirklich an den Grenzkämpfen zu Busynd beteiligt war, würde es dann nicht ein leichtes sein, nach Fenjarn zu gelangen?

Eine leichte Berührung riss Dravo aus den Gedanken und er wandte den Kopf, als Arlyn ihn am Arm zu sich herumdrehte. Ein wunderschönes Lächeln überzog sein Gesicht, dessen Züge seltsamerweise erwachsener und sogar ein wenig kantiger wirkten. War dies das Wirken der Magie?

»Ich liebe dich«, flüsterte Arlyn. »Egal was passiert, ich werde dich immer lieben, Dravo.«

Verblüfft sog Dravo die Luft ein. Dieser Satz überraschte ihn nach allem was sie heute erlebt hatten und augenblicklich nahm seine Sorge, Arlyn könnte etwas passieren, weitere Formen an. Eng zog er ihn an sich, barg den Kopf an seinem Hals, drückte ihn.

»Du musst das nicht tun«, raunte er, die Angst verlieh seiner Stimme einen rauen Klang. »Wir würden sicher auch einen anderen Weg finden.« Er spürte, wie Arlyn den Kopf schüttelte, ohne sich von ihm zu lösen.

»Es ist in Ordnung, Dravo. Ich kann es tun.« Arlyn hob den Kopf und blickte ihm in die Augen. »Wenn du bei mir bist, kann ich alles tun. Du gibst mir Stärke.« Wild pochte sein Herz und Dravo war sich sicher, dass er damit nicht nur die Aufdeckung des Verrats meinte.

»Ich werde da sein«, versprach er. »Ich werde an deiner Seite sein, was auch geschehen wird, wohin auch immer du gehen wirst.« Zärtlich umschloss er Arlyns Gesicht mit den Händen und küsste ihn. »Das Schicksal, oder von mir aus auch die Götter, haben uns zusammengefügt und bei allen Niederen, ich werde meine Rolle in diesem Spiel der Götter spielen. Ich bin dein Beschützer.« Leise lachte er, musste schmunzeln. »Selbst Odir, diese Steppenratte, hält dich für ein Kind der Götter. Dann erscheint es mir nur gerecht, wenn sie dir einen Gefährten an die Seite stellen, oder?«

»Dann ist es also der Wille der Götter, dass wir einander lieben?«, fragte Arlyn, zwinkerte plötzlich, die Augen blitzten schalkhaft. »Mir schien eher, deine Entscheidung, mich als Sklaven zu kaufen, hatte weitaus weniger heilige Gründe.«

Für einen winzigen Moment versteifte sich Dravo, überflog ein Gefühl der Reue ihn, dann lächelte er zurück.

»Da du mich jedoch nicht gleich niedergestreckt hast, Kles, ist es mir nun also erlaubt, dich weiterhin begehrlich anzusehen und sogar …« Zärtlich strich er über Arlyns weiche Haare, die Wange hinab zum Kinn, hob es leicht an und senkte die Stimme. »… dich zu berühren, mein Göttersohn.« Der Mund berührte Arlyns, kostete die Weichheit seiner vollen Lippen. Arlyn schloss die Augen, überließ sich ihm auf jene wunderbare Weise, die Dravo immer wieder faszinierte, schmiegte sich an ihn, als ob sie wirklich eins wären.

Die Luft wurde wärmer, funkelte, wie mit tausend feinen Tröpfchen erfüllt, die das Licht reflektierten, als Arlyns Magie sie wie ein Kokon umhüllte. Dravo löste sich seufzend von Arlyns Lippen, verlor sich in diesen herrlichen Augen. In Arlyns Nähe verschwand seine ewig gärende Wut, als ob alleine sein Blick ihn besänftigen könnte. Diese Wut war so sehr ein Teil seiner Selbst geworden, dass er sie oft nicht kontrollieren konnte. Wie gut tat es, Arlyn bei sich zu wissen.

»Götter, wenn dies mein Schicksal ist, dann nehme ich es gerne an«, stieß er aus. Es war gänzlich unmöglich, Arlyn nicht zu begehren. Sollte irgendein Gott je einen Menschen wie Arlyn erschaffen, dann wäre es gewiss ein böses Spiel, ihn mit dieser besonderen Schönheit auszustatten, der jeder Mann mit genügend Kraft in den Lenden verfallen musste.

»Ich nehme dich auch gern als meinen Gefährten«, raunte ihm Arlyn zu, verzauberte ihn mit weiteren Küssen, die sie nur widerwillig unterbrachen, als Rahj den Raum betrat. Ihm folgten zwei weitere Männer, unschwer als Wachen zu erkennen. Odir blieb wo er war, ließ die misstrauischen Blicke der Männer ausdruckslos über sich ergehen.

»Alles wird vorbereitet«, erklärte Rahj, ließ sich seufzend auf einen der Stühle fallen und winkte Dravo und Arlyn heran. »Während wir warten, habe ich zuverlässige Männer zu dem Lager geschickt, um den letzten der Meuchler zu fassen und mit den Pferden zu uns zu bringen. Wenn Malarg mit deinen Männern eintrifft, sind wir genug. Wer immer den Anschlag geplant hat, hat dafür gesorgt, dass er unerkannt bleibt. Alle Adeligen Fenjarns werden beim Empfang sein. Man kann niemanden verdächtigen, der dort anwesend ist. Vater wird versuchen, unsere Abwesenheit zunächst zu vertuschen und eher heimlich nach uns suchen lassen, um jeden Skandal zu vermeiden. Bis der Hof in echter Sorge ist, wird eine Weile vergehen.« Rahjs Gesicht wirkte grimmig. »Es dürfte somit leicht für diese Verräter sein, so zu tun, als ob sie nichts wüssten. Morgen, spätestens gegen Nachmittag wäre der Hof in heller Aufregung, wenn man unsere Leichen finden würde. Und sobald die Gerüchte mit der Abreise der Gäste fliegen gehen, wäre ganz Fenjil in Aufruhr. Damit wäre es ein Leichtes, Arlyn unbemerkt wohin auch immer fortzuschaffen.«

Mit ernstem Gesicht nickte Rahj Arlyn zu.

»Ich wage es nicht, Vater eine Nachricht zukommen zu lassen. Ich weiß nicht, wie er reagieren wird und ich will meinen Plan nicht gefährden. Niemand wird erfahren, dass wir noch leben, bis wir den Verrat aufgedeckt haben. Sollte jemand Fenjil oder Gralif ohne meinen oder deinen direkten Befehl verlassen wollen, so habe ich befohlen, denjenigen zu töten.«

Rahj wandte sich um und winkte die zwei Wachen heran. »Dies ist Twerk, der Hauptmann meiner Wache hier in Gralif und dies sein Sohn Neril. Sie, Malarg, Odir und fünf andere Männer werden mit uns reiten.«

»Mit uns?«, erkundigte sich Dravo misstrauisch und runzelte fragend die Stirn. »Du wirst mit uns reiten? Hältst du das für klug, Rahj?« Sein Bruder maß ihn mit einem langen Blick, die Mundwinkel hoben sich kaum merklich an.

»Für ebenso klug, wie deinen Wunsch, dabei zu sein«, konterte er. »Ich will den Verräter selbst stellen. Ich muss mit eigenen Augen sehen, wer dahinter steckt.«

Bedächtig nickte Dravo, fand die Idee alles andere als gut. Keiner von ihnen wusste, wie vielen Feinden sie sich gegenüber sehen würden. Es erschien nahezu töricht leichtsinnig, den zukünftigen König Fenjarns einer solchen Gefahr auszusetzen. Nicht zum ersten Mal beglückwünschte Dravo sich insgeheim dazu, nicht an seiner Stelle zu sein. Allerdings konnte Rahj nicht nur mit Worten umgehen, er wusste sein Schwert zu schwingen.

»Odir wird mit Arlyn reiten und an seiner Seite bleiben«, fuhr Rahj fort, schaute zu Arlyn hin, der nur nickte. »Du und ich werden am Ende der Gruppe bleiben. Unauffällig im Hintergrund und unsere Gesichter hinter Tüchern verborgen halten. Keiner der Verräter darf uns vorzeitig erkennen.«

Grollend starrte Dravo den Steppenkrieger an, der seinem Blick ruhig begegnete, als ob er ihn erwartet hätte. Dieses dunkelhäutige Gesicht war so schwer zu lesen, aber er traute ihm nicht einen Fingerbreit. Und ausgerechnet dieser Kerl sollte Arlyn begleiten? Nein, das schmeckte ihm ganz und gar nicht.

»Dravo, du wirst dich unter allen Umständen zurückhalten, hast du das verstanden? Arlyn wird nichts geschehen.« Natürlich hatte Rahj seinen Blick bemerkt.

Dravo schnaubte abfällig. »Ich werde auf keinen Fall zulassen, dass Rangol oder einer der anderen möglichen Verräter Arlyn anfasst«, gab er ärgerlich von sich.

»Du wirst dich zurückhalten, bis ich mich zu erkennen gebe«, gab Rahj unnachgiebig zurück, blähte die Nasenflügel und starrte ihn an. »Oder ich muss dich zurücklassen.«

»Du erwartest im Ernst, dass Arlyn es erträgt, wenn sie ihn lüstern betatschen und dass ich tatenlos zusehen werde? Rahj, bei allen Niederen, niemals!« Verdammt sollte Rahj sein, er wusste zu wenig von Arlyn. Konnte er sich nicht dennoch denken, welcher Pein er ihn dabei aussetzen würde? Die Niederen sollten ihn holen.

»Vielleicht wäre es wirklich besser, du würdest hier bleiben«, überlegte Rahj laut.

Ärgerlich fuhr Dravo auf. »Das werde ich nicht. Ich werde dabei sein und die Hölle der Niederen auf jeden kommen lassen, der es auch nur wagt, Arlyn zu berühren.«

»Dravo.« Es war Arlyns sanfte Stimme, die ihn dazu brachte, auszuatmen, die Faust zu entspannen, die durchaus seine Meinung untermauern wollte.

»Ich werde die Rolle spielen, die sie mir zugedacht haben. Rahj braucht ein Geständnis und ich werde es … schon ertragen, wenn ich dazu beitragen kann«, brachte er kaum merklich stockend hervor. Eigentümlich entschlossen wirkte er. Wollte er sich womöglich selbst beweisen, dass er dieser Herausforderung gewachsen war? Auf jeden Fall würde es ein verdammt harter Weg für ihn werden.

»Ich werde nahe bei Eralen bleiben«, erklärte Odir. »Die Götter werden jeden strafen, der ihm schaden will. Er steht unter ihrem Schutz.« Er machte eine vielsagende Pause und blickte mit diesen schwarzen Augen aus den tief liegenden Höhlen nun direkt Dravo an. »Und dem meinen, Tzilfar.«

Dravo öffnete den Mund, um ihm eine harsche Antwort zu geben, doch etwas in dem Gesicht, der Haltung des Kriegers, verhindert es. Er musterte den fremden Mann genauer. Undurchdringlich, er wusste partout nicht, was in ihm vor sich ging. Er war ein Mörder und doch hielt er Arlyn wirklich für ein Kind der Götter und glaubte an diese Legende.

Hart atmete er aus, spürte Arlyns Finger in den seinen und wusste nicht einmal, wann er sie hinein geschoben hatte. Noch einmal atmete er betont ein und aus, verdrängte Argwohn und Groll. Odir konnte kämpfen, er hatte es mit eigenen Augen gesehen. Er war ein Krieger. Jedoch ohne Waffe.

»Wenn er an Arlyns Seite bleibt, solltest du ihm gefälligst eine Waffe geben, mit der er umgehen kann. Für den Fall, dass die Götter meinen, seine Ernsthaftigkeit zu testen«, stieß er aus. Odirs Augenbrauen zogen sich kaum merklich zusammen und er senkte den Kopf nur ein winziges bisschen, zollte Dravo Respekt. Götter, hoffentlich beging er keinen größeren Fehler als Rahj, diesem Mann zu trauen.

»Gut, dann ist alles gesagt. Im Morgengrauen werden wir nach Rebar reiten und feststellen, wer Fenjarns Zukunft derart drastisch verändern wollte und selbst vor Blutvergießen im Glairom ihl Hitkal nicht zurückschreckte. Wir werden ihnen das Handwerk legen, wer auch immer dahinter steckt.« Zufrieden schaute Rahj sie an und Dravo wünschte, er würde einen Teil seiner Zuversicht teilen. Sein Bauchgefühl warnte ihn beständig vor einer Gefahr. Ob diese jedoch von den Verrätern oder dem zurückgeschlagenen Meistermagier ausging?

~ * ~

»Ich traue dieser Steppenratte nach wie vor nicht wirklich«, bemerkte er, drückte den Lappen zurück ins Wasser. Sie hatten von Rahjs Diener ein gemeinsames Zimmer für die Nacht zugewiesen bekommen. Zwei Dienerinnen hatten ihnen saubere Kleidung und warmes Wasser zum Waschen gebracht. Arlyn hatte sich bereits gereinigt, saß, nur mit der langen Unterhose bekleidet, auf dem Bett und schaute ihm zufrieden beim Waschen zu. Fahrig fuhr Dravo sich mit dem Lappen über die Oberarme. Dravo war stark, sein Körper hatte sich schnell erholt. Wenn man genau hinsah, waren die frisch verheilten Wunden noch zu erkennen, obwohl er das gebrochene Bein vollkommen normal bewegte.

Die aufwühlenden Ereignisse schienen ihn selbst hingegen nicht auf die Weise zu treffen, wie er es erwartet hatte. Tatsächlich schien der Ausbruch seiner Magie, der Tod der Männer ihm seltsam fern. Als ob das Anwenden seiner heilenden Magie sie überlagert und gedämpft hätte. Oder auch ihn selbst geheilt hätte. Etwas war heute mit ihm geschehen und er vermochte nicht zu sagen, was es war.

»Er ist ein bezahlter Meuchelmörder und die Ksaradar sind durchaus für ihre Hinterhältigkeit bekannt.« Wasser spritzte auf, der Lappen landete zu schwungvoll in der Schüssel.

»Zumindest Odir fürchtet wohl ernsthaft den Zorn der Götter, wenn er etwas tut, was mir schaden könnte«, antwortete Arlyn versonnen lächelnd, während er den Blick über Dravos herrlichen Körper gleiten ließ. »Rahj scheint ihm allerdings auch nicht vollkommen zu trauen, obwohl er diesen Schwur geleistet hat.« Sein Blick wurde von Dravos feuchtem, blankem Rücken angezogen. Helle Wassertropfen suchten sich einen gewundenen Weg über die dunkle Haut. Als ob sie ihn liebkosen wollten. Wie seine eigenen Finger.

Götter, er war ein so unglaublich begehrenswerter Mann. Am kräftigen Rücken spielten unablässig die Muskeln und Arlyn fühlte die Finger immer mehr kribbeln, wollte sie zu gerne über diese warme Haut wandern lassen. Ihnen blieb genug Zeit, der Abend war gerade angebrochen und die Nacht gehörte ihnen. Auch wenn er lieber in Fenjil wäre.

»Tzilfar«, murmelte Dravo. »Ich habe keine Ahnung, was das schon wieder bedeutet, hoffe einfach mal, es bedeutet soviel wie, dass er tausend qualvolle Jahre in der Hölle der Niederen schmoren wird, wenn seinem Eralen etwas passiert.« Spöttisch lachte er auf, nahm sich ein Handtuch und begann sich trocken zu reiben. »Vermutlich kann er einfach nur deinen Namen nicht richtig aussprechen. Sei es drum, Eralen klingt wenigstens ähnlich.«

Darüber hatte Arlyn auch schon nachgedacht. Vermutlich war es Zufall. Wie die Ähnlichkeit der bakunthschen Legenden mit denen des Freien Landes. Viele Sagen und Legenden waren einander verwandt, wurden sie doch oft von den wandernden Geschichtenerzählern weitergegeben und ausgeschmückt.

Dravo drehte sich seufzend zu ihm um und rubbelte sich kräftig mit dem Tuch die Haare trocken. Erneut glitt Arlyns Blick über die schlanke Gestalt Dravos, erfasste die sehnigen, kräftigen Beine, wanderte über seinen Unterleib, verweilte auf dem Penis, umrahmt von den herrlich krausen dunklen Haaren und glitt hinauf zu den deutlichen Linien der Muskeln am Bauch und Oberkörper. Dravo hatte nur wenig Haare auf Brust, Bauch und den kräftigen Oberarmen, deren Muskeln unter der glatten Haut spielten. Die Brustwarzen stachen besonders dunkel von der braunen Haut hervor.

Wunderschön, absolut begehrenswert. Niemals wurde er müde, ihn zu betrachten, nie verlor der Anblick seine Wirkung. Arlyns Zunge fuhr über die Lippen, das Herz klopfte schneller und dieses vertraute, wunderschön warme Gefühl breitete sich in ihm aus. Ja, er liebte diesen Mann aus vollstem Herzen. Egal was in seiner oder Dravos Vergangenheit passiert war. Es war Zeit zu vergessen und zu vergeben. Noch immer erschien es Arlyn unglaublich, dass er einen Mann auf diese schmerzhaft intensive Art lieben, ihn derart körperlich begehren konnte.

Lange bevor sie zum ersten Mal Zärtlichkeiten ausgetauscht hatten, hatte er sich auf diese Weise zu ihm hingezogen gefühlt. Ob er damals schon gespürt hatte, wie sie einander brauchten, wie sie einander ergänzten? Sie gehörten zusammen, ob von den Göttern vorgesehen oder durch das Leben zusammen geführt. Dravo hatte Arlyn die wichtigste Lektion im Leben gelehrt: zu lieben und zu vertrauen.

Vertrauen. Grenzenloses Vertrauen.

Arlyn wurde sich bewusst, dass diese Lektion bislang noch nicht beendet war. Flatternd pochte sein Herz, dem wilden Flügelschlag eines gefangenen Vogels ähnlich. Aufgeregt, ängstlich und doch voll Vorfreude. Die Hände zitterten ganz leicht. Die Magie drängte sich zusammen, schimmerte sanft unter der Haut, wenn er daran dachte, was Dravo begehrte. Diesen letzten Schritt musste er gehen, wollte er vollständiges Vertrauen. Nichts durfte mehr zwischen ihnen stehen.

Vor ihm lag eine gänzlich ungewisse Zukunft. Farjin würde ihn nicht einfach aufgeben, dessen war sich Arlyn nur zu sicher. Seit heute wusste er zudem unzweifelhaft, dass Dravo und er aneinander gebunden waren, ob Arlyn es wollte, oder nicht. Farjin hatte ihm damit gedroht, Dravos Leben zu beenden. Doch nach dem was geschehen war, wusste Arlyn, dass er Dravo nicht verlassen konnte. Nur mit ihm war er stark genug, Farjins Einfluss zu widerstehen. Deshalb hatte Farjin ihn gewiss auch von ihm fortlocken wollen. Er musste es geahnt haben.

So viel Hass. So viel Gier nach seiner Macht. Farjin war unersättlich, womöglich einem eigenen Fluch verfallen, der ihn Magie rauben ließ, wo er nur konnte.

Wenn Hass die Magie verändern konnte, dann vielleicht auch bedingungslose, vertrauensvolle Liebe. Arlyn war endlich bereit, diese Lektion abzuschließen.

92 Kapitel

Hingabe

»Komm her, lass mich dir helfen.« Arlyn machte eine einladende Geste, der Dravo schmunzelnd folgte. Sorgfältig rieb Arlyn ihm die Haare trocken, ließ das Tuch über Nacken und Schultern gleiten und verhielt.

Er wusste, was er tun wollte und doch krampfte die Furcht sein Herz kurz zusammen, ließ ihn erschauern. Zu genau erinnerte er sich an die Schmerzen, die Furcht, selbst der Ekel nistete noch immer in seinem Kopf. Dennoch wollte er Dravo gänzlich vertrauen können. Wenn er sich ihm ganz und gar hingeben konnte, würde das Band zwischen ihnen vollständig sein. Es war eine seltsam sichere Gewissheit, die ihn zielstrebig machte.

Mit dem Knöchel des Zeigefingers strich ihm Dravo über die Wange, schmunzelte, als er den Kopf hob.

»Du bist wahrhaftig gewachsen«, stellte er verwundert fest, ließ die Berührung mit dem Daumen über den Lippen auslaufen.

»Ja.« Unsicher prüfend schaute er an sich hinunter. »Irgendwie schon.« Er hatte keine Erklärung für seine körperliche Veränderung. Sie war magisch, gewiss, nur entzog sich der Vorgang Arlyns Wissensstand.

Lächelnd ließ Dravo beide Hände über Arlyns Schultern und Arme gleiten. »Du bist definitiv kein Burljakar mehr, mein Kles. Kein schlaksiges Jungpferd, eher ein voll ausgewachsenes Pferd.«

»Ein stolzer Hengst«, flüsterte Arlyn, musste selbst schmunzeln.

»Und der gefällt mir ausgesprochen gut«, resümierte Dravo, biss sich belustigt in die Unterlippe, fuhr ihm mit der Hand zärtlich durch die Haare und spielte versonnen mit den Locken. Ruckartig zog er Arlyn an sich heran und grinste, als sich ihre Lenden berührten.

»Ich bin mir sehr sicher, dass dort auch schon etwas angewachsen ist«, flüsterte er in sein Ohr, rieb sich langsam kreisend an ihm. »Hat mein nackter Anblick dich etwa auf spezielle Gedanken gebracht?«

»Du hast lange genug zum Waschen gebraucht«, gab Arlyn wohlig seufzend zurück, rieb seinen Unterleib gleichfalls an ihm. Das süße Ziehen der Erregung ließ seine Magie Wärme entsenden, sie in ihren sanften Schimmer hüllen. Wie schnell sie reagierte, bestätigte Arlyn in seiner Vermutung, dass ihr Band weit enger geworden und die vorherigen Schatten sich aufgelöst hatten. »Ich hatte sehr viel Zeit, jeden Vorzug deines Körpers zu betrachten und mir vorzustellen, was ich mit dir anstellen könnte.«

»Findest du das nicht ziemlich ungerecht?«, erkundigte sich Dravo, neckte das Ohr mit der Zunge und schloss zufrieden stöhnend die Lider. »Ich habe von dir weitaus weniger sehen dürfen.«

»Willst du das nicht ändern?« Arlyn lachte glucksend auf, legte seine Hände auf Dravos an seinen Hüften. Langsam schob er sie tiefer und damit auch den locker geschnürten Bund der Hose. Die Haut prickelte, war warm, beinahe heiß. Die innere Erregung mischte sich erneut mit vagem Bedenken. Abrupt wallte die Magie stärker auf, strich mit heißen Fingern über ihre Körper.

Der Stoff glitt über die Hüftknochen und Arlyn bewegte sich hin und her, um es Dravo leichter zu machen. Seine Erektion war bereits steif genug, um den Stoff aufzuhalten, schließlich glitt die Hose jedoch zu Boden, enthüllte Dravo unmissverständlich, wie erregt er war. Lächelnd legte er eine Hand behutsam von unten um Arlyns Hoden, begann sie leicht zu kneten.

»Dieser Anblick gefällt mir schon sehr gut«, raunte er, und ließ die andere Hand über Arlyns Brust wandern, die Daumen über die harten Knospen reiben. Ein leises Stöhnen entkam Arlyns Lippen und er drängte sich prompt stärker in Dravos Hand. Die Luft wurde abrupt heißer, zerrte und zupfte prickelnd an ihnen. Eine fiebrige Erwartung ergriff Arlyn, die sich in der flackernden Magie widerspiegelte, die sie in schillernd weißbläuliches Licht tauchte.

Mit bewundernden Blicken strich er über Arlyns Körper, die Magie unter seinen Finger kribbelte, verstärkte jede Berührung. Arlyn war angespannt, weit stärker erregt als sonst. Mit zarten Küssen bedeckte er Dravos Hals, jeder davon ein wenig verlangender, fordernder als der zuvor.

Dravos Lippen fanden seine, küssten ihn voller Begierde. Die Zunge tastete sich vor, wurde von ihrem Gegenpart begrüßt, ehe sie einander in einem herrlichen Kussspiel umschlangen. Auf und ab fuhren Arlyns Hände über Dravos Rücken, strichen über die festen Muskeln.

Götter, wie wundervoll war es, von Dravo gehalten und auf diese exquisite Weise berührt zu werden, solche Lust mit ihm zu erleben. Dravos Hände schienen die Magie immer weiter zu intensivieren und Arlyns Haut brannte unter seinen Liebkosungen, die Brustwarzen glühten, während er sie nahe an der Grenze zum Schmerz zwirbelte. Die fiebrige Unruhe ergriff ihn immer stärker, er fühlte die dunkle Magie rumoren, tastende Finger durch seinen Körper senden, spürte vage Unsicherheit und wilde Begierde im ständigen Wechsel.

Zischend holte er Luft, biss spielerisch in Dravos Unterlippe, als dieser seine Hände knetend auf sein Gesäß legte. Noch enger rückten sie aneinander, ließen leise stöhnend die Hüften kreisen. Mehr, Arlyn wollte mehr spüren.

Mit einem Lächeln, trat er zurück, ließ den Zeigefinger über Dravos Lippen gleiten und über das Kinn abrutschen. In einer kokett lockenden Geste zog er ihn zurück, während er sich zu Boden sinken ließ, breitbeinig sitzend die Schenkel öffnete, die Geste des Fingers wiederholte.

»Götter, Arlyn«, stöhnte Dravo, rieb die flachen Hände in einer hilflos anmutenden Geste seiner Erregung über die Oberschenkel. Seine Erektion zuckte, feine, schimmernde Tröpfchen quollen hervor und er ließ sich vor ihn sinken, kniete zwischen Arlyns einladend geöffneten Schenkeln und drängte sich zu einem Kuss näher.

Wohlig seufzend, die Hände fuhren unablässig über Dravos Arme und Brust, erwiderte Arlyn die Küsse, die rasch härter und gieriger wurden. Jedes Bisschen von ihm schienen Dravos Lippen zu berühren, die Zunge und Finger liebkosten die empfindsame Haut am Hals, an der Kehle, den Schultern und an der Brust. Stöhnend bäumte sich Arlyn auf, konnte die Lust kaum noch zurückhalten. Immer weiter schob sich Dravo über ihn, bis er mit dem Rücken auf dem Boden lag, sich unter jedem heißen Kuss wand, jede feuchte Spur auf seiner Haut kribbelte.

Immer wieder murmelte Dravo seinen Namen, die Finger waren mal hier, mal da, als ob er selbst nicht wüsste, wo er ihn überall berühren wollte. Heißer Atem traf stoßweise Arlyns Brust, als Dravo sich tiefer küsste, ihn mit kleinen Bissen reizte.

Zitterte Dravo? Seine Haut bebte ein wenig unter Arlyns Händen, die Erregung schien ebenso deutlich stärker zu sein, als die Male zuvor. Spürte er Arlyns Entschlossenheit, wusste er, dass er sich ihm vollkommen hingeben wollte? In Wellen hob und senkte sich die Magie, umschloss sie mal fester, mal federleicht, spiegelte ihre Erregung direkt wider.

Die Zunge glitt in Arlyns Bauchnabel, ließ ihn hellere Töne ausstoßen, das Becken erwartungsvoll heben. Oh nein, das war nicht Dravos Art, er würde ihn weiter stimulieren, ihm nicht einfach so Erleichterung verschaffen. Natürlich ließ er Arlyns Ständer bewusst aus, der sich ihm bettelnd entgegenreckte, ignorierte Arlyns frustriertes Stöhnen, leckte stattdessen über die Innenseiten der Oberschenkel, ganz dicht neben den heißen, prallen Hoden. Genussvoll stöhnend wand Arlyn sich, versuchte die Zunge zu dirigieren.

Nur zu gut wusste er, wie gerne sich Dravo Zeit nahm, es liebte, ihn in seiner Lust höher und weiter zu treiben. Sie beide genossen diese fast schon schmerzhafte Spannung ihrer Körper, das Zittern vor unerfüllter Lust. Die Begierde, die irgendwann alles Denken auslöschte und sie nur noch fühlen ließ. Bedächtig arbeitete sich Dravo wieder nach oben, bedeckte Arlyns Hals mit Küssen, und wurde mit den kleinen, abgehackt stöhnenden Lauten belohnt, die er so liebte.

Arlyn hob den Kopf und lächelte Dravo glücklich an. Keine Furcht spürte er, einzig sein Verlangen. Wortlos, noch einmal tief einatmend, drehte er sich seitlich und auf den Bauch, blickte Dravo über die Schulter an. Sein Herz jagte, Schauder ließen Gänsehaut auf Armen und Rücken entstehen. So sehr hoffte er, dass seine Augen verrieten, dass er bereit war, diesen Schritt zu gehen, denn die Kehle war zu eng und aussprechen … Götter, nein, er würde es nicht formulieren können. Worte würden die Erinnerungen heranlocken und er wollte sich nicht erinnern. Er wollte es neu erfahren.

Deutlich erkannte er, wie hart Dravo schluckte, mit bebenden Lippen die Luft einsog und schwach nickte. Mit streichelnden Bewegungen griff er sich selbst zwischen die Beine, die Lider flatterten, ein Schwall aus Hitze rollte über sie hinweg, als die Magie seine Erregung aufnahm und verstärkte.

Bedächtig ließ sich Dravo auf ihn gleiten, ließ ihn seinen ganzen Körper fühlen, rieb sich an ihm wie sie es unzählige Male bereits getan hatten. Arlyn konnte nicht genug Kontakt zu seinem wundervollen Körper bekommen, schloss die Lider, spürte Dravos Brust, die kantigen Hüftknochen, die rauen Haare, die Härte zwischen seinen Backen.

Ein tiefes Stöhnen kroch aus der Kehle, ließ seine Brust vibrieren. Er spürte Dravos heftigen Atem an seinem Ohr, genoss die exquisite Wärme der Haut und nur das Gewicht, das ihn plötzlich stärker zu Boden drückte, ließ die Magie kurz warnend aufflackern. Mit winzigen Stichen drang sie in seine Haut und wohl auch in Dravos, denn der stützte sich sofort seitlich ein wenig ab, nahm das volle Gewicht seines Körpers von ihm.

»Arlyn, du willst es wirklich versuchen?«, wisperte er, die Stimme rau und voll des so sehnsüchtig immer wieder zurückgehaltenen Verlangens.

»Das will ich«, flüsterte er zurück, ballte die Hände und entspannte sie, hob das Becken, suchte abermals den Kontakt. Lustschauer jagten über seinen Körper, wirbelten die Magie wie stürmische Luft auf und vertrieb das angstvolle Gefühl. Götter, es fühlte sich so gut an, derart eng aneinander geschmiegt zu sein und Dravos Erektion zwischen seinen Backen zu fühlen.

»Oh Götter«, wisperte Dravo, küsste seinen Rücken, eine Hand grub sich in die Haare am Hinterkopf, erst hart, dann weich. Noch immer mit einer Hand und den Knien abgestützt, küsste er ihn seitlich auf Mund und Wange. Sog sanft mit dem Mund an seinen Lippen und leckte über das Kinn.

»Oh Götter, du bist wahrlich eine Versuchung«, raunte Dravo gegen seine Haut, ließ die Nase eine Spur über Nacken und Schulterblätter ziehen, die freie Hand kreiste mit festen Strichen über die schweißfeuchte Haut.

Arlyn stöhnte lauter, hob immer wieder das Becken an, um den Druck von seiner Erektion zu nehmen und um sich Dravos zärtlichen Liebkosungen willig entgegen zu recken. Wenn er ihn nur endlich anfassen, wenn der diesen enormen Druck ein wenig erleichtern würde. Nur ein bisschen.

Die geübte Zunge glitt in kleinen Kreisen kurz vor der Rundung seines Hinterns auf und ab, wanderte unendlich langsam tiefer und glitt schließlich auch dazwischen. Abermals stöhnte Arlyn, noch mal lauter, noch begehrlicher, wand sich, bäumte sich Dravos kitzelnder Zunge entgegen. Vor Lust ächzend zuckte er zusammen, als die Zungenspitze neckend über jenen empfindsamen Bereich dazwischen glitt.

Götter, er konnte nicht genug von dieser Stimulation bekommen, die ihn sich in wilder Lust, purem Verlangen verlieren ließen.

»Wenn das kein Betteln um mehr ist.« Vorsichtig drückte Dravo sein Becken nach unten.

»Ist es«, stieß Arlyn inmitten eines langgezogenen Stöhnens aus.

»Dann werde ich dem selbstverständlich nachkommen.« Der neckende Tonfall machte klar, dass Dravo noch nicht daran dachte, direkt zur Sache zu kommen.

Götter. Hart presste Arlyn die Lider zusammen, bis er Sterne sah, krallte die Hände in den langflorigen Teppich, der vor dem Kamin des Zimmers lag. Mühsam versuchte er, Herr seiner Erregung zu werden, den enormen Druck zu ignorieren, die Lust, die sich schier unermesslich steigerte und ihm das Gefühl gab, vor Begehren inmitten der wild wogenden Magie zu explodieren.

Dravo stieß in ihn, kreiste geschickt, hinterließ Feuchtigkeit und ein herrliches Ziehen. Magie flammte hell auf, loderte heiß und griff mit gierigen Fingern nach ihm. Doch dieses Mal schob sie ihn nicht fort, nein, sie zog ihn näher heran, drängte ganz wie Arlyns Wunsch, ihn dazu, schneller voranzugehen.

Arlyns heftiges Keuchen ging unmittelbar in ein sehnsuchtsvolles Stöhnen über, als die Zunge von einem Finger abgelöst wurde, der in ihn stieß.

»Bei allen Niederen, wo habe ich meinen Verstand?«, wimmerte Dravo, zog sich plötzlich zurück und stand hastig auf. Mit einem vernehmbar enttäuschten Laut quittierte Arlyn die plötzliche Leere und den Verlust seiner Nähe, richtete sich irritiert auf die Unterarme auf. Dravo eilte zu einer Kommode neben dem Waschtisch, riss die Tür auf und durchwühlte die darin befindlichen Dosen und Fläschchen. Verwirrt beobachtete ihn Arlyn.

»Dravo?«, fragte er leise, nicht sicher, was Dravo abgeschreckt hatte. Im nächsten Moment wandte Dravo sich auch schon um, hielt triumphierend ein kleines Fläschchen mit einer blauen Flüssigkeit hoch.

»Ich wusste doch, dass auch in Rahjs Haushalt kein Mangel an Migratöl herrscht«, meinte er verschmitzt und kam schnellen Schrittes zurück und kniete sich neben Arlyn.

»Ich bin mir allerdings nicht sicher, wie lange es hier schon nutzlos herumsteht. Ich kenne ja meinen Bruder«, ergänzte er augenzwinkernd. Noch immer blickte ihn Arlyn verständnislos an. Dravo lächelte und öffnete das kleine Fläschchen.

»Das ist ein besonderes Öl«, erklärte er. »Keine Ahnung, ob es noch für etwas anderes gut ist. Allgemein verwendet man es auf jeden Fall, um es für beide Partner angenehmer zu machen.« Er träufelte sich einige Tropfen des dunkelblauen Öls auf die Fingerspitzen. »Ah, dachte ich es mir doch. Dieses hier ist die beste Qualität, die man bekommen kann.« Das Öl tropfte nicht von seinen Fingern, sondern bildete einen dünnen Film und wanderte nur sehr langsam tiefer, als Dravo den Finger hoch reckte.

»Damit wird es so schmerzlos wie möglich werden«, versprach er, musterte Arlyn besorgt. »Ich kann dich vielleicht vergessen machen, was dir angetan wurde, aber es wird auch bei mir nicht ohne ein wenig Schmerz möglich sein. Willst du es wirklich?«

Prompt wurde Arlyn unsicher. Die Schmerzen waren entsetzlich gewesen, doch keiner seiner Peiniger hatte ihn je derart sorgfältig vorbereitet, noch je etwas wie dieses Öl verwenden.

»Ich möchte dich spüren«, flüsterte er, zog den ölbefeuchteten Finger näher, drückte die Hand in Richtung seines Hinterns. »Und zwar bevor mich meine eigene Magie vor unerfüllter Lust explodieren lässt.«

»Solange sie mich nicht zerreißt«, murmelte Dravo, ließ den öligen Finger zwischen den Backen verschwinden. »Lass uns lieber gemeinsam in der Magie explodieren, das wäre ein süßer Tod.«

Lachend ließ Arlyn die Stirn zu Boden sinken, genoss das neue Gefühl, des kühlen Öls und des Fingers, der wie von alleine in ihn glitt. Abermals kniete sich Dravo über ihn und ließ die Lippen über die Haut am Rücken wandern, Zärtlichkeiten murmeln.

Immer stärker schob sich der Finger in ihn und die Magie wurde unruhiger. Arlyn spürte sie in sich rumoren, kurze, warnende Stöße durch die Adern schicken. Es ist nur ein Finger, rief er sich ins Gedächtnis. Das Gefühl war harmlos und gänzlich schmerzlos, ja sogar auf eine verführerische Art erregend. Dravo ließ einen zweiten Finger folgen und nun spürte Arlyn durchaus bei der zunehmenden Dehnung ein winziges Ziehen. Indes wich das Gefühl sofort einem weit lustvolleren.

Ein raues Stöhnen ließ seine Kehle vibrieren, schwang sich zu einem langgezogenen Lustlaut auf, der ihn haltlos schaudern ließ. Bei allen Göttern, was für ein Gefühl.

»Ah ja, das fühlt sich gut an, nicht wahr?«, wisperte Dravo, keuchte selbst, Schweißtropfen fielen von seinem Körper auf Arlyns Rücken. Jeden davon spürte er dank der Magie wie eine Berührung, die die Haut erzittern ließ.

Unter Dravos fortgesetzten Küssen vibrierte die Magie immer stärker, versetzte selbst die Haut in Schwingungen. Wellen kribbelnder Lust strichen über sie beide und Arlyn spürte Dravos Schmerz, fühlte plötzlich direkt, wie sehr er sich beherrschte, wie stark sein Verlangen, seine Erregung war. In nichts stand sie seiner nach.

Schneller bewegte Dravo seine Finger hinein und hinaus und jedes Mal bewegte sich Arlyn heftiger, keuchte lustvoller. Es war ein wundervolles, neues Gefühl, das ihm Dravo bereitete. Wann immer er in ihn stieß, wallte die Magie heiß auf, brandete um sie, wie die Wellen eines Meeres aus Licht, Wärme und Ekstase.

»Dravo«, flehte Arlyn atemlos, vermeinte, die doppelte Lust, die angestaute Magie kaum noch aushalten zu können.

»Schon gut, Kles«, beschwichtigte ihn Dravo, strich mit festen Bewegungen über den bebenden Rücken und zog die Finger endgültig zurück. Sein kehliges Stöhnen ließ Arlyn nach hinten blicken.

Die Zähne in der Unterlippe vergraben, die Lider flatternd, rieb Dravo sich das Migratöl auf den Ständer. Tief holte er Luft, küsste Arlyn schmunzelnd auf den Hintern.

»Halte deine Magie im Zaum, mein wunderschöner Hengst«, murmelte Dravo scherzhaft, doch ein Funken Sorge schimmerte in den Winkeln der Augen. Ganz leicht zitterte er, als er sich in Position schob, mit einer Hand und auf den Knien abgestützt. Sehr langsam drückte er die Eichel gegen Arlyn und biss sich noch einmal in die Unterlippe.

Der ziehende Schmerz nahm zu, schlug abrupt um, wurde unerträglich. Gestank drang in Arlyns Nase, ein hämisches Lachen dröhnte in den Ohren. Gequält keuchte er auf und wand sich heftig. Gleich glühender Hitze brannte die Magie unter der Haut, drängte gegen den Schmerz, ließ ihn nach vorne davon kriechen, sich hastig umdrehen. Einem Funkenregen gleich flirrte die Magie, glitzernde Splitter aus scharfkantigem Glas, die auf ihn einprasselten. Dravo verharrte bewegungslos, einzig sein Ausdruck verriet den tiefen Schmerz des Mitgefühls.

»Nein«, wimmerte Arlyn, die Angst war da, drohte, ihn mit sich zu reißen. »Götter, ich kann es nicht. Ich kann es nicht …«

Arlyn schloss die Augen, presste die Fäuste fest dagegen. Götter, er wollte es doch. Er wollte sich Dravo hingeben, er wünschte sich, ihn in sich zu spüren, zu erleben, wie lustvoll diese Vereinigung sein konnte. Doch seine Angst übernahm ungefragt die Körperkontrolle. Verflucht, dauernd verlor er die Kontrolle über seine Magie, über sich selbst. Wütend riss Arlyn die Hände herunter.

»Ich möchte es, Dravo. Ich will es«, stieß er leidenschaftlich aus. »Ich möchte es so gerne mit dir erleben.«

Bedächtig nickte Dravo, keinen Zorn, keine Enttäuschung ließ er sich anmerken, streckte lediglich die Hand nach ihm aus, lud ihn zu sich ein.

Lust und Verlangen kämpften in Arlyn mit blitzenden Impulsen der grauenvollen Erinnerung an die Schmerzen und Erniedrigungen. Sie lasteten auf ihm wie ein unseliger Bann, der ihn daran hinderte, jenen exklusiven Moment der totalen Vereinigung zu erleben. Ein weiterer Fluch. Aber einer, den er besiegen würde. Entschlossen ergriff er Dravos Hand.

»Du kannst es erleben.« Als ob nichts geschehen wäre, zog Dravo ihn an sich, schlang die Arme um ihn und küsste ihn sanft auf die Stirn. Die aufgebrachte Magie umhüllte sie, strich an der Haut entlang, zerrte an ihnen, mal bedrohlich, dann wieder sanft und liebkosend. Unter den Küssen und streichelnden Berührungen entspannte sich Arlyn wieder, atmete tief ein und erwiderte mit zunehmender Leidenschaft und Begierde die Küsse.

Atemlos hielt Dravo inne.

»Arlyn, es wird uns gelingen«, raunte er zärtlich, strich ihm über die Brust und streichelte den erschlafften Penis. Wie deutlich er erkannte, wie viel Beherrschung es Dravo kostete, sich zunächst wieder ihm zu widmen, ihm erneute Lust zu bereiten. Nichtsdestotrotz nahm er sich diese Zeit.

»Komm«, flüsterte er, drehte Arlyn mit dem Rücken zu sich und setzte ihn, an seine Beine gelehnt zwischen sie. Dravos Erektion stieß hart gegen Arlyns unteren Rücken und stöhnend warf er den Kopf in den Nacken, stieß das Becken reflexartig gegen Arlyn.

»Götter, verzeih«, wisperte er, tastete im selben Moment nach vorne, fand Arlyns Ständer und begann ihn gemächlich in aufreizenden Bewegungen zu pumpen. Ein leises Stöhnen entrang sich Arlyns Kehle, die Lust kehrte überraschend schnell zurück, ließ ihn sich rückwärts gegen Dravos Erektion pressen.

Die Hände strichen zitternd über Dravos Beine, er spürte die Feuchtigkeit von Dravos Ständer, wusste um dessen Not und begann sich zaghaft an ihm zu reiben.

Wohlig seufzend ließ Dravo sich rückwärts zu Boden gleiten und nahm ihn in seinen Armen mit. Auf dem Rücken liegend, strich er Arlyn über den Nacken, die Brust hinab und durch die Haare, küsste ihn immer wieder.

»Hab keine Angst. Ich werde dir nicht weh tun«, versprach er rau, flüsterte die Worte in sein Ohr, kitzelte ihn mit der Zunge an dieser herrlich empfindlichen Stelle. »Ich werde dir zeigen, wie schön es für dich sein kann, mein über alles geliebter Arlyn.«

Dravos Körper unter sich bot Sicherheit und Stärke und Arlyns Zittern, die letzten Schatten am Rande der Wahrnehmung verschwanden. Oh es war weit einfacher, wenn er nicht unter Dravo lag, er nicht das Gefühl hatte, erdrückt zu werden. Arlyn schloss die Augen und genoss Dravos Zärtlichkeiten, ließ sich fallen, die Lust nahm immer mehr zu und mit ihr die wogende Magie.

Seine Magie, ganz und gar unter seiner Kontrolle. Eine Macht, die durch Dravos Liebe und seine Hingabe ins Unendliche wachsen konnte.

»Leg dich auf die Seite, Arlyn«, wisperte Dravo heiser, wartete seine Reaktion jedoch nicht ab, sondern drehte sich mit ihm, sodass sein rechter Arm unter Arlyn zu liegen kam und er ihn weiterhin im Arm halten konnte.

»Ich werde extrem vorsichtig sein und sehr langsam«, flüsterte er, jedes Wort ein heißer Atemhauch. Arlyns Herz beschleunigte sich ruckartig, pochte hart und heftig gegen die viel zu enge Brust. Da war der unverkennbare Druck an seinem Hintern, Dravos unregelmäßiger Atem traf seinem Nacken.

»Gib mir deine Hand«, wisperte Dravo und Arlyn griff mit der rechten Hand von unten nach Dravos linker Hand, verschränkte ihre Finger. Diese Berührung war ein Band der Stärke zwischen ihnen. Wenn sie einander hielten, waren sie stark genug, die Magie ganz die seine.

Dravo lächelte, das Gesicht angestrengt, mühsam beherrscht. Da war ein Hauch des Ausdruck der Gier, den Arlyn fürchten gelernt hatte, aber noch viel stärker schimmerte die Liebe in seinen Augen. Dravo würde nichts tun, was Arlyn nicht auch wollte. Sie beide waren eine Einheit, sie würden sich vereinen. Erneut küsste Dravo ihn, und sein hartes, vom Öl rutschiges Glied glitt in der Spalte zwischen Arlyns Backen auf und ab.

Arlyn schluckte hart und Furcht wollte zurückkehren, versetzte die Magie in schnelle, harte Wellen, die warnend gegen die Haut schlugen. Dravo erkannte die beginnende Spannung in seinem Körper sofort, löste die Hand, glitt mit den Fingerspitzen streichelnd in beruhigenden Bewegungen über seinen Körper. Die Magie prickelte, als Dravo abermals tastend, unendlich langsam den Finger in ihn schob und ihn bewegte.

»Kein Schmerz«, flüsterte er, drückte einen weiteren Finger hinein. »Noch immer keiner. Dafür …«

Keuchend stöhnte Arlyn auf. Götter, diese Art der Berührung sandte Feuerfunken durch sein Inneres, weckte solche Lust, dass er Dravo nur zu gerne gewähren ließ. Seine Hand tastete nach Dravo, strich über ihn, als ob er sich wieder und wieder versichern wolle, dass er noch da war. Die Finger zitterten, wirbelten die Magie auf. Jedes Mal stöhnte er lauter, wenn Dravo in ihn drang. Waren es noch Finger? Zwei oder mehrere? Arlyns Hand legte sich fest auf Dravos Oberschenkel, fühlte die Haut vibrieren. Das Becken schob sich den Fingern entgegen und er presste Dravos Bein gegen sich.

Hellen Sternen gleich detonierte die Magie, wilde Lust erfüllte Arlyn. Er wollte schreien und konnte es nicht, das Herz schien zu explodieren und sein Leib erzitterte unter der gewaltigen Woge Magie. Götter, was für eine ungeheure Macht. Erschrocken über die heftige Reaktion, keuchte Arlyn auf und Dravo zog rasch die Finger zurück. Die Magie schien dennoch weiter zu wachsen, sich stärker um sie zu ballen, jagte Lavaströme durch die Adern und presste Dravo dichter, verlangender heran.

Es war soweit. Sie würden sich vereinen.

93 Kapitel

Magische Vereinigung

Als ob Arlyn oder seine Magie ihn heranziehen würden, drängend und fordernd. Überrascht keuchte auch Dravo auf, wusste instinktiv, dass er nun weiter gehen konnte. Unendlich vorsichtig schob er sich in ihn, dennoch verkrampfte sich Arlyn abermals und keuchte schmerzvoll auf. Hastig griff Dravo wieder nach seiner rechten Hand, umklammerte sie und brachte sein Gesicht ganz dicht neben Arlyns verzerrte Züge, beugte sich seitlich über ihn.

»Sieh mich an, Arlyn. Sieh mich an!«, flüsterte Dravo beschwörend, kämpfte den härtesten Kampf seines Lebens, sich nicht schneller, härter in ihn zu stoßen in diese magiedurchtränkte Enge. Bei den Göttern! Er konnte sich keine schlimmere Folter vorstellen.

Arlyns Finger krampften sich schmerzhaft in Dravos, das Gesicht eine angestrengte Maske aus Angst, Lust und Schmerz und doch diesem einen, entscheidenden Funken Vertrauen. Seine linke Hand grub sich in den Teppich, der Griff um Dravos Hand zeugte von jedem Schmerz, den er verursachte, jedem Lustimpuls, den er gab. Dravo konnte die Magie so intensiv spüren, als ob sie sogar aus ihm selbst dringen würde, er Teil dieser aufgewühlten Energie und seltsamen Strömung wäre. Sie umgab sie beide, eine stille Mahnung, mal stärker eindringend, nahezu erstickend, mal nur ein feiner Hauch, ein Streicheln, ein Liebkosen. Knisternd wie die Luft bei einem Gewitter, prickelnd wie eisiges Wasser und glühend heiß wie Feuer. Die Intensität war greifbar, die Drohung, die von Arlyns Macht ausging, unmittelbar und doch erregte Dravo gerade dieses Wechselspiel nur noch stärker.

Quälend langsam schob er sich tiefer, genoss den herrlichen Druck, das Gefühl derart eng umschlossen zu sein. Arlyns Duft, sein bebender Leib, die leisen, lustvollen Geräusche, das An- und Abspannen der Muskeln, die allgegenwärtige Magie, eine Summe aus Stimulationen, die er auf diese Weise niemals erlebt hatte.

Die Magie wurde immer stärker, leuchtete intensiver, wuchs und erfüllte ihre ganze Welt. So mächtig, unglaublich stark. Viel stärker als zuvor. Unvorstellbar und gewaltig.

Keuchend, am ganzen Leib bebend, verhielt Dravo, gänzlich in Arlyn. Schauder durchliefen Arlyns Körper, liefen in hitzigen Wellen synchron auch über den seinen und er musste die Zähne zusammen beißen, um nicht aufzuschreien vor schierer Wollust.

Geduld, Geduld, der ziehende Schmerz würde nur langsam nachlassen, Arlyn brauchte Zeit, sich zu entspannen, sich an das Gefühl zu gewöhnen. Götter, er hatte tatsächlich zugelassen, dass sie sich auf diese Weise vereinten. Was musste es ihm abverlangen, welches immense Vertrauen hatte er in ihn. Augenblicklich wurde die Magie noch intensiver. Ihre Energie strahlte heller, wie schwebendes Wasser floss sie über ihn und das Glück, eines solchen Vertrauens würdig zu sein, kam einer körperlichen Erfüllung gleich.

Ganz genau spürte er, wie sehr Arlyn kämpfte, wie die dunkle Magie in ihm rumorte, wie sie flammend freibrechen wollte. Ein gewaltiger Schlag und alles wäre vorbei. Dravo glaubte zu fühlen, wie die Erinnerungen ihre knochigen, ekligen Finger ausstreckten, meinte, den Schmerz zu spüren, das entsetzlich hilflose Gefühl, benutzt zu werden. Er spürte den Hass wachsen, fühlte ihn in sich wie seinen eigenen, seine Wut, seine eigene Hilflosigkeit, gefangen in einer weit weniger entsetzlichen Situation.

Hart presste Dravo den Mund seitlich auf Arlyns Lippen. Die Magie prickelte wie tausend zerplatzende Bläschen, er trank sie wie flüssiges Feuer, er atmete sie wie Milliarden von Eiskristallen. Ein reißender Strudel nahm ihn mit in Arlyns Gefühlswelt, wirbelte ihn im Kaleidoskop aus Schrecken, Ekel, Scham und hilfloser Wut herum.

Wieder und wieder küsste er ihn, berührte den Hals, das Kinn, den Mundwinkel, wisperte seinen Namen. Wie ein Ertrinkender umklammerte Arlyn seine Hand, hielt damit den Kontakt zur Realität fern seiner Erinnerungen, der Verbindung zu ihm.

Ganz fest presste Dravo die Lider aufeinander. Lass ihm Zeit, ermahnte er sich, kämpfte seinen eigenen Kampf mit der wilden Gier, die sich seiner bemächtigen wollte. Götter, er wollte sich diesen wunderschönen Mann zu eigen machen, die Erfüllung all seiner Begierden, der heißen Wünsche und Fantasien. Dravo war bereit, für die vertrauten, harten, rücksichtslosen

Stöße, die ihn früher ans Ziel gebracht hatten. Auch wenn sein Unterleib kaum erträglich nach seinem Recht schrie, danach strebte, endlich aktiv zu werden, beherrschte er sich gewaltsam.

Erst als Arlyns leise, wimmernd stöhnenden Laute und der keuchende Atem eine Spur ruhiger wurden, wagte er es, die Augen zu öffnen. Die Magie beruhigte sich zögernd und zupfte nicht mehr wild an ihm. Das Gefühl einer tödlichen Bedrohung, von Millionen dieser scharfkantigen Klauen zerrissen zu werden, schwand. Nicht mehr ganz so fest umklammerte Arlyn seine Hand, entspannte langsam den steifen Leib und zögerlich begann Dravo sich zu bewegen. Erneut stöhnte Arlyn schmerz- und angstvoll. Heiße Glut raste durch jede Nervenbahn. Gemeinsam mit Arlyn glaubte Dravo zu ersticken, zu ertrinken, von innen heraus zu verbrennen. Erleichterung und Panik wechselten sich bei jedem vor und zurück ab.

Immer wieder verhielt Dravo, das Herz im unbeständigen Rhythmus der Magie gefangen, sein Atem flach und hastig. Beständig küsste er Arlyn bei jeder Bewegung, holte ihn mit jedem Kuss wieder zurück vom Abgleiten in die Schatten der Erinnerungen. Noch stärker hielt er ihn an sich gepresst, als ob er ihn stützen, schützen und nie wieder loslassen würde.

Gefangen in seinen Gefühlen stöhnte Arlyn, hin- und hergerissen zwischen Grauen und Verlangen und öffnete sich ihm. Mit einem lauteren Keuchen glitt Dravo tiefer in ihn, spürte, wie endlich die Lust siegte, wie die Erregung zunahm, die Hitze der Magie anfachte. Mit jeder Bewegung gelangte er tiefer und tiefer in Arlyn. Die Lust nahm zu, steigerte sich von Stoß zu Stoß. Wohlige Schauer rasten über seine Haut, versetzten Arlyns Leib in ein Bündel aus zitternden Nervenbahnen. Hitze kochte lavagleich durch jede ihrer Blutbahnen, eroberte ihre Körper. Magie flammte grell lodernd auf, als es Dravo gelang, jenen Punkt zu streifen, der Arlyns Erregung ins Unendliche steigerte. Schmerz wich der puren, alles verzehrenden Ekstase.

Der Griff der schweißfeuchten Finger wurde lockerer, Arlyns Züge nahmen einen ungläubig lusterfüllten Ausdruck an. Bald schon öffnete er rhythmisch zu Dravos Stößen die Finger und schloss sie gleich einer Liebkosung. Mit jedem Stoß spannte und streckte er sich, ging völlig auf die allmählich schneller werdenden Bewegung ein. Die flatternden Augenlider schlossen sich mit einem unwahrscheinlich schönen Ausdruck wohliger Lust.

Heftiger stöhnte Dravo, wusste kaum, wie er all diese Gefühle bewältigen oder gar ausdrücken sollte. Er zwang sich nach wie vor zu langsamen Stößen, genoss jeden der wundervollen Momente, wenn Arlyns Leib unter ihm erbebte, neue, warme Wellen Magie über die feuchte Haut rasten.

Wie lange schon hatte er sich diesen Moment herbei gewünscht. Vom ersten Augenblick an, den er diesen wunderschönen jungen Mann erblickt hatte. Was ihm indes geschenkt werden würde, sprengte seine Vorstellungskraft.

Dravos Kehle schien zu eng, die Stimme zu schwach, um den Gefühlen Luft zu machen. Arlyn gehörte ihm, war mit ihm verbunden, durch und durch Seins. Alle Angst war von ihm gewichen, und Arlyn legte den Kopf zurück, öffnete den Mund zu einem kehligen, befreiten Stöhnen, schmiegte sich begehrlicher an ihn.

Mächtig und schier unbesiegbar, waberte die Magie in funkelndem Fluss aus Licht und wasserartiger Konsistenz. Wahrhaftig eine Urgewalt, die den Göttern zur Ehre gereichte. Mit jedem Nerv, mit jeder Faser seines Seins spürte Dravo Arlyns verzückte Ekstase, nahm unmittelbar teil an diesen Empfindungen. Ein Erlebnis, das über alles hinaus ging, was Dravo jemals an Glücksgefühlen erlebt hatte. Ein Höhepunkt an Lust und Ekstase, den sie beide sicher nie für möglich gehalten hatten. Die Magie verband sie vollkommen, ließ sie zu einem Körper werden, einem Wesen. Perfekte Harmonie, der höchste Grad an Vollkommenheit, die innigste Vereinigung. Als Arlyn endgültig die Grenze sprengte, die seine schrecklichen Erlebnisse ihm gesetzt hatten, sie zur Bedeutungslosigkeit verdammte, war es fast mehr, als beide ertragen konnten.

Mit einem glückerfüllten Stöhnen kam Arlyn und die Magie überschwemmte Dravo in einer gigantischen Woge, bescherte ihm einen irritierend neuen, weit intensiveren Höhepunkt. Ganz fest umschlang er Arlyn, während alles um ihn enger wurde, die Muskeln zuckten und der schlanke Leib sich bebend zusammen zog. Mit einem keuchenden Aufschrei ergoss sich Dravo tief in ihm.

Die Umgebung, ja ihre Welt versank in blausilberweiß lodernder Magie, war erfüllt von einer speziellen Wärme, vibrierender Luft, dem wunderbar markanten Duft ihrer Vereinigung, dem Gefühl gigantischer Stärke und einer Liebe, die alles in den Schatten stellte. Das helle Licht blendete sie, machte es ihnen unmöglich, mehr als einander zu sehen. Ihr ganzes Sein schien auf die Interaktion ihrer Leiber zu schrumpfen und sich in der Magie zu verlieren, Teil eines göttlichen Ganzen, fernab menschlichen Begreifens oder Verstehens. Und für jenen unsagbar außergewöhnlichen Moment glaubte Dravo bedingungslos an die Existenz göttlicher Wesen.

Keuchend verharrte er an Arlyn gepresst, spürte dessen Herzschlag synchron schlagen, fühlte jedes Pumpen des starken Muskels wie sein eigenes Herz. Schwer atmend kam auch Arlyn, nach weiteren heftigen Bewegungen seines Beckens, zur Ruhe. Die Augen geschlossen, das Gesicht noch immer lustvoll verzerrt, umwaberte die Magie sie, durchdrang beide, hielt das Gefühl ihrer perfekten Vereinigung weiter aufrecht.

Ganz langsam wandte Arlyn Dravo das Gesicht zu, öffnete die Augen und blickte ihn verklärt und begeistert an. Dravo lächelte zurück, fühlte sein Herz pulsieren, Glück wie ein gewaltiges Gewicht seine Brust zusammendrücken und zugleich zu weiten, sodass er glaubte, zu schweben. Unfähig, ihren Gefühlen Ausdruck zu verleihen, küssten sie sich zärtlich. Sie brauchten es auch nicht. Die Magie sprach für sie, ließ es sie wissen. Nur zögernd ebbte ihre Wucht ab, ließ der Glanz nach, zog sie sich zurück, hinterließ ein leeres Gefühl.

Mit einem starken Bedauern glitt Dravo aus Arlyn. Überwältigt, noch immer gänzlich sprachlos, sich sicher, dass er das höchste, vollkommene Erlebnis erfahren hatte, das je ein Mensch hatte erleben dürfen.

~ * ~

»Beim Licht der Götter, Arlyn«, wisperte Dravo ergriffen, seine Lippen drückten sich in den Nacken. Arlyn rührte sich nicht, erforschte seinen Körper, der sich fremd, ein wenig anders anfühlte. Überaus vorsichtig tastete er sich voran in sein Inneres, suchte zögernd nach dem Verlies der wilden Magie. Und fand die Türen weit offen, den Raum leer. Nichts. Da war nichts mehr. Das Ungeheuer war frei. Nein, es hatte sich aufgelöst, war aufgegangen in der Magie, in seiner ganz eigenen. Ein Teil seiner Selbst, aber nicht länger dominierend oder gar unkontrollierbar. Ganz und gar und unter seiner alleinigen Kontrolle!

Ungläubig lauschte er in sich hinein, wollte nicht glauben, dass Angst und Hass fort waren, ersetzt durch das volle Vertrauen in Dravo. Mit der linken Hand stützte er sich ab, richtete sich auf und wandte sich zu ihm um. Die Hände griffen augenblicklich nach ihm, zogen ihn bäuchlings auf Dravos schweißfeuchten Leib. Wortlos lagen sie aufeinander, spürten ihre erhitzten Körper, fühlten einander, genossen die Magie, die sie wie flüssiges Licht streichelte, einem Kribbeln unter der Haut gleich.

Götter, wie Dravo ihn ansah, so voller Liebe, Stolz und Bewunderung. Wenn die wilde Magie durch ihr Potential zur Zerstörung hervorstach, dann war es das unglaublich wunderbare Vermögen dieser Magie, Glück und Liebe zu empfinden.

Gefangen in den Eindrücken dieses perfekten Moments, überließ er sich seinen Gefühlen, bis die Atmung sich beruhigt, ihrer beider Herzen ruhiger schlugen. Arlyn barg seinen Kopf an Dravos Brust, schlang die Arme um ihn, wollte ihn nie wieder von sich gehen lassen, ihn auf ewig festhalten. Was dieser starke Mann mit all seinen dunklen Seiten ihm gegeben hatte, überstieg alles, was er je empfunden hatte.

»Ich wusste ...«, begann er mit leiser, eigentümlich dunkler Stimme, »Ich ahnte nicht einmal, dass es so wundervoll sein kann.« Götter, die Last eines Berges war von ihm gefallen, er fühlte sich schwebend, unendlich erleichtert, wie befreit. Seine Lippen berührten Dravos Haut.

»Die Götter sind meine Zeugen, ich auch nicht«, wisperte Dravo, schien Mühe zu haben, seine Lippen zu bewegen.

»Es war ganz anders«, hauchte Arlyn mit fassungslosem Staunen. »Wundervoll. Als der Schmerz schwand. Du in mir, mir derart nahe ...«

»Oh ja«, flüsterte Dravo mit schwerer Zunge, die Stimme rau und heiser, als ob er durchgehend geschrien hätte.

»Wundervoll.« In streichelnden Bewegungen wanderten die Hände an Arlyns Rücken hinauf und er legte sie sanft um sein Gesicht, lächelte ihn an.

»Wie du, mein Arlyn. Einfach wundervoll. Was deine Magie mit mir macht ist unglaublich. Ich konnte sie in mir fühlen, konnte deine Lust spüren, als ob es meine eigene wäre. Ich habe deinen Schmerz, deine Angst gefühlt, alles! Auch deine Lust und Ekstase. Unfassbar, unglaublich.« Dravo hob den Kopf, berührte Arlyns Lippen flüchtig, unendlich zärtlich und liebkosend.

»Es war die perfekte Vereinigung«, seufzte er. »Ob du mir Glauben schenken kannst oder nicht, Arlyn, aber ein derart perfektes Erlebnis hatte ich nie. Mit keinen anderen Mann.«

»Ich auch nicht«, murmelte Arlyn, lächelte, die Lippen zuckten und er musste plötzlich lachen. Ein befreites, helles, absolut glückliches Lachen, das die Schatten auslöschte und reines, helles Licht in jeden Bereich seines Selbst sandte. Zärtlich küsste er Dravo, überließ sich der Gewissheit, dass er etwas ganz Spezielles gefunden hatte: Die Macht tief empfundener, bedingungsloser, vertrauensvoller Liebe.

94 Kapitel

Der Lohn für Verrat

Das Schnauben der Pferde erfüllte die Luft, strich erfrischend kühl über Arlyns Gesicht. Morgentau glitzerte im Gras und der Atem der Tiere bildete weiße Dampfwolken. Unter dem Sattel bewegte sich sein Pferd unruhig hin und her.

»Sind die Fesseln zu fest?« Odirs dunkle Augen blickten aus tief liegenden Höhlen besorgt zu ihm hoch. Die knochige Hand lag locker auf Arlyns Unterarm.

»Nein«, antwortete er kopfschüttelnd und bewegte probeweise die vor dem Bauch gefesselten Hände. Obwohl sie wirklich locker saßen, war das Gefühl nichtsdestotrotz unangenehm. Auch wenn er haargenau wusste, dass Fesseln an ihm lächerlich waren, erweckten sie unbehagliche Gedanken. Es erinnerte ihn fatal an den Ritt zur Hütte mit seinen Peinigern, als er aus Farjins Burg geflohen war und er konnte ein winziges Schaudern nicht verhindern.

Dravo trat heran und seine drohende Körperhaltung ließ Odir augenblicklich die Hand herunter nehmen, zurückweichen und das Haupt ergeben senken. Dennoch traf ihn Dravos missbilligend empörter Blick. Arlyn musste schmunzeln, verbarg es jedoch so gut es ging. Dravos Nervosität war kaum zu übersehen und nahm beständig zu.

»Alles gut so?«, erkundigte er sich kaum weniger besorgt als der Steppenkrieger. Statt einer Antwort, beugte sich Arlyn vor und küsste ihn auf die Stirn.

»Mir wird nichts geschehen«, flüsterte er beruhigend. Dravo wirkte jedoch nicht gerade überzeugt, drückte die gefesselten Hände fest und wandte sich unnötig hastig ab. Mit einem weiteren drohenden Blick auf Odir schritt er zu seinem Pferd hinüber. Wortlos schwang sich der Steppenkrieger hinter

Arlyn in den Sattel und Arlyn verfluchte insgeheim Rahjs Plan, der auf absoluter Authentizität aufbaute. Dazu gehörte, dass er die Rolle des gefangenen Lanjins bis in jedes Detail echt spielte.

Obwohl es im Grunde nicht möglich war, bemühte Odir sich durchaus, Abstand zu halten. Sein fremdartiger Geruch stieg Arlyn in die Nase, die dürren Arme, die ihn kaum berührten, rahmten ihn dennoch unbehaglich ein. Ein Ritt über gut zehn Läufe lag vor ihnen und bereits jetzt fühlte Arlyn sich äußerst unwohl. Nach wie vor ängstigte ihn die Nähe anderer Männer. Dravo war und würde immer die Ausnahme bleiben.

Nach ihrer Vereinigung waren sie weiterhin eng umschlungen eingeschlafen. Bis zum dezenten Klopfen an ihrer Tür, noch ehe die Sonne sich erhob, hatte er sich wundervoll geborgen in Dravos Armen gefühlt. Selbst jetzt konnte er noch immer keine Worte finden für das, was zwischen ihnen geschehen war. Allerdings war er sich eines Details absolut bewusst: Da war keine Magie mehr in ihm, die nicht vollständig unter seiner Kontrolle war. Und das war ein überaus beruhigendes Gefühl.

Rahj stieg als letzter auf, hob den Arm und gab den Befehl zum Aufbruch. Jeder von ihnen war dunkel gekleidet, wie es auch jene gedungenen Männer gewesen waren, die sie überfallen hatten. Sie ritten die Pferde aus dem Lager, die Rahjs Männern ohne viel Widerstand in die Hände gefallen waren und trugen Tücher vor dem Gesicht damit keiner der Verräter sie vorzeitig erkannte. Auch Odir trug ein Tuch, obwohl sein dunkles Gesicht auch damit deutlich hervorstach.

Schweigend ritten sie durch den lichten Wald und Arlyn konzentrierte sich darauf, die unangenehme Nähe des fremden Mannes aus den Gedanken zu verbannen und sich stattdessen an den gestrigen Abend zu erinnern. Dravos Zärtlichkeit, seine Vorsicht, wie unendlich behutsam er vorgegangen war. Prompt kribbelte die Magie in den Adern, durchzog warm und angenehm seinen Leib, wie ein Hauch von Dravos Berührungen. Wie berauschend das Erlebnis war. Kein gewaltsames Eindringen, ein herrliches Gefühl von Verbundenheit und wahrhaftiger Lust. Kein Akt der Grausamkeit sondern der innigsten Vereinigung, viel mehr als eine rein körperliche. Auf seltsame Weise war sich Arlyn sicher, dass er mit seinem vollkommenen Vertrauen, Dravo einen Teil seiner Selbst geschenkt hatte, einen Bereich von sich geöffnet hatte, der sie beide auf eine extrem intensive Art verband, die er nicht benennen, sehr wohl jedoch spüren konnte. Dravo besaß fortan einen Teil seiner Seele und Arlyn wusste, dass er immer gut aufgehoben sein würde.

Wie ihn die Grausamkeiten seiner Peiniger innerlich und seelisch zerrissen hatten, vermochte ihn die Vereinigung mit Dravo zu heilen und zu stärken. Zugleich war Arlyn sich jedoch darüber im Klaren, dass Farjins Bedrohung damit womöglich stärker geworden war, denn nun war Dravo für Arlyn weit wichtiger geworden und damit in derselben Gefahr. Wenn Farjin seiner weiterhin habhaft werden wollte, dann würde er an Dravos Schutz seines Innersten vorbei müssen. Nun verstand Arlyn sehr wohl, wieso Farjin ihn fortlocken wollte, warum er einen Keil zwischen sie hatte treiben wollen.

Hastig verdrängte er die Gedanken und blickte hoch. Vor ihnen öffnete sich der Wald und gab den Blick auf ein flaches, weißgekalktes Anwesen frei. Einige Pferde warfen schnaubend die Köpfe hoch, stoben über die Koppel davon. Als sie sich dem Anwesen näherten, löste sich eine Gestalt zwischen den Bäumen und rannte hinüber zum Haus.

»Wir wurden bemerkt«, meinte Rahj von hinten. »Ab jetzt spielt jeder seine Rolle, bis ich mich zu erkennen gebe.« Alle Männer nickten und Arlyn spürte, wie sich auch Odirs Leib hinter ihm anspannte. Ein knochiger Arm schlang sich plötzlich fest um seine Taille und er kämpfte den Impuls nieder, sich hastig daraus zu befreien. Als Gefangener würde man ihn festhalten müssen, womöglich versuchte er sonst vom Pferd zu gelangen. Es war ihm bewusst, dennoch fiel es ihm schwer, weiterhin ruhig und gleichmäßig zu atmen und nicht in Panik zu verfallen. Wie rasend begann das Herz schneller zu schlagen, je dichter sie dem Anwesen kamen und noch mehr, als er die Gruppe von Männern bemerkte, die aus dem Haus kamen und ihnen entgegen kamen.

»Wahrhaftig der Bastard Rangol persönlich und noch drei andere Larns«, zischte Dravos Stimme hinter ihm, verstummte jedoch sofort als Rahj drohend knurrte. Das war gut, denn sie waren nun beinahe in Hörweite. Das Blut rauscht in Arlyns Ohren und jeder Muskel spannte sich an, als Odir sein Pferd nur wenige Schritte vor der Gruppe der Männer anhielt und Rangol einen Gruß entbot.

»Wo ist Durijk?«, herrschte ihn Rangol an. Zwei bewaffnete Männer standen hinter der Gruppe und musterten die vermeintlichen Söldner misstrauisch. »Warum seid ihr nur so wenige?«, wollte Rangol wissen.

»Durijk und einige der anderen sind im Kampf gefallen«, erklärte Odir gleichmütig und musterte die anwesenden Larns einen nach dem anderen. »Unser Auftrag ist erfüllt und wir bringen Euch nun den Lanjin, wie uns befohlen wurde.« Mit diesen Worten stieg er vom Pferd und hob auch Arlyn hinab. An den Schultern schob er ihn vorwärts auf die Männer zu, die neugierig näher kamen. Die übrigen Söldner stiegen ebenfalls ab, blieben jedoch zurück, so wie sie es mit Rahj besprochen hatten.

Arlyn spürte Dravos Wut glimmen, den Zorn, den er jedem dieser Verräter am liebsten entgegen schleudern würde, wie ein eigentümliches Kribbeln. Gewiss wusste er, wer die anderen waren. Ihre neue Vertrautheit ließ ihn auf mysteriöse Weise ein wenig an Dravos Gefühlen Teil haben. Neben Wut war das vor allem eine zunehmende Sorge um ihn, die Arlyn rührte.

Verstohlen musterte er die vier Männer, die vermeintlichen Verräter. Was mochte diese Adeligen dazu bewogen haben, ihren eigenen König zu verraten und dessen Söhne töten zu wollen? Zwei der Männer waren recht groß mit rötlichen Haaren und einer unverkennbaren Familienähnlichkeit. Sie trugen kostbare braune und rote Kleidung und beäugten die angeblichen Söldner mehr als misstrauisch. Auch der kleinere, glatzköpfige Larn, der sich etwas im Hintergrund hielt, war vornehm gekleidet. Arlyn konnte sich nicht an ihre Gesichter erinnern, wenngleich sie sicherlich auch beim Cialk gewesen waren. Nur zu genau jedoch erinnerte er sich an Larn Rangol, dessen gedrungene Gestalt sich nun nach vorne drängelte und dessen kleine Augen voll kaum verhohlener Gier glommen.

»Also sind sie tot?«, fragte einer der beiden größeren gekleideten Männer misstrauisch. Nervös bewegte er sich hin und her, warf den Söldnern hinter ihnen unruhige Blicke zu, bevor er Odir fixierte, den er wohl für den jetzigen Anführer hielt.

»Es war ein harter Kampf«, erklärte Odir und Arlyn gewann den Eindruck, dass sein fremdartiges, schwer zu lesendes Gesicht den Adeligen scheinbar noch nervöser machte, denn er trat nun von einem Fuß auf den anderen.

»Beide Königssöhne und ihre Wachen haben sich heftig gewehrt und mehrere von Durijks Männern getötet. Am Ende starben sie jedoch mit dem Messer im Hals, wie uns befohlen wurde«, erklärte Odir gleichmütig und der große Mann atmete erleichtert auf.

»Gut, gut«, freute sich Rangol und trat nun direkt vor Arlyn, musterte ihn ausgiebig. Sogleich hob er die Hand und es kostete Arlyn viel Beherrschung, stehen zu bleiben, nicht auszuweichen, als er ihm über die Wange strich.

»So wunderschön. Wirklich exquisit. Es wäre eine Verschwendung gewesen, ihn zu töten.« Seine andere Hand fuhr prüfend durch Arlyns Haare und löste augenblicklich heftigen Ekel aus. Ganz flach atmete Arlyn, bemüht, sich nicht zu viel anmerken zu lassen. Götter, Rangols Ähnlichkeit mit Runko war hingegen kaum zu ertragen und ihm schlug nun auch noch ein süßlicher Parfümgeruch, gemischt mit dem Hauch von Alkohol entgegen, der jedoch Rangols unangenehmen Schweißgeruch nicht überdecken konnte. Hart krampfte sich Arlyns Magen zusammen und er senkte hastig den Blick, um nicht länger in diese gierigen Augen blicken zu müssen. Sein Herz pochte so hart in der Brust, dass es schmerzte und er war sich nicht länger sicher, ob er diese Rolle wirklich so lange überzeugend spielen konnte, wie Rahj es wünschte.

Rangol jedoch hob mit einem missfälligen Laut sein Kinn erneut an und zwang ihn, ihn direkt anzusehen. Ein zufriedenes, grausames Lächeln umspielte seine Lippen.

»So sehen wir uns also wieder, schöner Lanjin«, raunte er und in jedem Wort schwang Lüsternheit mit. Plötzlich stutzte er, runzelte ein wenig die Stirn und drehte Arlyns Kopf hin und her. »Ich hatte dich ein wenig jünger in Erinnerung.« Gleichgültig zuckte er die Schultern. Ohne Arlyns Kinn loszulassen, fragte er: »War meine erste Bezahlung durch ihn zu eurer Zufriedenheit? Ich hoffe sehr, die Männer haben diese, meine kleine Kostbarkeit nicht verletzt?« Sein Blick wanderte forschend über Arlyns Körper und die Stimme bekam einen drohenden Klang. »Darin hatte ich mich ja wohl klar ausgedrückt, oder?«

Kälte raste über Arlyns Rücken, er erstarrte, spannte den Unterkiefer an und spürte sogleich, wie stark sich Dravo beherrschen musste, nicht nach vorne zu rennen und Rangol fortzustoßen. Oh, er verstand sehr wohl, was Rangol den Männern zusätzlich zu den Goldenen versprochen hatte. Alleine die Vorstellung, was sein Schicksal hätte sein sollen, reichte, um das Entsetzen real zu spüren.

Rangols Lächeln vertiefte sich, er musste seine erschrockene Reaktion als Bestätigung deuten.

»Der Mund dieses Lanjins war befriedigend genug für die meisten. Durijk hat uns Eure Befehle vorab klargemacht. Keiner hat mehr genommen, als ihm zustand.« Odir hatte sich kaum merklich neben Arlyn geschoben, schüttelte verneinend den Kopf, das Gesicht blieb weiterhin völlig ausdruckslos.

Für einen winzigen Moment schloss Arlyn die Lider und versuchte seine aufgewühlten Gefühle zu beruhigen. Rangols grunzendes Schnauben ließ ihn die Augen sofort wieder öffnen. Das Lächeln wurde selbstgefällig und Rangol strich in einer widerlich obszönen Geste über Arlyns Lippen.

Götter, wie lange musste er das noch ertragen? Wie lange würde Dravo sich zurückhalten können?

»Oh ja, so ein schöner, williger Mund.« Natürlich interpretierte Rangol sein angespanntes Verhalten entsprechend und er grinste süffisant. »Ich dachte mir schon, dass seine Talente vielfältig sein würden. Sonst hätte ihn Dravo, dieser Bastard der Niederen, kaum derart lange behalten und gehütet.« Rau lachte er auf und ließ Arlyn endlich los. Zurück blieb ein grässlich schmieriges Gefühl und Arlyns Magie glomm warnend auf, vermochte den Ekel jedoch nicht auszulöschen.

Hoffentlich gelang es auch Dravo, sich zu beherrschen und ihren Plan nicht vorzeitig zunichte zu machen. Wie genau Arlyn spürte, wie er sich zurückhalten musste, wie er innerlich kochte und tausend Foltermethoden an Rangol ausprobieren wollte, seinen Bruder verfluchte.

Der untersetzte, glatzköpfige Larn trat nun heran, warf lediglich einen kurzen Blick auf Arlyn. »Dieser Lanjin hat eindeutig zu viel gesehen. Er könnte uns gefährlich werden, wenn Ihr ihn am Leben lasst. Besser, wir beseitigen ihn gleich. Die Gefahr ist zu groß, Rangol.« Neben ihm nickte der jüngere der beiden großen Männer bestätigend.

»Ihn töten?«, empörte sich Rangol augenblicklich. »Seid Ihr verrückt geworden, Larn Vispei? Solch ein exquisites Geschenk? Dieser Lanjin ist zu viel wert.« Abermals maß er Arlyn mit einem besitzergreifenden Blick. »Dieser Lanjin war mein Preis, meine Bedingung, wie ihr Euch erinnern werdet. Ich musste ihn haben.« Wütend schnaubte Rangol, machte eine abfällige Geste. »Ihr anderen habt doch stets nur geredet, nie gehandelt. Ohne mich würdet ihr jetzt noch auf euren feisten Hintern sitzen und Wünsche formulieren. Nicht wahr, Larn Sulkom?«

Das Gesicht des älteren der Männer verzog sich verärgert und auch Larn Vispei starrte Rangol verdrießlich an.

»Ich habe dafür gesorgt, dass endlich die Veränderung nach Fenjarn kommt. Davon profitiert Ihr und auch Euer Sohn, Sulkom. Vergesst das niemals«, ergänzte Rangol hochmütig. »Larn Vispei weiß es ebenso. Ihr solltet Euch darüber im Klaren sein, wem Ihr diesen Triumph zu verdanken habt. Wenn der König endlich krepiert, ist der Weg frei für einen neuen, fähigeren Herrscher, der die Belange der adeligen Häuser besser zu vertreten weiß, als es dieser Emporkömmling Rahj oder sein unfähiger Bruder getan hätten.«

Erregt spie Rangol Larn Sulkoms Füße. »Vergesst das nie, Larns. Nur mir habt Ihr es zu verdanken, dass ihr die Geschicke dieses Landes mit lenken könnt.« Mit hektischen, roten Flecken auf den Wangen, wandte er sich wieder an Arlyn.

»Dieser Lanjin ist ein Geschenk der Götter. Mein Geschenk.« Habgierig griff er nach Arlyns Arm und zog ihn nach vorne. »Seht Ihr nicht seine Schönheit? Diese weiche Haut, diese strahlenden Augen. Nie zuvor habe ich einen solchen Lanjin gesehen. Es wäre eine absolute Schande, seine Qualitäten nicht zu nutzen. Ich wollte ihn vom ersten Moment an, den ich ihn gesehen habe und werde ihn ganz gewiss nicht töten, nur weil Ihr vor Furcht noch immer schlottert. Was getan werden musste, wurde getan. Und noch immer hat sich die Erde nicht aufgetan und Euch verschlungen. Nichts ist geschehen. So viel zu dem Fluch, der auf dem geweihten Land liegt.«

Höhnisch lachte Rangol auf. »Der Thronfolger und dieser Abschaum von ehrlosem Bruder sind tot und ihr Blut tränkt das ach so heilige Land. Das erste Haus Fenjarns wurde vernichtet.«

Larn Sulkom zuckte deutlich zusammen und auch sein Sohn schien sich unbehaglich zu fühlen, trippelte hin und her. Rangol jedoch lachte böse auf und warf Larn Vispei, der ihn betroffen ansah, einen triumphierenden Blick zu.

Obwohl sein Herz noch immer viel zu schnell schlug, befeuchtete Arlyn sich die Lippen, wagte es, den Kopf zu heben und Rangol direkt anzusehen.

»Habt Ihr wirklich befohlen, Dravo und Rahj zu töten?«, fragte er beinahe flüsternd. Das war es, was Rahj wissen musste, die absolute Gewissheit über den Verrat. Mit Rangols eigenen Worten wollte er es hören und Arlyn hoffte so sehr, dass damit diese Qual für ihn beendet sein würde. Seine Stimme klang merkwürdig fremd in seinen Ohren und Rangol lächelte ihn augenblicklich nachsichtig an. Hämisch lachend zog er Arlyn noch näher an sich heran. Verzweifelt versuchte Arlyn, ruhig zu bleiben, die Rolle des verängstigten Lanjins überzeugend zu spielen, wenn seine Fäuste diesem Kerl doch Antwort geben wollten, sein Fuß in dessen Magen, nein besser den Weichteilen landen wollte.

»Sag noch einmal seinen Namen, mein hübscher Lanjin«, verlangte Rangol süffisant grinsend, mit einem lauernden Ausdruck. »Ich mag es, wie deine schönen, weichen Lippen sich bewegen. Oh, du wirst mir viel Freude bereiten.« Mit schärferer Stimme verlangte er: »Sag ihn! Sprich seinen Namen noch einmal aus.« Der Druck seiner Hand an Arlyns Oberarm wurde hart und prompt wand sich Arlyn angeekelt, vermeinte ein zischendes Einatmen weit hinter sich zu vernehmen und betete darum, dass Dravo sich nur noch ein wenig beherrschen würde.

Unruhe entstand unter den vermeintlichen Söldner und ohne sich umzusehen, wusste Arlyn, dass Dravo kaum länger still halten würde. Seine Wut war weißglühend und es fehlte nicht viel und er würde sich auf Rangol stürzen. Arlyn spürte es genau. Er musste Rangol schnellstmöglich dazu bringen, den Verrat direkt zu gestehen. Die anderen Adeligen beäugten die schwarzgekleideten Männer auch schon argwöhnisch, nur Rangol bemerkte es nicht, war ganz und gar auf ihn konzentriert. Der Finger strich ekelerregend über seine Lippen.

»Sprich den Namen dieses toten Bastards noch einmal aus, mein Lanjin«, verlangte Rangol abermals mit Nachdruck.

»Dravo.« Hart schluckte Arlyn und ließ das Wort nur zögerlich über die Lippen kommen. Der Name schwebte zwischen ihnen und Rangol lauschte regelrecht verzückt, berührte abermals Arlyns Lippen.

»Wunderbar, du bist ein äußerst gehorsamer Lanjin.« Zufrieden beugte er sich näher heran. Sein starker Geruch nahm Arlyn den Atem und er fühlte wie Dravo sich anspannte, wild entschlossen, Rangol zu töten, sollte er versuchen, ihn zu küssen.

Rangol hingegen lächelte nichtsahnend. »Das war das letzte Mal, dass du seinen Namen aussprichst«, raunte er beinahe zärtlich, mit einer kaum verhohlenen Schärfe in der Stimme. »Erinnere dich genau an den Klang. Er darf dir nie wieder über die Lippen kommen, hast du verstanden? Ich bin dein neuer Herr und mein Name ist Rangol. Du wirst ihn stöhnen, wimmern und schreien, wann immer ich es möchte.«

Arlyns Magen wollte sich umdrehen und es war so verdammt schwer, diesen Widerling nicht zu schlagen, sich auf seine Aufgabe zu konzentrieren.

»Habt ihr ihn töten lassen?«, wisperte er, bemühte sich, Rangol anzusehen, seine Magie zurückzuhalten, die sich wie Dravo nur zu gerne auf ihn stürzen wollte. Endlich löste Rangol die Finger von ihm und Arlyn konnte ein hörbares Seufzen nicht länger unterdrücken.

»Der Plan existierte schon länger. Nur du hast ihn mich letztlich jetzt schon umsetzen lassen«, erklärte Rangol verschmitzt. »Dein vorzüglicher Körper wird sich viel besser in meinem Bett machen. Bei allen Niederen, dieser Bastard Dravo soll in ihrer Hölle verrotten und vergammeln. Ich werde dich nehmen, deine Dienste ausgiebigst nutzen, mein hübscher Lanjin. Sollte ich deiner überdrüssig werden, dann wirst du noch immer die wohlverdiente Belohnung für jeden treuen Mann sein, der mir auf dem Weg zum Thron beisteht.«

Die Magie vibrierte heiß unter der Haut, wollte sich auf diesen grausamen Mann stürzen, ihm jedes Wort aus dem Leib zerren. Götter, welches Schicksal er für ihn vorgesehen hatte. Ein willfähriges Spielzeug. Arlyn wurde eigentümlich deutlich bewusst, was Rangol in ihm sah: Eben jenen Sklaven, als den ihn Dravo gekauft hatte. In den Augen dieses Mannes war er nur eine Ware, beliebig nach seinen Wünschen einsetzbar, sein Körper ein Lockmittel für Günstlinge.

Mühsam formulierte Arlyn die Worte erneut: »Habt Ihr sie also töten lassen?«

Rangol lachte auf, sein Blick glitt beinahe mitleidig über Arlyn. »Aber ja doch. Diesen Bastard Dravo, dem du gewiss hingebungsvoll den Schwanz gelutscht hast, ebenso wie seinen unfähigen Bruder, den Thronfolger. Ich persönlich gab den Befehl, sie zu töten und dich zu mir zu bringen. Deshalb gehörst du jetzt mir. Wie schon bald auch dieses Königreich. Das zweite Haus Fenjarns wird endlich das erste werden.« Sein Lachen sandte kalte Schauder über Arlyns Rücken, die die Magie nur noch mehr anfachten. Doch da waren sie. Die Worte, auf die Rahj gewartet hatte. Rangol hatte sie endlich ausgesprochen.

Dessen Lachen brach abrupt ab, als von neuem Bewegung unter den vermeintlichen Söldnern entstand und einer von ihnen entschlossen nach vorne trat.

»Genau, darin täuscht Ihr Euch, Rangol.«

Erleichtert entließ Arlyn die Luft aus den Lungen. Rahj. Es war endlich vorbei.

Rangol starrte ihn mit offenem Mund ungläubig irritiert an, warf einen fragenden Blick zu Odir, der sich dichter an Arlyn heranschob. Aus dem Nichts erschienen zwei Klingen in seinen Händen und Arlyns Fesseln fielen mit einem erstaunlich deutlich hörbaren Geräusch in der sich ausbreitenden Stille zu Boden.

Noch während Rangol ungläubig auf die blitzenden Klingen starrte, riss sich Rahj mit einem Ruck das Tuch vom Gesicht. Im nächsten Moment hatte er auch schon sein Schwert gezogen und setzte es Rangol auf die Brust. Hinter ihm stieß Larn Sulkom einen erschrockenen Ruf aus und stolperte rückwärts, warf dabei beinahe seinen Sohn um, der fassungslos Rahj anstarrte. Larn Vispei hingegen begann zu wimmern, sackte augenblicklich auf die Knie, das Gesicht grau vor Schreck. Entsetzt schlug er sich die Hände vor das Gesicht. Die beiden Wachen der Larns waren viel zu langsam, zogen zwar noch ihre Schwerter, aber Rahjs Männer waren schneller. Sie sprangen nach vorne und hatten die anderen nach einem kurzen Handgemenge schon überwältigt und entwaffnet.

Ein extrem wütend aussehender Dravo schob sich dicht an Rangol heran und ignorierte die abwehrende Geste seines Bruders, der ihn vergebens zurückzuhalten versuchte.

»Dachtest du tatsächlich, ihr könntet uns derart leicht beseitigen?«, zischte er und zog sich ruckartig das Tuch vom Gesicht.

Hass verzerrte augenblicklich Rangols Züge und die Hände ballten sich zu Fäusten.

»Ihr habt den Tod verdient«, stieß er hervor. »Ihr seid nichts weiter als ein Bastard der Niederen, eine abartige, widerwärtige Kreatur. Wie konntet Ihr meiner Schwester das antun? Meinem Haus diese Schande bereiten? Ihr seid es nicht wert, zu leben, die Luft Fenjarns zu atmen.« Wütend spie er vor Dravo aus und nur die Spitze des Schwertes hielt ihn davon ab, sich mit bloßen Händen auf Dravo zu stürzen.

»Lass mich ihn jetzt töten, Rahj!«, verlangte Dravo voller Zorn, das Gesicht zu einer grimmigen Maske verzerrt. »Du hast gehört, was du hören musstest. Wir alle haben es vernommen. Diese vier Männer sind Verräter. Sie haben den Tod mehr als verdient, denn sie haben ihren König, das Volk, das ganze Land verraten.« Dravos Stimme war immer lauter geworden und die Hand lag am Griff seines halb gezogenen Schwertes.

Rahj schüttelte den Kopf, ohne seine Waffe zu senken. »Nein, Dravo«, sagte er besänftigend und doch mit einem deutlich warnenden Unterton. »Ja, diese Männer haben Hochverrat begangen. Sie werden daher vor den König treten und sich dessen Urteil unterwerfen. Weder mir, noch dir steht es zu, dieses Urteil vorweg zu nehmen.«

Dravo fluchte laut, wandte sich außer sich vor Wut um und trat zu Arlyn. Drohend funkelte er Odir an, der noch immer dicht neben ihm stand und sofort zog der Steppenkrieger seine Klingen zurück, senkte den Kopf und wich zwei Schritte zur Seite.

»Götter, Kles, ich möchte ihn in winzige Stücke hacken und drauf pissen«, murmelte Dravo, schlang die Arme um ihn und dankbar erwiderte Arlyn seine Umarmung. Donnernd schlug das Herz in der Brust und er wurde sich mit einem Mal bewusst, wie verkrampft jeder Muskel war, wie angespannt er gestanden hatte.

»Es ist vorbei«, wisperte er Dravo zu, fühlte auch dessen Wut abflauen. Sie hatten es geschafft.

Hinter ihnen gab Rahj Befehle, die Verräter zu fesseln und ließ das Anwesen durchsuchen. Als er schließlich zu ihnen kam, löste sich Dravo mit einem grollenden Laut. Finster starrte er ihn an, als er Arlyn die Hand auf die Schulter legte und einmal fest zudrückte.

»Danke, Arlyn. Du warst unglaublich stark«, sagte Rahj, lächelte knapp. »Glaub mir, Dravo, es ist der beste Weg, auch wenn mein Schwert nichts lieber täte, als jedem von ihnen den Kopf abzuschlagen.«

Dravo gab ein abfälliges Schnauben von sich. »Worin besteht der

Unterschied. Sie werden auf jeden Fall sterben. Der Tod von meiner Hand durch das Schwert würde sogar gnädiger sein, als der Tod durch Feuer und Wasser, welches sie als Verräter erwartet.«

Bedächtig nickte Rahj. »Damit magst du sogar Recht haben. Allerdings ist es immens wichtig, dass Vater, als der König, sie verurteilt und dieses Todesurteil ausspricht. Wenn du Rangol getötet hättest, und glaub mir, ich verstehe deinen Wunsch nur zu gut, dann wäre die Tat immer die eines erbosten Mannes, ein willkürlicher Akt gewesen. Du hättest nicht im Namen des Königs gehandelt, sondern nur als zorniger Liebhaber.«

Aufgebracht wollte Dravo etwas entgegnen, doch Arlyn kam ihm zuvor.

»Das stimmt«, meinte er leise und umschloss Dravos Arm mit der Hand. »Es ist besser, wenn der König das Urteil fällt. Wenn du ihn tötest, wäre es nur ein Mord, kein Todesurteil.« Tief holte Dravo durch die Nase Luft, schien sich eine heftige Entgegnung zu überlegen und atmete aus, ließ die Schultern sinken.

»Natürlich habt ihr beide recht. Und ich weiß wieder, Rahj, warum du der bessere Thronfolger bist.«

»Wir werden sehen, was Vater sagt.« Unwirsch verzog Rahj das Gesicht

»Was auch immer er sagen wird, du hast diesen Verrat aufgedeckt. Das wird dir die Achtung aller treuen Häuser und Larns einbringen«, stieß Dravo aus.

»Genau das wird Vater nicht unbedingt gefallen«, murmelte Rahj, wandte sich abrupt ab und gab die Befehle zur Abreise.

Mit gemischten Gefühlen schaute Arlyn ihm nach. Vor Rahj schienen noch einige Aufgaben zu liegen, bis er die volle Anerkennung bekommen würde, die ihm zustand.

95 Kapitel

Bestie aus Schatten

Wenige Zeit später verließen sie Rebar und machten sich auf den Weg zurück nach Trandfil, wo sie die Verräter den Wachen des Königs übergeben wollten. Rahj sandte Twerk voraus, um den König zu informieren, dass sie noch lebten und einen Verrat aufgedeckt hatten. Larn Vispei beteuerte immer wieder wimmernd seine Unschuld, er wäre nur von Rangol und Sulkom hineingezogen worden und Rahj befahl genervt, ihn zu knebeln. Auch Arlyn seufzte erleichtert, froh, dass alles vorbei war und er bald schon mit Dravo heimkehren konnte.

»So, nun ist Ruhe. Mögen sie ewig in der Hölle der Niederen schmoren«, stieß Rahj angewidert hervor und lenkte sein Pferd neben Arlyn und Dravo. Odir war hinter ihnen und ritt neben Malarg, der den Steppenkrieger des Öfteren misstrauisch musterte. Offenbar traute er ihm ebenso wenig wie Dravo.

»Götter! Drei Häuser sind in diesen Verrat verwickelt. Das wird einen gewaltigen Skandal auslösen und viel böses Blut bewirken. Selbst wenn diese Adeligen keinen direkten Erfolg hatten, wird ihr Verrat Fenjarn entzweien.« Frustriert schnaubte Rahj. »Der Tod dieser Verräter wird die Häuser Olvirm, Kalard und Adorav erniedrigen, gegen mich aufbringen und aus dieser Demütigung wird ganz gewiss weitere Wut erwachsen. Was ich auch tun werde, ich erschaffe neue Verräter, neue Attentäter! Ich kann nur falsch handeln.«

»Du konntest und hast nur richtig gehandelt«, widersprach ihm Dravo. »Die meisten, einschließlich Vater, halten dich für zu weichherzig, viel zu nachsichtig und folglich zu schwach. Der Tod dieser Verräter wird sie eines Besseren belehren.«

»Das Haus Olvirm ist mächtig und einflussreich. Wenn ausgerechnet ein Larn aus ihrem Haus des höchsten Verrats am König schuldig gesprochen wird, trifft es alle Mitglieder des Hauses ebenso hart. Ein Haus, welches einen Verräter geboren hat, verliert Einfluss und Reichtum, denn die hängen vom Ansehen ab. Was meinst du, warum Rangol dich so sehr hasst? Durch deine Weigerung, seine Schwester zu nehmen, hast du das Ansehen seines Hauses gemindert. Unzufriedenheit gebiert womöglich auch Verrat.«

»Bei den Niederen, er selbst hat den Verrat begangen, ob aus gekränktem Ehrgefühl oder purer Machtgier ist mir gänzlich egal. Hauptsache, der ganze Hof erfährt endlich, was für ein widerliches Schwein er ist«, schnaubte Dravo.

»Vater wird sicher in großer Sorge sein, er muss inzwischen annehmen, wir seien getötet worden«, meinte Rahj nachdenklich. »Ich hoffe sehr, dass es seinen Zustand nicht verschlechtert hat. Wenn er glaubt, wir seien tot und das Königreich ohne Thronfolger ... Wir sollten zügig nach Trandfil reiten.«

Grimmig nickte Dravo, trieb sein Pferd an. Im zügigen Trab bewegten sie sich vorwärts.

Arlyn wünschte sich fort von all den Intrigen, dem Hofstaat und seinen Problemen. Wie gut er Dravos Abneigung inzwischen verstand, wie sehr er die Ruhe ihres beschaulichen Lebens in Fenjil vermisste. Jeden Tag, jeden Moment wollte er mit Dravo verbringen. Hatten sie es wirklich geschafft, sich Farjin zu entziehen? Was würde er nun tun, da er keinen Zugriff mehr auf die Magie hatte? Was, wenn er persönlich erscheinen und ihn herausfordern würde? War seine Magie stark genug, ihm zu widerstehen? Hatte die Liebe zu Dravo ihn vollständig immun gegen den Einfluss seines Meistermagiers gemacht?

Zaghaft vibrierte die Magie in ihm, als ob sie ihn warnend anstoßen wollte, dass es noch nicht vorbei war. Der Verrat und seine Folgen für Fenjarn, für das Königshaus und für Rahj, erschienen ihm fremd, nicht so recht Teil seiner Welt. Dabei waren sie es. Denn er lebte mit Dravo darin und jede mögliche Zukunft war an dieses Land und folglich an die Politik geknüpft.

Arlyn wusste, dass er sich falschen Hoffnungen hingab, wenn er an eine ruhige Zukunft glaubte, daran, dass Farjin die Spur endgültig verloren hatte oder das Interesse an ihm verlieren würde. Zunehmend unruhiger blickte er sich um, fühlte sich seltsam bedroht, obwohl nichts auf ihrem Weg auf eine Gefahr hinwies. Nichtsdestotrotz gewann er den Eindruck, beobachtet, gar verfolgt zu werden. Wann immer er aufmerksam in das Gebüsch seitlich schaute, die dicht stehenden Bäume absuchte, war nichts zu sehen. Die Vögel zwitscherten, sogar die Sonne wagte sich ab und an hinter den

Wolken hervor. Alles schien friedlich zu sein und doch ... Auch wenn seine Augen nichts erblickten, die Ohren nichts vernahmen, die Magie wusste, dass da etwas war.

»Was ist?«, fragte Dravo besorgt, der sein Verhalten bemerkt haben musste.

»Ich weiß es nicht«, raunte ihm Arlyn zu, die Magie strömte in seine Hände, ein feines Zupfen an den Haaren im Nacken, eine leichte Gänsehaut auf den Armen. »Ich kann es dir nicht sagen, aber ich ...« Er unterbrach sich und horchte in den Wald hinein. Hatte er nicht eben einen seltsam knurrenden Laut vernommen?

»Da ist etwas. Es schleicht irgendwo herum. Etwas Magisches«, wisperte er, das Herz jagte stolpernd los, ein eisiger Schauder rann ihm über den Rücken. Farjin? Würde er sie inmitten Fenjarns wirklich offen angreifen? War er so nahe? Rasch schloss er die Augen und konzentrierte sich ganz auf die vage Magiespur, die seine Augen nicht wahrnehmen konnten, jedoch die feineren Sinne der Magie.

Schatten. Eine flüchtige Bewegung aus fließender Schwärze. Keine Substanz, mehr eine Ahnung davon. Er konnte es fühlen, nahm fremdartige Magie wahr. Hass, unbändige Wut, ein todbringender Zorn und der Wille zu töten. Schmerzhaft zog sich Arlyns Herz zusammen, die Kehle wurde eng, der Atem stockte. Da war etwas Vertrautes hinter all dieser mörderischen Wut. Eine vage Erinnerung an streichelnde Berührungen, Trost, Geborgenheit und ...

Mühsam versuchte er die Schatten zu fassen, zu einem Bild zu formen. Götter! Er wusste, was da heran kam.

Erschrocken öffnete Arlyn die Augen und schrie eine gellende Warnung, dann brach die Hölle über sie herein.

~ * ~

Arlyns Warnschrei ließ Dravo das Pferd herumreißen. Urplötzlich verdichteten sich die Schatten vor ihnen. Etwas brach lautstark durch das Unterholz, raste in einer undurchdringlichen, schwarzen Wolke auf dem Weg auf sie zu. Nur mit Mühe hielt sich Dravo im Sattel seines panischen Tieres, versuchte verzweifelt, es wieder unter Kontrolle zu bringen und gleichzeitig zu sehen, was vor sich ging. Arlyns Pferd hingegen scheute, drehte sich in einer ungeheuer schnellen Bewegung um sich selbst und er wurde in hohem Bogen hinabgeschleudert.

Eingehüllt in eigenartig wabernden schwarzen Nebel, sprang etwas sehr Großes mitten zwischen sie. Im Nu entstand ein wildes Getümmel.

Erschrockene Laute, weitere Schreie erklangen. Instinktiv versuchten die Männer, dem dunklen Schatten zu entkommen, behinderten sich gegenseitig. Pferde schnaubten, scheuten kopflos, bäumten sich angstvoll auf, drehten sich im Kreis, von ihren verwirrten Reitern kaum noch lenkbar. Einige weitere warfen ihre Reiter ab, rasten im gestreckten Galopp davon.

Das in Dunkelheit gehüllte Wesen stürzte sich auf eine der Wachen, stieß ihn vom Pferd und begrub den Körper augenblicklich unter sich. Ein gurgelnder Schrei stieg auf, erstickte jedoch sofort wieder. Das Knacken von brechenden Knochen sandte Dravo einen eisigen Schauer über den Rücken, ließ seinen Atem gefrieren und das Herz stocken, während sein Tier rückwärts auszubrechen versuchte.

Wo war Arlyn? Götter, er musste ihn finden.

Jemand stieß einen gellenden Angstschrei aus, der abrupt verklang. Der dunkle Schatten bewegte sich rasend schnell zwischen ihnen, stieß noch mehr Pferde und Reiter um. Männer brüllten sich Warnungen zu und das dumpfe Aufschlagen von schweren Körpern war zu hören. Daneben andere Geräusche, die unwillkürlich das Bild von gewaltigen Kiefern herauf beschworen, die etwas entzweirissen. Der metallische Geruch von Blut erfüllte plötzlich die Luft. Irgendwo in dem Chaos brüllte Rahj Befehle, klirrte Metall, als vermutlich Schwerter gezogen wurden.

Dravo bändigte sein Pferd mit harter Hand und versuchte Arlyn zu entdecken. Er musste irgendwo sein, doch Dravo konnte ihn nirgends sehen. War er dem Schatten zum Opfer gefallen? Ins Gebüsch gestürzt? Wo war er? Blanke Panik stieg in ihm auf, siegte über jeden Fluchtinstinkt. Arlyn war in Gefahr!

Dravo brüllte seinen Namen. Eine weitere Stimme in dem lauten Schreien und Rufen. Just in dem Moment kamen die wabernden, schwarzen Schatten direkt auf ihn zu. Nur flüchtig gewann Dravo den Eindruck eines großen Leibs, duckte sich instinktiv auf den Hals seines Pferdes und zog es am Zügel ruckartig seitwärts herum und aus der Bahn des Ungeheuers. Das Pferd strauchelte, fing sich wieder und kam taumelnd zum Stehen.

Verdichtete Schwärze, die das Licht selbst einsaugte, flog an Dravo vorbei. Grün flackernde Augen, in denen sich gelb lodernde Flammen zu bewegen schienen, Fänge die unnatürlich hell aus dunklem, zottigem Fell aufleuchteten. Hastig riss er sein Schwert hervor, doch da war der Schatten schon an ihm vorbei und verhielt inmitten der Männer hinter ihm.

Für die Dauer weniger Lidschläge formte die fließende Schwärze sich in ihrer Mitte zu einem festen Körper. Die Männer schrien panisch auf, als eine furchterregende Bestie aus den Schatten entstand, ein grollendes Knurren ausstieß.

Dravo erstarrte, selbst sein Pferd schien vor Angst festzufrieren, rührte sich nicht mehr. Dravos Augen hatten Mühe, klare Formen zu erkennen. Die seltsamen Schatten verschwanden im Fell, quollen wieder daraus hervor, gleich Nebel in beständiger Bewegung ließen sie die Kontur des Wesens verschwimmen. Langes, pechschwarzes, in sich verfilztes Fell bedeckte den hundeähnlichen Körper in langen Strähnen. Jedoch war das Wesen viel größer als ein Hund, bullig wie ein Stier mit dem geraden, spitz zulaufenden Rücken einer Kuh und keinem erkennbaren Hals. Das Ungetüm hatte weder einen Schwanz noch sichtbare Ohren, doch seine langen, scharfen Fänge stachen deutlich aus dem Maul hervor. An den Pfoten waren gewaltige scharfe, blutgetränkte Krallen zu erkennen. Stechende grüne Augen, die ständig in Bewegung waren, gelbe Pupillen die wie irre darin herumwirbelten, verwirrten Dravos Geist zusätzlich. Nie zuvor hatte er ein solches Wesen gesehen, noch davon gehört.

Erstaunlich gemächlich drehte sich der Kopf der Bestie, schien die panisch herumstolpernden Männer einen nach dem anderen suchend zu erfassen. Dravos Herz setzte aus, als er den schlanken Körper erkannte, der sich nur wenige Manneslängen entfernt aus dem Gras erhob. Trotz der eigentümlichen Dunkelheit, dem gedämpften Licht ringsum, leuchteten Arlyns Haare rotgolden auf, seine Haut schimmerte sanft und wo er stand, schwanden die Schatten.

Das Wesen fletschte die Zähne, knurrte die zurückweichenden Männer drohend an und fixierte plötzlich Arlyn.

Dravo wurde kalt, seine Hand krampfte sich fest um das Schwert. Alle Geräusche schienen mit einem Mal gedämpft und aus dem Augenwinkel nahm er wahr, wie ein Teil der Männer verharrte und ungläubig auf die seltsame Szene starrte.

Arlyn hatte sich ganz erhoben und dem Ungeheuer zugewandt, wirkte unglaublich zerbrechlich gegen die große Bestie. Seine türkisen Augen strahlten heller als sonst, der Schimmer von Magie umgab ihn mit einem besonderen Glanz. Das Gesicht war angespannt, der Mund leicht geöffnet und er musterte das Wesen mit entsetztem Blick.

Das Wesen knurrte, ließ den Laut immer stärker anschwellen, bis er einem gewaltigen, markerschütternden Schrei gleichkam. Der Laut ließ Knochen vibrieren, Gänsehaut entstehen und erweckte das dringende Bedürfnis, kopflos zu fliehen, sich schnellstmöglich zu verbergen. Dennoch rührte sich keiner von ihnen, die plötzliche Kälte in der Luft, die lauernde Drohung in diesem entsetzlichen Laut, ließ sie vor Furcht erstarren. Kaum verhallte das Knurren, als sich das Ungeheuer mit den kräftigen Hinterbeinen auch schon abdrückte und auf Arlyn stürzte.

»Arlyn!« Hart presste Dravo dem schnaubenden, widerspenstigen Pferd die Beine an den Leib und drängte es vorwärts, direkt in die Bahn des fremdartigen Wesens. »Arlyn!«, brüllte er erneut, schlug mit der flachen Seite des Schwertes gegen die Flanken des zögernden Tieres. Erschrocken sprang es nach vorne, machte zwei schnelle Galoppsprünge und brach dennoch aus Dravos Kontrolle aus, als die Bestie herankam. Rücksichtslos riss Dravo es am Gebiss herum, sein Schwert sauste auf den Kopf der Bestie herab. Metall traf laut krachend auf Knochen und er keuchte erschrocken auf, als ihm die Wucht des Widerstands beinahe die Waffe aus der Hand prellte. So hart wie Stein musste die Schädeldecke sein, das Schwert durchdrang offenbar nicht einmal das zottige Fell, geschweige denn die Haut. Fluchend riss er es zurück.

Immerhin stoppte das Ungeheuer ab, schüttelte sich, schien von dem Schlag jedoch nicht großartig benommen zu sein. Dravos Pferd hingegen wehrte sich immer heftiger gegen den Zügel, wollte keinen Moment länger in der Reichweite dieses Wesens verweilen und er hatte Mühe, überhaupt auf dem Rücken zu bleiben, derart massiv sträubte es sich gegen Zügel und Schenkel.

Gänzlich unerwartet schoss ein glitzerndes Etwas zischend knapp an Dravos Oberarm vorbei und traf die Bestie in der Flanke. Fauchend wirbelte sie herum. Der Kopf kam Dravo gefährlich nahe und sein Pferd stolperte erschrocken, sprang hastig weg und warf ihn dabei endgültig ab. Unsanft kam er auf dem Boden auf, rollte hastig herum, das Schwert noch immer fest umklammert.

Odir. Das war eine seiner Waffen gewesen. Der Steppenkrieger warf, den Oberkörper leicht vorgeneigt, ein weiteres Messer nach dem Wesen. Die Klinge drang tief in die Seite des Kopfes ein und fiel nur wenige Augenblicke später wieder herab. Laut zischend sog Odir die Luft ein und obwohl Dravo die Worte nicht kannte, klangen sie eindeutig nach einem Fluch. Der knurrende Laut veränderte sich, wurde drohender und die Bestie fixierte den neuen Angreifer mit ihren glühenden Augen. Hastig griff Odir an seinen Gürtel und zog weitere Messer hervor, schleuderte sie kurz nacheinander gegen den Leib des Ungeheuers. Wirkungslos.

Fester packte Dravo sein Schwert. Auch wenn die Messer dem Wesen offenbar nichts anhaben konnten, so lenkten sie es immerhin von Arlyn ab. Wo war er? Wenn ihre Waffen versagten, würde seine Magie dem Ungeheuer beikommen können?

Noch immer stand Arlyn regungslos, den Körper angespannt, die Stirn gerunzelt, als ob er grübeln würde. Die Magie umfloss ihn in konstanten Wellen und nun spürte Dravo einen Teil seines Entsetzens und Verwirrung. Wollte oder konnte Arlyn seine Magie nicht einsetzen? Warum zögerte er? Womöglich war dies Farjins Werk? Rasch setzte Dravo sich in Bewegung, versuchte an seine Seite zu gelangen, ehe die Bestie sich ihm wieder zuwandte.

»Dravo!« Das laute Brüllen ließ ihn den Kopf wenden. Mit erhobenem Schwert kam Rahj herangestürmt, gefolgt von Neril, dem jungen Mann aus seiner Wache. Das Ungeheuer machte einen unentschlossenen Schritt auf Odir zu, der mit zwei weiteren Klingen in den Händen kampfbereit wartete. Bei den Niederen, Rahj hatte ihn offenbar wieder voll bewaffnet und Dravo war gerade nicht böse darum.

Odirs dunkles Gesicht war zu einer unheimlichen Maske verzerrt und die Augen funkelten kaum weniger mordlustig, als die der Bestie.

»Dachak tur malhat!«, zischte er und Dravo erkannte zumindest das letzte Wort, welches für einen Dämon der Niederen stand. Unentschlossen schaute Dravo zu Arlyn, der bewegungslos, die Hände minimal erhoben, da stand. Warum wartete er noch, warum setzte er die Magie nicht ein?

»Ihr von der einen, wir von der anderen Seite«, rief Rahj und entschlossen eilte Dravo zu Odir. Wenn sie die Bestie von beiden Seiten zugleich angriffen, würde Arlyn genug Zeit haben, seine Magie zu wirken. Gemeinsam mussten sie ihr doch beikommen können.

Arlyns entsetzt gellendes: »Nein!«, ging in ihren Kampfschreien unter, als sie die Bestie aus Schatten angriffen.

96 Kapitel

Hinter dem Hass verborgen

Wild pochte die Magie in Arlyns Händen, der Druck pulsierte bis in die Ohren, die Sicht verschwamm, das Entsetzen durchströmte ihn. Die Manifestation des Wesens hatte ihn vollkommen erstarren lassen, er hatte das Gefühl, sich nicht einen Fingerbreit bewegen zu können.

Götter, er wusste, was es war: Ein Numion, eine dunkle, magische Bestie, Leidenschaft gewandelt in abgrundtiefen Hass. Farjin hatte ihm erklärt, wie sie entstehen konnten. Nur ein besonders mächtiger und skrupelloser Meistermagier konnte sie erschaffen.

Schmerzhaft zog sich Arlyns Herz zusammen, ihm stockte der Atem, als das Wesen den Kopf langsam senkte, die irre Raserei, der unverhohlene Hass in den glühenden Augen zu erkennen war. Fremdartige Magie strahlte aus dem düsteren, unwirklichen Fell, erfüllte die Luft mit Kälte und einer irritierenden Schwere, die Bewegungen verlangsamte, alles erstarren ließ. Arlyns Magie brodelte immer stärker, brach durch seine Haut, ließ sie hell schimmern. Die Nerven waren zum Zerreißen gespannt. Und er wusste partout nicht, was er tun sollte.

Also hatte Farjin seine Drohung am Bach wahr gemacht. Ein Numion hatte seine Spur aufgenommen und dieses Wesen verfolgte sein Opfer unermüdlich, unabwendbar, getrieben von unersättlichem Hass. Bis zu dessen Tod.

Das Ungeheuer legte den Kopf eine winzige Nuance schräger und visierte ihn an. Glimmende Augen, in denen gelbe Funken tobten, bohrten sich direkt in Arlyns Herz, pressten es mit unsichtbarer harter Faust zusammen, bis er nach Luft rang, jeder Schlag ihm Schmerzen bereitete. Ihm war kalt. Entsetzlich kalt.

War es die pervertierte Magie, die ihn erfasste? Der drückende Schmerz nahm zu, tastete sich suchend durch sein Innerstes. Instinktiv reagierte Arlyns

Magie, umschloss ihn schützend, drängte den fremden Einfluss massiv zurück und aus ihm hinaus. Zurück blieb ein taubes Gefühl von … Schuld.

Der Hass dieses Wesens hatte ihn lediglich gestreift, lange klamme Finger in ihn versenkt und dabei eine sehr vage Erinnerung hervorgerufen. Starke Arme, ein kräftiger Oberkörper. Der unbestimmte Geruch von Feuer und Rauch.

Keuchend blinzelte Arlyn, versuchte verzweifelt, die kurz aufflackernden Emotionen zu entwirren. Einsamkeit, Verzweiflung. Trost, als er ihn gebraucht hatte.

Knurrend wandte das Numion den Kopf und endlich konnte Arlyn freier atmen, rang gierig nach Luft und registriere sofort, in welcher Gefahr sich Rahj und Dravo befanden. Gemeinsam mit Odir und Neril, griffen sie das Wesen von zwei Seiten an.

Bei den Göttern, sie würden sterben, wenn sie es versuchten, sie konnten es nicht besiegen. Menschliche Waffen vermochten gegen diese Magie rein gar nichts ausrichten. Mit jedem Herzschlag verstärkte sich Arlyns Magie. Hastig rief er ihnen eine Warnung zu, baute im selben Moment eine magische Mauer vor Rahj und seine Wache, die sie in ihrem Angriff aufhalten würde.

Hart prallten sie dagegen, als die Luft sich vor ihnen verfestigte. Rahj versuchte es erneut und stieß abermals gegen den unsichtbaren Widerstand. Fassungslos starrte er auf das Ungeheuer, welches sich herumwarf und auf die anderen beiden Angreifer stürzen wollte.

»Odir! Dravo!«, schrie Rahj gellend auf und schlug mit dem Schwert auf die unsichtbare Wand ein, während Arlyn seine Magie in einem gleißenden Strahl zwischen das Numion und Odir schickte, wo sie sich sofort zu einer schimmernden Wand erhob, gegen die die Bestie rannte und zurückgeschleudert wurde. Knurrend und wütend zähnefletschend, versuchte das Wesen mehrfach dagegen zu springen.

Erstaunlich gelassen ließ Odir seine Waffen in gleichmäßigen Bewegungen kreisen, ganz so, als ob er einfach darauf warten würde, wann seinem Feind der Durchbruch gelingen würde.

Hastig holte Arlyn tief Luft, bemerkte nun erst, wie schnell sein Atem ging, wie rasend das Herz schlug. Er musste Dravo wegbekommen, bevor das Numion sich auf ihn stürzte, wenn es nicht zu Odir gelangen konnte. Und just in dem Moment startete Dravo eine sinnlose Attacke mit dem Schwert. Rasch streckte Arlyn die Hände aus, sandte seine Magie um Dravos Körper, hob ihn ruckartig hoch, ließ ihn durch die Luft schweben und gut zwei Manneslängen hinter sich zu Boden gleiten.

Verblüfft keuchend landete Dravo auf dem Boden, starrte ihn perplex mit offenem Mund an. »Bei der Hölle der Niederen«, stieß er aus, rollte sich rasch herum und kam auf die Beine, als das Numion grollend knurrte. Offenbar hatte es bemerkt, was Arlyn tat, ließ von den fruchtlosen Versuchen, Odir zu erreichen, ab und wandte sich wieder ihm zu. Die Lefzen zurückgezogen, entblößte es die langen Fänge, kam mit großen Sprüngen auf ihn zu, nichts als Wahnsinn in den glühenden Augen. Erneut paralysierte Arlyn der Anblick, das entfernt Vertraute in den hasserfüllten Augen. Augen, die einst menschlich waren ...

Er kannte, er wusste ...

Ein Name tauchte urplötzlich in seinem Kopf auf und mit ihm die Erinnerungen an die sanften Worte, hilflose Fürsorge im Blick. Nun sprühte ihm blanker Hass entgegen wie ätzendes Gift. Blitzschnell riss er die Arme hoch, schleuderte die Magie auf die heranrasende Bestie. Beinahe zu spät. Dravo brüllte, der Atem des Wesens schlug ihm bereits ins Gesicht, als die Magie das Numion traf und fortschleuderte. Hart kam die Bestie auf, sprang sofort wieder auf die Klauenfüße und schüttelte sich. Die glühenden Augen richteten sich abermals auf Arlyn. War da ein Hauch Triumph in ihnen? Drohend knurrend näherte sich das Ungeheuer, den Kopf leicht gesenkt, ließ Arlyn keinen Bruchteil eines Augenblicks mehr aus den Augen.

Oh, ihr Götter. Arlyns Hände zitterten, dennoch ließ er das Ungeheuer näher herankommen, schleuderte ihm mit noch stärkerer Wucht seine Magie entgegen. Dieses Mal duckte sich das Numion, krallte sich tief in den Waldboden. Ganz klein machte es sich und die Magie rauschte über es hinweg, streifte lediglich den Rücken, vermochte es jedoch nicht umzuwerfen. Geduckt schlich es näher, einem wilden Raubtier gleich, welches sich seiner Beute sicher war.

»Bei den Niederen, was ist das für eine Bestie?«, stieß Dravo hinter ihm aus. Arlyn konnte nicht antworten, Magie strömte heiß und mächtig durch seine Adern, völlig unter seiner Kontrolle, und doch fühlte er eine merkwürdige Taubheit, eine Leere nach den Attacken. Als ob ... seine Magie dabei verschlungen werden würde.

Götter! Ja, er erinnerte sich. Ein Numion konnte man nicht einfach so töten. Es war magisch erschaffen, es verschlang die Magie und nährte sich davon, vielmehr seinen Erschaffer. Pervertierte Magie, die es stärker werden ließ.

Keuchend wich Arlyn zurück, prallte gegen Dravo, der rasch neben ihn trat, sich sofort schützend vor ihn schieben wollte. Mit hartem Griff zerrte Arlyn ihn zurück.

»Nicht Dravo!«, zischte er. »Du kannst es nicht besiegen. Dein Schwert ist nutzlos gegen diese Magie.« Rasch schob er Dravo hinter sich, atmete tief ein und spürte dennoch seine Knie zittern.

Es gab nur einen Weg.

Arlyns Herz pochte hart, kalter Schmerz durchbohrte es, selbst sein Blut schien eisig durch die Adern zu fließen. Oh ja, er wusste, was er tun musste, kannte den einzigen Weg, wie man dieses Wesen vernichten konnte. Aber das wollte, das konnte er nicht tun.

Verzweifelt hob er den Blick und ein schmerzhaft schluchzender Laut entkam seiner Kehle. Wie sollte er, wie konnte er …?

Knurrend und geifernd schob sich das Numion näher. Die schwarzen Schatten verdichteten sich zu immer festeren Konturen, gaben dem Kopf mit den tiefliegenden Augen, der flachen Stirn und dem fürchterlichen Maul mehr Substanz. Das schwarze, zottelige Fell verbarg einen Teil des Gesichts, doch es war nicht das eines Hundes, auch wenn die Schnauze mit den scharfen Zähnen darauf schließen ließ.

Arlyns Kehle schnürte sich mit jeder Bewegung des Numions enger zusammen. Er erahnte die wahre Gestalt. Seine Magie ließ ihn dahinter sehen, mehr erkennen und abermals fühlte er die brennende Last. Dies war seine Schuld.

»Nein«, flüsterte Arlyn hoffnungslos. Tief in sich wusste er, dass er keine Wahl hatte, doch ein kleiner Teil kämpfte noch, hoffte auf ein Wunder. »Nein!«

»Was ist das für ein Wesen?« Besorgnis klang aus Dravos Stimme und Entschlossenheit. Er würde das Numion ohne zu zögern angreifen, wenn es näher kam, dessen war sich Arlyn nur zu bewusst. Auch, dass Rahj, Odir und die Wache sich von hinten näherten, bereit, abermals anzugreifen. Sie alle waren gänzlich unfähig dieses Geschöpf zu töten. Es gab nur einen, der es vernichten konnte.

»Arlyn?«, raunte Dravo mit zunehmendem Drängen in der Stimme. Unaufhaltsam kroch das Numion heran. Arlyn konnte Dravo hinter sich spüren, die Spannung in seinem Körper, die zunehmende Unsicherheit, die Entschlossenheit, den Mut.

»Du musst etwas tun«, zischte Dravo. »Du kannst es aufhalten, oder?« Hoffnung schwang in seiner Frage mit, aber Arlyns Zögern musste ihm den Hinweis geben, dass es nicht so einfach war.

»Ja.« Arlyn kämpfte mit brennenden Augen, Tränen wollten ihm die Sicht nehmen, seine Stimme war flach. »Ich kann es töten.« Er spürte Dravos Verwirrung, bemerkte aus dem Augenwinkel, wie Rahj und seine Wache sich heranpirschten, Odir die Wand umging.

Bei den Göttern, das also war Farjins perfider Plan. Letztlich würde er ihn also doch dazu bringen zu töten, wie er es schon damals in der Burg verlangt hatte. Sein Meistermagier hatte sich des Numions bedient, das Wesen auf ihn gehetzt. Es unterlag völlig seiner Kontrolle, getrieben von verzehrendem Hass. Da war kein Verstand mehr in diesem verzerrten Körper. Alles war verdreht und entfremdet worden. Verloren in sich, keine Rückkehr, keine Chance auf Rückwandlung. Farjins Magie hatte es verändert und pervertiert. Mitgefühl und Sanftheit. Jedes dieser starken Gefühle hatte er umgewandelt und ins Gegenteil verkehrt. Eine furchtbare, tödlich magische Waffe, die er gegen denjenigen richten konnte, dem diese Gefühle einst gegolten hatten.

Gegen Arlyn.

Und nur seine Magie konnte dieses Geschöpf jetzt noch aufhalten, indem er es tötete, ehe es ihn vernichtete.

Tränen rannen über Arlyns kalte Wangen. Die Hände fühlten sich viel zu schwer an, wollten ihm kaum gehorchen. Die Magie zerrte an seiner Haut, immer warnender, je näher das Numion kam. Nur noch wenige Schritte trennten sie. Langsam richtete sich das Wesen auf, kauerte auf den kräftigen Hinterbeinen, den Kopf schnuppernd erhoben, den Blick starr auf ihn gerichtet. Vorwurfsvoll blickte es ihn an, hartherzig, grausame Wut in den eigenartigen Augen. Ihn, den Verursacher seiner Qualen, die Quelle all seiner Verzweiflung, all seines Hasses. Es gab nur ein Ventil. Es kannte nur eine Erlösung: Arlyn zu töten, ihn in Stücke zu zerreißen, so wie jeden, der zwischen es und sein Opfer kam.

»Arlyn«, zischte Dravo, versuchte abermals, an ihm vorbei zu kommen, sich zwischen sie zu werfen. Rasch schob Arlyn ihn zurück, hob die Hände höher, fühlte das vertraute Prickeln der Magie in den Fingerspitzen. Er wollte es nicht tun. Damals nicht und heute ebenso wenig. Aber er hatte keine Wahl.

»Töte es, Arlyn!«

Das Numion sprang und Arlyn schloss kurz die Augen. Die Magie streckte sich aus, sank wie ein Messer in den gequälten Leib, fand das Herz, umschloss es zielsicher. Arlyns rechte Hand schoss vor und drückte unbarmherzig zu.

»Verzeih mir«, wisperte er. »Es tut mir so leid.« Die Magie drang in das Herz, presste es zu einem winzigen Ball zusammen. Er spürte das harte, hektische Pochen unter den Fingern, als ob seine Hand wahrhaftig um jenen Muskel lag.

Das Knurren wandelte sich in ein Winseln, ein entsetzliches Wimmern. Das Numion stürzte, brach vor Arlyns Füßen zusammen, wand sich im Todeskampf. Heiß strömte Arlyns Magie, drängte sich um das Innerste dieses Geschöpfes, fand, was hinter dem Hass verborgen lag, öffnete die Türen seines verdrehten Verstandes ganz weit. Arlyn sah das wahre Gesicht, roch den Duft der dunklen Haut, nahm das gutmütige Lächeln wahr.

»Zeige ihnen deine Tränen niemals im Sonnenlicht«, hatte er zu ihm gesagt. »Lass sie deine Angst und Schwäche nie sehen. Stärke ist alles, was uns bleiben wird.« So gerne wollte er den Kopf abwenden, aufhören, schreien, die Verzweiflung hinaus brüllen. Immer stärker zuckte das Numion, wimmerte viel zu menschlich. Ein letztes Aufbäumen, ein weiterer klagender Laut und es war vorbei. Dumpf verhallte der letzte Herzschlag.

Langsam versickerte Arlyns Magie, die Schultern sackten nach vorne, seine Knie wollten ihn nicht mehr tragen. Starke Arme griffen nach ihm, hielten ihn. Nicht die von damals. Dies waren Dravos Arme, der ihn auffing, ihn an sich presste.

»Ich habe ihn getötet«, wisperte Arlyn tonlos, die Hände begannen haltlos zu zittern. Dravo griff fester zu, hatte das Schwert fallen gelassen. Arlyn bebte, die Magie noch immer unruhig in ihm, eine entsetzliche Leere breitete sich aus, die Erkenntnis sickerte wie betäubendes Gift in ihn.

Fassungslos starrte Dravo auf das Wesen zu ihren Füßen. Rahj, die Wache und auch Odir waren heran, blickten entgeistert auf das tote Ungeheuer. Langsam zogen sich die schwarzen Schatten zurück, lösten sich wie feiner Rauch auf. Das zottelige Fell schrumpfte, verschwand, wehte in dunklen Nebelfetzen davon. Zurück blieb der große, kräftige Körper eines Mannes. Die Haut dunkel, mit diversen helleren Striemen und kleineren Brandmalen an den Armen. Das Gesicht eingefallen, verhärmt, gezeichnet von harter Arbeit und Entbehrungen.

»Götter!«, stieß Dravo betroffen hervor. »Was ist das? Wer ist das?«

Arlyn wandte sich hastig in seinen Armen um, verbarg das Gesicht an seiner Brust.

»Rengar«, murmelte er apathisch. »Sein Name war Rengar.«

97 Kapitel

Eine Legende

Eine große Menschenmenge drängte sich entlang der Allee und auf dem Platz vor der Residenz des Königs. Die Rückkehr der Königssöhne, die Aufdeckung eines perfiden Verrats dreier Adelshäuser war ihnen natürlich bereits angekündigt worden und nun reckten sie alle neugierig die Hälse, um einen Blick auf ihre Gruppe der überlebenden Männer zu erhaschen. Dravo versuchte, sie bestmöglich zu ignorieren, ließ lieber den Blick über ihren kümmerlichen Trupp schweifen.

Rahj ritt vorweg, stolz erhobenen Hauptes, mit grimmigem Gesicht, ein Arm in einer Schlinge, die Kleidung zerrissen und blutverschmiert. Nichtsdestotrotz strahlte er die Autorität eines Herrschers aus. Eigentlich müsste ihr Vater nun wohl stolz auf ihn sein: Er kehrte von seinem ersten Feldzug heim, geleitet von einer Eskorte der königlichen Wachen, die sie von der Menge abschirmten.

Die restlichen der Wachen trugen Zeugnis des Kampfes in Form von zerrissener Kleidung und Blutspuren, das Grauen ihres Erlebnisses stand ihnen allen in die müden Gesichter geschrieben.

Aufgeregt drängten sich die Menschen heran, zeigten tuschelnd auf die zwei gefesselten Männer, die mehr auf den Pferden hingen, als dass sie saßen. Rangol kauerte zusammengesunken auf dem Pferd, die Finger in die Mähne gekrallt, den Kopf zwischen den Schultern verborgen, noch immer zitternd und ab und an wimmernde Laute ausstoßend, die weniger seinen eher harmlosen Verletzungen, als dem lodernden Wahnsinn nackter Todesangst entstammten. Ob er noch begriff, was um ihn vor sich ging, vermochte Dravo nicht zu sagen. Seit dem Angriff des Numions war er nicht mehr ansprechbar. Larn Vispei bemühte sich, das Gesicht unter dem Arm zu verbergen, wand sich unter den Blicken der Menschen wie unter

Schlägen. Dravos Mitleid mit ihnen hielt sich in nahezu nicht existenten Grenzen.

Die Augen der meisten Menschen waren ohnehin auf jemand anders gerichtet, ihm galten die bewundernden, erstaunten und viel zu neugierigen Blicke. Leider war es völlig unmöglich, Arlyn, der hinter ihm auf dem Pferd saß, gänzlich vor ihren Blicken zu schützen. Alles was Dravo tun konnte, war, sich besonders groß zu machen, abweisend jeden anzustarren, der es wagte, tuschelnd auf sie zu zeigen.

Gewiss wussten die meisten aus dem Adel mittlerweile, wer er war und folglich auch ihre Diener und das niedere Volk. Gerüchte hatten sicher bereits jedes Ohr erreicht, das geneigt war zuzuhören. Dravos neuer Lanjin, hörte er sie in Gedanken flüstern, der Mann, der ihn so verzaubert hat, dass er ihn mit an den Hof gebracht hat, ihn sogar als seinen Gefährten bezeichnet hat.

Arlyn bekam hoffentlich nicht zu viel davon mit, seine Arme lagen um Dravos Taille und er hatte den Kopf an dessen Rücken gebettet. Nach dem Kampf mit dem Numion hatte er funktioniert wie ein Werkzeug. Dravo hatte ihn geleitet und zu den Verwundeten gebracht, die Hilfe benötigten. Bei den meisten kam jede Hilfe zu spät. Die Raserei der Bestie hatte nicht viel von ihnen übrig gelassen.

Neben den namenlosen Gesichtern aus Rahjs Wache, einigen seiner treuen Männer, die teilweise mit schmerzverzerrten Gesichtern, schrecklichen, klaffenden Wunden auf dem Waldweg lagen, fanden sie auch die Überreste Malargs. Noch immer spürte Dravo das Entsetzen, dass dieser tapfere Mann eines derart fürchterlichen Todes sterben musste.

Arlyns Magie drang in die verstümmelten Körper der Verletzten, half ihnen sich zu heilen, die ärgsten Wunden zu schließen. Doch selbst die Magie vermochte nicht, fehlende Gliedmaßen zu ersetzen. Dravo hatte dabei immer neben ihm gestanden, eine Hand auf der Schulter, sein Tun besorgt beobachtet, ihn begleitet, wenn er von einem zum nächsten ging. Das schmale Gesicht hatte jeden Ausdruck verloren, die Augen flackerten beständig zwischen dunkelblau und einem dunklen türkisen Farbton.

Arlyn selbst schien nicht direkt anwesend zu sein, wenn er nach getaner Arbeit aufstand und sich dem Nächsten zuwandte. Dabei unterschied er nicht zwischen Mensch und Pferd, oder wer von ihnen mehr Hilfe brauchte. Er heilte sie einfach, setzte Knochen zusammen, schloss Wunden, ließ den Blutstrom versiegen. Ob es seine Magie war, die ihn auf diese geradezu mechanische Weise agieren ließ? Dravo fühlte ihr Wirken, sah sie schimmern, in die Leiber der Verletzten eindringen. Aber er vermochte nicht zu fühlen, was in Arlyn vor sich ging. Da war eine Wand an die er stieß, die ihn nun von jener engen Verbindung ausschloss.

Die Männer betrachteten ihn furchtsam, murmelten untereinander, raunten: »Unmöglich« und »Zauberei«. Dravo konnte es ihnen nicht verübeln, hatten sie doch lediglich gesehen, wie er ganz alleine die Bestie besiegt hatte, der kein Schwert etwas anhaben konnte. Ein Blick, eine Geste seiner Hände, und sie war tot zusammengebrochen.

Magie. Das Wort kreiste immer häufiger unter ihnen und streute Furcht in ihre Herzen.

Nachdem er den Namen des Mannes ausgesprochen hatte, in den sich das Wesen verwandelt hatte, kam kein Ton mehr über Arlyns Lippen. Nach der letzten Heilung war er auf die Knie gesackt und Dravo hatte ihn aufgefangen, bevor er vornüber ins Gras gefallen wäre. Wie froh war er gewesen, dass Rahj sich um alles weitere kümmerte, einen der Männer mit Befehlen davonjagte, um Hilfe zu holen und die, die noch stehen konnten, mit der Bergung der Leichen beauftragte.

Larn Sulkom und sein Sohn waren unter den Toten. Vier Pferde hatten sie verloren. Die meisten der Männer standen danach noch immer unter Schock, waren kaum in der Lage, sich zu bewegen. Lediglich Odir blieb wie ein finsterer Schatten immer in Rahjs Nähe, blickte sich ständig lauernd um, als ob er ihn vor jedem weiteren Angriff schützen wolle. Auch als endlich weitere Wachen eintrafen, war der Steppenkrieger nicht von Rahjs Seite gewichen. Bis jetzt nicht.

Dravo hob den Kopf und schaute zu seinem Bruder hinüber, der vor dem mächtigen Säulenportal der Residenz anhielt und abstieg. Diener eilten auf ihn zu, umringten ihn, sprachen gestikulierend auf ihn ein.

Dravo legte eine Hand auf die kalten Finger an seiner Taille, drückte sie fest gegen sich, bemüht, den Blick nach vorne zu richten, das Gerede, die Blicke auszublenden. Nicht lange und die Kunde, was im Wald geschehen war, würde ihre Runde gemacht haben, weder Rahj noch sonst jemand konnte das verhindern. Fragen würden gestellt werden und Mutmaßungen ausgesprochen. Was Arlyn jetzt jedoch dringend brauchte, war ein ruhiger Ort, an dem sie miteinander reden konnten, kein wild durcheinander brabbelnder Haufen adeliger Speichellecker.

Arlyn hatte gewusst, was diese Bestie war, was sich hinter ihr verbarg. Er hatte gewusst, wie er sie töten konnte und es getan, obwohl Dravo seine Verzweiflung und den Widerwillen genau gespürt hatte. So viele

Fragen, die er ihm stellen wollte, so vieles, was Dravo auf der Zunge brannte und nun mussten sie diesen elendigen Hürdenlauf durch all die Larns absolvieren.

Seufzend verhielt Dravo sein Pferd, ließ sich zu Boden gleiten und hob Arlyn herab, der sich kaum selbst bewegte, stumm und still einfach an seiner Seite stehen blieb.

»Arlyn?«, sprach Dravo ihn an, doch er hob nicht einmal den Kopf. Aus dem Augenwinkel bemerkte Dravo eine Bewegung und sah rasch hoch. Odir trat zu ihnen, den Blick auf Arlyn gerichtet, in unterwürfiger Haltung.

»Eralen sollte nicht hier sein«, erklärte er mit gesenkter Stimme. »Zu gefährlich. Zu viel Gerede und zu viele, die der Versuchung des Götterkindes erliegen könnten.« Dravo setzte zu einer Antwort an, doch Rahj rief just in dem Moment nach ihm und deshalb zog er Arlyn einfach mit sich.

Rahjs Gesicht war besorgt. Er hatte ein paar Schnitte an der Wange davongetragen und sich beim Sturz vom Pferd das Handgelenk gebrochen. Dank Arlyns Heilmagie war davon kaum noch etwas zu bemerken.

»Dravo.« Rahj senkte die Stimme, ergriff ihn an der Schulter und zog ihn näher heran. »Vater geht es schlecht«, flüsterte er ihm zu. »Er hat einen schweren Zusammenbruch erlitten. Der Heiler befürchtet das Schlimmste. Offenbar hat die Nachricht von unserem Tod ihn derart geschockt, dass sein geschwächtes Herz gelitten hat. Es steht nicht gut um ihn.« Reglos lauschte Dravo den Worten, empfand tatsächlich nichts, obwohl er sehr wohl begriff, was diese Nachricht für sie, für ganz Fenjarn bedeuten konnte. Alles, was er fühlte, war Sorge um Arlyn.

»Du solltest sofort mit mir zu Vater kommen«, fuhr Rahj eindringlich fort. »Bevor …« Mit einem tiefen Seufzen brach er ab.

»Ich werde Arlyn heim bringen«, erklärte Dravo, schüttelte energisch den Kopf.

»Du musst gleich mit mir kommen, wir wissen nicht, wie viel Zeit uns noch bleibt. Dravo, einen solchen Skandal nach diesem Verrat können wir uns nicht leisten.«

»Das ist mir reichlich egal, aber auf keinen Fall kann ich Arlyn jetzt alleine lassen«, stieß Dravo aus, sich voll bewusst, dass seine Weigerung, Rahj in echte Schwierigkeiten bringen würde.

»Doch, das kannst du.« Es war nicht Rahjs Stimme. Unentschlossen blickte Dravo Arlyn an, der den Kopf gehoben und offenbar genau zugehört hatte. Sein Gesicht war blass und die Augen dunkel vor innerem Schmerz. Was auch immer dort auf dem Weg geschehen war, es machte ihm schwer zu schaffen. Dravos Herz schlug hart und nur zu gerne hätte er ihn einfach im Arm gehalten und geküsst.

»Ich werde Arlyn unter Geleitschutz nach Fenjil bringen lassen«, bot Rahj an, der bereits eine der Wachen heran winkte. »Hier ist es nicht sicher für ihn.«

»Ich werde nicht …«

»Es ist gut«, flüsterte Arlyn und drückte Dravos Hand fest. »Geh zu deinem Vater. Es ist wichtig, dass du bei ihm bist, wenn er stirbt. Ich warte daheim auf dich.« Wie schwer ihm die Worte fielen, wie viel lieber er bei ihm bleiben wollte, war für Dravo kein Geheimnis und er verfluchte die Umstände, die sie genau jetzt trennen mussten.

Stumm nickte er, auch wenn sein Herz sich dagegen wehrte, er seinem Vater nicht gegenübertreten wollte, nicht nach allem, was dieser ihm angetan hatte. Nicht, nachdem er Arlyn abgelehnt hatte. Doch wenn er wirklich im Sterben lag, dann war es womöglich das letzte Mal, dass sie sich sahen, miteinander reden konnten. Sein Pflichtgefühl und seine Position erlaubten ihm keine andere Entscheidung. Wie viel lieber wollte er jedoch Arlyn fortbringen, sich um ihn kümmern, dem höfischen Zwang entkommen.

Konnte er ihn wirklich alleine lassen? Aber hier war kein Ort für ihn. Nicht zum jetzigen Zeitpunkt. Es war nicht nur sein Vater, dem es schlecht ging, sondern eben dem König des Landes. Wenn er wirklich starb, dann würde zunächst er und erst nach der Zeremonie Rahj der neue Herrscher werden. Fenjarns unsichere Herrschaft konnte einige der bisher vielleicht nur zweifelnden Larns zu Taten bewegen, gerade nachdem der Verrat bewiesen hatte, dass es womöglich Unterstützung in dem einen oder anderen Haus gab. Götter, wie sehr er das hasste.

Und Rahj? Diese unsichtbare Last lag deutlich zu schwer auf dessen Schultern. Er würde seine Hilfe brauchen, bis die Krone auf seinem Haupt saß und ihm genügend Macht und Ansehen gab.

»Ich begleite Eralen zurück«, bot Odir unerwartet an. Rahj nickte ihm dankbar zu.

»Das wird das Beste sein. Neril und Twerk werden euch ebenfalls begleiten. Ich möchte nicht, dass er anwesend ist, wenn diese Meute da mitbekommt, was geschehen ist. Bring ihn direkt nach Fenjil, bleib bei ihm, beschütze ihn mit deinem Leben«, befahl Rahj, musterte Arlyn einen Moment wehmütig. »Wenn er den Schutz braucht.«

Bestürzt blickte ihn Arlyn an, atmete tief ein. Verdammt, musste Rahj ihn gerade jetzt an die Macht der tödlichen Magie erinnern? Gerade wollte er wütend darauf antworten, da spürte Dravo den Druck von Arlyns Hand, der ihn zurückhielt.

»Ich habe es getan, um uns zu retten«, murmelte Arlyn, sah Rahj nahezu herausfordernd an. »Nicht weil ich es wollte. Es gab schlicht keinen anderen Weg. Das Numion hätte alle getötet.« Seine Worte klangen ungewohnt scharf und Dravo fühlte, dass sie Selbstvorwürfen, Angst und der Taubheit entsprangen.

»Das weiß ich sehr wohl«, beschwichtigte Rahj ihn augenblicklich betroffen, legte ihm die Hand auf die Schulter und versicherte: »Glaube nicht, ich wüsste nicht zu schätzen, was du für mich und Fenjarn getan hast. Verzeih mir. Mitunter vergesse ich, das die Stärke deiner Macht nicht in dem Gebrauch dieser besteht.« Rahj nickte Odir zu, löste seine Hand und befahl: »Egal was geschieht, du wirst nicht von Arlyns Seite weichen. Schwöre mir, dass du ihn auf dieselbe Weise beschützen wirst, wie du es mir geschworen hast.« Odir nickte wortlos, machte eine komplizierte Geste.

Dravo maß ihn mit Argwohn, doch noch ehe er etwas sagen oder protestieren konnte, zog Rahj ihn einfach mit sich. Rasch waren sie von einem Pulk von Dienern umgeben und er verlor Arlyn aus den Augen. Verdammt sollten sie alle sein. Vater, Rahj und alle Larns Fenjarns. Grollend fügte sich Dravo.

~ * ~

Schweren Herzens blickte Arlyn ihnen nach. Je weiter sich Dravo entfernte, desto kälter wurde ihm, desto hilfloser und einsamer fühlte er sich. Sie waren derart eng miteinander verbunden und gerade jetzt brauchte er ihn dringender als alles andere. Der Kampf mit dem Numion hatte ihn geschwächt und die Heilungen einen großen Teil seiner Magie erschöpft. Er war unendlich müde und verzweifelt. Und dennoch wusste er, dass Dravo bei seinem Vater und bei Rahj bleiben musste.

»Komm«, vernahm er Odirs leise Stimme, spürte dessen Finger ihn zart am Arm berühren. »Hier ist es nicht länger sicher.« Schweigend folgte Arlyn ihm, Twerk und Neril, ließ sich zu den Stallungen bringen, wo sie eine Weile brauchten, bis man ihnen frische Pferde brachte. Odir schwang sich in den Sattel, nickte ihm aufmunternd zu und lenkte sein Pferd dicht an seine Seite.

Nach kurzer Besprechung wählten sie einen schmalen Weg durch den Park, dem sie über viele Windungen folgten, bis er auf einen breiteren Waldweg mündete. Twerk ritt voraus, doch Odir schien sich auch bestens auszukennen und Arlyn fragte sich unwillkürlich, wie lange und wie sorgfältig der Anschlag auf Rahj und Dravo wohl schon geplant gewesen war und inwiefern der Steppenkrieger darin involviert gewesen war. Schweigend galoppierten sie durch den Wald, erreichten bald darauf eine Ebene, die sie zügig überquerten. Noch ein Waldstück durchquerten sie, dann konnte Arlyn zu seiner Erleichterung bereits die Zäune der weitläufigen Pferdekoppeln erkennen. Sein Körper fühlte sich entsetzlich müde und zerschlagen an, er war am Rande seiner Kraft und wünschte sich nichts sehnlicher, als sich in die warme Dunkelheit seines Bettes zu flüchten und am liebsten in Dravos Armen, an ihn gedrängt, zu schlafen. Doch Dravo war nicht da, würde gewiss auch noch lange nicht folgen können. Noch nicht einmal Kinsan würde ihn in Fenjil erwarten. Außer Odir und den Wachen war da niemand, der ihm Sicherheit bieten konnte. Nicht zum ersten Mal fühlte sich Arlyn entsetzlich alleine und unsicher.

Zwei Stallburschen stürzten überrascht herbei, als die Männer auf den Hof galoppierten und aus dem Haus hastete bald darauf einer der Diener auf sie zu. Twerk und Neril blieben bei den Stallungen, Odir folgte ihm zum Haus und Arlyn begriff, dass der Krieger von hier an ihm die Führung überließ. Dies war sein und Dravos Zuhause und auch der Diener sah ihn gespannt an, erwartete seine Befehle. Verstohlen schluckte Arlyn seine Unsicherheit hinab, straffte sich und bemühte sich, die ungewohnte Rolle auszufüllen. Knapp berichtete er, dass Dravo noch in Trandfil bleiben würde, weil es seinem Vater schlecht ginge und er nicht wisse, wann er zurück kommen würde. Der Diener nickte, betrachtete Odir skeptisch, doch Arlyn erklärte ihm sogleich, dass er zur Wache Rahjs gehörte und ihn zur Sicherheit begleiten würde. Der Diener verneigte sich ehrerbietig vor ihm und eilte ihnen voraus.

Müden Schrittes schleppte Arlyn sich ins Haus, überlegte, ob Odir ihm wohl nach oben in seine Gemächer folgen würde oder er ihn gar bitten solle, mit hinaufzukommen. Gewiss war der Krieger auch müde und wollte ruhen. Der Diener erkundigte sich höflich, ob Arlyn noch zu speisen wünsche, was dieser jedoch verneinte, sich gleich darauf allerdings beschämt an Odir wandte.

»Verzeih, aber wenn du zu essen wünschst, dann sag es ihm bitte, er wird dir etwas bringen. Du kannst gerne ein eigenes Quartier haben, um dich frisch zu machen und zu schlafen.«

Odir betrachtete ihn mit seinen unergründlichen Augen, nickte dem Diener zu und meinte: »Bring uns etwas hinauf. Ich werde bei ihm bleiben, bis seine Hoheit wieder eingetroffen ist. Niemand wird an mir vorbei gelangen.« Der Diener starrte ihn verblüfft an, blickte fragend zu Arlyn, doch er protestierte nicht, wandte sich erleichtert ab und ging die Treppe hinauf. Auch wenn Arlyn der Steppenkrieger ein wenig unheimlich war, so war er doch gerade alles, was er an Gesellschaft hatte. Odirs Schutz war sicher eher symbolisch, dennoch war er ihm dafür dankbar.

Im Zimmer angekommen, trat Arlyn sogleich an die Waschschüssel heran und löste die Schnürung an seinem Hemd, zögerte jedoch, es auszuziehen, als ihm bewusst wurde, dass Odir das Zimmer sorgfältig inspizierte und vor allem dem Balkon viel Beachtung schenkte.

Nachdem er zweimal alles abgesucht hatte, kam er näher und Arlyns Kehle zog sich augenblicklich zusammen, das Herz wummerte ängstlich. Seit seiner Sklavenzeit hatte er sich nicht mehr vor einem anderen Mann außer Dravo entblößt und sofort waren jene schrecklichen Bilder der Gefangenschaft wieder präsent. Warnend strich Arlyns Magie an der Haut entlang.

»Es wäre besser, du wachst vor der Tür«, brachte er hervor, wich vor ihm zurück, die Hände fest in das Hemd gekrallt. Furcht drohte ihn zu überwältigen, als ihn der Ksaradar intensiv musterte. Diese dunklen Augen verbargen zu viel in ihren Tiefen, die halbmondförmige Narbe schien wie ein drittes Auge zu blinzeln. Konnte Arlyn ihm trauen? War dies womöglich nur eine weitere Falle Farjins? Was sollte er tun? Arlyn spannte sich an, der Atem ging hektisch, er war bereit, seine Magie einzusetzen, wenn der Steppenkrieger auch nur die Hand nach ihm ausstrecken sollte. Niemand durfte ihn je wieder berühren. Niemand außer Dravo!

»Du musst mich nicht fürchten, Eralen«, sagte Odir sanft, blieb mit deutlichem Abstand stehen, gab seiner Stimme einen schwingenden Unterton, der tatsächlich beruhigend wirkte. Er hob seine Hände und breitete die flachen Handflächen in einer symbolischen Geste vor Arlyn aus. »Natürlich spüre auch ich die Versuchung der Götter in deiner schönen Gestalt, dem edlen Schnitt deines Gesichts, der juwelenfarbenen Augen, der Weichheit und dem strahlenden Glanz deiner Haare wie jeder andere Mann mit Herz und Lust in den Lenden. Die Götter prüften mich«, erklärte er, noch immer in jenem Singsang. »Allerdings wäre die Versuchung für mich größer, wenn du eine Frau wärst.« Odir lächelte schwach, blieb unbeweglich stehen, gab Arlyn keinen weiteren Grund zum zurückweichen.

Mühsam schluckte Arlyn den Kloß in der Kehle hinunter, kam sich mit einem Mal lächerlich vor.

»Verzeih«, murmelte er. »Ich …« Wie sollte er erklären, wie er sich fühlte, welche Ängste tief in ihm schlummerten und es immer tun würden, dank Farjins Lektion.

»Eralen«, brummte Odir nachsichtig mit dieser tiefen Stimme, senkte langsam die dünnen, langen Finger. »Die Legenden dienen dazu, uns zu warnen, der Versuchung nicht nachzugeben. Sie lehren uns, was gut und richtig ist, den Göttern gefällig.«

»Du hältst mich wirklich für dieses Götterkind?«, fragte Arlyn mit eigentümlich bebender Stimme. Das Zittern entstammte seiner Schwäche, latenter Angst und Unsicherheit. Götter, er fühlte sich schwach und angreifbar. Was war dran an diesen Legenden?

Lange betrachtete Odir ihn, schüttelte bedächtig den Kopf.

»Ich weiß es nicht. Du bist ein Mensch mit Magie«, antwortete er. »Ob du ein Kind der Götter bist, vermag ich nicht zu sagen, das wissen nur sie selbst. Doch du bist so schön wie die Legenden es sagen, du verfügst über die Macht, zu zerstören und Tzilfar ist an deiner Seite.«

»Tzilfar?« Arlyn sah ihn überrascht an. Odir hatte Dravo so genannt.

»Die Götter lassen ihr Kind nicht ohne Schutz in die Welt der Menschen. Wenngleich seine Macht gewaltig wie die eines Gottes ist, so ist sein Innerstes ebenso verletzlich«, erklärte Odir mit einem besonderen Lächeln, gab ganz offensichtlich den Text einer alten Legende wieder. »Der eine Mensch, der in dieses Innerste zu sehen vermag, der die wahre Seele ihres Kindes erkennt, wird zu seinem Beschützer und Gefährten werden. Mit seinem magischen Schwert und starker Hand steht er Eralen zur Seite, begleitet den Weg des Kindes durch die Welt der Menschen bis zum Ende.«

Plötzlich fröstelte Arlyn. Odirs tiefe Stimme drang tief in ihn, vermochte es auf seltsame Weise, ihn zu berühren. Nur eine Legende, sagte er sich, das ist nur eine alte Legende der Bakunther, der des Freien Landes sehr ähnlich. Nur, dass der Sohn der Götter darin alleine war.

»Und du glaubst …« Arlyn hatte Mühe zu sprechen, das Herz schlug zu laut, seine Knie wollten ihn kaum noch tragen und die Magie zitterte wie er selbst vor der Wahrheit der Worte. »Nach der Legende wäre Dravo dieser … Tzilfar?« Bedächtig nickte Odir und seine Mundwinkel hoben sich zu einem feinen Schmunzeln.

»Ihm fehlt das magische Schwert. Was ihn nicht daran hindern wird, dir dennoch mit all seiner Kraft und Wut zur Seite zu stehen, Eralen.« Ein kehliges Lachen stieg aus seiner Brust und nahm auch Arlyn einen Teil der Beklommenheit. Unsicher lächelte er den Krieger an.

»Es ist nur eine Legende.« Schulterzuckend tat Odir es ab. »Menschen werden mitunter zu Legenden, jedoch werden Legenden selten zu Menschen. Ich lasse Eralen jetzt alleine, wenn er es wünscht. Klopfe an die Tür, wenn du mich brauchst.« Damit verschwand er nach draußen und schloss die Tür hinter sich.

98 Kapitel

Die Zeit ist gekommen

Eine ganze Weile stand Arlyn still, die Hände fest in das Hemd gekrallt. Legenden sind nur Legenden. Er war schließlich wirklich nur ein Mensch. Ein Magisch Begabter, doch aus Fleisch und Blut und er empfand Gefühle wie jeder andere Mensch. Da war nichts Göttliches an ihm.

Mühsam schüttelte er den Kopf und zwang sich dazu, sich zu waschen, alle Gedanken aus dem Kopf zu verbannen. Der müde Körper forderte sein Recht und er schleppte sich schließlich zum Bett, wickelte sich fest in die Decken ein und schlief tatsächlich gleich darauf ein.

Traumbilder verfolgten ihn, in denen er um sein Leben rannte, quer durch dichten, finsteren Wald. Die Zweige schlugen ihm ins Gesicht, klammerten sich an ihn wie tausend Finger, die ihn halten, ihn berühren wollten. Der Atem ging keuchend, er bekam vor Panik keine Luft mehr und stieß schließlich gegen eine schwarze Mauer, die sich unendlich in jede Richtung fortsetzte. Hinter ihm knurrte ein Numion, er hörte den rasselnden Atem, spürte die korrumpierte Magie, den gewaltigen Hass und wandte sich hastig um, die Hände erhoben. Keine Flucht möglich, er würde ihn immer stellen, ihn überall finden. Nirgends konnte er sich verstecken, nirgends war er sicher vor Farjin.

Mit dem Rücken stand er an der Wand, drückte sich fest dagegen, spürte die harten Steine und beobachtete voller Angst, wie sich die Bestie näherte. Sie bleckte ihre Schnauze, die glühenden Augen veränderten sich, nicht länger die des Numions, verwandelten sich in … Rengars.

»Nein, bitte zwing mich nicht dazu. Ich kann dich nicht töten«, wimmerte er. Dieser Mann hatte ihm doch Trost gespendet, ihn in den Armen gehalten. Schluchzend presste sich Arlyn noch fester an die Wand, sackte mit dem Rücken daran herab.

Die Bestie veränderte sich, wechselte in rascher Folge ihr Gesicht von Farjins zu Pijus, Germons, Engas, Jiksans, Runkos, Sirws und Jilfans und vielen anderen Gesichter, denen er nach der Flucht aus der Burg begegnet war. Manche lächelten ihn an, andere betrachteten ihn lüstern, andere voll Hass. Eine Vielzahl von Klauen streckte sich nach ihm aus, Geifer tropfte von den Lippen. Das vielgesichtige Numion kam näher, die Augen sprühten vor Hass.

»Ich bin kein Kind der Götter«, flüsterte Arlyn verzweifelt. »Ich bin es nicht. Geht, lasst mich in Ruhe.« Knurrend riss das Numion sein Maul auf und heißer Atem traf Arlyn wie der glühende Hauch eines Feuers. Finsternis hüllte ihn ein, in der er nichts erkennen konnte. Nur die glühenden Augen starrten ihn von überall her an, kamen unaufhaltsam näher. Hastig riss er die Arme hoch, verbarg sich wie ein Kind in deren Schutz, kauerte sich ganz klein zusammen. Wimmernd vor Furcht, wünschte er sich Dravo an seine Seite und flüsterte seinen Namen wie eine Beschwörung: »Dravo. Hilf mir!«

»Eralen«, raunte eine Stimme von irgend woher, durchdrang die Finsternis, trieb sie sogar zurück und mit ihr alle Bestien, die sich darin verbargen. Unsicher blinzelte Arlyn durch die Arme hindurch, versuchte durch den dunklen Nebel, der sich eng um ihn gelegt hatte, etwas zu erkennen.

»Eralen, githa loc nirfa. Githa loc.« Ein beruhigender Singsang, einlullend, wie das Wiegenlied eines Kindes. Arlyn erkannte Odirs knochiges Gesicht, welches plötzlich ungewöhnlich weich wirkte. Aus seinem Mund erklang der beschwörende Singsang: »Githa loc. Githa loc.«

Arlyn blinzelte und sah sich hastig um. Kein Wald, keine Mauer, kein Numion. Er lag in seinem Bett, eingewickelt in die Decke, war er eindeutig mit schweißgebadetem Körper und rasendem Herzschlag aus einem Albtraum erwacht. Rasch richtete er sich auf, wich ans Ende des Bettes zurück.

Odir stand am Fußende desselben, wagte offensichtlich nicht, näher zu kommen, wiederholte nur seine Worte. Ein feines Lächeln umspielte den schmalen Mund, entblößte helle Zähne.

»Du hast nur geträumt«, murmelte er. »Hier ist keine Gefahr.«

Noch immer schlug Arlyns Herz viel zu schnell, doch Odirs Stimme hatte eine erstaunlich beruhigende Wirkung.

»Ein schlechter Traum«, gab Arlyn stockend zu, verspürte dabei einen Anflug von Scham. Götter, hatte der womöglich gehört, wie er nach Dravo gerufen hatte? Hatte er gesehen, wie er sich zusammengekauert, versucht hatte, sich hinter den Armen zu verstecken?

»Ist er … ist Dravo wieder da?«, fragte er, mit wenig Hoffnung. Wenn Dravo heimgekehrt war, wäre er schon hier, er würde ihn spüren. Dravo würde sofort zu ihm kommen.

»Er wird bald zurückkommen«, meinte Odir zuversichtlich, ließ Arlyn nicht aus den Augen und versprach: »Solange wache ich über deinen Schlaf, Eralen.« Ohne Arlyns Zustimmung abzuwarten, drehte er sich um und ließ sich mit dem Rücken zum Bett auf dem Fußboden nieder.

Arlyn löste sich aus der Decke, die eng um seinen Körper geschlungen war und stand auf, um sich zumindest einen Teil des Schweißes abzuwaschen. Odirs Blicke brannten in seinem Rücken, ließen die Magie unter der Haut glühen, das Herz schwer schlagen, dennoch zwang er sich dazu, sich nichts anmerken zu lassen. Dieser Mann wollte ihn beschützen, nicht ihm schaden, erinnerte er sich wieder und wieder. Ein unangenehmes Gefühl blieb.

Schließlich legte er sich zurück ins Bett, starrte mit brennenden Augen an die Decke. Er wollte nicht schlafen, denn er fürchtete sich vor den Träumen wie vor den Gedanken, die ihn im Wachen durch den Kopf gingen. Unvermeidbar wanderten sie, drehten sich immer wieder um das Numion, um Rengar, Farjin, der sich dieser perfiden Magie bedient hatte, malten ihm Bilder seines hämisch grinsenden Meistermagiers. Mühsam riss sich Arlyn los, versuchte an anderes zu denken, sich abzulenken, zählte die Balken an der Decke, folgte dem Verlauf der Maserung im Holz. Es half nichts, seine Gedanken kehrten immer wieder zu den gleichen Bildern zurück.

»Diese Legende …«, begann er zögernd und richtete sich erneut in eine sitzende Position auf. Im Licht der Lampen konnte er den Hinterkopf des Steppenkriegers vor dem Bett erkennen, der sich jedoch nicht umdrehte. Für einen Moment überlegte Arlyn, ob er womöglich schlief, doch da bewegte sich Odir, wandte den Kopf zu ihm um. Unsicher befeuchtete Arlyn seine Lippen. Die Frage brannte ihm auf Zunge und Seele. »Wie … wie endet sie?«

Odir betrachtete ihn nachdenklich, die dunklen Augen verborgen in den tiefen Höhlen. Ein kaum hörbares Seufzen entkam ihm. »In der Version der Legende, die meistens erzählt wird, folgt Eralen, das Kind der Götter, dem Ruf, kehrt auf die Inseln in seine Heimat zurück. Tzilfar, nur ein Mensch und sterblich, bleibt voller Trauer am Strand zurück, wartet jahrelang vergebens auf seine Rückkehr. Er baut eine Hütte mit Blick auf das Meer und schaut jeden Tag hinaus, hofft, dass die Götter ihm Gnade erweisen. Am Ende seines langen Lebens gibt er das magische Schwert an seinen Bruder weiter, mit dem Auftrag, Eralen zu schützen, sollte das Kind der

Götter je zurückkehren. Und so wird das Schwert seither von Generation zu Generation weitergegeben und jeder der Nachkommen hofft, dass er einst dazu ausersehen ist, Eralens Beschützer und Gefährte zu werden, die Gunst der Götter zu gewinnen.« Odir ließ die sonore Stimme durch den Raum schweben. Unverwandt starrte er Arlyn an.

Arlyn spürte die Wirkung der Worte und ihm wurde plötzlich kalt. Die Vorstellung, Tzilfar, oder eher Dravo, würde an diesem einsamen Strand stehen und ewig auf die Rückkehr dessen warten, den er liebte, zog sein Herz schmerzhaft zusammen.

»Was …?«, begann er unsicher, »was passiert in der anderen Version?«

Odir schloss die Augen, schwieg eine ganze Weile und Arlyn dachte schon, er hätte ihn nicht gehört, als der Steppenkrieger doch antwortete: »Die Legende, wie sie weiter südlich erzählt wird, endet ein wenig anders. Viele der Steppenvölker widerstehen der Versuchung durch die Götter, doch die Menschen des Traldervolkes erweisen sich als unwürdig. Sie begehren das Götterkind auf vielfältige Weise. Um seiner habhaft zu werden, locken sie Tzilfar in einen Hinterhalt und fangen ihn. Sie verlangen jeder eine Nacht mit dem Kind der Götter und versprechen im Gegenzug, Tzilfar freizugeben. Doch das Volk der Tralder ist ein Volk der Lügner und Mörder, denn sie haben ihn längst getötet und seine Leiche verscharrt. Eralen durchschaut sie, blickt direkt in ihre verderbten, schwarzen Herzen und ist außer sich vor Schmerz. Gnadenlos vernichtet es daraufhin ihr Volk, jeden Mann, jede Frau, jedes Kind, tötet ihre Tiere und brennt mit seiner feurigen Macht ihre Zelte nieder. Anschließend zieht es das Wasser aus der einzigen Quelle, lässt die Erde verdorren und sogar die Sandberge in das Tal des Volkes stürzen, begräbt jeden Hinweis auf die Existenz des Traldervolkes, sodass sie in Vergessenheit geraten werden und nur noch der Wind über ihr Tal streicht. Doch die Trauer um Tzilfar zerstört die Macht des Götterkindes und es kehrt schließlich von Trauer überwältigt auf die Inseln zurück, um nie wieder unter den Menschen zu wandeln.«

Atemlos und beklommen lauschte Arlyn. Sich sehr wohl bewusst, dass es eine Legende war, konnte er sich dennoch nicht der Wirkung entziehen. Diese gewaltige Macht, Berge zum Einsturz zu bringen, ein ganzes Volk auszurotten, ja, er hatte sie. Und wenn Dravo etwas geschah? Würde er in seiner grenzenlosen Wut und Trauer nicht auch solche Rache üben wollen?

»Oh Götter«, stöhnte er betroffen, wünschte sich, er hätte nicht nachgefragt.

»Es sind nur die Legenden der Steppenvölker. Sie sind Gleichnisse, Warnungen, sie sind nichts als Legenden.« Besorgt musterte Odir Arlyn und lächelte matt. »Schlaf. Zu viel ist heute passiert. Es ist nicht gut, sich über Dinge Gedanken zu machen, die sich unserem Verständnis entziehen. Die Wege der Götter sind für uns Menschen nicht immer zu verstehen. Seine Hoheit wird bald wieder hier sein und alles wird gut werden.« Damit wandte er sich um und überließ Arlyn seinen Grübeleien.

An Schlaf war jedoch nicht zu denken. Arlyn lauschte auf jedes Geräusch, hoffte sehnsüchtig, den Hufschlag eines Pferdes zu hören, der Dravos Rückkehr ankündigen würde. Wie lange er wohl brauchte? Ob es seinem Vater wirklich so schlecht ging, dass er sterben würde? Wie lange musste Dravo dann dort bleiben? Er schämte sich für seine sehnsüchtigen, egoistischen Gedanken, aber Arlyn wünschte sich beinahe, dass der König rasch sterben möge, nur um Dravo schneller wieder bei sich zu haben. Das war dumm und kindisch, er wusste es, konnte dennoch den Gedanken nicht verhindern.

Frustriert vergrub er den Kopf im Kissen, lauschte auf Odirs ruhige Atemzüge. Er konnte einen Hauch seines fremdartigen Duftes wahrnehmen.

Doch Odir war keiner, mit dem er über seine Ängste und Befürchtungen reden konnte. Wie schön es sein würde, sich an Dravo zu drücken, zumindest für den Moment alles vergessen zu können, sich sicher zu glauben. Aber nichts war mehr sicher. Er machte sich etwas vor, wenn er das glaubte. Farjin hatte seine Spur aufgenommen. Das Numion war lediglich der Vorbote gewesen. Wenn Farjin Rengar gefunden hatte, dann wusste der womöglich auch …

Entsetzt presste Arlyn die Lider zusammen und ballte die Fäuste, grub die Nägel so fest in die Handflächen, dass es weh tat.

Seine Zuflucht, die Menschen, die ihn gerettet hatten. Germonshof. Germon und all die Menschen, die ihm wirklich etwas bedeutet hatten, Was, wenn Farjin sie auch gefunden hatte? Piju! Oh ihr Götter, nein! Mühsam unterdrückte Arlyn ein Schluchzen, wollte vor innerem Schmerz nur noch schreien, doch der Laut erstickte im Kissen. Sein Kopf drohte zu platzen, er bekam kaum noch Luft, war nicht in der Lage, sein wild schlagendes Herz zu bändigen. Die Magie raste heiß und feurig durch die Adern, verbrannte ihn von innen heraus. Er glühte wie im Fieber und fühlte sich dennoch so kalt, wie im tiefsten Winter. Ein Zittern erfasste ihn, umklammerte ihn mit eisigem, unbarmherzigen Griff. Die Angst breitete sich gleich einem lähmenden Gift im ganzen Körper aus, erfüllte all sein Denken und Fühlen.

Dravo! Bitte komm zu mir, flehte Arlyn in Gedanken. Bitte, komm zurück. Ich brauche dich.

Oh Götter, er vermisste ihn so entsetzlich.

~ * ~

Dravo war unruhig. Es schien ewig zu dauern, bis man sie endlich zu ihrem Vater ließ. Diverse Heiler hatten viel zu lange auf Rahj eingeredet, ihm erklärt, wie es um den alten Mann bestellt war. Dravo hatte nicht zugehört. Seine Gedanken waren bei Arlyn und bei den Ereignissen dieses Tages. Mit verkniffenem Gesicht hatte er gewartet und jede weitere Verzögerung verflucht. Er war kein guter Sohn. Er sollte sich schämen, er sollte an dem Bett seines sterbenden Vater stehen und besorgt sein, dennoch vermochte er an nichts anders zu denken, als an Arlyns verzweifelten Ausdruck. Er wollte bei ihm sein, so schnell wie möglich zu ihm heimkehren.

Endlich ließ man sie ein. Der König lag in dem großen Bett und wirkte extrem bleich und wächsern, das Gesicht eingefallen. Ihre Mutter saß neben ihm, hielt seine Hand in ihrer. Ihr Gesicht war blass, die stolzen Linien, der harte Zug um ihren Mund fort. Unentwegt streichelte sie die Hand ihres Mannes.

Trotz Dravos aufgewühlten Gedanken versetzte ihm der Anblick der kraftlos in ihren Fingern liegenden Hand einen Stoß ins Herz. Sein Vater war ein Krieger, stets stark, stolz, ganz der Herrscher dieses Landes gewesen. Es passte nicht zu ihm, krank und hilflos im Bett zu liegen, keine Kraft zu haben, sein Schwert zu halten. Hart schluckte Dravo und trat hinter Rahj ans Bett. Ihre Mutter hob den Kopf, als sie näher kamen und ein Ausdruck von Freude huschte über ihre müden Züge.

»Die Götter geben mir Licht. Ihr lebt. Wir haben uns entsetzliche Sorgen gemacht. Es hieß, man hätte euch getötet.« Sie sprang nicht auf, umklammerte lediglich die Hand ihres Mannes fester, Tränen rannen über ihr Gesicht. »Er glaubte euch tot, sein Reich verloren. Die Nachricht konnte sein Herz nicht verkraften. Oh Rahj.«

»Vater.« Rahj hauchte das Wort, sank neben seiner Mutter auf die Knie und starrte auf die geschlossenen Lider und das aschfahle Gesicht seines Vaters. »Kann er mich hören?«

Zärtlich strich seine Mutter über die Stirn ihres Mannes. »Ich weiß es nicht. Er scheint nicht mehr alles wahrzunehmen, manchmal sieht er mich an und er hat auch ein paar Worte gesprochen. Der Heiler …« Ihre Stimme brach und Rahj nahm sie hastig in den Arm, wo sie ihren Tränen freien Lauf ließ.

Dravo trat betroffen neben sie. Was die Heiler Rahj erzählt haben mochten, wie es um ihren Vater bestellt war, erkannte er, ohne zugehört zu haben. Er lag im Sterben. Er wusste es mit unerschütterlicher Sicherheit und seine Kehle wurde merkwürdig eng. Ja, sie hatten sich in den letzten Jahren nicht mehr viel zu sagen gehabt, aber es hatte eine Zeit gegeben, in der sie einander verstanden hatten, sein Vater stolz auf ihn gewesen war. Auf seinen Ältesten, den Thronerben, ein Krieger wie er selbst.

Dravo konnte den Blick nicht von seinem Vater wenden. Die Trauer seiner Mutter berührte ihn nicht so tief, wie der Anblick dieses ausgemergelten, schwachen Körpers.

Rahj redete leise beruhigend auf ihre Mutter ein. Ihr Weinen erfüllte den Raum. Ohne recht darüber nachzudenken, eher aus einem Reflex heraus, ergriff Dravo die Hand seines Vaters. Ob Arlyn ihm wohl helfen könnte? Ob seine Magie auch in der Lage war, einen sterbenden alten Mann zu heilen? Vielleicht sollte er nach ihm schicken lassen? Nein, denn das hieße, ihn abermals in das Zentrum der allgemeinen Aufmerksamkeit zu stellen. Das konnte er ihm nicht antun, nicht nach dem heutigen Tag. Beschämt wurde sich Dravo bewusst, dass ihm Arlyns Wohl weit mehr am Herzen lag, als das seines Vaters. War es ein Wunder? Dieser Mann, war für den Tod seines ersten Geliebten verantwortlich und vermutlich würde er auch nicht zögern, den nächsten zu beseitigen, wenn es ihm dienlich war.

Doch das war nicht in erster Linie der Grund, warum Dravo zögerte. Die Zeit des Königs war abgelaufen, die Götter hatten über sein Schicksal entschieden, schon lange bevor sein Körper den Kampf gegen diese Entscheidung verloren hatte. Es war nicht recht, darin einzugreifen.

Verstohlen warf Dravo einen Blick zu Rahj, dem wohl ähnliche Gedanken durch den Kopf gingen. Es wäre ein Frevel, in das Todesurteil der Götter einzugreifen. Der zukünftige König Fenjarns konnte sich eine solche Herausforderung nicht leisten, wenn Land und seine Untertanen ohnehin gerade in heller Aufregung und unruhig waren. Zudem bezweifelte Dravo, dass Arlyn einen sterbenden Mann heilen konnte, denn seine Magie half lediglich dem Körper, sich selbst zu heilen. Wenn dieser starb, würde auch Magie keine Reserven mehr mobilisieren können.

Sein Vater bewegte sich, die Hand zitterte, er murmelte undeutliche Worte und öffnete die Augen. Sein Blick fiel auf Dravo und ein schwaches Lächeln überzog seine faltigen Züge.

»Mein Sohn ...« Seine Stimme war schleppend, die Worte schwer zu verstehen. Dravo schluckte die Beklemmung hinab und zwang sich zu einem

Lächeln. »Wir sind hier, Vater. Alle beide.« Fester drückte er die zitterige, viel zu schwach wirkende Hand. »Rahj und ich leben und sind gesund.« Mühsam wandte ihr Vater den Kopf und ein weiteres Lächeln hob die Mundwinkel an, als Rahj sich von seiner Mutter löste und sich neben das Bett kniete.

»Vater«, brachte er erstickt hervor und wahre Trauer überflog seine Züge.

»Die Götter sind mir gnädig und vergönnen mir den Anblick meiner Söhne, bevor sie mich zu sich rufen.« Ihr Vater wisperte die Worte mit schleppender Stimme. Wimmernd schluchzte ihre Mutter auf, verbarg das Gesicht in ihren Händen. Er weiß es also, dachte Dravo. Seine Zeit ist gekommen.

Ganz genau erinnerte er sich an den Schmerz, das Leid, welches sein eigener Vater, über ihn und andere gebracht hatte, dennoch wollte sich die vertraute Wut nicht einstellen. Nicht einmal wenn er daran zurückdachte, wie er Arlyn abgewiesen hatte. Nie würde er ihm verzeihen können, doch einem Sterbenden zu zürnen, erschien ihm gänzlich unmöglich.

»Rahj … Wer?« Die Stimme ihres Vaters brach und er schloss die Augen, die Lippen bebten, als ob er Mühe hätte, sie erneut zu öffnen, Worte über sie zu bringen.

»Drei Häuser. Olvirm, Adorav und Kalard«, murmelte Rahj, hielt die Hand seines Vaters umklammert.

»Drei Häuser, bei den Niederen. Zeig ihnen Härte, Rahj. Du wirst … diesen Verrat vollständig … aufdecken müssen, bevor …« Für einen Moment verstärkte sich der Druck der Finger in Dravos Hand, dann wurden sie abermals kraftlos. Mit einem keuchenden Laut schloss ihr Vater die Augen, atmete rasselnd.

»Das werde ich, Vater. Wir haben die Schuldigen bereits gefasst, sie werden ihrer gerechten Strafe zugeführt werden. Es wurde alles geregelt.«

Ihr Vater behielt die Augen geschlossen, zeigte mit keiner Reaktion, dass er die Worte verstanden hatte. Seine Hand erschlaffte, lag matt in Dravos, der sie zurück auf das Bett gleiten ließ. Das Schluchzen ihrer Mutter wurde lauter. Rahj wartete noch eine Weile, ob ihr Vater abermals zu Bewusstsein kommen würde und richtete sich schließlich entschlossen auf.

»Ein Heiler sollte stets in der Nähe sein. Ich werde dafür sorgen, dass er in Ruhe gehen kann, Mutter. Dravo, komm mit mir, wir müssen alles regeln. Ich brauche dich dazu. Fenjarn braucht uns.« Das Gesicht seines Bruders war eine starre Maske, Schmerz und die Trauer wüteten dahinter, verraten nur durch die Augen.

Der zukünftige Herrscher Fenjarns indes straffte sich, warf einen letzten Blick auf den König und zog Dravo am Arm mit sich hinaus.

99 Kapitel

Der Weg liegt im Dunkeln

»Die Götter rufen ihn zu sich.« Mit diesen Worten trat Rahj vor die Männer, die sich mit ernsten Gesichtern im Vorraum versammelt hatten, während drei Heiler ins Zimmer eilten.

Die meisten der Männer kannte Dravo. Es waren Berater und Vertraute seines Vaters, die Larns der Häuser, die ihnen nahestanden. Sie alle wussten oder ahnten, wie es um den König bestellt war, vergeudeten keine unnötige Zeit mit mitfühlenden Worten. Sie waren gekommen, um das Schicksal Fenjarns zu regeln.

Dravo hörte schweigend zu, wie Rahj mit knappen, emotionslosen Worten berichtete, was passiert war, den Verrat und Rangols Rolle darin offenbarte. Er verschwieg nichts, berichtete ungeschönt alle Ereignisse. Sogar von dem Angriff des Ungeheuers und auch welche wichtige Rolle Arlyn darin gespielt hatte. Mehrfach öffnete Dravo den Mund, wollte ihn zurückhalten, während er sich der entsetzten, bedrückten Gesichter gewahr wurde. Wütend auf seinen Bruder, wollte er in dessen Bericht eingreifen, doch eine Geste Rahjs hielt ihn zurück. Dieser wandte ihm den Blick zu, während er an die Larns gewandt weitersprach.

»Es ist wichtig, dass wir wissen, welche Bedrohung uns aus der Existenz eines solchen Wesens erwachsen kann. Ich weiß, dass die Magie des Gefährten meines Bruders für viele von euch erschreckend und bedrohlich wirkt. Sie ist uns fremd, ihre Macht ungeheuerlich. Magie ist stets nur eine Legende gewesen. Nun, es gibt sie wirklich und der junge Arlyn ist einer der Magisch Begabten dieser Legenden. Diese Information kann uns helfen, denn Fenjarn werden nach diesem Verrat schwere Zeiten bevorstehen. Die Situation ist sehr ernst. Wir sind angreifbar und verletzlich geworden. Das Blut des ersten Hauses ist nicht länger heilig. Gerüchte über unseren Tod und das Ableben des Königs kursieren gewiss bereits weit über Trandfil hinaus. Unruhe wird bald um sich greifen und kann rasch gefährlich werden, wenn unsere Feinde diese ausnutzen und das schwelende Feuer ihrer geheimen Rebellion zu einer offenen Konfrontation schüren. Auch von unseren Grenzen droht uns Gefahr, wenn diese Schwäche, der Verrat und die Uneinigkeit der Häuser bekannt wird. Ein Feind, der geschwächt ist, dessen innerster Kern getroffen wurde, ist leichter angreifbar. Es ist gut möglich, dass unsere Grenzländer die Zeit für einen Übergriff für gekommen halten.« Rahj blickte von einem zum anderen. »Wenn mein Vater den Weg zu den Göttern gehen wird, müssen wir darauf vorbereitet sein.«

Hitzige Diskussionen entbrannten. Viele der Larns erkannten augenblicklich das Potential, welches Arlyns Magie ihnen bot, drangen auf Rahj ein, sich dieser zu bedienen, er unterband ihre Debatte rasch hart.

»Arlyn ist ein freier Mann. Er ist mir zu nichts verpflichtet. Wie er seine Macht einsetzt, obliegt einzig ihm selbst. Sie ist nicht als Waffe oder Drohung geeignet, und wenn es nach mir geht, wird er nicht wieder gezwungen sein, sie einzusetzen. Der Angriff dieses furchtbaren Wesens hingegen muss aufgeklärt werden und welche Bedrohung Fenjarn daraus erwachsen kann.« Sein Blick traf Dravo, der die Lippen fest aufeinander presste und seine verhaltene Wut mühsam zügelte.

Wenn Rahj nicht mit jedem seiner Worte so verdammt recht haben würde. Doch diese Versammlung war nicht der richtige Ort, zu erklären, was es mit dieser Bestie auf sich hatte. Er selbst wusste viel zu wenig. Arlyn würde es Rahj selbst erklären müssen, unter vier Augen. Später, wenn alles andere geregelt war. So gerne Dravo aufgesprungen und gegangen wäre, er wusste, dass sein Bruder ihn noch brauchte. Er sah es an den Larns, die oftmals ihn ansahen, seine Zustimmung sehen wollten. Noch immer war er für viele der wahre Thronfolger. Zu lange war Rahj in den Schatten gewesen und sie hatten ihn nicht ernst genommen.

Diese Gefahr bedrohte indes ganz Fenjarn, eine Heimat, der er sich verpflichtet fühlte, wenngleich sein Herz ihn nach Fenjil zog. Dravo schwor sich, er würde nur gerade so lange bleiben, bis Rahj alles in die Wege geleitet hatte, die wichtigsten Dinge geklärt waren. Die Entscheidung fiel ihm schwer und nagte an ihm.

Zunehmende Unruhe breitete sich zudem in ihm aus. Arlyn war vorerst wohl in Sicherheit, das Numion getötet und mit ihm die unmittelbare Bedrohung durch Farjin abgewendet. Dravo war sich jedoch sicher, dass dies nicht der letzte Versuch sein würde, Arlyn herauszufordern. Und er wollte an seiner Seite sein, wenn dies erneut geschah.

Überwiegend schweigend war er bei den meisten Gesprächen dabei, begleitete Rahj, der sich mit verschiedenen Männern traf, die Wachen und Diener informierte und instruierte. Es war gut und richtig, an seiner Seite zu sein. Rahj war ihm dankbar, aber noch wichtiger war ihre gemeinsame Präsenz. Das erste Haus herrschte derart lange über dieses Land, das Wissen, dass beide Brüder lebten und gemeinsam bereit waren, das Erbe ihres Vaters zu tragen, gab den Menschen Sicherheit und Halt angesichts des bevorstehenden Todes ihres starken Herrschers.

Nachdem sie viele der anderen Larns bis weit in die Nacht hinein mit verschiedenen Aufträgen und Anweisungen bedacht hatten und sie endlich alleine waren, wandte Rahj sich erschöpft an seinen Bruder.

»Wir sollten beide bei Vater sein, wenn es zu Ende geht. Die Heiler halten ihn jetzt zwar für stabil, aber es ist nur eine Frage von Tagen«, erklärte er. »Ich möchte dich bei mir wissen, einzig dir kann ich vollständig bedingungslos vertrauen. Meine Macht ist keine ohne dich und das wissen sie alle.«

»Wer hofft, ich entschiede mich anders und würde die Krone, einmal auf mich übergegangen, nicht abgeben wollen, ist ein hoffnungsloser Idiot«, grollte Dravo. Er verstand Rahj zu gut, wusste um die Wichtigkeit seiner Anwesenheit, dennoch kam er sich fehlplatziert vor. Nichts wünschte er sich sehnlicher, als endlich zu Arlyn heimzukehren. Seine Angst, tiefe Sehnsucht erfüllte ihn, hallte in ihm wider, nahm mit jedem Augenblick zu. Dravo spürte, wusste instinktiv, wie verzweifelt Arlyn sich fühlte. Ihre Trennung erschien ihm kaum noch zu ertragen. Jene eigenartige Bindung zwischen ihnen ermöglichte es ihm offenbar wieder, an einem Teil seiner Gefühle teilzuhaben, obwohl sie voneinander getrennt waren. Und was er fühlte, zerriss ihn innerlich.

»Rahj, ich muss gehen. Ich muss jetzt zu Arlyn«, erklärte Dravo eindringlich. »Ich muss wissen, dass es ihm gut geht, dann kehre ich zurück. Ich kann ihn nach all dem, was passiert ist, nicht länger alleine lassen.«

Rahj seufzte, nickte zustimmend. »Ich verstehe dich, Dravo. Ich kann dich nicht halten, nur bitten, so rasch wie möglich zurückzukehren. Es wäre allerdings nicht gut, Arlyn hier zu haben. Er sollte in Fenjil bleiben, bis …« Tief holte er Luft, es fiel ihm schwer auszusprechen, was unumgänglich war. »Ich möchte ihn erst herkommen lassen, wenn die Zeremonien der Krönung abgeschlossen sind. Es wäre nicht klug, ihn in das Bewusstsein der Larns zu bringen, solange Zweifel, Misstrauen und Angst vorherrschen. Götter, ich wünschte wirklich manchmal, diese Bürde wäre nicht meine geworden!« Seufzend rieb er sich die Augen.

»Ich bin froh, dass es nicht meine ist«, gab Dravo traurig lächelnd zu, trat an seinen Bruder heran und legte ihm die Hand schwer auf die Schulter. »Ich werde für dich da sein, wann immer du mich brauchst, aber Arlyn braucht mich weit dringender.« Rahj nickte, legte seine Hand auf Dravos und lächelte ihn verständnisvoll an.

»Geh zu ihm. Ich lasse es dich wissen, wenn sich Vaters Zustand verschlechtert.« Dravo zögerte. Abermals kam ihm der Gedanke, was Arlyns Magie bewirken könnte und sein Bruder erkannte es wohl in seinen Augen, denn er schüttelte kaum merklich den Kopf.

»Arlyn kann ihm nicht helfen. Er leidet schon länger unter dieser Krankheit, es war nur eine Frage der Zeit. Sein Leben geht zu Ende, er hat seine Zeit gehabt. Was wären wir, wenn wir darauf Einfluss nehmen würden? Arlyn hat sicher die Macht eines Gottes, aber ich möchte sie nicht einsetzen müssen und mich damit ebenfalls zu einem solchen machen. Ich will ein Herrscher über Menschen sein, dazu muss ich ein Mensch bleiben.«

Seine Worte kreisten in Dravos Kopf, während er sich im Stall ein Pferd bringen ließ und auch während des Ritts nach Fenjil beschäftigten sie ihn. Rahj war eindeutig der Richtige, um Fenjarn zu regieren. Ihnen stand eine schwere Zeit bevor, doch unter ihm würden Land und Menschen gut regiert werden. Anders als zuvor, aber womöglich auch besser.

Es war noch dunkel, der Morgen zog gerade erst herauf. Dravo ließ das Pferd dennoch weit ausgreifen, jeder Galoppsprung brachte ihn Arlyn näher, dessen Furcht in ihm brannte, dessen Verzweiflung ihn herbeisehnte. Jeder Lauf weiter, ließ den Gedanken an seinen sterbenden Vater hinter diesem Gefühl zurücktreten.

~ * ~

Irgendwann in der Nacht stand Arlyn auf. Der Gedanke an die Menschen auf dem einsamen Hof inmitten des Freien Landes ließ ihn nicht mehr los. Odir erhob sich wortlos, kaum hatte Arlyn die Beine aus dem Bett geschwungen, musterte ihn kurz und ging aus dem Zimmer. Gewiss würde er vor der Tür wachen. Arlyn zog sich hastig an und wanderte unruhig durch den Raum. Er versuchte zu lesen, gab es jedoch bald auf. Stattdessen stand er am Fenster zum Garten und starrte in die Nacht hinaus. Die Hände lagen an dem kühlen Glas und er spürte dieselbe Kälte in sich.

Schattengebilde ersetzten die vertraute Landschaft des Gartens. Grüne Augen schienen ihn aus jedem Gebüsch, jedem Baumwipfel anzusehen. Gierig, lauernd, abwartend.

Wie weit reichte Farjins Macht, wie stark war er wirklich? War er in der Lage, mehr als ein Numion zu erschaffen? Götter, allein dafür die Magie aufzubringen erschien Arlyn unvorstellbar. Dazu reichte die Macht eines einzelnen nicht, Farjin musste einen Weg gefunden haben, sich der anderer zu bedienen und sie zu seiner zu machen. So wie er es mit Arlyns Magie beabsichtigt hatte.

Rengar ... Wir hatte er ihn gefunden? Arlyn erinnerte sich genau an dessen Lächeln, an die große Hand, die ihn beruhigend gestreichelt hatte. Fortgerissen von ihren Familien, hatte der große Schmied ihm Trost geboten. Einen Trost, den er selbst ebenso nötig gehabt hatte. Er hatte das grausame Schicksal nicht verdient.

Bebend schloss Arlyn die Augen und lehnte sich mit dem Rücken gegen die Wand. Rengars Leidensweg hatte ihn aus der Sklaverei in Farjins Fänge geführt und in den Tod. Derselbe, dem er einst beigestanden hatte, hatte ihm das Leben genommen. Wie vielen Menschen hatte er noch Unglück gebracht, wie viele hatten seinetwegen sterben müssen?

Wenn Farjin seiner Spur gefolgt und Rengar gefunden hatte, dann musste er zuvor auf Germonshof gewesen sein. War er ihm gefolgt und hatte den Hof gefunden? Was war mit den Menschen von Germonshof passiert? War er ihm dann weiter zu den Sklavenfängern und dem Lager gefolgt? Hatte er auf diese Weise von Rengar erfahren? Und wenn er den Schmied ausfindig gemacht hatte, verfolgte er seine Spur weiter gen Süden? Würde sie ihn hierher führen? Zu ihm und zu ... Dravo?

Ruckartig stieß er sich ab und begann erneut seine ruhelose Wanderung.

Dravo ... Wenn Farjin hierher kam, dann wäre Dravo vor ihm nicht sicher. Farjin musste bereits um die besondere Bindung zwischen ihnen wissen. Dravo war ein perfektes Druckmittel und Farjin würde das auszunutzen wissen.

Plötzlich bekam Arlyn keine Luft mehr, hatte das Gefühl zu ersticken, als die Angst ihm die Kehle zuschnürte. Farjin hatte ihn gewarnt, er hatte ihm gesagt, was er tun müsse, um ihn zu schützen. Dravo verlassen. Bevor Farjin ihn fand, bevor er die Magie womöglich einsetzte, um ihn zu verwandeln. Denn Dravo als Numion töten zu müssen, war weit schlimmer als alles, was sich Arlyn vorstellen konnte. Das würde er nicht tun können. Lieber starb er.

Und würde das Numion damit im ewigen Wahn auf der Suche lassen. Oh Götter, nein. Arlyns Herz pochte hart und schmerzhaft, gierig rang er nach Atem, das Blut so kalt wie Eis, jeder Muskel schmerzte, jede Faser in ihm gefror vor Furcht. Dravo würde er niemals töten können. Nie.

Verzweifelt schloss er die Augen. Der Gedanke, Dravo zu verlassen, alleine den Weg zurück ins Freie Land zu finden, immer in Gefahr, dass ihn Farjin oder ein weiteres magisches Wesen entdeckte, war entsetzlich. Nichts wünschte sich Arlyn mehr, als bei Dravo zu bleiben, dessen Stärke und Sicherheit zu spüren, Ruhe zu finden. Er wollte nicht länger fliehen, Angst haben müssen. Er wollte diese Magie nicht, nicht seine Schönheit, nicht diesen Fluch. Verzweifelt hieb er mit der Faust gegen die Wand. Sein Weg lag im Dunkeln und er wusste nicht, was er tun sollte.

Verflucht sollte seine Magie sein, verflucht, dieses Schicksal. Wenn die Götter ihn auf diese Weise geschaffen haben sollten, dann war ihr Werk grausam. Konnten sie wirklich derart hartherzig sein?

Verzweifelt vergrub er die Hände in den Haaren, rutschte an der Wand hinab und kauerte sich ganz klein zusammen. Der Kopf wollte zerspringen, das Herz zerbrechen. Zu bleiben erschien unmöglich. Ohne Dravo zu sein … unerträglich. Schuld an seinem Tod zu sein unvorstellbar.

Arlyns Atem ging schwer, die enge Kehle entließ nur keuchend die Luft. Der Druck auf seiner Brust drohte ihn zu erdrücken. Er wollte schreien, toben, seiner Magie freien Lauf lassen, die in ihm brodelte. Es gab keinen anderen Weg. Niemand sollte mehr wegen ihm sterben müssen, er wollte kein Leid über die Menschen bringen, wie die Figur aus den Legenden. Diese Bestimmung wollte er auf gar keinen Fall erfüllen. Er war keine Legende, er war kein Kind der Götter.

Tränen rannen über die Wangen, brannten hinter geschlossenen Lidern. Vielleicht wäre es besser, sich Farjin zu stellen. Der Gedanke war ungeheuerlich, erzeugte panische Furcht, dennoch lauerte er hartnäckig in seinem Hinterkopf, wisperte, führte ihn in Versuchung.

Besiegen konnte er diesen mächtigen Mann nicht. Farjin kontrollierte einen Teil seiner Magie, hatte wiederholt Zugang gefunden. Er war ihm nicht gewachsen, zu schwach, zu unwissend, zu verängstigt. Eine direkte Konfrontation würde mit einer Niederlage enden. Und womöglich nicht einmal mit der Gnade des Todes sondern der Qual einer erneuten Sklaverei.

Oh Götter, aber Dravo zu verlassen …

Ihn nur noch einmal sehen, noch einmal seinen Duft einatmen, tief inhalieren, seine Wärme spüren, den Blick auf sich fühlen, sich in eine

Umarmung ziehen lassen, die zärtlichen Berührungen spüren. Nur noch einmal seine Stimme hören, sie in sich aufsaugen, in sich verschließen, um sie niemals zu vergessen, wohin auch immer er vor Farjin fliehen musste.

Fest presste Arlyn die Hände auf sein Gesicht, unterdrückte sein Schluchzen. War dies seine Zukunft? Eine fortwährende Flucht, ein Leben in ständiger Furcht? Würde er stets heimatlos von einem Ort zum anderen fliehen müssen, niemandem vertrauen dürfen, stets auf der Hut sein? Alleine, fernab aller Menschen, gefürchtet und gemieden. Götter, welches Schicksal bürdeten sie ihm auf?

Ein leises Schluchzen entrang sich nun doch seiner Kehle und drohte ihn abermals zu ersticken. Es war zu viel. Zu viel Leid, zu viele Prüfungen. Es musste enden. Er musste es beenden. Solange er die Wahl hatte.

Arlyn erhob sich, starrte blicklos vom Balkon aus auf den Garten. Die Augen brannten noch immer, die Kehle war trocken und sein Körper forderte Schlaf, den er ihm nicht gönnen wollte und konnte. Schlaf brachte Träume.

Ob seine Gestalt vom Garten aus zu erkennen war? Lauerte Farjin bereits irgendwo? Oder eines seiner Wesen? Er wusste es nicht, spürte jedoch keine fremde Magie. Sehnsüchtig dachte er an Dravo, den er über alles liebte. Würde er ihm das Herz brechen, würde er trauern, wenn er ihn verließ? Dravo liebte ihn von ganzem Herzen und mit einer Leidenschaft, die Arlyn verzückte und verängstigte.

Seine Magie vibrierte bei dem Gedanken an Dravos Nähe, seinen Körper, warm an ihn gepresst, die herrlichen Küsse, seine Leidenschaft. Entfernt spürte er ihn, konnte fühlen, dass Dravo unruhig war, verärgert, verunsichert und ihn dieselbe Sehnsucht quälte, wie ihn selbst. Ihr Band war so eng, er spürte seine Gefühle selbst über diese Entfernung. Ob Dravo auch um die seinen wusste?

Arlyn schluckte hart, atmete betont tief ein, befreite seinen Hals. Er würde nicht ohne Erklärung gehen, nicht ohne ihn noch einmal gesehen zu haben. Dravo würde ihn nicht gehen lassen wollen, er ahnte es. Es würde hart werden, es ihm begreiflich zu machen. Dennoch ... Es war der einzige Weg, den er gehen konnte. Und er würde ihn gehen.

Alleine.

100. Kapitel

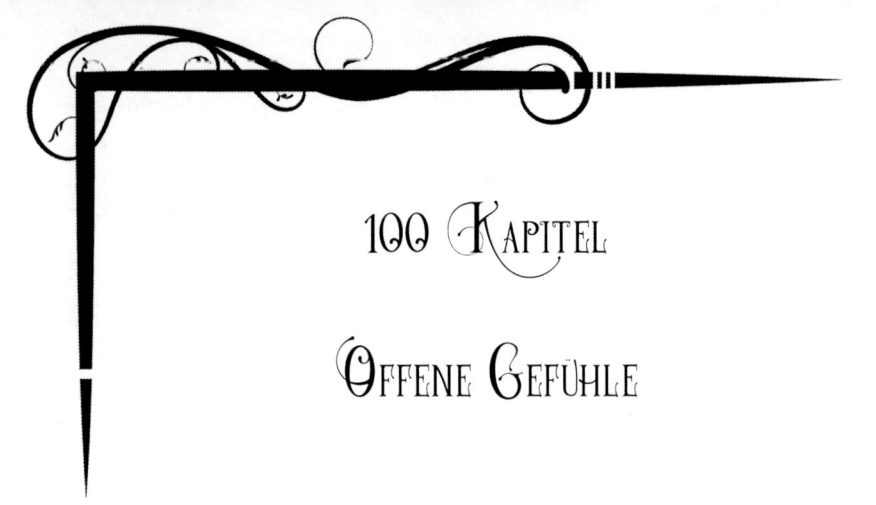

Offene Gefühle

Ein neuer Tag dämmerte heran, das Licht noch grau und diffus. Die Schatten wichen langsam zurück. Bäume und Büsche schälten sich aus dem Dunkel ihres Schleiers. Mit jedem weiteren Sonnenstrahl, der sich über den Horizont stahl, wich die Bedrohung und ein kleiner Teil von Arlyns Angst.

Die zermürbende Verzweiflung und Gewissheit, was er tun musste, konnte der neue Tag in Fenjil hingegen nicht vertreiben. Ein letzter Tag in diesem Haus und mit Dravo. Die Götter oder sein Fluch, sie trieben ihn erneut fort. Er würde dieses Haus, die Pferde, die Ruhe, die unbeschwerten Tage und Wochen mit Dravo, sein neues Leben schmerzlich vermissen. Zwar würde er sich in der Welt besser behaupten können, wusste neben der Macht seiner Magie, mit Schwert und Bogen umzugehen, dennoch barg eine Reise in den Norden viele unbekannte Gefahren.

Wie sehr er sich vor den ersten Schritten fürchtete, das Haus zu verlassen, ein Pferd zu nehmen und Fenjil und Fenjarn zu verlassen. Er konnte es definitiv nicht tun, ohne Dravo ein letztes Mal gesehen zu haben.

Arlyn spürte ihn kommen, wusste, dass er sich näherte, noch lange bevor der erste Hufschlag zu hören war. Er trat zum Waschbecken, spritzte sich kaltes Wasser ins Gesicht und kleidete sich an. Nachdenklich betrachtete er sich im Spiegel.

Was war es nur, das die Menschen in ihm sahen? Welchem Fluch unterlag er, der auf sie wirkte? Selbst Odir hatte gesagt, er spüre die Versuchung der Götter. War es so? War es sein Fluch, die Menschen mit seiner androgynen Gestalt in Versuchung zu führen? Wozu? Welchen Zweck konnten Götter damit verfolgen?

Nach dem Maßstab, den Menschen anlegten, war er attraktiv. Sein ebenmäßiges Gesicht war markanter geworden, männlicher, hatte jedoch eine gewisse

Weichheit der Linien nicht verloren. Er hatte sich durchaus verändert, war stärker, muskulöser, erwachsener geworden. In seinem Inneren war er jedoch noch immer der verängstigte Schüler Farjins, der abermals vor diesem floh.

Es klopfte an der Tür und ohne eine Antwort abzuwarten, öffnete sich diese. Odirs dunkles Gesicht schob sich durch den Spalt und er musterte Arlyn mit einem feinen Lächeln.

»Er kommt zurück, Eralen. Alles wird gut werden«, stellte er fest, zog sich augenblicklich zurück und schloss die Tür. Odirs Ohren mussten hervorragend sein, denn erst einige Zeit später vernahm auch Arlyn den rhythmischen Hufschlag in der langen Allee. Jemand kam im Galopp heran und er wusste sicher, dass es Dravo war.

Tief atmete er ein, strich sich die Haare zurück und straffte die Schultern. Sein Herz schmerzte, jeder Schlag wollte ihm den Brustkorb zerreißen, trieb Messer in die Wunde. Noch ein letztes Mal Dravos Arme um sich spüren, seinen Duft wahrnehmen, die Lippen fühlen, dann würde er gehen. In der Nacht erst, heimlich, wenn Dravo schlief, damit ihm dieser nicht folgen konnte. Bis dahin würde er sich nichts anmerken lassen. Er musste stark genug sein. Für sie beide.

~ * ~

Dravo ließ sich vom Pferd gleiten und sah sich nach einem Stallburschen um, dem er die Zügel in die Hand drücken konnte. Ungeduldig winkte er, als endlich einer verschlafen im Eingang des Stalles auftauchte. Er wollte so schnell wie möglich zu Arlyn, die Sehnsucht wurde schmerzlich intensiv. Sie waren schon zu lange getrennt. Da war eine eigenartige Dunkelheit, die Arlyn umgab, die Dravo zunehmend ängstigte. Noch immer schien da eine Wand zu sein, die ihn nicht ganz zu ihm durchdringen ließ, wie es vorher der Fall gewesen war, doch was er von ihm wahrnahm, erschreckte ihn. Rasch eilte er zum Haus, an verschlafenen, erstaunten Dienern vorbei, die hastig zur Seite wichen, als er durch die Halle stürmte.

An der Treppe verlangsamte er seinen Schritt. Dort stand Odir, das Gesicht undurchschaubar wie immer. Mit gemischten Gefühlen betrachtete Dravo den Steppenkrieger. Dieser nickte ihm zu und vollführte eine schwungvolle Geste vor der Brust. Dravo war sich nicht ganz sicher, glaubte jedoch, dass es eine Bekräftigungsgeste war. Er hatte Händler aus den Wüsten erlebt, die diese nach einem abgeschlossenen Handel vollführten.

Dravos Aufmerksamkeit wurde jedoch sofort von Arlyn angezogen, der ihm von oben entgegen eilte. In seinem schmalen Gesicht waren viel zu viele tiefe Linien und Schatten zu erkennen. Viel geschlafen hatte er offensichtlich nicht. Zwei Stufen auf einmal nehmend, hastete Dravo ihm entgehen, riss ihn an sich und schloss ihn fest in die Arme.

Dravos Herz raste, war erfüllt von einem seltsam dumpfen Schmerz, den er sich nicht erklären konnte. Arlyn verbarg sein Gesicht an der Brust, heftiger Atem pumpte gegen Dravos durchgeschwitztes Hemd.

Keiner von ihnen sprach ein Wort, sie hielten einander fest umschlungen, versunken in die Gegenwart des anderen. Nur zögernd löste sich Arlyn und sah Dravo an. Ihre Lippen fanden einander, begrüßten sich liebevoll.

»Wie steht es um deinen Vater?« Arlyns Stimme klang rau, war eher ein Flüstern. Liebevoll strich er ihm durch das Haar.

»Lass uns besser hinaufgehen«, schlug Dravo vor. »Hier sind mir zu viele Ohren.« Er wollte nicht, dass einer der Diener jetzt schon erfuhr, wie es um ihren König bestellt war. Arlyn nickte stumm. Er verstand es natürlich.

Arm in Arm gingen sie zurück in ihr Zimmer. Einer herbeieilenden Dienerin befahl Dravo, ihnen das Frühstück hinauf zu bringen und schloss die Tür hinter ihnen.

»Arlyn …« Tiefe Sehnsucht lag in dem einen Wort und Dravo zog sein Gesicht zu sich heran, küsste ihn voll Leidenschaft, saugte seine Lippen ein, sog den herrlich vertrauten Duft ein. Götter, wie sehr er diesen Mann liebte, wie schrecklich es war, auch nur kurze Zeit von ihm getrennt zu sein.

»Mein Vater liegt im Sterben«, erklärte er mit gesenkter Stimme. »Das Herz ist schwach, seine Lungen versagen und er hat die Nachricht von unserem angeblichen Tod nicht gut verkraftet.« Türkise Augen richteten sich fragend auf ihn und Dravo schüttelte den Kopf. »Es wird nicht mehr lange dauern, bis es aufhören wird zu schlagen und die Heiler können ihm nicht mehr helfen. Die Götter haben sein Schicksal entschieden.«

»Du wirst bei ihm sein müssen«, vermutete Arlyn, wandte den Blick ab. Damit er seine Gefühle nicht sehen konnte? Dravo ergriff das Kinn und drehte ihn, sodass er ihn ansehen musste.

»Ja, ich werde dort sein müssen. Ich habe zwar dem Thron entsagt, doch wenn Vater stirbt, werden die Götter die Regentschaft auf mich übergehen lassen. Ich werde es sein müssen, der meinen Bruder Rahj persönlich zum neuen König krönt.« Dravo seufzte tief und sein Daumen wanderte zärtlich über Arlyns Lippen zum Kinn. »Glaube mir, ich würde lieber bei dir sein. Aber Fenjarn ist in Aufruhr. Rahj wird mich brauchen nach allem, was passiert ist. Das wird kein leichter Start für ihn werden.«

Arlyn nickte kaum merklich, die Augen wirkten dunkler als sonst. Dravo sah ihn nachdenklich an. Was verbarg sich dahinter? In Arlyns Augen flackerte etwas, was er nicht recht einordnen konnte. Da war Furcht und eine merkwürdige Entschlossenheit, die ihn selbst ängstigte. Ein Teil seiner Gefühle blieb noch immer verschlossen. Oder wollte Arlyn nicht, dass er sie sah? Was versteckte er vor ihm?

»Du wirst tun, was nötig ist«, erwiderte Arlyn und fügte leiser hinzu: »Fenjarn und die Menschen hier brauchen dich.«

»Du brauchst mich«, erwiderte Dravo schärfer als beabsichtigt. »Nach dem, was im Wald geschehen ist … Was genau ist dort eigentlich passiert? Was war dieses Wesen? Farjin hat es gesandt, nicht wahr? Wird er weitere schicken? Hat er deine Spur aufgenommen? Bist du in Gefahr?«

~ * ~

Götter, was sollte er antworten, wie verbergen, was er fühlte, wenn Dravo ihm derart nahe war? Die Verzweiflung fraß Arlyn auf, wütete gnadenlos in den Eingeweiden. Es fiel ihm unendlich schwer, sich nichts anmerken zu lassen.

Ein Klopfen unterbrach sie und Dravo fuhr ärgerlich herum: »Herein.« Es waren die Diener, die ihnen ihr Frühstück brachten. Unwirsch winkte Dravo sie gleich darauf hinaus und zog Arlyn zu dem kleinen Tisch, wo er sich schwer auf einen Stuhl fallen ließ. Arlyn nahm ihm gegenüber Platz, musterte die angebotenen Speisen ohne rechten Appetit.

»Es war ein Mensch und du kanntest ihn«, fuhr Dravo fort, während er sich Tee einschenkte. Arlyn nickte, beobachtet wehmütig Dravos Hände, saugte jede Bewegung ein, prägte sie sich ein. Dravos Züge, sein Lächeln, die winzigen Gesten, das Spiel der Muskeln, jedes Bild war kostbar und vergänglich. Er würde sich an jedes Detail von ihm erinnern. Immer.

»Rengar, ein Schmied aus dem Norden«, erklärte Arlyn. »Ich … traf ihn, nachdem mich die Sklavenfänger gefangen hatten. Er war ebenfalls ein Sklave und er … stand mir bei.«

Dravos graue Augen waren unverwandt auf ihn gerichtet. Es kostete viel Kraft, von dieser Zeit zu berichten, gerade wenn er sich fragen musste, ob Farjin seine Spur von dort aufgenommen hatte, aber Dravo musste verstehen. Also berichtete er in knappen Worten von dem Zusammentreffen mit Rengar bis zu ihrer Trennung.

»Wie wurde er zu diesem … Wesen?« Dravo nahm sich ein Gebäckstück, ohne den Blick jedoch von ihm zu nehmen. Ahnte er etwas? Sein Blick wirkte zu nachdenklich. »Das war Farjins Werk, habe ich Recht?«

»Ja. Er hat ihn gewandelt.«

»Wie konnte er ihn so verwandeln? Wie hat er ihn gefunden? Hatte Farjin nicht deine Spur verloren, nachdem du zu Germonshof gekommen bist?« Angedeutete, hilflose Wut sprach aus Dravos Worten und Arlyn lächelte fein.

»Numions sind magische Wesen. Sie gelten als äußerst schwer zu erschaffen«, begann er und erinnerte sich an die Lehrbücher in Farjins Burg. »Man kann sie wohl nur aus Menschen erschaffen, die sehr starke Gefühle haben. Hass oder Liebe, Sehnsucht und Verzweiflung. Ihre Gefühle werden dabei magisch verkehrt. Wer liebte, wird hassen, wen er zuvor begehrte. Numions sind Gejagte ihrer eigenen Gefühle und finden keine Ruhe mehr. Sie jagen die Menschen, denen sie Gefühle entgegenbrachten und töten sie. Das ist ihr einziger Zweck. Sie finden nur Erlösung im Tod.« Seine Worte waren monoton, während er das Lehrbuch rezitierte und brachten ihm erneut Rengars Gesicht ins Gedächtnis.

War er ebenfalls seinem Fluch unterlegen? Hatte der Schmied ihn ebenfalls begehrt? Er hatte nie ein Begehren gezeigt. Nein, es war keine Gier gewesen, wie andere Menschen sie für ihn empfunden hatten. Vielleicht eher eine Liebe, die er auch seinen Söhnen entgegengebracht hätte? Wie auch immer, mussten Rengars Gefühle für ihn stark genug gewesen sein.

»Also hat dieser Schmied vorher, bevor ihn Farjin gewandelt hat, etwas für dich empfunden«, folgerte Dravo bedächtig kauend. »Und wenn er ihn ausfindig gemacht hat, kann er auch deine Familie auf Germonshof gefunden haben.« Dravo sprach es nicht aus, ein kurzes Stocken und die Gewissheit war in seinen Augen zu erkennen.

»Götter«, schnaubte er. »Also haben wir es womöglich mit mehr als einem Numion zu tun? Gab es noch jemand?«

»Sie zu erschaffen, erfordert sehr viel Magie, selbst ein Meistermagier dürfte sich schwer tun, mehr als eines zu erschaffen. Ich glaube nicht ...«, wandte Arlyn halbherzig ein. Wie sollte er Dravo nur von der Schlussfolgerung abbringen?

»Und einen skrupellosen, zu allem entschlossenen Meistermagier«, unterbrach ihn Dravo und ergriff Arlyns Hand, umklammerte sie fest. »Er wird weitere aussenden, um dich zu finden. Da gab es Menschen, die dich geliebt haben. Er könnte sie finden und wandeln.«

Mit großen Augen sah ihn Arlyn an, hatte extreme Mühe, seine Gefühle weiter zu verbergen.

»Du bist hier nicht länger sicher«, stieß Dravo erschrocken aus. Arlyn blieb stumm, versuchte, den Blick abzuwenden, doch Dravo griff nach seiner Schulter.

»Sieh mich an, Arlyn«, forderte er und als er ihm nur zögernd Folge leistete, fuhr er fort: »Es gibt mehr als eines. Du spürst es, richtig?«

Zaghaft bestätigte Arlyn, dessen Herz heftig klopfte. Er wollte Dravo nicht mehr erzählen, ihn nicht darauf bringen, was er plante, was er tun musste, um ihn und Fenjarn vor Bestien zu schützen, die alleine auf ihn Jagd machten.

»Farjin wird womöglich nicht nur dieses eine erschaffen haben. Ich weiß nicht wie viele mehr«, flüsterte er, sah Piju vor sich und Jiksan und schauderte, konnte nicht mehr atmen.

»Götter! Mehr als diese eine Bestie, gegen die Schwerter nutzlos sind? Aber du kannst sie doch töten?«, brachte Dravo fassungslos heraus.

»Ja.« Arlyns Stimme war kaum mehr als ein Hauch, er erstickte, die Angst, die Verzweiflung lag wie ein eiserner Ring um seinen Hals, der sich unbarmherzig enger zog. Wie lange würde er seine Gefühle noch verbergen können? »Ich kann in das Herz des Numions sehen und erkennen, wer es einst war. Und dann … dann kann ich dieses Herz … zum Stillstand bringen.«

»Und damit zwingt Farjin dich genau das zu tun, was du am meisten verabscheust. Die Hölle der Niederen ist ein viel zu beschaulicher Ort für diese Bestie in Menschengestalt!« Dravo schnaubte ärgerlich, seine Finger bohrten sich fester in Arlyns Schulter. »Dieser Mann entstammt direkt den Lenden der aller niedersten Niederen. Verflucht soll er und seine Magie sein.«

Zornig sprang er auf und durchmaß den Raum in großen Schritten. Abrupt kehrte er zum Tisch zurück, riss Arlyn grob hoch und schüttelte ihn.

»Was kostet es dich, dies zu tun, Arlyn? Was tut er dir damit an? Er schwächt dich, nicht wahr? Ich habe es doch gespürt. Ich ahnte es die ganze Zeit. Er pervertiert deine Magie und gewinnt dabei an Einfluss. Ist es nicht so? Egal was du tust, er wird stärker.« Arlyns Blick war Antwort genug und ein gequältes Schluchzen kroch aus seiner engen Kehle. Heftig umschloss ihn Dravo, presste ihn, bebend vor Zorn an sich.

»Wenn du deine Magie nicht zum Töten eingesetzt hättest, wären wir alle gestorben. Farjin spielt ein überaus heimtückisches Spiel, aus dem er in jedem Fall als Sieger hervorgehen wird. Götter, wenn ich ihn je in die Finger bekomme …«

Arlyn konnte nur mühsam Luft holen und Tränen brannten wie Säure in den Augen, die er um keinen Preis zeigen wollte. Er hatte keine Wahl. Dravo ahnte es, musste es erkennen, wie er selbst.

»Arlyn! Nein! Du wirst nicht gehen«, erklärte Dravo voll Entsetzen, starrte ihn fassungslos an, packte ihn grob an den Oberarmen. »Egal was geschehen ist, du wirst nicht alleine gehen. Wie kannst du daran auch nur denken?«

Verzweifelt sah Arlyn ihn an und sein Gesicht musste jeden seiner wahren Gedanken verraten. Er konnte sich nicht länger verstecken, die Mauer um sein Innerstes, sie hatte keinen Bestand mehr unter Dravos Blick. Mühsam schluckte er, rang um jeden Atemzug, um Selbstbeherrschung, darum, aufrecht zu stehen und nicht wimmernd an Dravos Brust zusammenzusinken. Dravo hatte ihn durchschaut, ahnte, was er tun wollte. Es wäre so viel leichter gewesen, heimlich zu gehen. Er hätte längst verschwinden sollen.

»Dravo, ich muss gehen«, erklärte Arlyn mit belegter Stimme, konnte noch immer kaum atmen. »Ich kann nicht bleiben. Er wird mich finden. Er wird dich finden und das werde ich nicht zulassen.« Entschlossenheit sprach aus seinen Worten und er sah Dravo direkt an, wusste, dass er in ihm las, wie in einem offenen Buch.

»Du wirst nicht gehen.« Scharf kam jedes Wort über Dravos Lippen, die Augen waren zu schmalen Schlitzen verengt. Es hätte Arlyn zu früheren Zeiten verängstigt, ihn auf diese Weise zu sehen. Längst nicht mehr, dazu kannte er Dravo zu gut. Dessen Aggressivität richtete sich nicht gegen ihn. Dravo war impulsiv, mitunter unbeherrscht, jedoch nicht gegen den Mann, den er liebte.

»Ich muss zurück, ich muss ins Freie Land«, fuhr Arlyn drängender fort. »Ich muss herausfinden, was aus ihnen geworden ist.«

»Nein!« Wie ein kaltes Messer durchschnitt Dravos Befehl die Luft und er packte Arlyn noch härter. »Das werde ich nicht zulassen.«

Arlyn spürte plötzlich die Wucht seiner Gefühle, die eisige Furcht, die Dravos Körper durchzog, die wilde Panik, ihn zu verlieren.

»Das ist Wahnsinn. Alleine kannst du nichts ausrichten. Ich lasse dich nicht gehen.« Dravo holte durch die Nase tief Luft und lockerte seinen Griff und entließ sie schnaubend »Du wirst nirgends ohne mich hingehen.«

»Du kannst nicht von hier fort«, wandte Arlyn sofort ein. »Dies ist deine Heimat, das gesegnete Land.«

»Dieses Land bedeutet mir nichts.« Mit einer verächtlichen Geste unterstrich Dravo seine Worte, legte die linke Hand weich an seine Wange. »Du bedeutest mir alles. Ich könnte nicht ohne dich leben, nie wieder. Ich werde dich nicht gehen lassen. Nicht alleine.«

Mehrere Lidschläge lang sahen sie sich an. Entschlossenheit in jedem von ihnen. Arlyns Herzschlag verlangsamte sich. Neben der furchtbaren

Kälte glomm der warme Funke von Dravos Liebe, wurde zu einer Flamme, die immer heller strahlte.

»Ich will dich nicht sterben sehen«, flüsterte Arlyn, umfasste sein Gesicht. »Das könnte ich nicht ertragen. Du bist alles, was ich habe, alles für das es sich zu leben lohnt. Ich werde nicht zulassen, dass dir etwas geschieht.«

Dravo lächelte, ließ sich von ihm küssen. »Dann werden wir eben sehr gut aufeinander aufpassen müssen.« Obwohl er wusste, dass es aussichtslos war, versuchte Arlyn einzuwenden: »Farjin hat es auf mich abgesehen. Wenn ich gehe, wird er dich und dieses Land nicht angreifen. Du wärst sicher. Er will nur mich.«

»Sicher und alleine und gebrochen. Ich habe einmal einen Menschen verloren, den ich liebte. Niemals wieder.« Dravo wischte den Einwand mit einer zusätzlichen Geste fort. »Denkst du, ich hätte einen einzigen ruhigen Moment, wenn du nicht an meiner Seite bist?« Seufzend fuhren seine Finger durch Arlyns Haare. »Mein Leben gehört dir und niemandem sonst. Ich werde mit dir gehen, und glaube nicht, ich würde es nicht bemerken, wenn du dich heimlich davon stehlen würdest. Ich würde dich finden. Überall. Dazu braucht es kein Numion.«

Unwillkürlich musste Arlyn lächeln. Er traute Dravo zu, seiner Spur zu folgen und ihn zu finden. Ihr Band war derart eng. Damit würde er sich jedoch erst recht in Gefahr bringen. Er hatte keine Wahl. Dravo würde mit ihm gehen.

»Mein Vater wird sterben. Die Heiler geben ihm höchstens noch ein paar Tage. So lange werde ich hier bleiben müssen«, erklärte Dravo, atmete aus und versuchte zu lächeln. »Derweil werden wir alles vorbereiten. Die Reise ins Freie Land können wir nicht ohne Proviant und Ausrüstung unternehmen. Ich werde Rahj einweihen müssen, aber niemanden sonst. Nach der Krönung werden wir inmitten der Feierlichkeiten verschwinden und damit vielleicht sogar Rahj einen Gefallen tun.«

»Du meinst wegen mir?«, vermutete Arlyn und ergänzte traurig: »Sie fürchten mich. Meine Magie.«

»Die Menschen Fenjarns fürchten, was sie nicht verstehen. Magie ist mit den Legenden des Nordens enger verbunden als mit unseren. Du hast gezeigt, was du vermagst und diese gewaltige Macht ist erschreckend. Zwar werden einige der Häuser und vielleicht auch unsere Feinde außerhalb Fenjarns sich zukünftig gut überlegen, Rahj anzugreifen, allerdings ist keine Herrschaft gut, die auf Furcht basiert. Sie fordert unweigerlich Widerstand und den kann Rahj derzeit nicht gebrauchen.«

»Legenden …« Arlyn seufzte, beschloss jedoch, Dravo nichts von dem zu erzählen, was ihm Odir berichtet hatte. »Wann musst du nach Trandfil zurückkehren?«

»Gegen Nachmittag oder Abend vielleicht«, gab Dravo zurück, löste sich und kehrte an den Tisch zurück. »Wenn ich sicher bin, dass du nicht ohne mich verschwinden wirst. Und wenn ich dich ans Bett fesseln muss. Und wenn du etwas gegessen hast.« Er hob ein Gebäckstück an und grinste spitzbübisch, auch wenn die Augen einen gewissen Ernst beibehielten. »Notfalls werde ich dich füttern müssen, Kles. Wir werden beide Kraft brauchen für unsere Reise in den Norden.«

101 Kapitel

König von Fenjarn

Dravo fühlte sich nutzlos und überflüssig. Es gab nichts, was er tun konnte, weder Rahj helfen, noch ihrem Vater, der dem Tod entgegendämmerte. Und am allerwenigsten seiner Mutter, die für ihn ohnehin keinen Blick übrig hatte.

Wenn er bei seinem Vater Wache hielt, beobachtete er sie oft heimlich. Sie rührte sich nicht von der Seite ihres Mannes. Gelegentlich schlief sie ein, doch stets hielt sie dabei seine Hand. Ihr Gesicht war grau, Leid und Hoffnungslosigkeit gruben immer tiefere Linien in ihre Züge. Längst schon hatte sie keine Tränen mehr. Einzig Rahjs Anwesenheit riss sie aus ihrer Lethargie, wenn er sie sanft dazu überredete, zu essen, etwas zu trinken.

In der Zeit, die Rahj am Sterbebett ihres Vaters wachte, wanderte Dravo ohne Ziel durch die Gebäude und Gärten. Überall redeten die Diener leise und gedämpft, bewegten sich, als ob niemand sie sehen solle. Dunkle Schatten lagen über ganz Fenjarn. Alle erwarteten mit Bangen den Tod des Herrschers.

Dravo schämte sich, doch er fühlte sich genervt. Jeder Augenblick der verging, hielt ihn von Arlyn fern, von dem, was vor ihnen lag. Die Unruhe hatte ihn ergriffen und gelegentlich fürchtete er, Arlyn würde entgegen seiner Beteuerung doch alleine gehen. Ab und an nutzte er die Schnelligkeit seines Pferdes, um zu ihm zu gelangen, ihn wenigstens kurz in die Arme zu schließen, Kinsan und den anderen Dienern Anweisungen zu geben, eher er wieder nach Trandfil zurück preschte.

Rahj hatte zustimmend genickt, als Dravo ihm von ihren Plänen berichtete.

»Ich werde einen Botenreiter entsenden, der herausfinden soll, wo jener Hof im Freien Land liegt«, hatte er erklärt. »Ihr werdet alle Informationen erhalten, die ihr benötigt, wenn ihr die Grenze Fenjarns überquert. Es gibt ein Gasthaus, dessen Wirt absolut vertrauenswürdig ist. Dort wird einer meiner Männer euch erwarten. Niemand wird erfahren, wann und wohin ihr verschwunden seid.« Rahj hatte geseufzt und seinen Bruder fest an den Schultern gepackt. »Ich wünschte, ich könnte euch begleiten, euch mehr Schutz geben. Ich möchte weder dich noch Arlyn verlieren. Aber ich sehe auch keinen anderen Weg, die Gefahr von Fenjarn abzuwenden.«

Rahj hatte genug andere Sorgen und Probleme zu bewältigen. Neben dem Aufruhr unter den Häusern Fenjarns, die der Verrat bewirkt hatte, gab es auch noch Unruhen an den Grenzen zu Saapal, seit die Nachricht vom baldigen Tod des Königs auch an Ohren gedrungen war, die es besser nicht erfahren hätten. Ein Land ohne Herrscher war schwach und je länger ihr König lebte, ohne jedoch herrschen zu können, desto unsicherer wurden die Menschen. Keiner wusste, ob Rahj all dem gewachsen war, ob das Land sicher unter seiner Herrschaft war oder im Chaos untergehen würde.

Während Dravo im Morgenlicht aufgewühlt durch den Garten schritt und keinen Blick für dessen Schönheit hatte, wurden in der Residenz bereits alle Vorbereitungen für die Krönungszeremonie getroffen. Fenjarn brauchte einen starken Herrscher. So schnell wie möglich.

Dravo verhielt an einem kleinen Teich und warf wuchtig Steine hinein, sodass das Wasser aufspritzte, wie er es als Kind gerne getan hatte. Auch für ihren Aufbruch wurden bereits Vorkehrungen getroffen. Von den Dienern hatte Rahj nur Kinsan eingeweiht, der sich rasch erholte. Es war ein seltsames Gefühl, seine Heimat, das Land zu verlassen, welches ihm gehörte und welches er nun vollständig an seinen Bruder abgeben würde. Da war kein Bedauern, denn Dravos Gedanken galten viel mehr Arlyn und dessen Schicksal.

Dravo hasste die Warterei, die Tatenlosigkeit, hasste sich für seine Gedanken, die immer wieder um Arlyn kreisten und um Farjin. Er wollte reiten, Läufe hinter sich bringen, Arlyn fortbringen, dorthin, wo er sicher sein konnte. Auch wenn es einen solchen Ort nicht gab.

Die Zeit zwischen den Wachen am Bett seines Vaters hatte er zudem genutzt, um sämtliche Berichte Rahjs über die Magie des Nordens zu lesen, doch es war nicht viel Nützliches dabei gewesen. Es gab andere Magiebegabte und viele Gerüchte über deren Fähigkeiten. Wenn sie in den Norden reisten, würden ihr Weg sie hoffentlich zu einem von ihnen führen. Vielleicht gab es einen Funken Hoffnung.

Dravo unterbrach seine Grübeleien und nickte einer jungen Frau und deren Mann zu, die mit ernstem Gesicht an ihm vorbeigingen. Zur

Krönungszeremonie reisten sie alle an, die Larns und Laranas. Alle warteten auf den Tod seines Vaters. Und bedachten ihn daher mit ausgesuchter Freundlichkeit. Dabei war er nur eine weitere Figur, die Krone austauschbar und er würde rasch ersetzt werden.

Seufzend begab er sich zurück ins Haus, legte sich auf sein Bett und starrte an die verzierte Decke. Sein Leben würde sich nun also völlig ändern. Vor ihm lag ein Pfad, dessen Ende er nicht erkennen konnte, von dessen Verlauf er nicht einmal die Hälfte erahnte. Er kannte nur den Mann, den er begleiten wollte, gleich wohin es gehen würde. Den Mann, für den er bereit war, alles aufzugeben. Wenn seine Liebe nur stark genug war, um Arlyn zu schützen, wenn er selbst nur stark genug sein könnte ...

Entgegen der Prognose der Heiler dauerte es vier Tage, bis die Götter Karalk dun nan Fenjarn in den frühen Morgenstunden zu sich kommen ließen. Dravo hielt Wache am Lager, als der rasselnde, unregelmäßige Atem des Königs ganz aussetzte. Sofort trat einer der Heiler hinzu, die ebenso beständig Wache hielten. Die Finger tasteten routiniert nach dem Hals des Königs, während die Königin bange zuschaute, die schmalen Lippen blutleer und bebend. Bedächtig schüttelte der Heiler den Kopf und zog sich zurück, gab einem Diener den Auftrag, Rahj zu verständigen.

Dravos Mutter sagte keinen Ton, keine Träne wollte ihr entkommen. Sie erhob sich schwankend und Dravo war versucht, sie zu stützen, doch sie wehrte seinen Griff hastig ab und tastete nach der anderen Hand ihres Mannes. Mit steifen Bewegungen faltete sie beide Hände vor der Brust. Erst danach entkam ihr ein trockenes Schluchzen und sie sank zurück in den Sessel, vergrub ihr Gesicht in den Händen.

Dravo stand wie erstarrt und betrachtete das wächserne Gesicht des Toten. Er empfand ... nichts, fühlte sich leer und kalt. Dieser Mann war sein Vater gewesen, derjenige, der ihn aufgezogen, der ihm sein erstes Pferd geschenkt, sich über Dravos ersten gewonnen Schwertkampf gefreut hatte. Derselbe Mann, der ihn geschlagen hatte, der ihm seinen Geliebten genommen, durch dessen Grausamkeit dieser zu Tode gekommen war, der Mann, der auch Arlyn abgelehnt hatte.

Dravo konnte sich nicht rühren. Erst als Rahj in den Raum kam und sich am Bett seines Vaters niederkniete, tat Dravo es ihm auf der anderen Seite gleich. Die rituellen Worte kamen ihm synchron mit Rahj über die Lippen, ohne, dass sie sich ansahen. Dravo bemerkte erst, dass seine Hände zitterten, als er die Kette vom Hals seines Vaters löste und ihm das Symbol Fenjarns aus den Fingern zu gleiten drohte. Er nahm das Schmuckstück an sich und streifte es sich mit einem eigentümlich angewiderten Gefühl über. Ab diesem Moment, bis zur Krönungszeremonie, war er der rechtmäßige Herrscher Fenjarns, der König des gesegneten Landes.

Das silberne Symbol lag schwer an seinem Hals, nicht zu vergleichen jedoch mit der Schwere der Bürde dieser Regentschaft.

Sein Blick richtete sich auf Rahj, der ihn unverwandt ansah und dann ehrerbietig das Haupt neigte. Wortlos erhob sich Dravo, trat um das Bett herum und legte die Hand auf die Schulter seines knienden Bruders. Auch seine Mutter, ließ sich mit starrem Gesicht vor ihm auf die Knie sinken, sah ihn hingegen nicht an. Es fiel Dravo ungleich schwerer, sie zu berühren. Die Frau, die ihn geboren, von der er keine Liebe erfahren hatte. Aber sie hatte seinen Vater geliebt und war bei ihm geblieben, bis zu seinem Tod. Er musste ihr Respekt zollen.

»Bereitet die Zeremonie vor«, befahl Dravo mit rauer Stimme. »Fenjarn braucht einen König und ich bin es nicht.«

~ * ~

Dunkelgrüne Vorhänge sperrten das Licht eines wundervollen Tages aus und erzeugten eine gedämpfte, düstere Stimmung im großen Saal. Unzählige Fackeln und Kerzen beleuchteten die Wände und die Menschen, die sich versammelt hatten. Sie alle trugen für die Zeremonie das dunkle Grün Fenjarns ohne ihre eigenen Farben zu zeigen.

Stocksteif saß Dravo auf dem Thron, kam sich deplatziert vor und wünschte sich weit weg. Der Reihe nach traten die Larns und Laranas vor ihn, beugten die Knie, um ihm Respekt zu zollen. Ein unpassendes schadenfrohes Lachen tanzte in Dravos Kehle auf und ab. Sobald Rahj gekrönt worden war, würden sie allesamt noch einmal vor ihrem neuen König knien müssen. Eine endlos erscheinende Prozession. Zum Glück war er dann schon weg.

Rahj war natürlich der erste gewesen, der vor ihm gekniet hatte, gefolgt von den Familien der anderen adeligen Häuser. Aus dem Hause Olvirm, Rangols Haus war lediglich der Sohn seines Bruders erschienen, denn auch Rangols Bruder und dessen Frau waren in den Verrat verwickelt gewesen und man hatte sie gefangen genommen. Der schwarzhaarige Junge, gerade einmal im dritten Alter, trat blass und unsicher vor Dravo und wagte es nicht, ihn anzusehen. Deutlich konnte er das Zittern der schmalen Hände erkennen.

Auf diesem Kind ruhte nun die Verantwortung für die großen Ländereien, das zweite Haus Fenjarns, die Macht und die Schmach des Verrats.

Götter, der Junge tat ihm leid. Ob Rahj sich um ihn kümmern würde? Gewiss hatte er schon Pläne geschmiedet. Wenn es ihm gelang, die Freundschaft des Jungen anstatt seiner Feindschaft zu erringen … Ah, das waren zum Glück nicht länger seine Probleme.

Larn Drabuk aus dem Hause Hlumj legte das rituelle Schwert seines Hauses der Krieger und Wächter zu Dravos Füßen. Bald schon würde das Blut der Verräter an der breiten Klinge hinabfließen. Ein paar der Larns aus den niedrigeren Häusern fehlten. Die Hlumjah, die Wächter und Henker des Königs, hatten gnadenlos all jene gefangengenommen und gejagt, die auch nur entfernt im Zusammenhang mit dem Verrat standen. Dravo war unendlich dankbar, dass er längst weit fort sein würde, wenn diese ihr blutiges Handwerk ausüben würden. Rahj war wahrlich nicht zu beneiden.

Nachdem der letzte Adelige Dravo seinen Respekt bezeugt hatte, trat Rahj erneut vor Dravo und überreichte ihm eine Schale mit Erde. Dunkel und feucht war diese, fruchtbare Erde aus dem Glairom ihl Hitkal, die Grundlage ihres Reichtums und ihrer Macht.

Dravo erhob sich. Er wusste, was zu tun war, der Zeremonienmeister hatte ihn bis ins kleinste Detail instruiert. Bei der Krönung seines Vaters war er noch nicht geboren gewesen. Auch Rahjs Söhne, so er denn irgendwann eine Frau fand, würden den Ablauf der Zeremonie nur aus Erzählungen kennenlernen.

Vorsichtig stellte Dravo die Schale auf den kleinen Tisch neben den Thron und ergriff das schmale Ritualmesser. Aberglaube, schoss es ihm rebellisch durch den Kopf. Wir alle führen Rituale durch, an deren Wirksamkeit die meisten von uns gar nicht mehr glauben. Der Verrat hatte es bewiesen. Dennoch führte er das Messer an seinen Arm und ritzte die Haut. Blut sickerte aus dem feinen Schnitt, floss über seine sonnengebräunte Haut und er drehte den Arm, damit es in die Schale fiel.

Der Saal war vollkommen still, jeder beobachtete gebannt wie Tropfen um Tropfen in der Erde verschwand. Dravo tat nichts, um die Blutung zu stoppen. Die Götter würden es tun, wenn sie satt waren, wenn dem Ritual genüge getan war. Der Schmerz war nur ein leichtes Brennen und die dünne Linie würde sich bald schließen und verheilen. Diese Erde würde heute doppelt gesättigt werden vom heiligen Blut.

Endlich war das Blut auf seinem Arm geronnen, bildete eine rotbräunliche Spur. Dravo hob die Schale hoch und wandte sich um. Rahj kniete sich vor ihn, den Kopf tief gesenkt. Einzig die harte Linie des Nackens und der Schultern bewies Dravo, wie angespannt er war.

Der Zeremonienmeister, der seitlich hinter dem Thron gestanden hatte, trat wieder vor und nahm ihm die Schale aus den Händen. Erneut nahm Dravo auf dem Thron Platz, erleichtert, dass es bald vorbei sein würde.

Auf der letzten Stufe vor dem Thron setzte der Zeremonienmeister die Schale ab, direkt vor Dravos Füßen. Er erhob sich fließend und nahm drei getrocknete Blumen aus einer weiteren Schale und reichte sie ihm ehrfürchtig.

Der Duft vergangener Blüte umgab die drei Pflanzen und Dravo murmelte in Gedanken ihre Namen. Stundenlang hatte er als Kind im Lehrzimmer gesessen und die Pflanzen der adeligen Häuser auswendig gelernt.

Gelbköpfchen, grüne Grauraute und rotes Alimliebchen, die Farben Fenjarns. Behutsam legte er sie in die Erdschale. Der Zeremonienmeister nickte kaum merklich und reichte ihm seine eigenen Farben: Die eher unscheinbare Grünkrone, aus deren langen Stängeln wertvolles Futter für die Pferde gewonnen wurde und die nach Honig duftenden weißen Blüten des Himmelsdorns. Anschließend erhob sich Rahj, streckte die Hand aus und legte einen weiteren Stängel Grünkrone und die rote Baumranke in die Schale, die Pflanzen des Hauses Asolt. Er trat zur Seite und nacheinander legten die Vertreter der Häuser ihre Pflanzen in die Schale.

Dravo rief sich jeden Namen ins Gedächtnis, während die dunkle Erde unter den getrockneten Blüten verschwand. Pflanzen Fenjarns, die auf der gesegneten Erde wuchsen, getränkt vom Blut seiner Vorfahren und nun auch dem seinen. Die Erde würde nach der Zeremonie getrocknet werden, bis sie nur noch Staub war und dann vom höchsten Turm Trandfils aus mit den Winden in alle Bereiche Fenjarns verteilt werden.

Nachdem Larn Aiand aus dem Hause Maircro die blauen Blüten des Wasserspiegels und das hellgelbe Streichgras in die Schale gelegt hatte, hob der Zeremonienmeister die Schale an und präsentierte sie den wartenden Adeligen.

»König Fenjarns«, rief er. Die Stimme hallte durch den großen Saal, erreicht jeden Winkel. »Die Götter nehmen das Blut des Hauses Fenjarn in ihre Erde auf. Sie geben uns ihren Reichtum. Gesegnet sei dieses Land und sein König Dravo dun nan Fenjarn.« Der Name wurde aufgenommen, gemurmelt, zu einem Singsang verwoben, der durch den Saal schwappte wie träges Wasser. Jeder Larn, jede Larana, jedes Kind, sogar die Diener an den Türen wiederholten ihn, akzeptierten und priesen den neuen König ihres Landes.

Es war ein seltsamer Moment von Erhabenheit, als ob Dravo wirklich über ihnen stehen würde, etwas anderes, als ein ganz gewöhnlicher Mensch war. Genau hiernach hatte Rangol gestrebt, den Verstand verloren und bald auch sein Leben. Wie lächerlich das doch war.

Der Zeremonienmeister machte eine verstohlene Geste und Dravo erhob sich hastig, um die Bestätigung entgegenzunehmen. Sein Hals war trocken und das Herz klopfte ihm hoch oben in selbigem. Er war nun also der König dieses Landes, einer der mächtigsten Männer ihrer Welt. In seiner Hand lag das Schicksal und das Wohl vieler tausend Menschen. Für einen winzigen Moment spürte er die gewaltige Versuchung dieser Macht und musste lächeln. Nein, er wünschte sie sich nicht, diese Blicke voller Ehrfurcht oder Neid. Noch immer lächelnd neigte er den Kopf und machte eine Geste mit der Hand. Augenblicklich verstummte der Singsang. Ohne den Zeremonienmeister eines weiteren Blickes zu würdigen, griff Dravo nach der Kette um seinen Hals und streifte sich das Symbol Fenjarns ab. Mit der anderen Hand packte er Rahj an der Schulter und zog ihn etwas zu grob zu sich heran. Perplex runzelte Rahj die Stirn, denn nach den Vorgaben der Zeremonie hätte er ihm vor sich kniend die Kette und Schale übergeben sollen.

»Volk von Fenjarn, Larns, Laranas, Vertreter der Häuser«, begann Dravo, traf die richtige Lautstärke, um den Saal zu füllen. »Dieses Land ist von den Göttern gesegnet worden, ihr alle, die darin lebt, wisst das. Ihr wisst auch, dass es einen Herrscher braucht, der dieses Geschenk bewahren kann und es an seine Nachkommen weitergeben wird.« Er machte eine kleine Pause und konnte sich ein Schmunzeln nicht verkneifen. »Ich werde nicht dieser Herrscher sein. Meinen Lenden werden keine Kinder entspringen, ich kann den Auftrag der Götter nicht erfüllen. Mein Vater wusste es schon lange, die meisten von Euch ebenso, auch wenn Ohren und Augen dergleichen natürlich nie offiziell vernommen haben. Meine Liebe, mein Herz, mein Leben gehört einem anderen Mann.« Aufgeregtes Gemurmel erfüllte den Saal.

Heuchler, dachte Dravo bei sich. Ihr alle habt es gewusst, aber es direkt gesagt zu bekommen, schockt euch? Nun lebt damit.

»Dieses Land verdient einen anderen Herrscher. Es ist mein Wunsch und war der meines Vaters, dass diese Herrschaft an meinen Bruder Rahj geht. Er wird Euch ein viel besserer König sein. Ein Mann, der mit Worten ebenso umzugehen weiß, wie mit einem Schwert.« Ohne auf das Ritual zu achten, streifte Dravo seinem überraschten Bruder die Kette über und schob ihn nach vorne.

»Bitteschön, jetzt darfst du das ganze noch einmal durchmachen«, raunte Dravo ihm höhnisch zu. Rahj verzog kaum merklich den Mund und ließ sich von Dravo auf den Thron drücken. Augenblicklich winkte Dravo den irritiert dreinschauenden Zeremonienmeister herbei und nahm ihm die Schale ab. Er nahm das Messer und schob Rahj eigenhändig den Ärmel hoch.

»Keine Sorge, ich habe Übung darin«, flüsterte er seinem Bruder zu und schnitt auch schon in dessen Haut. Rahj gab keinen Laut von sich, ließ nicht erkennen, was er dachte. Dravo legte das Messer zur Seite und positionierte Rahjs Arm über der mit Erde und Blumen gefüllten Schale.

»Den Teil hast du jetzt schon mal abgekürzt«, raunte er Rahj mit einem weiteren Schmunzeln zu, während dessen Blut auf die getrockneten Pflanzen tropfte und sich den Weg hinunter zu der Erde suchte.

Mit einem zufriedenen Seufzen zog sich Dravo in die Schatten neben dem Thron zurück und als endlich der Zeremonienmeister den neuen König Fenjarns, Rahj dun nan Fenjarn ausrief, lag ein höchst zufriedenes Lächeln auf seinen Lippen. Er war frei. Endlich wirklich frei.

102. Kapitel

Aufbruch

Arlyn zog sich die Kapuze tiefer ins Gesicht und sah sich verstohlen um. Keiner der eifrig hin- und hereilenden Stallburschen oder Diener beachtete ihn, er war scheinbar nur einer von ihnen, dessen Herr ihm den Auftrag gegeben hatte, im Stall bei den Pferden zu warten, bis die Zeremonie vorbei war. Die einfache Kleidung war eine gute Tarnung, ebenso wie der Kapuzenumhang, der sein Gesicht den Blicken entzog. Die Haare waren dunkel gefärbt worden, damit er noch weniger auffiel. Die helle Haut hingegen ließ sich nur mit langärmeliger Kleidung verbergen.

Es war eigentümlich ungewohnt, nicht beachtet zu werden. Nichtsdestotrotz fühlte er sich beobachtet. Jedoch von Augen und mit Sinnen, die nur er wahrnahm. Odir war nicht hier, denn er hatte seine Position als Rahjs Leibwächter eingenommen. Nicht mehr lange und Fenjarn würde mit Rahj einen neuen König haben.

Arlyn war sehr froh, dass Odir fortan bei ihm sein würde. Der Ksaradar würde seinen Eid halten, seine Ehre war an Rahj gebunden, dessen war sich Arlyn absolut sicher. Rahj würde jemanden brauchen, dem er absolut vertrauen konnte. Der Steppenkrieger konnte ihm den Schutz bieten, den er benötigen würde, alleine seine Anwesenheit würde potentielle Attentäter verschrecken. Odirs Nähe bedeutete Sicherheit.

Nichtsdestotrotz war Arlyn auch erleichtert, sich nicht mehr unter der Beobachtung der schwarzen Augen zu wissen. Nervös spielten seine Finger in der Mähne des kleinen Schimmels, der sogleich den Hals lang machte und ihn aufforderte, ihn an eben jener Stelle intensiver zu kraulen. Arlyn lächelte und kam der Aufforderung nur zu gerne nach. Bewundernd strich die andere Hand über das seidige Fell und die sehnigen Muskeln. Nur zu gut erinnerte er sich daran, wie der kleine graue Schimmel alle anderen Pferde hinter sich gelassen hatte. Nun gehörte Sjdov ihm. Dravo und er würden mit zwei Reitpferden und einem Packpferd nach Norden aufbrechen.

Kinsan hatte selbstverständlich heftig protestiert, als Dravo ihn von ihren Plänen in Kenntnis gesetzt hatte und auch dagegen aufbegehrt, dass sie alleine reisen würden. Es hatte ein Machtwort von Dravo benötigt, um den Diener davon abzubringen, mit ihnen zu reisen. Zwar hatte er sich vollständig von seinen Verletzungen erholt, auch wenn er bis heute nicht wirklich wusste, was in der Senke genau geschehen war, seine Gegenwart würde ihre Reise jedoch zu auffällig machen.

»Ich werde nicht als Dravo dun nan Drinju reisen«, hatte dieser klargemacht. »Ich werde als einfacher Mann in der Gesellschaft eines Freundes reisen. Mein Gesicht ist bekannt genug, um es uns schwer zu machen. Ich benötige gewiss keinen übereifrigen Diener, der bereits im ersten Gasthaus durch das Aufhalten der Tür meine Tarnung auffliegen lässt. Du brauchst mich nicht so empört anzusehen, Kinsan. Ganz genau das würde passieren.« Der Diener hatte aufgebracht geschnaubt, sich letztlich jedoch geschlagen geben müssen. Umso sorgfältiger hatte er ihre Ausrüstung ausgewählt und selbst das Packen überwacht.

»Ich werde Fenjil selbstverständlich verwalten, bis ihr beide heimkehrt«, hatte Kinsan zum Abschluss verlauten lassen, jedes Wort voll Überzeugung, dass sie wirklich zurückkommen würden. Niemand von ihnen hatte es übers Herz gebracht, ihm diesen Glauben zu nehmen.

Ohnehin würde es eine sehr lange Reise mit vielen unbekannten Faktoren werden. Zwar hatten sie alles sorgfältig durchdacht und mit Rahjs Hilfe würde die Reise recht leicht werden, es blieb indes ein gewagtes Unternehmen. Dravo war noch nie zuvor außerhalb der Grenzen Fenjarns gewesen, entsprechend neugierig, ja abenteuerlustig war er bei der Planung gewesen. Die gespannte Vorfreude auf ihre Reise hatte ihn auch von dem schleichenden Tod seines Vaters abgelenkt. Wenig hatten er und Arlyn in den letzten Tagen einander gesehen oder gesprochen. Geraubte Momente, flüchtige Berührungen, viel zu hastige Küsse. Arlyn spürte daher eine gewisse Genugtuung, dass er in den nächsten Wochen ständig in Dravos Gesellschaft sein durfte.

Gen Norden, zurück ins Freie Land.

Sein Herz hüpfte freudig und ängstlich zugleich, wenn er daran dachte, was er vorfinden würde. Farjins Präsenz war stets nur vage zu spüren. Entweder war der Meistermagier zu weit weg oder er tarnte sich ebenso vor dem Zugriff, wie Arlyn es selbst versuchte. Ob weitere Numions auf seiner Spur waren, konnte Arlyn ebenso wenig feststellen. Er wollte sich auch nicht durch den Einsatz seiner Magie womöglich verraten. Schließlich wusste er nicht sicher, was Farjin von ihm wahrnahm.

Sjdov brummelte leise und rieb die Nase an Dravos Pferd in der Nebenbox, ein großer Brauner, der auf den Namen Rahrd hörte. Das Packpferd daneben fraß ungerührt sein Heu.

Arlyn seufzte und lehnte sich an die Boxenwand zurück. Er wusste nicht, wie lange er noch warten musste, bis Dravo kommen würde. Seit dem Morgen hatte er ihn nicht mehr gesehen, als dieser in der Kutsche nach Trandfil gereist war. Erst einige Zeit später war Arlyn mit Odir zusammen aufgebrochen. In der großen Menge der ankommenden Larns und ihrer Diener waren sie beide nicht aufgefallen.

Arlyn bedauerte es sehr, dass er sich nicht noch einmal direkt von Rahj verabschieden konnte, dem es nicht gelingen würde, sich nach der Zeremonie unbemerkt davonzuschleichen. Er bedauerte auch, dieses Land zu verlassen. Fenjarn war ihm zu einer neuen Heimat geworden, dessen viele Facetten er zu lieben gelernt hatte. Für eine lange Zeit hatte er sich sicher gefühlt an Dravos Seite. Ein Trugschluss, denn er war nirgends sicher. Nicht, solange Farjin auf der Suche nach ihm war.

Hastig vertrieb er die dunklen Gedanken und beobachtete lächelnd Sjdov und Rahrd, die sich eine freundschaftliche Kabbelei lieferten und versuchten, einander in die Nüstern zu zwicken.

»Sie mögen sich genau so sehr, wie ihre Besitzer«, vernahm er eine vertraute Stimme hinter sich und fuhr überrascht herum. In der Stallgasse stand Dravo und schmunzelte. Er hatte das Gesicht ebenfalls unter einem Kapuzenmantel verborgen und trug einfache, unauffällige Kleidung. Seine Gestalt war Arlyn allerdings viel zu vertraut, um auch nur einen Moment zu zweifeln. Erleichtert entließ Arlyn den Atem und trat hastig aus der Box auf die Stallgasse. Flüchtig sah er sich um. Sie waren alleine, die Stallburschen woanders beschäftigt. Rasch schlang er die Arme um Dravo und drückte sich an ihn. Der vertraute Duft, das herrliche Gefühl, sich an ihn zu schmiegen, streichelten seine Sinne. In Dravos Nähe kamen die finsteren Gedanken stets zuverlässig zur Ruhe.

Dravo erwiderte seine Umarmung, schob ihn jedoch rasch von sich. »Lass uns aufbrechen. Ohne fremde Augen ringsum werde ich mich deutlich wohler fühlen.«

Arlyn nickte und machte sich daran, Sjdov zu satteln. Der kleine Schimmel drängelte ungeduldig zur Tür, freute sich offensichtlich darauf, die

Beine strecken zu dürfen. Seit dem Cialk war er nicht genügend bewegt worden, Arlyn hatte seine Lauffreude bereits am Morgen auf dem Weg nach Trandfil zu spüren bekommen. Es würde ihm gut tun, sich endlich wieder ausgiebig strecken zu dürfen. Ihre schnellen Pferde würden die Reise gen Norden erheblich kürzer werden lassen als seine Reise als Sklave es gewesen war.

Schweigend sattelten sie die Pferde und führten sie hinaus auf den Hof. Kaum jemand beachtete sie, ein jeder ging seinen Pflichten nach. Dravo nahm das Packpferd am Zügel und sie ritten davon.

Nicht ein Mal sah Dravo zurück.

~ * ~

Es war ein seltsames Gefühl, durch das Land zu reiten und zu wissen, dass er es womöglich nicht wiedersehen würde. Was Dravo im Norden erwarten würde, davon hatte er kaum eine Vorstellung. Nicht ob sie tatsächlich den abgelegenen Hof finden würden, auf dem Arlyn gelebt hatte, nicht, ob Farjin sie zwischenzeitlich stellen, und ebenso wenig, ob er dies alles überleben würde. Es war leichter, gar nicht so weit vorauszudenken und sich lediglich auf den jeweiligen Abschnitt ihrer Reise zu konzentrieren.

Der betörende Duft verschiedener Blumen lag in der Luft, die im Glairom ihl Hitkal zahlreich wuchsen. Wie viele von ihnen hatte er in die Schale gelegt. Dies war wahrlich ein gesegnetes Land. Nun Rahjs Land.

Sie hatten sich lange vor der Zeremonie voneinander verabschiedet. Keinem von ihnen war es leicht gefallen. Zu viele Erlebnisse banden sie aneinander, ihre Liebe zueinander war stets die große Konstante ihrer Jugend gewesen.

»Achte gut auf deinen Arlyn«, murmelte Rahj, dessen Augen glänzten, umarmte ihn noch einmal. »Ich wünschte, ich würde irgendwann eine Frau finden, die mir in ebensolcher Liebe zugetan ist.«

»Das wirst du, weil du ebenso liebenswert bist, kleiner Bruder«, flüsterte Dravo mit brennenden Augen zurück, musste an seine Mutter denken, deren Liebe zweifelsohne ihrem Mann gegolten hatte. Sein Tod hatte sie schwer getroffen und sie war nur noch ein Schatten ihrer selbst.

»Wenn ihr beide zur Geburt meines ersten Sohnes nicht zu Besuch kommt, werde ich dir das nie verzeihen.« Ganz fest drückte Rahj ihn, schien nicht gewillt, ihn je gehen zu lassen.

»Lass es uns wissen und wir reiten zurück, so schnell wir können.« Lächelnd drückte Dravo ihn zurück, strich ihm die Haare aus dem Gesicht und klemmte sie hinter die Ohren. Eine Geste, die er unzählige Male gemacht hatte, als Rahj noch kleiner gewesen war. Zum letzten Mal.

»Du wirst mir so sehr fehlen, großer Bruder.«

Oh ja, auch er würde ihn schmerzlich vermissen.

Rahj hatte Dravo alle Informationen und Kontakte mitgeteilt, die ihnen ihre Reise in den Norden erleichtern würden. Dravo war reichlich erstaunt gewesen, wie gut das Informationsnetzwerk seines Bruders funktionierte, wie viele Beziehungen er aufgebaut hatte. Sie würden unterwegs keine Not leiden müssen.

Ihre Pferde waren frisch und gingen energisch vorwärts, sodass sie gut voran kamen. Am frühen Nachmittag rasteten sie an einem kleinen Gewässer, an dessen Ufer sie die Pferde tränken konnten und den Vorräten gut zusprachen. Zumindest solange sie noch in Fenjarn waren, war es leicht ein Gasthaus zu finden, wo sie Unterkunft und Verpflegung bekommen konnten. Laut Rahjs Informationen, die er von einigen Händlern, die regelmäßig zwischen dem Norden und dem Süden reisten, erhalten hatte, würde es entlang der großen Handelsstraße auch weiterhin nicht schwer sein, Gasthäuser zu finden. Solange man genügend Gold bei sich hatte oder entsprechende Männer vor Ort kannte.

Dravo war nicht wohl bei dem Gedanken gewesen, mit viel Gold zu reisen und Rahj hatte ihm zugestimmt. Seine Vertrauten würden es möglich machen, dass die Bezahlung geregelt wurde, ohne dass sich Dravo zu erkennen geben musste. In Fenjarn war die Gefahr weit größer, erkannt zu werden. Wenn sie erst die Grenze passiert hatten, würde es für ihn einfacher werden. Für Arlyn nicht.

Trotz der dunklen Haare strahlte er noch immer eine besondere Eleganz aus, die auch mit dem größeren und kräftigeren Erscheinungsbild nicht völlig nachgelassen hatte.

Spontan zog Dravo ihn zu sich heran und küsste ihn. Es tat so gut, endlich wieder vertraut miteinander umgehen zu können. Diese Reise bedeutete auch Freiheit von den Zwängen, ihre Liebe verbergen zu müssen. Zumindest, wenn sie alleine waren.

Gierig erwiderte Arlyn seinen Kuss, intensivierte diesen sofort. Die Finger gruben sich tief in Dravos Haare und er drängte sich energischer gegen ihn. Überrascht von dem plötzlichen Ungestüm, drückte ihn Dravo schmunzelnd zurück.

»Wir waren eindeutig zu lange voneinander getrennt«, bemerkte er, spürte ein warmes Ziehen sowohl im Herzen als auch in den Lenden.

»Waren wir«, erwiderte Arlyn atemlos und löste kurz entschlossen die Schnüre seines Hemdes. »Viel zu lange.«

Lachend ließ Dravo es zu, dass Arlyn sich fahrig seines Umhangs und Hemdes entledigte und sich umgehend auf seinen Schoss schob. Seine Lenden drückten sich verlangend gegen Dravos erwachende Erregung. Definitiv, sie waren zu lange voneinander getrennt gewesen und hungrig aufeinander.

»Ich möchte dich noch einmal spüren«, flüsterte Arlyn, die Stimme heiser vor Verlangen, die türkisen Augen verschleiert vor innerer Erregung. »Ich will dich in mir wissen.«

»Götter, du weißt schon, wie du mich überzeugen kannst«, wisperte Dravo heiser, seufzte glücklich ob der Reibung in seinem Schritt. Stöhnend lehnte er seinen Kopf zurück, bot Arlyn Hals und Kehle dar, der sich prompt mit immer gierigeren, heißeren Küssen vorarbeitete. Seine Finger bebten, während er die Verschnürung von Dravos Kleidung löste.

Hitze wallte in seinen Adern auf, sandte vertraute Impulse in den Unterleib, ließ seine Erektion rasch weiter anschwellen, überzog die Haut mit Schaudern. Es war ungewohnt, sich Arlyn passiv hinzugeben, ihm die Führung zu überlassen, dessen Hunger und Begierde nur zu offensichtlich war. Ungewohnt und zugleich äußerst erregend. Freudig staunend verfolgte Dravo, wie Arlyn sich über seine freigelegte Brust hermachte.

»Dein Hunger scheint sehr groß zu sein«, murmelte er, strich zärtlich durch Arlyns Haare.

»Weit größer, als du dir vorstellen kannst«, antwortete Arlyn atemlos, ließ die Zunge von unten durch den Nabel bis zur Brust gleiten.

»Dann verschlinge mich, ich bin bereit.« Dravos Atem beschleunigte sich, das Herz klopfte freudig erregt, als Arlyn durch den Stoff der Hose hindurch seine Erregung zu massieren begann. Wie wunderschön seine Haut schimmerte. Die Magie umgab sie beide mit dem feinen, vertrauten Glanz und Dravo strich darüber, beobachtete fasziniert, wie das Schimmern sich wassergleich fließend um ihre Körper legte, ihn ganz darin einschloss.

Magie. Wie wenig er von ihr wusste, wie bedeutend sie für Arlyn war. Auf dieser Reise würde auch er mehr darüber erfahren und er war sicher, er würde einen Weg finden, Farjin zu besiegen und Arlyn von der Angst zu befreien. Ihre Liebe war so stark, sie musste stärker sein, als die Macht dieses dunklen Schattens.

Die Lust stieg schlagartig mit jeder Berührung, jedem Streicheln, jeder Bewegung der Magie. Als ob tausend liebkosende Finger gleichzeitig seine

Haut berühren würden. Er hob die Hüfte, half Arlyn dabei, ihm die Hose auszuziehen, stöhnte langgezogen auf, als die warmen Lippen sich ohne Umschweife um seine anschwellende Männlichkeit legten. Abgehackte Laute entkamen ihm und er schloss die Lider, überließ sich der feuchten Wärme von Arlyns Liebkosungen. Die Lenden zitterten vor Begierde, die Hoden zogen sich zusammen und er wusste genau, dass er dem süßen Ziehen nicht lange standhalten würde.

»Arlyn«, keuchte Dravo, packte ihn an den Schultern. »Nicht so schnell.« Lächelnd ließ Arlyn von ihm ab, die Hand legte sich warm um Dravos Erektion, ohne sich jedoch zu bewegen.

»Sag nicht, du bist schon soweit?«, fragte er, verzog spitzbübisch die Lippen. Mit verkniffenem Mund nickte Dravo, holte betont langsam Luft.

»Du verzeihst, aber ich bin aus der Übung«, bemerkte er schulterzuckend. »Und ich bin es nicht gewöhnt, dass mein Kles sich bei der ersten Gelegenheit wie ein wildes Tier über mich hermacht.« Für einen Moment musterte ihn Arlyn skeptisch, bevor er abermals lächelte.

»Verzeih«, meinte er und schob sich zurück. »Wenn dir nicht danach ist …« Das Augenzwinkern machte Dravo klar, dass er mit ihm spielte und knurrend packte er ihn am Arm, zog ihn zu sich herunter, sodass Arlyn auf ihm zu liegen kam.

»Mir ist mehr als danach. Allerdings würde ich es bevorzugen, in dir zu kommen, dein Stöhnen dabei zu hören, deine Magie zu spüren. Andererseits kannst du es natürlich auch auf diese Weise schnell zu Ende bringen und wir reiten weiter. Mir würde das nichts ausmachen.«

»Schuft.« Arlyn boxte ihn spielerisch in den Magen, bewegte seine Hüfte jedoch gleich darauf in kreisenden Bewegungen. »Du willst also einfach weiterreiten?«

Erneut entkam Dravo ein Stöhnen. Hitze füllte seine Adern, Lust quoll ihm aus jeder Pore. Götter, dieser herrliche junge Mann, den er über alles liebte, war einfach in jeder Art und Weise begehrenswert.

»Nein«, gab er zischend von sich. »Los, zieh dich ganz aus, bevor ich dir die Kleidung vom Leib reißen muss. Verdammt, wo war noch das Öl?«

»Wenn ich die Magie dazu einsetze, wirst du keins nötig haben«, flüsterte Arlyn grinsend, erhob sich etwas, kniete allerdings weiterhin auf Dravos Lenden und bewegte sich weiterhin äußerst erregend, während er ihn entkleidete. Mit zusammengebissenen Zähnen ertrug Dravo die fortwährende Reibung, konzentrierte sich darauf, Arlyn zuzusehen, den geschmeidigen Bewegungen seines schlanken Körpers zu folgen. Die Magie waberte heißer, intensiver, ließ sogar die dunklen Haare leuchten und umgab Arlyns Gestalt wie ein feingewebter Mantel aus fließendem Licht.

»Du bist so unglaublich schön«, raunte Dravo, spürte die Härte seiner Hoden gegen die Innenseite der Beine drücken, seine Erektion simultan mit jedem Herzschlag pochen. Er sehnte sich nach der Hitze in Arlyns Innerem, der Magie, die auch ihn einhüllen, sie beide auf jene besondere Weise vereinigen würde. Und er wusste, dass es Arlyn nicht anders ging, dass er ihre Vereinigung brauchte, weil sie ihm Stärke gab, ihn hoffen ließ, die Angst und Sorgen verdrängte. Im Moment ihrer Vereinigung waren sie eins und völlig sicher vor dem Schicksal, gleich welches die Götter auf sie zukommen ließen.

»Beeil dich.« Rau klang Dravos Stimme, bebend vor Verlangen. Er sehnte die Erlösung herbei, den Rausch völliger Hingabe, das Sich-Verlieren in der Lust, die jeden düsteren Gedanken, jede Sorge fortspülen, von ihnen nehmen und sie in einem Augenblick totalen Glücks verschmelzen lassen würde.

Arlyns Lächeln ließ die Magie noch heller erstrahlen. Er kniete sich über ihn hin, seine Hand führte Dravos harte Erregung, ließ sie in sich gleiten. Stück für Stück, umgeben von einem Schleier aus Magie, der jedes Öl überflüssig machte, lediglich unterbrochen von winzigen Pausen, in denen er nach Atem rang, sein lusterfülltes Stöhnen Dravo schier in den Wahnsinn trieb.

Ganz fest hatte er seine Hände an Arlyns Hüften gelegt, spürte jedes Schaudern, jeden Moment, wenn der Schmerz die Lust zu übermannen drohte, jeden Augenblick, wenn seine Erektion Arlyns Ekstase steigerte. Keuchend verhielten sie beide, als Arlyn sich vollständig auf ihn gesenkt hatte. Seine Brust zierten winzige Schweißperlen, reflektierten das Schimmern der Magie.

Dravo griff nach Arlyns Erektion, umschloss sie mit der Faust, schob die dünne Vorhaut zurück und strich voll Vorfreude die Feuchtigkeit über die geschwollene Eichel, lauschte verzückt den hellen Tönen. Arlyns Muskel zog sich um ihn zusammen, als er sich stöhnend nach vorne neigte und sich seitlich neben Dravo abstützte. Gemächlich nahm er die Bewegung auf, folgte Dravos Takt, der seine Erektion zu massieren begann. Langsam, liebkosend, schneller werdend, härter, fahriger. Ihr Stöhnen wurde lauter, erklang im Gleichtakt ihrer Bewegungen, der Symbiose ihrer Körper.

Magie war um sie, in ihnen, erfüllte sie, verwob sie zu einem Wesen, dem Rausch ihrer Sinne erlegen. Der Höhepunkt kam über sie, wusch über ihre Körper in einer gewaltigen Welle aus Lust und Magie, die ihre Haut glühen ließ. Dravo stieß nach oben, Arlyn sackte vornüber auf ihn, ergoss sich auf seinem Bauch, während Dravos Samen sein Innerstes ausfüllte.

Heftig atmend kamen sie zur Ruhe, blieben aufeinander liegen, während Hände und Lippen jedes Wort überflüssig machten und in zahlreichen Gesten ihrer Liebe Ausdruck verliehen.

Erst als ihr Herzschlag sich beruhigt hatte und ihr Sperma auf der bloßen Haut bereits getrocknet war, rührten sie sich wieder.

»Götter, wie sehr ich dich liebe«, wisperte Dravo.

»Kaum mehr als ich dich«, raunte Arlyn zurück, biss ihm spielerisch in die Unterlippe. Hinter ihnen erklang ein Schnauben und plötzlich wuchs der Schatten eines Pferdes über ihnen, weiche Nüstern stupsten gegen Dravos Seite.

»Sjdov! Bei den Niederen, wie hast du dich befreit?« Rasch rollte sich Arlyn herunter, fing den kleinen Schimmel lachend ein, für dessen bewegliche Lippen der verknotete Strick wohl kein Hindernis dargestellt hatte.

»Danke, dass du wenigstens lange genug mit dem Stören gewartet hast«, flüsterte Dravo ihm schmunzelnd zu, als sie ihn sicher wieder neben Rahrd angebunden hatten. »Andernfalls ...«

»Drohst du etwa meinem Pferd?« Lachend stieß Arlyn ihn zurück, drängte ihn zum Wasser, wo sie einander unter weiteren Neckereien die Spuren ihrer Leidenschaft abwuschen. Dravo erinnerte sich gut an ihr ausgelassenes Spiel damals im Wasser, als Arlyn noch gefangen in seinen Erinnerungen gewesen war. Wie sehr hatte er sich verändert. Aus dem verschreckten Sklaven war ein junger, selbstbewusster Mann geworden. Der Mann, den er liebte, für den er jede Reise auf sich nehmen, jeden Weg gehen würde.

Für den er sterben würde, wenn es sein musste.

Hastig senkte er den Blick, bevor Arlyn etwas von seinen Gedanken erraten konnte.

»Ich hoffe, deine Sehnsucht ist noch nicht gestillt«, meinte er, als sie sich ankleideten. »Heute Nacht werden wir zumindest noch in einem weichen Bett schlafen und ehrlich gesagt, denke ich, wird das geringste, was wir tun werden, schlafen sein.«

»Gut möglich«, gab Arlyn zurück, trat auf ihn zu und umarmte ihn mit einem schelmischen Lachen. »Dann lass uns besonders rasch reiten, damit wir viel von der Nacht haben.«

»Wir haben nicht umsonst zwei Rennpferde dabei«, gab Dravo zurück. »Das sollte also kein Problem sein.«

Arlyn löste sich und schwang sich in den Sattel »Na dann. Lass uns reiten, mein Kles. Ich kann es kaum erwarten.«

Noch immer lachend stob er mit Sjdov davon, kehrte jedoch sofort reumütig zurück, als Rahrd und auch das Packpferd versuchten, ihm ohne Dravo zu folgen.

Fluchend und schimpfend stieg auch Dravo auf und sie machten sich auf den Weg.

Ihre lange Reise in den Norden hatte gerade erst begonnen.

Ende Buch Drei

MAIN Verlag

Chris P. Rolls
Eine besondere Begabung
Buch 1
Fluch der Schönheit

ISBN: 978-3-95949-251-5

Einzig an seinen Namen kann sich Arlyn erinnern, als er schwer verletzt von Bauersleuten im Wald gefunden wird. Auf dem Germonshof im Freien Land findet er eine neue Heimat, obwohl ihn ein düsteres Geheimnis umgibt und in ihm eine Macht zu schlummern scheint, die er weit mehr fürchtet, als die Rückkehr seiner Erinnerungen.
Gerade als sich zwischen ihm und dem ältesten Bauernsohn zarte Bande zu entwickeln beginnen, wird Arlyn seine außergewöhnliche Schönheit zum Verhängnis. Fortgerissen von seiner Familie hat seine lange Reise gerade erst begonnen.

Band Eins der Reihe „Eine besondere Begabung"

Chris P. Rolls
Eine besondere Begabung
Buch 2
Land des Lebens

ISBN: 978-3-95949-266-9

Buch Zwei.
In der Hafenstadt Rhilgris scheint sich Arlyns Schicksal vorerst zum Guten zu wenden. Langsam beginnt er Dravo dun nan Drinju zu vertrauen. Die beiden grundverschiedenen Männer verbindet bald schon eine freundschaftliche Beziehung, die sich fast unmerklich zu mehr entwickelt.
Während Arlyn partout nicht weiß, wie er mit diesen neuen Gefühlen umgehen soll, drängen Erinnerungen und die seltsame Macht immer stärker ins Bewusstsein. Dravo hingegen kämpft unablässig mit seinem wachsenden Verlangen. Ausgerechnet als sie sich in der Winterresidenz mit den ersten Vorboten höfischer Intrigen konfrontiert sehen, bricht Arlyns Schutzwall endgültig zusammen.
Unweigerlich bringt das Farjin auf ihre Spur und sie beide dadurch in große Gefahr. Wie wird zudem Dravo auf Arlyns Geheimnis reagieren?
Ein Fantasyepos als fortlaufende Story in 4 Bänden. Folgebände erscheinen ca alle 2 Monate.
Buch Zwei endet ohne Cliffhanger und enthält explizite Szenen.

Viola Mignon Bierich
Prinzenherz

ISBN: 978-3-95949-191-4

Es war einmal … ein schöner Königssohn, ein Drache, eine Prinzessin und ein Frosch.

Klingt bekannt? Das dachte Raban sich auch, bevor sein Bruder, der Thronerbe, zum Frosch wurde und er nun an der Reihe war, den Drachen zu töten. Aber wie so oft kommt alles anders. Und auch Prinzessinnen sind nicht mehr das, was sie mal waren...

Ein magisches, queeres Märchen über einen Helden, der nicht nur die Probleme des Königreiches, sondern auch seine eigenen lösen muss.